福建省文艺发展专项资金资助项目

邱美煊 ———— 著

流水三分归明月

第三部 月华流照

海峡出版发行集团 | 福建教育出版社

图书在版编目（CIP）数据

流水三分归明月．月华流照/邱美煊著．—福州：福建教育出版社，2023.10
ISBN 978-7-5334-9659-3

Ⅰ.①流… Ⅱ.①邱… Ⅲ.①长篇小说－中国－当代 Ⅳ.①I247.5

中国国家版本馆 CIP 数据核字（2023）第 071226 号

月华流照

第 一 章

  三个小时后，轮船在厦门和平码头停泊。

  码头显然重新修整了一番，海鸟在码头半空上徘徊着，始终没找到个落脚的地方，然而云层已经灰蒙蒙地堆叠着要压下来。凛冽的海风对码头上忙碌的人起不了一丝威胁，小跑的人，呼出的热气刚离了鼻子，就被风吹散。

  牵着孩子的大人，穿着廉价的西装，用报纸写了字粘在纸板上举着，嘴里一个劲地喊。林承晖环视一圈，果然没有见到自己的名字。林乡跟在后面，海上的风灌进他的衣服里，他缩缩脖子，连忙和伙计一起把东西搬下船。

  不管是当年走还是现在回，和平码头上都没有林承晖认识的人。这个世界忘性太大了。

  这么多年过去，厦门码头已经不是当年他离开时的样子。如今的厦门码头，商船客船云集，许多工人在码头上搬运货物，装车运送。林承晖和林乡本以为找辆卡车很难，现在看来也并不是件难事。林承晖在台湾的时候早就听说大陆从1978年实施对内改革、对外开放的政策。对内改革他并不是太了解，但据说1979年7月以后在深圳、珠海、汕头和厦门试办特区，且已经从沿海向内地发展。原以为，这只是说说而已，现在看来却一点也不假。他只是在码头，还没去市里，但眼前的热闹欢腾就超乎了自己之前的想象，真是一片生机勃勃的景象。站在一边的林乡脸上没有什么表情，交代那些工人把东西全部卸下来以后，拿着林承晖给他的地址，到处去找能帮他们拉东西的卡车。

林承晖在码头上左右转了一圈，没有一处可以坐的地方，只好坐在那几个装礼物的木箱子上等着儿子。他交叠着两只手，盯着人来人往的码头，嘴里有海水的咸味。

林承晖压低眼睛，像雕像一样坐着。

不一会儿，林乡带着一个满脸络腮胡的男人走到林承晖面前，几个人把东西搬上小卡车，朝纸片上写的地址出发。

林承晖在后座，只顾着看窗外呼啸而过的城市之景，一句话也不说。司机在后视镜里看到林承晖的动作，开玩笑问林乡有没有台湾的市区好看。

"差不多吧，只是台北更热闹些。"他没说台北的高楼比这里多得多。

"哦？你们那边不是说过去的时候日子很难过？连饭都吃不饱的。厦门这几年发展起来了，还有很多外国人来这里做生意的。我们在码头运东西，看那些箱子上写的都是乱七八糟的鬼画符，看不懂，哈哈哈哈……鬼佬厉害倒是真的。"司机讪讪地接话道，他看了一眼两人身上穿的衣服，又住了嘴。之前那么多人说台湾人吃不饱饭，根本就是放屁！

林乡莞尔一笑，和司机聊起来。大陆的发展和台湾比起来，还是差了一截。

一个多小时后，司机把他们送到了一条小巷口。林乡掏出钱包要付钱的时候，司机正好瞥到了里面厚厚的钞票，捏着嗓子多要了些，待林乡给他后，他的心倒虚了起来，额角也冒起了几颗汗珠。他抬手指指前面的那条小路，顺手擦了下鬓角的虚汗，道："你们要找的人大概就是在这片了。这条路进去之后按照门牌号找着去就成。"指完路，司机开着卡车轰轰地离开了。

林乡看着车离开自己的视线，心里有些奇怪，又看向一旁望着巷道陷入沉思的林承晖，耸了耸肩不去理会了。

林承晖在巷道前站了一会儿，决定让林乡进去找人，自己守着东西在这里等他。看着周围陌生的街景，林承晖已经不想去琢磨这条街到底是不是当年龚老板开商铺的那条，一股兴奋开始爬上他的脊背，短短几分钟，他紧握在一起的两只手都汗湿了。就是当年打枪的时候，他都没出过这么多手汗。春日的太阳懒懒地洒在这个六十来岁的老人身上，他在行李箱上坐了一会儿，又站起来拍拍裤腿上的灰尘，往巷道里面张望了一眼。

林乡还没有回来。

过路的人见林承晖身后堆了那么多东西，都好奇地望着他，林承晖和他们对视了一眼，脸上竟有一丝尴尬。

自己本是土生土长的厦门人，怎么现在回个家却搞得像偷东西的贼一样？就是等个来接他的人，心脏也蹦得飞快。

林承晖又掸掸大衣，把衣襟拉得更拢，继续等。街对面走过一个手里拿着油饼的孩子，那小孩身上穿着新衣，隔着街也朝这边望过来。

林承晖彻底背过身子——林乡怎么还不回来？

就在林承晖打算冲进去找的时候，林乡却领着两个人走了出来，其中一个老人紧紧地挨着林乡并排走，后面是一个中年男子。

"爸，这位就是大伯……这位是大伯的儿子。"林乡说罢，走到林承晖身边去。

林承晖望过去，尽管已经做好了心理准备，但林承曛到底还是和自己想象中的样子差别太大了——他佝偻着背，看起来消瘦而憔悴，脖颈上有些很深的皱纹，腮帮上的褐斑顺着两侧一直蔓延下去，就连手也伸不直了。

他还在台湾的时候，不止一次幻想过的画面终于成真了。可现在，他甚至连上前一步的勇气都没有，只呆呆地望着眼前人，嘴唇翕动着，半天说不出一句话。脑子里什么也想不起来，林承曛的模样他在照片里看过的，但当哥哥真正站在他面前时，他仍然无法开口说上一句话。

林承曛望向弟弟，还没来得及开口，眼泪便掉下来了。四十三年的风风雨雨，终于都过去了，为了这一天，他经历了多少磨难。他吸了吸鼻子，稳住自己的情绪，伸出手去想要拉住弟弟。然而手在半空中停留了一瞬，又放了下来——那些过往，终究，还是不能释怀。

这四十三年，他真的有一直在等林承晖回来吗？好像不是的。刚开始，他等，是因为母亲的缘故，后来是因为宋珈灵母子。不是说他对这个兄弟没有感情，这么多年来，他们一家都是靠着那点回忆过日子，即便后来听说他还活着，可他也只是活在他们的幻想里罢了——但这幻想给他们带来的伤害却是真真实实存在的。

母亲，妻子，弟妹，孩子们，还有他自己，他们一家人都因为这幻想受到过不同程度的伤害。他甚至不止一次想过，如果他没有这个弟弟，或许他后来的日子也不会过得这么艰难。想到这些，他就不能心安理得地接受这个离家四十多年的弟弟。

林乡看着这两个人面面相觑，谁也不说话，还当这是太久没见无法置信，笑了笑，问："爸，这是不是你经常跟我说的'近乡情更怯，不敢问来人'？怎么你们都不说话的？"

说完，林承晖被林乡推了一把，朝林承曔走去，他才慢慢地开口："大哥……"

这一声久违的"大哥"随着风，伴着六十多年的记忆，飘进了林承曔的心里，他嚅了嚅嘴，干裂的嘴唇跳出来两个字："阿晖……"

两个头发花白的老人就在巷口互相紧紧地抱了一阵，分开后的那一瞬间，各自眼里都渗出泪花来。

林承晖双手抱着哥哥的脊背，闻着林承曔衣服上微微的汗咸味，沤得有些发酸了——林承晖发觉哥哥的眼神越发谨慎了，眼中的泪水忍不住滚落下来。

"大哥……"林承晖的眼睛在林承曔的脸上打量许久，又伸出手去摸摸林承曔的两鬓，怎么也不敢相信，这张脸比他在照片上见到的还要老，还要老很多……

"你怎么信里面也不说一声就来了呢?"林承暚紧紧地挽住弟弟,明明是差不多的岁数,林承晖却显得精神很多。他的腰背依然挺直,一张饱经风霜的脸,眼皮底下藏着一双深邃明亮的眼睛,头发也梳得整整齐齐,好像他仍是那个在舞台上出演话剧的十几岁的少年一般。林承暚拍了拍他的手背道:"佑安,快帮你叔叔把东西搬到家里去,咱们一家人今天好好吃个饭!"

让两个老人先回家,剩下的这些东西林佑安又叫来两个邻居和他们一起搬,他们推着推车,足足搬了四趟才把东西全部搬进家里的院子。林承晖绕着屋子走了一圈,和他印象中家的模样还是差了许多——尽管去台湾时就已经知道原来的房子不在了。

中午林佑安下厨,炒了一桌子的菜端上来,林乡第一次见到这么多的厦门菜,高兴自己可以大饱口福。林承暚惊讶他这么爱吃,笑着频频夹了许多菜到他的碗里,一碗饭堆得尖尖的,林乡眨眨眼,端着一碗饭半真半假地说自己无从下嘴。

林承晖也问到了林佑安的现状。林佑安上两周才找了一份工作,在一个木材工厂里当木工师傅,算是把在龙岩跟着老师傅学的榫卯技术派上了用场——可是他却并不如意,因为大家更喜欢那些时兴的东西。

"你想见建国了吧?他今天还在上班,明天周六就可以回来了。明莉生了个女儿,你当爷爷啦。林觉和林敏两个孩子在英国受了你不少照顾,我替他们俩谢谢你……"林承暚将小辈们都说了个遍,却闭口不提自己和逝去的母亲与妻子。

林承晖知道他心里有气,好多次他也站在大哥的角度去想,三年两载倒也罢了,但四十三年如一日,独自尽孝,安抚母亲,带着一家老小颠沛流离,提心吊胆地躲避着一场又一场的运动——说不气是假的。少年时,他问过大哥毕业后想要做什么,他只跟自己说到时候再说,林承晖只当是父亲限制了他。不承想,自己才是他人生路上最大的绊脚石。

这一绊,就是四十三年。

林承晖愧疚地低下了头:"大哥,是我对不住你,对不住这个家。这几十年,苦了你了……"林承晖把嘴里的饭咽下去,腮帮又酸又胀。这么多年来,尽管为自己当初的决定后悔过不知多少次,如今林家变成了这幅光景,他再多说也没什么作用。逝去的已经逝去,无法挽回的还是无法挽回。

"都过去了。"林承曔叹了口气,并不否认他的话。自己以前被抓进牢里每天都悬着一颗心,即便是后面下放到农场,日子也并不比在牢里好到哪里去。说不恨林承晖当初不听劝执意去当兵是假话,只是他连真话都不能讲,也不敢讲,只好将它埋在心底。时间一长,就连恨也蒙了层灰,如一只死气沉沉的蜘蛛,盘踞在他的记忆深处。他低头看着桌子上的菜,夹了一块鸭腿给弟弟:"吃饭吧,等会儿凉了。"

林佑安看着哭倒在桌上的林承晖,一句话也没说。按道理,都是新时代的人,哪里还讲命,可他就是觉得自己命数凶恶,恶就恶在他降生于这样一个家庭,就像《伤痕》中痛恨着自己母亲的女儿一样,他也恨着他的家。在农场的时候,他娶的执拗的女人其实也并不是完全不情愿,那时他甚至觉得自己还不如这个农村女人活得痛快。从农场出来后,他第一次高考落榜,林佑安突然觉得自己没有精力了——说不上来的一种疲惫,连带着恨也是,逐渐化为沉默。

当初的创伤还在吗?

时间长了,他也不清楚了。大概这就叫认命吧?每个人迟早都会认命的。

吃过午饭,林承晖和林乡打算去看看附近有没有招待所。林承曔坚持叫两个人住家里,"你们先睡建国那个屋——招待所哪能有家里好呢!他们来了再收拾一间出来住着。"

林乡也跟着附和:"对啊,爸,外面哪有家里舒服呀?再说了,这么久没见,你和大伯肯定还有很多话要聊,住外面不方便。"

林承晖看着林乡有些责怪道:"你也就这张嘴厉害。"说罢,他又瞧了一眼林承曔,"麻烦大哥了。"

林承曌有些别扭，笑了两声："一家人，不用说两家话。"

林承晖点了点头，不再拒绝。林承曌回屋睡午觉后，林承晖让林乡也去休息，自己一个人在院子里转悠，门外偶尔传来几声孩子的哭闹声和老人的责骂声。都是熟悉的闽南话，他很喜欢这种感觉，在台湾也常说闽南话，但是，闽南话跟闽南话还是有些不一样的，这点他非常笃定。阳光穿过树叶洒下斑驳的光影，温暖肆意。这些温暖，是希望所在，是幸福和快乐所在，是要怜惜和珍藏的。

只是，这几十年的时光改变了他太多。在更多的时候，海水那种刺骨的冷，于他而言才是常态。他以为回来后，可以寻求到一丝温暖，可他和这个家之间，似乎还是隔着一片海峡。

甚至，更宽，更广。

他知道林承曌恨他，也没有多大信心能得到林承曌的原谅。原以为这四十多年的异乡时光难熬，可看到大哥看着自己无关痛痒的样子，他才明白这才是对他的任性做出的最大的惩罚。

在他身上，连恨都厌倦了。

他闭上眼，模模糊糊想起来小时候的事情。他和司机阿宋趴在地上找蚁窝，只想看看蚁后到底长什么样子。母亲坐在客厅里喝着热茶，斥责他过于顽皮没有大哥那样听话。他抬头朝书房望去，大哥还在窗前埋头苦读。没多久，父亲也回来了，他站起来朝父亲打招呼，可父亲只看了他一眼就朝着书房去了。

大哥总以为自己没得选择，可他自小就不在备选名单里，父亲不会考虑他继承家业，母亲也没指望他成为顶梁柱，这反而给他一种痛快。

是什么时候开始变得任性的，他已经忘记了。但他永远记得，每一次犯错，大哥总会站在自己面前护着自己。可今天，他看着大哥把手放下，听着大哥说那些话，却再也感受不到当初兄弟俩之间的感情了。

他叹了口气，理了理思绪，拿起拐杖往门外走了去。来的时候还没来得及细看，现在才注意到巷子很长，却也不算宽，几乎每家门口都有一条长长的石板凳。现在是午休时间，巷子倒也没什么人，他走了一圈，只在巷口看到了几个坐在树底下下棋的老人。他上前去看了看，半天也没决出来胜负，但只听着他们熟悉的乡音便能让他无比安心。

他又看了好一会儿，才站了起来往回走。

刚到门口，就看到林承曔已经在院子里了，他讪讪地笑了笑："大哥。"

林承曔也笑着问他："你出去怎么也不叫上我？"

"我看你在睡觉，就没叫你。"林承晖答，"况且，我走得也不远，认得路的。"

"是吗？"

他们的对话有些生分，有点没话找话的意思，这么大个人总不至于丢了，而且走得也不算远；更多像是在试探——试探各自的脾性，各自的边界在哪里。

林承曔想着以前的事，躺在床上一下午也没睡着，他以为相聚那一刻自己就算不是喜极而泣，也应该是如愿以偿一般安心，可他竟没有多少喜悦之情。他避开了林承晖的眼神："很久以前，妈也这么以为，她说你会回家的。她等了你几十年，走的时候她跟我说，你一定会回来的，希望你平安顺遂。"

林承晖低下头去，不敢出声。半晌，林承曔走到他身边："现在，你终于回来了。"

林承晖将拐杖撑在身体面前，抬起手去握住林承曔的手臂，一丝暖意穿过掌心传到他的心里。他抬起头，发现林承曔的眼里含着泪，忍不住鼻头一酸："大哥，当初是我不好……"

"说老实话，尽管你已经站在了我面前，说这些年来不恨你不气你是假的。我一直在想要不是你当初执意要走，或许这个家就不会变成这样，妈不会这么痛苦，佑安早就上了大学，婉莹也不至于为了我去受那些莫须有的苦。"林承曔的声音慢慢哽咽了起来，"但你说叫我不原谅你，我也做不到，一家人等了你几十年,盼的不就是这一刻嘛。"

"大哥不愿原谅我,我也能理解。这么多年,我也不能原谅我自己。"

林承曌听了这话,愣了一下。这么多年了,自己还是这样,上学时只看见弟弟的自由,羡慕他活得自在,就连现在,也只是看见自己的痛苦,不承想弟弟也同样处在水深火热中,甚至他经历的苦痛也不比自己少。他低头看了下林承晖拄着拐杖的腿,不知是不是站得太久的缘故,在风中有些许发颤。

林承曌拍了拍林承晖的肩膀,叹了口气:"都过去了。无论怎样,你都是我弟弟。以后家里会慢慢好的。"

林承晖红着一双眼看向他,点了点头,又叫了一声"大哥"。是呀,无论怎样,林承曌总是他的大哥,在血缘上,他们之间也总有一份抹不去的感情。

林乡午休出来,看到两个人有说有笑,也替林承晖感到开心。他自小跟在林承晖身边,对林承晖的情绪了解得不比韩福生他们少。以前他不明白,为什么林承晖一个人可以看着窗外发呆一整天,可以几十年都想着一件事;他选择出国念书,倒不是因为自己有多厉害,只是想要离开父辈们筑的巢,到外面去看一看,即便成不了什么了不起的人,也算是靠着自己的努力去生活了一阵。他在国外的那些年,林承晖也没少给他打钱,但他很少会用,不上课的时间他就去兼职打工,虽然很苦,但日子好像也还过得去。只是,每逢中秋,看着天上的月亮,他便会想起大洋对面的家,也是在这个时候,他才真正理解了为什么林承晖对家的念想即便过了几十年还是那样强烈。

说实话,他并不想来大陆,他希望林承晖如愿,但这并不代表着要牺牲他自己——他的事业才刚刚起步,即便公司里的人自己信得过,可到底自己没盯着。现在,林承晖已经回到日思夜想的家了,再过几天,他就可以回台湾了。这么想着,他的心情倒是好了不少,嘴角也跟着上扬:"爸,大伯,你们站着干吗呢?聊天也不到屋里,外面那么冷。"

"知道了。"林承晖答,又拉着林承曌回了屋里。

刚坐下,就看到林佑安拿着锯子从房间出来。他朝林承晖点了点头,便出门去了。林乡看着他手里的锯子,想起小时候林承晖也给自己做过几个小玩具,便忍不住好奇想要上前去看,他冲着林佑安的背影叫了一声:"佑安哥。"

林佑安回过头来,问:"怎么了?"

"你去哪里呀?"

"这两天木材厂接了个家私单子,我想着在上面做点花纹,去杂物间找几块木板出来练练手。"林佑安现在的工作倒是蛮合适的,他除了这一双手,好像也没别的本事了。

"我可以跟你去吗?"林乡跑了上来。

林佑安本想拒绝,但看着林乡好奇的样子也就答应了。这几年,他一直陪在林承暻身边,即便到了工厂也没结识到什么新朋友,有个人陪着说话好像也不错,他想。

林承晖看着林乡和林佑安的背影,笑林乡这么大了还没大没小,林承暻却不以为然。两个人又坐了一会儿,院子里不时传来敲敲打打的声音,夕阳的余晖淡淡地洒在小石头路上,整个小院便柔和起来。

林承晖站在两个年轻人身后,他们的身影,又让他想起了从前的那个院子。

第 二 章

这几日,林承暻带着林承晖和林乡来到厦门大学。这段时间还不是开学的时候,他们在里面只能待一会儿。校园里安静得很,站在树林里只能听见几声清脆的鸟鸣,油棕树的叶子在阳光下微摆,身上爬满了鲜绿的绒毡。

闭上眼睛,远处传来悠悠的钟声。

"我们曾经也在这片林子里待过……哦，钟楼附近的那个廊道现在没有了，换到别处去了。"林承曔望着林承晖，昔日三个人走在校园里的一幕仿佛就在眼前。"海棠话剧社从厦大搬回来以后已经不在了，不过后来的这些年轻人肯定都比我们厉害。要是你想看话剧，可以让建国去问问——他是这里毕业的学生。我俩作为老校友，能看上一场也说不定。"两个人来到以前上课的地方，站在教室外朝里面看了一眼，教室的布局和以前没有很大差别，墙大概是重新粉过一遍的，窗外的树末端发出几枝新叶，挨在玻璃窗上，像婴儿嫩红的指。

林乡在后面东走西瞧，他以为大陆的学校里面都是传统的中式建筑，没想到进来后首先入眼的就是两幢西式的住宿楼。不过，大约现在学校里的人很少，即使是西式的，也并不像他在英国的时候，走廊里、楼下、树林里都是抱着书本的同学在窃窃私语，安静是安静的，但似乎又太庄重了一点。现在的厦大，宁静之中让他冥冥感受到一丝怡然。

出了厦大的大门已经是下午了，找了个地方吃些东西，林承晖怕大哥身体吃不消，提议要回家休息，之后再逛也不迟。然而林承曔正在兴头上，不肯就回去，执意拉着几个人又到街上到处转悠，顺便买了过年用的许多窗花、对联、灯笼之类。林承曔边走边说，林承晖发现眼前的景象的确和他记忆中的已经非常不同，暗叹厦门的变化之快，也庆幸自己和林承曔在有生之年还能再相逢，一起逛厦门的大街。

回家的路上，林承晖又想起什么，叫林乡去路边的摊子上买了一箱烟花。"这回我们够够地放一次烟花。"林承晖笑道。

从哥哥口中，林承晖知道了更多这几十年来家里发生的事，也得知了宋珈灵失踪的始末，心中的愧疚又多了几分。很多事情，不是无心就没有过错。故去的人他无能为力，但对其他人，他已经做好打算要用剩下的日子去补偿。

林承晖思量着可以帮助哥哥一家改善生活条件，让他们过上更好的日子，横竖自己在台湾这么多年投资赚来的钱也不少；至于珈灵，尽管大陆很大，但他始终相信她就算出走也会找一个他们共同生活过的地方，也可以让乡儿帮着去找一找。只是，他心中最记挂的，还是那个他从未谋面的儿子——林建国。

听哥哥说，建国和自己很像，从小就机灵，从来不会让珈灵操心。只是，自从珈灵出走以后，他就好像变了一个人，但又说不上来哪里不一样，他对家里的人还是很好，也有孩子的脾性，只是他极少提及内心的事，每当问及，皆含糊其词。

林承晖兴奋的劲头已经过去了，现在更多的还是不安。林承曝是同他一辈的亲兄弟，他尚不能走出这一场悲剧与怨恨，更不要提从来未见过面的儿子了。

"爸。"

站在窗前叹气的林承晖被林乡的叫声惊了一下，回过头来，看着从被窝中坐起来的林乡，问："你怎么起来了，是不是我吵到你了？"

"没，我做了个梦。"林乡揉了揉眼睛，又问，"爸，你怎么这么晚还不睡？是不是想到明天建国哥要来睡不着？"

林承晖叹了口气，拉开书桌边上的椅子坐下。这是林建国的房间，除了床和书桌，就只有一个衣柜。房子不大，光这几样东西就快占满了整个空间。四面墙贴满了试卷，上面密密麻麻写着一些正儿八经鼓励人生的话。只有一处不一样，门后面夹缝处的试卷中淡淡地写了几个字——我的家：我，妈妈，后面还有一个更淡的"爸爸"，可那上面却重重地刻上了好几道划痕，是一个暗淡的"✕"。林承晖趁着林乡不在时看了一遍又一遍才发现的——他忍不住在这里寻找珈灵和建国的蛛丝马迹，猜测着他们的过往。

在得知自己有孩子之后，他无数次幻想过他们父子相见会是什么场景，好几次从梦中笑着醒来；也经常梦见他们父子决裂，但他始终是抱着期待来的。可在看到那几道划痕之后，他开始变得有些害怕，害怕期待落空。

"阿乡，你说，我是个好父亲吗？"

林乡愣了一下，裹紧身上的被子："爸，我不知道你怎么想，但我觉得你是，不然你以为我为什么从小就爱跟在你屁股后面跑。所以说，你也别担心了，就算建国哥开始不适应，时间长了，他总会懂的，他现在不也做父亲了吗。"

林承晖点了点头，方才定下心来上床睡觉。

第二天下午，林建国带着妻儿风尘仆仆地站在了家门口。昨天刚下班，他就接到了林佑安的电话，让他无论如何都回来一趟。林建国以为家里有什么要紧的事，约定次日一早一定坐车来厦门。

林承曎在院子里扫落叶，看到林建国几个，赶忙放下手中的扫帚，上前来拉着他往屋里走。见林承曎身体精神都好，夫妻俩有些疑惑。昨天林佑安电话里什么都不说，急得他俩一顿乱猜，今早天还蒙蒙亮的时候就起来去车站赶车了。

林承曎望着林建国笑眯眯地："建国，是你爸爸从台湾回来了，本来想早点告诉你的。但是前几日，你爸说不能耽误你上班，等你周末闲下来一点了再给你打电话，所以我才让佑安叫你回来，今天一定要让你们父子俩见见面。"

"大伯，这么重要的事情，你怎么不早点说呢？"苏明莉抱着几个月大的林欣怡跟在后面走，紧张和不安掩盖了她的开心。从认识林建国到他们结婚生子，她几乎没有听他提起任何关于父母的事情，只偶尔在他生病难受或者做梦时听到过他喊妈妈。就算自己问起，他也都是含糊过去，似乎他的生活里从来都没有父亲。她不知道他心里有没有过期待，但现在在他毫无心理准备的情况下，叫他去接受一个无比陌生的父亲，换做是她也难以想象。

还未来得及等林承曎回答，苏明莉就看到一个老人和一个年轻人从林建国的房里走出来。她下意识回头看了丈夫一眼。

林建国望着林承晖，过去那些事一桩桩一件件地浮现在他眼前。苏明莉站在丈夫后面，下意识地推了他一把，见他还是不动，也不好再自作主张了。

饶是早就给自己做好了心理建设，整理好了妆容，甚至将那根整日带在身边的拐杖也不用了，只想着见面的时候把自己最好的一面留给儿子，可真正见面的时候，林承晖还是有些紧张，他不知道该说些什么才能拉近两个人之间的距离。他一只手紧紧抓着身边的林乡，一只手慢慢抬起来，颤巍巍地朝林建国的方向伸去，颤抖着叫了一声："你叫建国？"

林建国站在原地，一声不吭。父亲的出现实在让他措手不及，各种各样的情绪，拧成一股绳，一齐向心头冲上来，堵得他甚至喘不过气。他曾在憎恨和想念中猜测过父亲是什么模样，可当他真正地出现在自己面前时，却说不上来是喜悦还是失望。

在他和母亲最绝望的时候，父亲没有出现；当他考上大学、结婚成家最高兴的时候，父亲也没有出现。如今他对父亲的感情都淡忘了，父亲却真真实实地站在他面前，一脸歉意地望着他，喊他的名字，祈求他的原谅。短暂的情绪冲击后，林建国只感到了无力与平静。

苏明莉仿佛察觉到丈夫的僵硬，但她还是坚持想让这对父子之间能熟悉起来，使林建国生命里缺失的那另一半的爱可以完整。她又推了推自己的丈夫，让他主动和林承晖说话。她把睡熟的孩子抱给林承晖看，林承晖看着孩子的小脸，不由得伸手去摸摸，孩子的脸果然嫩得像豆腐块。他从衣兜里摸出一副银镯，戴在孩子的手上。苏明莉谢过林承晖，抱着孩子进屋去了——她得给这对父子一点空间。

林乡已经知道自己还有个从未谋面的哥哥，这下见面，第一眼就看得出来林建国有几分林承晖的影子，但终究是相隔太久，两个人之间竟只有尴尬。他清了清嗓子，在一旁小声提醒："爸，你是不是开心坏了，不知道说什么了？"

林承晖迟疑一阵，红着眼眶走上前去想要抱住自己的儿子。然而当他靠近时，林建国却往后退了一步。林承晖心里一阵灰暗，只好把自己准备好的礼物拿出来，打开给他看："这个长命锁，是给你的。"他还有半截话没说出口——"当时阿乡告诉我你在，我跑遍了整个台北，就想着要给你打一个和阿乡一样的长命锁。"对林乡，他一直视同己出，把他当作是与宋珈灵分别的慰藉——自从得知建国的消息，便想给建国一模一样的爱。

林建国站在原地瞥了一眼林乡，看得出来，林乡一副养尊处优的样子，听说还喝过洋墨水——这些本该属于他的。林建国想起母亲，生不见人死不见尸，陡然生出一股怨恨。没有长命锁，他也一样能活下去。

林承晖憋了一口气，努力不让在眼眶中打转的眼泪掉下来："建国，我知道你恨我。大伯让我住进你的房间去，我还是犹豫了，可是这是我唯一能了解你多一点的地方。我坐在书桌前，想象着你埋头苦读的样子；我躺在床上，想着你一定也在这里做过不少的噩梦吧？梦见我这个不负责任的爸爸。我看见了，门缝里面那几道划痕。"说到这，林承晖再也忍不住瘫在地上哭了出来。林乡蹲下去，轻轻地安慰他。

"建国哥，爸也很不容易的，为了能来这里他也经历了很多痛苦。你不能这么怪他。"

林建国的心揪了一下，他以为那几道划痕会是自己一辈子的秘密——就连妻子问起他有没有想过或者是恨过父亲的时候，他都含糊过去，现在这个秘密就这样被发现了，还是被那个他曾经恨之入骨的父亲。他去台湾之后发生过多少不幸，经历过多少痛苦，又如何呢？这就是他自己的选择而已。

"那他是怎么忍心这样对我和我妈，怎么忍心对这个家的？他走的时候有想过我们吗？台湾是我们逼他去的吗？"

"当时——"林乡站起来想要反驳，然而被林承晖打断了。

"说到底，还是我对不起你们母子俩。可我那也是没办法，我逃过的，我回不来，我回不来，回不来……"林承晖擦了擦脸上的眼泪，郑重其事地做出了承诺，"建国，你放心，我一定会把你妈妈找回来的。你相信我，爸爸不会让你们娘俩再受罪了！"说完，把礼物塞到儿子手里。

"希望你说到做到。"林建国把礼物放在一旁的八仙桌上,不知道要说什么,话一出口便察觉到自己带着几分火药味。也许林承晖是真诚的,但他就是下意识地不想去接受。

即使宋珈灵从来没有怨恨过林承晖。

即使宋珈灵告诉自己不要去怨恨他。

其实,就连他自己也说不清,这么多年了,他还恨不恨。自从和妻子在一起后,他好像很少再去回想过去的事情了,后来又有了女儿,每次看到她那小小的嫩嫩的脸,看到她纯真的笑容,他甚至连烦恼是什么都记不起来了。

林承晖点点头,恨自己不能马上找到宋珈灵。过了这么多年她一个人到底去了哪里?现在在做什么?身体可还健康?一个个问题盘旋在林承晖的脑子里挥之不去。他现在已经找到了她给他生的儿子,这个家就只差她一个人了。

见着林承曤没事,林建国并不想和林承晖多待,吃过饭就赶车走了。林承晖想要和儿子有更多的接触,坚持要送他到车站去。车站离得并不是很近,但是他却希望可以更远一些。走了一段,林承晖被林乡拉了回来:"建国哥,我们就送你到这吧。"

林乡还在想吃饭前他们俩之间的争执。他觉得林建国有点不可理喻——虽然几十年前林承晖来台湾的全部事情他知道得不是很完整,但林承晖劫飞机去找宋珈灵的事就让他坚信林承晖不可能是轻易放弃妻儿的人。就算林建国不知道这一段经历,林承晖这么多年的愧疚和痛苦也写在脸上,林建国是一叶障目了。林乡并不是很能理解建国的恨。

林建国回过头去看了一眼他们俩,点了点头,也不说话,又继续向前走。过了一会儿,也不知怎么,他突然就想回过头来看一眼,却看见林承晖茕茕孑立地站着——分明已经是一个白发苍苍的老头儿了——在原地愣了一会儿,直到妻子发现他没跟上才回过神来。

林家周边的街坊邻居自打林承晖回了厦门,就三三两两上门拜访问候,承晖把带来的礼物又陆陆续续地送了，有时兴的电子表，准点报时的闹钟，有些人拿的是皮带，的确良衬衫……张二婶嘴甜，教出来的孩子也嘴甜，哄得林承晖高兴，就把一个收音机送给她了，还附带送了一整盒电池。张二婶占了个大便宜，逢人便夸林家是大户人家的气派，活该他赚大钱，衣锦还乡。

一来二去，又赶着即将过年，来家里回送东西的人就不少，还有些人要请吃饭，虽不及台湾礼品体面，好歹也是自家做的，礼轻情义重。这几日，刘凤英小卖部门前不再像往常一样从早热闹到晚了，但凡是牵着孩子的大人往林家门口过，总能混进林家的院子里打一声招呼。没几天工夫，这些礼物就送光了。

后来，住得更远的孩子也来了，一见着林承晖，便脆生生地叫他"伯伯"，林承晖听着高兴，伸手就掏出一张台币来塞给他们。连号的新台币，任谁一看都得瞪大眼睛，大人忙不迭地扯着自家小孩道谢，还不等走出院门，钱一个转手就到了大人口袋里——自从知道这伯伯发钱，上门的人更多了，有些人家干脆让个老人带着三四个孩子，一同上门，只为了多得一些台币。林承晖送出去的钱如流水，林承曔看着饶是心里不大舒服，面上也没多说话——这些人的势利实在做得过于明显，当年自己被当作反动派批斗的时候，没人站出来，有些人也没少干落井下石的事儿——当年揪斗牛鬼蛇神，片区里有指标，总得有人遭殃，可眼下东西送出去了，他也没办法拦着，去当破坏邻里关系的人——究竟是邻居，家里发生点什么丑事好事都逃不过他们的眼睛，不求他们为林家做什么贡献，但求收了钱以后如有什么变动能互相道一声——事实也是如此，这么多年大家都有迫不得已的时候，正如当年他在台下举起的手。

五十步笑百步，他没有资格鄙视他们。

然而时间一长，林承曔偶尔还是会把自家遭遇讲给弟弟听，也告诉弟弟，这些街坊每天绕路从家门前走过，甚至有意无意来家里流连的就不要重复给了——做人还是要有个度，无论是发钱还是领钱的，都不能太过火，去做出头的那个，这才是为人处世之道。林承晖觉得，这些街坊日子还没那么好过，有点小心思也正常，自己赚的钱够花，倒没必要如此计较。

真正让他失望的是张二婶——张二婶拿了林家的收音机，起初几天十分得意。调着台，老人家听戏，小孩子听音乐，大人们听新闻，除了偶尔因为档期争吵，其余时候给生活增添不少乐趣。但是，电池总有用尽的时候，收音机每次得用六节五号电池，三天不到电量就耗光了，一盒电池不到十天就烧光了。孩子吵着要听音乐，闹着张二婶去买电池。张二婶去刘凤英的小卖部买五号电池，只有"三圈牌"的一对一块五，这收音机三天烧掉了一斤猪肉钱，把张二婶气得跳脚，顿时成了眼中钉肉中刺，恨不得拿回林承晖家给砸了。家里的孙子还闹着要听歌，张二婶把气全撒在孩子身上，狠狠揍了一顿，然后把收音机藏进了大木箱的最底下，彻底断了孩子们的念想。

但是，张二婶这口气始终咽不下去，便到处说，林承晖果然是台湾回来的资本家、特务，为了破坏他们家的经济建设，暗中使坏，用一台能吃钱的收音机，第一步是想破坏他们和睦的家庭关系，第二步就是想让他们家不断买电池直到重返解放前的贫穷——特务的心坏透了！

林承晖觉得，人这玩意儿分不清好坏，只有利益而已。但是这些街坊的小心思也太可怕了。他渐渐地出门少了，也不再傻乎乎地派红包。

渐渐地，生活回到了平常。又一个晚上，林承晖叫林乡把买来的泡脚桶抱出来。

"大哥，你试试舒不舒服？——在这里这些天也不见你用。阿乡，教你伯伯用用。"林承晖坐在一旁的椅子上，偏要让林承暻试试。他本来都忘了这东西，直到今天去拿礼物送人的时候，才想起来。

"可以啊。"林乡在里面加上水，拿出中药包往里一扔。

"这个里面加那么多中药？"这些药，要是人生病吃，也吃得好几次，"泡一次就要不得了吧？"

"是啊。下次用新的。这个药没了可以去药房开,只要跟他们说就知道的。"

"好好……"

隔了几日,苏亦辉和李蕙兰带着小皮箱来了,他们前天就接到了林建国打来的电话,本想着马上动身来,可是家里又有些事情一时半会儿还解决不了,于是只好拖了几天过来。

苏亦辉进门一眼就认出了林承晖,两个人劫后重逢,忍不住热泪盈眶。

"爸,你告诉我的是你打不过苏叔叔,苏叔叔把你放跑了。"林乡嗫嚅着嘴。

"哈哈,这孩子说什么呢,你爸爸当年追着我跑,朝我背后开了三枪!"苏亦辉道,"阿晖,我一直都记得你说的'中国人不打中国人',现在你的这句话实现了!说起来,我们两个人真是有缘得很,哈哈,现在你儿子娶了我女儿,还能做亲家呢!"当时他本来都抱定决心赴死,没想到最后关头捡了一条命。想起当时林承晖不肯开枪打死自己,他还是感激——他始终相信,有些东西是在立场之上的,比如爱。

"爸,那就是你骗我了。"

"哎,你不懂你不懂,"林承晖压低了声音,"你知道苏叔叔不是和我一个阵营的,我放走了我的敌人,你让我回去怎么跟人家交代?你当时小孩子一个,我要是告诉你实话,你不拿着到处说去?"

林乡擦擦鼻子,他确实跟班上的人说了不少林承晖的事——除了他被共产党放跑的这段。他总觉得林承晖这么厉害的人,就不应该败在敌人的手上落荒而逃。

李蕙兰在一旁听着,不时也发出笑声来,林承晖见她仿佛心里有事,随意问了一句。

"这两天陈思生病了。哎……她一个人住在庙里,总觉得不踏实!"李蕙兰皱着眉道。她原本想要带着陈思来厦门和林承暻他们过年,但陈思实在经不起坐这么长时间的车,这两天还要在镇子上的卫生所打吊针。李蕙兰托张大妈把陈思从庙里接出来照顾,不知道现在情况如何。

"陈思是谁?"

"哦,是家里的一位朋友。她很厉害,会医术,还救过我一命呢!"李蕙兰答。林家搬到厦门之后,没多久她也遇上了革命,被人抓起来拷打、唾骂、喂老鼠药,还是陈思救的她。

林承晖听到会医术,身体微微一怔,猛地想起来宋珈灵,问:"怎么不一起来这里,这里看病会更方便吧?"

"她是个出家人,本来也很少出庙。我和阿辉本想带着她过来,但她说自己只是感冒了,精神也不好,所以便罢了。林先生不要担心,村里还有很多人会照顾她,大家都盼着她能好起来。"

听她这么说,林承晖也就不再追问,点点头便谈到其他话题上去。

趁着过年前,林承曔又带着一家人去了李佩瑶的墓地,林承晖在汉白玉的墓碑前长跪不起,泣不成声。墓碑是新的,旁边是婉莹的,只是小了一号,十年浩劫过后,家里的经济状况好些了,林承曔就把她们的墓地都修葺一新。这两个他生命中最重要的女人,都早早地离他而去了。特别是钟婉莹,她的一生几乎都无怨无悔地献给他和他的家庭,他却始终不敢确定,自己心中最爱的那个人是不是她。这让他觉得愧疚。

时间一晃就到了过年,这天李蕙兰摸黑起了个早,把前两天炸好的油货拿出来盛好,又去市场上买了几样前两天没买到的小菜。过年这几天,卖小菜的都懒得来摆摊,要是早料到这个情况,她从家里带来一些也是好的。这些年过春节的饭菜都是她来操持,之前来厦门了一些日子,她还学会了好几道厦门菜。

要是钟婉莹还在,她一定比自己还会做饭。

只是岁月无情。

收敛起心思，李蕙兰朝小菜场走，半路上遇到几个认识的人，匆匆忙忙说了几句话便各忙各的事去。

过了中午，林乡正蹲在水槽边学刮鱼鳞，林建国和苏明莉却进门来了。林建国见林乡拿着一条滑溜溜的鱼不知从何下手，一边笑着一边卷起袖子就来帮他，苏明莉把孩子背到背上，钻到厨房里帮李蕙兰打下手。

晚上，在一片爆竹声里，苏明莉把忙活了一下午的菜全部端上桌。林承暻道往年都要给林承晖留出一个空位置，今年过年总算是坐满了。

林乡忙着看桌上的菜，他掰着手指头数，竟有十二道。

"这个是阿乡下午弄的鱼，做成鱼丸汤了。这是烧大块焖笋干，那边那个是姜母鸭……"苏亦辉给林承晖和林乡挨个介绍，整整一桌菜，干蒸河田鸡、雪花牛仔粒、石菇鸭汤、芋子饺、米浆粿、红谷米圆子，每一道都比林乡之前见过的菜看起来更精致。

林乡舀了一碗鸭汤尝鲜，直夸李蕙兰厨艺高超。

一家人坐着边谈边吃，林承暻打算过完年后带着所有人去钟婉莹的老家看看。林承晖嘴上应着，心里却想尽早出发去找宋珈灵。

小巷里隔一段时间就传来放爆竹的声音，几个人吃饱饭，把之前买的一箱子烟花拿出来在院子里点。林乡和苏明莉、林建国各自抓了一把烟花棒，在院子里左右挥动着，林佑安把两个烟花筒放在地上点了，霎时间喷出耀眼的光点。远处的天空炸开一朵朵璀璨的花，驱赶着夜的宁静。

林承暻和林承晖两兄弟站在一旁，静静地看着满院子的烟花。他们已经不能像年轻的时候捏着烟花到处跑了，现在，即使是看着家里的后代，心里也很满足。

第 三 章

过了年初三,李蕙兰因为担心陈思的病,和苏亦辉踏上了回丁屋岭的路途。林承曝带着剩下的人去了他和钟婉莹生活过的客家老院子。钟秀兰去世后,她的孩子和阿宝去外地打工,两人今年过年也没有回家。

林承晖在这里住下后,向哥哥说明了自己的想法——去找宋珈灵。林承曝没什么意见,只是林乡父子间闹了些不愉快。

林乡心系台湾那边公司的状况,早就想回去了。本来只是答应陪林承晖回来探亲的,现在还要帮着去寻亲,而且还不只宋珈灵,还有吴伯驹的妻子,心中多多少少有些不高兴,便忍不住和林承晖吵了两句。等冷静过来,看到林承晖落寞的样子,又于心不忍答应下来了。

林建国知道林乡要去找母亲,本来想跟林乡说几句话,临到头又没开口。

这些年来,他也在厦门附近找过母亲,沿着当年去龙岩的山路走了一遍没有发现,也回到长汀找过,没有什么确切的消息——他自己也没有再花太多时间——他有怨恨,在他最需要陪伴的时候,她放弃了自己,让他独自面对凄风苦雨,被称为"狗崽子",在农场改造——他也想过母亲的苦衷,但他又觉得,那个时候出走的宋珈灵,还活在这世上的几率也已经很小了——要躲过一路盘查,还能一路吃到足以保命的饭。这些都太考验人了。

他看着情绪低落的生父,心里泛起一股恶意。迟到了四十年的忏悔有用吗?一切的忏悔都是没有用的。

他甚至想看看当寻找处处落空时,父亲还会有什么反应——是蹲在地上大哭一场然后回台湾?还是像之前一样送更多的东西来家里作为弥补?两样都不值得人有一丝同情。林承晖自己选择去台湾的同时,也就选择放弃了他和母亲。

发生过的事情可以被时间掩盖，可被遗弃的痛永不泯灭。

就这样，隔了一天，林乡又回到厦门，准备乘坐向重庆飞去的航班。

"阿乡，你去到重庆就去这个地方看看。这么多年过去了，医院也不知道在不在。"林承晖把写好的纸片递给林乡，嘱咐他要是医院不在了，再去附近的其他地方找找。吴伯驹的妻子也需要打听，不过这趟过去，江西那边似乎不顺路，让林乡回家休息一两天再去也可以。

林乡点点头，收好林承晖给自己的纸片，踏上了寻找宋珈灵的路途。

一路风尘，飞机在重庆梁平机场降落，林乡下了飞机，在一个同行人的带领下上了一辆电车。林乡坐上车，望着窗外密密交织在一起的电缆，想起了小时候在台湾与林承晖一起坐电车的情景。

重庆不像他想象中的那么发达。

街边的一队人穿着一身的棕黑皂青，挑着担子，勾着头从巷口里出来。路两旁的两三层小楼连成片，下面开着茶馆，小饭铺门口的铝锅里煮着茶叶蛋。成片的青砖瓦在银灰色的天下，排成列向前一直延伸出去。正值雾季，地面上罩着一层水汽，太阳在雾中又绵又湿。

穿喇叭裤的青年骑着自行车，像蛇一样钻进人群里，搅动一池春水。林乡能感觉到这座城市的活力，跟厦门一样，崭新的活力。

"老弟，听你的口音，不是内地人吧？"那年轻人坐在林乡的前座，扭过头来好奇地望着林乡。

林乡笑了笑，说自己是台湾来的。

"哦，我知道了，你是来找亲戚的吧？我在新闻上听说了，现在大陆和台湾都开放了，这就来了很多找自家亲属的——说了这么多话，自我介绍一下，我叫张默，我家成都的。"

"你好，我叫林乡，"林乡把收在口袋里的纸片拿出来递给他看，"请问你知道这个地方在哪里吗？"

张默看了一眼纸片，摇摇头，说自己也是这两年才来重庆工作的，对这里的很多地方都还不熟。不过他可以帮忙问问他的朋友。

林乡对这里的环境提不起兴趣，懒懒地窝在位置上和张默搭着话。以前林承晖说重庆是个让人放松精神的地方，现在看来，这个地方确实能使人松懈——懒洋洋的，百无聊赖，像一件穿在身上的旧布衫，又软又粘，冒着点水腥味。

因为对重庆还不熟悉，中午在张默的带领下，两个人去了一家面馆。一进门，林乡就闻到一股浓郁的辣油味。

"来重庆除了火锅，还要尝一下这里的面。保你在外面吃不到！"张默问林乡能不能吃辣，林乡犹豫一阵，还是点点头。他在国外待了很多年，芥末的辣也能够忍受吧。

不一会儿，两碗热腾腾的面条端上来，碗边上浮着一层火红的辣油，被电灯一照，闪起一线亮光。林乡把面上的肉沫子拌开，油辣子的香味顺着热气扑鼻而来。他尝试地吃了一口，面条爽滑劲道，和芥末的冲不同，油泼辣子更加浑厚浓郁。一大口进去，吸了一些辣气到肺，他忍不住咳起来，胸口一阵撕裂的疼痛，眼泪也流了下来，但不知怎地，就是感觉到通体舒泰，全身的毛孔都松弛了。

在这样阴湿的天里，一碗热辣的面，仿佛能让人活起来。

下午的时候，林乡在一处招待所里订好房间，把自己的行李都放到招待所里便出门和张默一起去了江边找他的朋友。这里同样是一排依江畔而建的青砖瓦房，楼下的江水平静地流淌着，江边的石阶上，许多身上挂着草帽的男人，把一根根粗木棒或扁担握在手里，两头拴着小指粗的麻绳，被汗润湿的头发下，一双眼睛盯着从面前来来往往的商客。张默告诉林乡这些人是挑夫，当地人都叫他们"棒棒"。林乡并不好奇那些脸上泛着油光的"棒棒"，平平地看了一会儿那条浑浊的江水就进屋去。

在张默朋友的帮助下，林乡找到了老一辈的人询问，几个老人都知道这个地址附近确实有一家医院，但这家医院现在已经不存在了。不过，他们还认识从这家医院退休的一个护士，也许能找到点线索。

晚上，在外奔波了一天的林乡回到住处，他正要拿出钥匙开门，一推才发现门是开的。他心头一跳，冲进去大喊一声。

房里一个人都没有，他走到床前，自己箱子里的衣服已经被扯出来，丢得满地都是。林乡只觉得自己的血流往头顶上冲，慌忙打开箱子的夹层，果然，他装在里面的一笔钱不见了。

又拉开另一边的小包，幸好，他的通行证还有其他证明虽然被翻了，但好歹还在，不然他连回厦门的飞机票都买不了。

林乡打开身上的钱包数了数，到时候结清住宿费后，他就没钱买飞机票了。

怒从心起，林乡提着自己被翻得乱七八糟的箱子就到楼下去找老板娘算账："老板，你们是怎么做生意的，连客人的东西都能随便翻？"

老板娘有着一副尖细的喉咙，她知道林乡是外地来的，也懒得搭理他，拖长了声音道："你这话说的，客栈是什么地方你不知道吗？那人多混杂的，你自己不好好保管，东西不见了来找我，那谁知道你是不是故意翻乱了把东西收起来才来跟我说你东西被偷了？"

老板娘的地方口音颇重，他大半都没有听懂，但语气里还是听得出来她是不会为这件事负责的，林乡气愤之余只剩下无奈："就你这样，不倒闭才怪。"

"喂，你怎么说话的？咱们打开天窗说亮话，是你自己没有保管好，才给了小偷机会的，整件事情从头到尾都和我没关系好吧？我一个开店的，每天忙来忙去的，哪有那么多时间替你看着行李？"

老板娘的声音又提高了几分，同样的尖细，台湾女性急了，会撇着嗓子说一些"靠北啦"这样的话，但听起来就让人感觉舒服，可这个老板娘只让自己头疼，他不想再过多纠缠："我不住了，押金，退给我。"

老板娘涨红了一张脸，双手叉着腰，脸上的肉也跟着颤了起来："你到老娘这里住店，还污蔑老娘，诅咒老娘倒闭，还想让我给你退押金？我告诉你，你爱住不住，不住这就给你收拾东西去！"她将手一挥，朝楼上大喊，"阿凤！"

叫阿凤的人刚下楼，又听见老板娘说："上去，把他东西拿下来，顺便把房间收拾好了，这位先生不住了。"

阿凤偷偷抬起头看了一眼林乡，忙着跑上去。林乡憋着一肚子气："我订了三天的房，还没到时间，要走也不是现在！"说完，他心里骂骂咧咧地上楼去了，无论是台湾还是国外，他都没见过这么蛮横的女人。

第二天上午，张默来这里接他去找之前提到的老护士。听说他被小偷光顾，张默拉着林乡当面跟老板娘大吵："你赶紧把钱吐出来！"

"你小子，才几点，喝成这样？"老板娘白了一眼两个人，低头拨弄算盘去了。

"不给是吧？"张默看着老板娘还是一副不想搭理他们的模样，嗓子一清，冲着人群大喊了起来，"来来来，都到这里来。"年关刚过，街上已经有不少人了，大家听着张默的吆喝纷纷聚集了过来。

"我跟你们说，我和这位兄弟背井离乡来重庆找工作，到了这家店住下。可是这个老板娘，看我们是外地来的，趁我们不在的时候偷偷叫人溜进我们房间里，翻我们的包，把我们身上吃饭的钱都偷走了。"张默干脆拉着林乡往地上一坐，偷偷掐自己一把，哭了起来，"我们兄弟俩，工作没找着，钱也搭上了。"

林乡在一旁脸一阵红一阵白，一言不发。长这么大，他还是第一次在这么多人面前以这样的方式要钱。之前在英国的时候，街上虽然也有很多流浪汉，但他们是沉默的，如城市里的一抹幽灵，四处游荡，身上裹着一件破棉衣，临近黄昏时睡在公园附近潮湿的木椅上，若醒来时一摸胸前夹着一张钞票，也不会大肆声张，只心里祈祷着，径自摸去最近的一家便利店里买几个面包感恩着吃下去。也有那种卖艺唱歌的流浪汉，背着一把吉他，身上破旧的布包在地上一摊，嘶哑地唱起来，透着人生不易的沧桑。

林乡受不了张默这样的直白——大陆果然是个不一样的地方。

他几欲站起，张默却摁住了他的大腿，阻止了他的行动。

"老板娘，把钱还人家吧，你看他们都这么可怜了。"

"是啊，这也太黑心了。"

……

老板娘的脸青一块红一块，扯着嗓子冲人群大喊："是这小子在整老娘，我根本没拿过他什么钱。"

"老板娘，你怎么能这样呀！你看看你抽屉有没有连号的新人民币，还有几张台币，那些可都是从我兄弟手里抢过来的！"张默拍着地板，哭得更大声了。

老板娘想起来那天林乡住店时给的钱，确实是连号的新人民币，她还见着几张台币觉着新奇要了过来，没想到这竟然成了自己的把柄了。想到这，老板娘往地上啐了一口，转身拿钱去了。

"谢谢各位谢谢各位。"张默擦干净眼泪从地上站起来，朝着门口的人道谢。待林乡拿了钱收拾好东西，张默才拉他出门去："我告诉你，遇见这种流氓你就要比她更流氓，讲文明是没用的。"林乡听了他的话不置可否。就算自己的钱回来了，可过程实在有些上不了台面。如果知道张默要演这样一出，自己是无论如何都不会跟他一处的。张默看着林乡心不在焉的模样，以为他还对这件事耿耿于怀，便邀请他到自己家里去住几天。林乡一口答应下来。

两人到了住的地方把行李放下，又坐着电车去了老护士家里。一提起宋珈灵的名字，年迈的护士笑起来，她仍然记得宋珈灵，可是这许多年过去了，自从宋珈灵去了南京，两人就再也没见过了。

坐着电车打算回住所，张默提议去看一看重庆国民政府旧址，林乡答应下来。此时的国民政府旧址已经不再有当年的风采，1979年主楼拆除后，目前只剩下两栋一楼一底的砖木结构楼房。林乡站在这两幢楼房前，尽管所见之处墙体斑驳，昔日恢宏的大楼已经不复威严，但伸出手摸着墙面，仿佛还能体察到一丝几十年来的风雨飘摇。

林承晖是否也来过这里？

林乡接下来又找了几天，虽之后又见到了几位当年和宋珈灵一起工作过的老护士，但她们的说法都大体一致。宋珈灵自去了南京以后，便很少会打电话联系她们，全中国解放以后，她们也没听说有宋珈灵回来的消息。

"她会不会就在厦门或者福建境内？你想——她虽然是在这里工作过，但老家就是在福建呀，说不定她回老家了呢？"

林乡摇摇头，如果宋珈灵就在厦门，那么大伯一家这么多年来不可能一次都没见过她；如果她是回到了长汀，那为什么在动乱过了以后不回来大伯家呢？毕竟长汀离厦门的路不算很远。无奈之下，林乡只好去报社出钱刊登寻人信息，报社的工作人员建议他提供两张照片，林乡微微一愣，这才发觉自己从没有见过宋珈灵的照片，胖瘦美丑都不知道——即使从小跟林承晖亲，那也是在索取着爱，但要说到关心，却是远远不够的。他甚至不清楚，林承晖那么多年深埋心底的情感来源何处——包括这趟来重庆，他也心不甘情不愿，总是记挂着台湾的生意。

林乡感到愧疚。

又逗留了两日，林乡在城里一边等消息，一边吃了很多从来没有吃过的小吃。到了晚上，他也会走到阳台，喝着伙计泡好的茶水，隔着江，望着对岸点点的火光。

临走前，他给张默留了厦门家里的地址，要是报社传来消息，随时都可以寄信过来联系他们。

林乡走后，韩娜这段时间以来不是去咖啡馆就是去找陈翔，韩福生偶尔也会来女儿的咖啡馆坐一阵，看看这里的经营状况。林乡走了以后，韩福生也叫女儿去林乡的公司偶尔坐一坐，韩娜尽管不愿意，还是去了福通。她是明显的外行人，全公司除了秦彬，几乎没人搭理她。

回到厦门之后，林乡把消息告诉了林承晖。林承晖失落之余，又让林乡去南京一趟，去以前他和宋珈灵住过的地方看看。林乡满口应下，但直觉告诉他这次就算去了南京，也很可能找不到宋珈灵。

林承暲听了林乡带回来的消息，也觉得宋珈灵一个人跑到那么远的地方去很困难，尤其是在当时的那段时间，她一个人身无分文，那时候出远门，需要许多认证，一查也很容易知道她是林承晖的妻子。这样的身份，就算是去火车站买票都不大可能。林承晖对这段时期的情况始终不是很清楚，他倒是希望她并没有走远，可搜罗了记忆中和宋珈灵有关的事情，半天也猜不出除了南京她还能去哪里。可是，南京离这里也不是一段近路啊……

那么她会重新回到乡下去吗？她又会去哪里的乡下呢？

"爸，那吴叔叔那边呢？"林乡问。

林承晖还在想着宋珈灵的事。林乡这一问，他才想起吴伯驹的事来，幸而江西离这里近，只要曾玉一直在那个小村庄等吴伯驹，那就不会太难找到她。

林承晖这几日来都跟着林承暲在厦门到处转悠，刚开始几天还有一点陌生感，时间一长，他也能逐渐融入到这里的生活中来。巷子里的住户很多，就算是坐在院子里，林承晖也能经常看到孩子们去巷口嬉戏，要是出了门往深处走，巷子左手边还有一块空地，几个老的能在那张小木桌上下一个白天的象棋。

林承晖很少去和他们下，很多时候只是站在一边看林承暲拼杀。这群人里有个喜欢抽水烟的，通常下上一两盘就把烟筒提到旁边，地上摆一包土烟丝，挑起一点来敷在小口上，在一旁吸得咕噜响。林承晖极少见人吸这种烟，因此也总能站在旁边，默默地看着他，看他鼻孔里吐出的两股白气，在日光下悠悠地散开，沉淀了小巷的聒噪，那张浸在烟雾后面的脸，忘却了生活的繁杂。水烟的一切在林承晖看来都是有点独特的,他做生意那么多年,纵然他自己不抽烟,各种酒席聚会也见过不少爱抽烟的人。跟自己年龄相仿的人,抽得最多的似乎是雪茄,老粗的一根,夹在两只指头间,含在嘴里说话的时候烟头一翘一翘的,舌头也打了结。不像水烟,林承晖以为抽纸烟的时候实在不宜说话。

抽水烟的老头见林承晖眼睛眨也不眨地看着他,便向林承晖招招手,让他过来。

"给你抽两口,昨天买的烟丝,好着呢。"老人的皱脸上绽开一个笑,把自己的水烟筒递给林承晖。

林承晖接过水烟筒,看了看地上用报纸裹着的烟丝,正犹豫要不要尝试时,一个五六岁的小孩突然窜出来,抢过水烟筒凑到脸上,蒙头一吹,地上喷了一片湿。

"你个小兔崽子!烟被喷潮了!"老头站起来就要打。

孩子大笑着跑远了。

老头可惜他的这包烟丝。马上三月份了,雨水多,烟丝容易受潮,他好不容易收来一点好的,这还没抽上几口,就被小孙子喷了水上去。

林家来了台湾阔亲戚的消息,已经在这个小巷里传得沸沸扬扬。多年前大家私下嘀咕的,害得林承曒一家人过苦日子的国民党军官,现在看来过得比他们任何一个人都好,出手阔绰,口袋里的钞票左右一发都是整百,更莫说林家的自家人。也有人传台湾这个地方,只要去了能回来,个个都镀层金——除了林承晖,还有那些在报纸上登寻人启事的台湾人——没有钱,哪个敢在报纸上买一块位置天天发?观察来观察去,大家发现其实林承晖在生活上什么都不缺,唯独缺个女伴,然而不幸这条小巷里老太太老得失了风韵,中年妇女大多彪悍,年轻的少妇又拉不下这个脸。饶是每个人都晓得林承晖缺什么,还是没有一个人能送出手。

林承晖大概也不会想到,在他努力适应着这里的生活的时候,小巷里面的人也在适应着他的存在。每天来林家串门的人不少，经过这些天的打探，虽然林承晖绝少提及自己在台湾的发展，但人们已经猜到了，他绝对比他表现出来的更有钱。不说别的，就他那一身暗金色带丝绒的西装，熨帖得体，就是不一般的气派——眼下身边人也时兴穿西装，但都是黑灰蓝的配色，穿在身上宽松的，没那么合身。还有金黄色的表，点点的钻围成一个圈，下棋的老头有在手里把玩过，沉甸甸的，他还纳闷了："手上挂这么沉的玩意儿，还怎么干活儿呢？"

不同版本的小道消息，在巷道里风起云涌。

第 四 章

林乡休息了两天之后就先去了江西。一下飞机，一场大雨就劈头盖脸地砸下来，待他就近找到一家电车站台旁边的旅馆，手里的皮箱子都进了水。在前台接待的是一个鼻尖上长着一颗肉痣的胖女人，两颗眼珠陷进肉缝里，林乡一进门，胖女人的小眼睛已经骨碌碌把他浑身打量了一遍。

林乡没发觉她在打量他，昏暗的玻璃吊灯下，四周墙上贴的墙纸泛出黄绿色，胖女人身后的一面墙上，有一个个不规则分布的、黑色的小点。胖女人两只手臂撑在面前的小木台上，旁边放着一把苍蝇拍。

"要住几天呀？"胖女人操起那把苍蝇拍，瞅准了时机，往墙上一拍子打下去。

林乡看见胖女人苍蝇拍下的那块地方，又多了一个黑点。她拿着苍蝇拍的那只手养着长指甲，长离指头肉的那一块卡着一条青黑的线。

林乡想走出去等雨停，再去下一家看看，"你这里多少钱一个晚上？"

"15块。"

林乡摇摇头，认为她是狮子大开口，"价格太高了，别家都没有你这么贵。"他去重庆的时候，那里的客栈一晚上不过5块钱。

"那我的环境也比别家好呢——只是这里蚊子苍蝇多一点，你住到楼上去，我保证没有这么多虫子——老鼠也没有一个。你是外地人，我们这里潮湿，你就多担待点。"胖女人感觉自己这一番话已经谈得妥妥的了，扭头一喊，从小门里出来个跛脚的男人，拎着林乡的皮箱子，跟女人讨了钥匙就先上楼开房去。林乡走在后面，自己的鞋子袜子全部湿了个透，此时穿在皮鞋里，只要脚一落地，鞋里便能挤出一点水来，他恨不得马上把鞋袜脱掉。门外的雨要是一直下，先住在这里也勉强凑合——只要女人说的环境的确好。

待男人打开房门，一股霉湿味的暖气顿时扑进林乡的鼻腔里。这家旅社的采光不好，即使是在白天，房间里也要到处开着灯才看得见。

跛脚的男人把一盏壁灯打开，再把铺好的床罩掀掉，交代了几句便离开了。

林乡走到窗户前想把两扇窗户打开透气，到头来却只打开一扇，另一扇关得死紧。他身上从里到外都是湿的，被外面的凉风一吹，硬生生打了个冷战。打开那只被水淋湿的皮箱，林乡打算翻一身干衣服出来洗澡换上，然而拣了一圈，只有中间的一条裤子是干的。

到了晚上，林乡脑袋开始发胀，洗了个不冷不热的澡便早早地上床睡了。卫生间里挂的都是从箱子里拣出来的湿衣服，不过他觉得，就是到了明天，这些衣服也不会干。

迷迷糊糊睡到半夜，林乡又感觉脸上飞过了什么东西，开灯一看，床上趴着几只油光水滑的蟑螂。房间里的那股霉味，在他睡醒之后，越发强烈了。林乡气急败坏地拿着拖鞋奋力朝地上一拍，打是打死了一只，可翻过鞋底一看，还是让他胃里一阵翻涌。

每当林乡在外面受了委屈的时候，就非常想打电话给林承晖，口气硬一点，跟他说自己干不了找人这个事。林承晖对宋珈灵的执念，他多少能感知一些，可这样寻找的意义，未免又太过浅薄——即使找到了又如何呢，两人还能如以前一样相处？莫说几十年，就是三年两载，也足以改变一个人的精神和情感。对林承晖来说，与其说寻人，不如说是寻一个消息，一个能让他死心的消息罢了。

林乡从来不确定天长地久是否真实存在，"等闲变却故人心，却道故人心易变"。他觉得人性凉薄是自然，不该把过往当作负担。在英国留学的经历更是让他有体会，那些男男女女活得没有负担，心里敞亮多了——换作他们，应会明确拒绝契父的要求吧？林乡叹了口气，自己还是不能像外国人一样率性。

第二日，林乡躺在床上发起了高热，以为旅社里会有人专门送上来吃的东西，结果等了一上午也不见个人影。林乡趿着拖鞋下了楼，身上穿的衬衫还有一圈淡黄的水印，除了吃饭，他还得找那个胖女人借电吹风把衣服吹干。

在楼下看了一圈，他并没有发现胖女人的身影，倒是胖女人先发现了他，从小门里出来。

"哟，你脸色不好啊？"她腰上围着一条围裙，一双手都是面粉，成了两团白乎乎的肉。

林乡阴着苍白的脸望了望门外，还是下着小雨。"请问这附近有餐馆吗？——你有没有电吹风？我想借来吹衣服，衣服干不了。"

"有，出门往左拐，再往前面走就是的。"女人往小门里喊了两句，一个孩子拿着把电吹风出来，他的两只手全是蚊子咬出来的肉红的包，林乡接过电吹风，注意到他的掌心里有一小块血迹。

小男孩望着林乡的白衬衫，突然伸手一抓，捏死了一只蚊子，白衬衫上沾了一块血斑。林乡想起昨晚睡觉床上爬着蟑螂的事，正好向她一并说了，哪知被胖女人一喷，"谁家不有两三个蟑螂在着？"回头就自个嘟囔，"家里有油水，才有蟑螂上门呢！这是富气！"

三月份，江西的天早晚温差还是很大，不知是因为发热还是天气，林乡打着雨伞走到饭馆的时候,身上已经出了一层汗,眼前也发黑。在餐馆门口,一个卖鸡的人挑着两个竹笼子,里面装着两只花翎阉鸡——应该是在这里卖了好几天的,地上堆了一层粪便,林乡闻到这股味道,眼前又浮现出拖鞋底上的那只死蟑螂。店伙计见他脸色不好,先上了一碗姜汤给他,林乡又点了饭菜吃下后,才稍微缓过来些。

他伸头往街的两边看看,除了这家店门口,还有另外几个人也挑着东西在街道两边卖。

根据吴伯驹回忆的地址,曾玉是在驿前镇,从赣州到抚州似乎没有直达的汽车。林乡揉着太阳穴,问了店伙计,确实要在中途转站,不过具体要在哪个地方转他也不大清楚。驿前镇在江西是比较偏僻的地方,要是实在没有车,坐牛车或者坐船去也是有可能的。勉强吃完饭,林乡去街上转了一圈——自己住的这家旅社确实不算好,但跟这附近的比起来,彼此之间也差不到哪里去。

又休息了一天,林乡夜里又灌了一碗姜汤,发了一身汗,清晨退了房间,来到车站买了车票出发。客车很挤,坐在林乡旁边的是一个穿着件旧棉布衣的老人,头上戴着一顶小帽,把黏腻的头发压在了帽子底下,他护着一筐鸡蛋,和林乡交谈了几句便闭上眼睛,靠着座位的椅背睡着了。

汽车走的这条路并不平坦,很多地方都是山路,就算是林乡,一连八九个小时的车也让他有些吃不消。

"小伙子,还有一个小时应该就到了——你没有坐过这么长时间的车吧?这是要到哪里啊?"老人把自己的水壶递给他,林乡道了谢,望望那只杯口有一圈黑色茶渍的水壶,又拒绝了。这车一路颠簸,颠得他浑身发软。

"哦,那你明天还要坐一截路才到得了,今天是不行啦!我还好,我下了车去我儿子那里。"大约是快到站了,老人的精神一下子好起来,他嘴里不停地咕哝着,掀开盖在箩筐上的纱布,检查了一下里面的鸡蛋,眼睛里放出光来。林乡闷闷地回应,他不知道老人说的是什么。

下了车，林乡去小镇上的一家客栈里住了一晚。他已经向车站的售票员打听过，要去到抚州驿前，还有一百多公里的路要走，城里有牛车可以去到那边。

坐了两天牛车，林乡到了驿前镇。走在石子路上，林乡可以看到两侧低矮的古宅，在台湾的时候，也许是他一直在城里长大，他很少在台北看到年代久远的宅子。走过一座木桥，可见一片依水而建的古宅，门额上写"清吸盱源"，门前的小溪边坐着几个玩水的孩子。一名年轻的妇女打门内出来，向孩子们走去。

林乡踌躇了一下，还是决定向她问一问这附近有没有曾姓的家庭。

妇女用不标准的普通话笑道："你要找的这家人我知道的，但是，现在这家人已经好几年都没有回来了——不过可以问问邻居，也许知道些消息。"

"这样也行的……能麻烦你指条路吗？"

妇女答应了他，让他在这附近等她一下，她把孩子安顿好就可以给他引路。

林乡有了点确切的消息，心里也平静下来。顺着门前的这条水泥小道向后走，他发现眼前这片古宅的样式很特别，土褐色的墙，像他在图画书上看过的古代的船一样，甚至还可以大致分出舱室和船篷、甲板，门前的一条小溪正好可以衬出它独特的造型。

妇女关上门出来，见林乡有些好奇地望着这座宅子，嘴边仰开一个笑。

"房子是不是看着太老了？我们这一片房子都很老了。"

林乡摆着手道："不不，只是觉得样子很……像船？我以前从来没有见过这样的宅子。"在英国的时候他也认识一个学建筑的同学，因为他，宿舍组织郊游的时候总能去一些很特别的地方，美国的城堡也是去过的。不过，美国是一个年轻的国家，即使是造型独特的城堡，也大多是近代商业大亨的手笔，尽管规模庞大，也足够繁华，但总是缺少一点韵味。大概就像梁实秋先生说的，粉白的新墙看起来光鲜，但门前的一排小树却暴露了他的主人是暴发户；

讲课的老先生在的地方，应该有一两株长得很好的老藤做衬托，这样方能在无形中增加这位先生的底气。历史的韵味终究需要足够的时间打磨，谁也急不来。

"我家住的这里也有人叫'船型屋'的，你第一次来看着很新鲜吧？我们这里的人很多都姓赖，你要找的这户人家算是小姓，我跟着家里人去过几次。"妇女一面说一面领着林乡往里走，跨过几条横在小溪上的木桥，她指指前面的几户人家，"到了，就是这里啦！"

进了门，迎接林乡的是两个青年。林乡喝了一口茶，问道："请问这里有叫'曾玉'的人吗？"

一个青年想了一会儿，道："你说的是曾奶奶吧？我也不大清楚这些年她到底是住到哪里去了，只是以前外婆跟我说过她改嫁了，嫁的不是我们村里的，嫁过去之后还改了名字，但过的生活还不如原先的家，这里也不经常回来……外婆应该会有点她的消息，不过，外婆一个月前已经去世了。"

"那你还知道她家里的其他人吗？"

"哦，好像嫁过去之后是生了两个儿子的，有一个才10岁就死了，一个还在，但我也没有见过他，只是听说。哎……我想起来了，外婆跟我说她嫁了两次，第一个男人听说去当兵了，她一个女人在家挺着个大肚子，好不容易孩子生下来，没到一岁发热就再没醒过来，后来又等了好几年，她三十几岁的时候又改嫁过去，生了两个儿子，我外婆说她命苦……"

这条消息追查到这里，又断了。他要找的两个人，到现在过去了那么多天，一点进展也没有。

一天不能找到人，他就一天不能回台湾。

"不要灰心，我想曾奶奶嫁的人不会太远，你可以在这附近找找看，说不定也能找到的。"青年安慰道。

三天后，林乡还是告别了这个镇子。虽然没能找到曾玉，但他应邀住在这里的这三天，对这个地方的风土人情了解了不少。原来，就在古宅的后面，有一大片荷花池，三月份，荷花未开，池中已是一片青绿，林乡可以想象夏天满池荷花开放的模样。

几经辗转回到了赣州，林乡本打算就此回厦门，但又想起林承晖还想让他去南京找一趟宋珈灵，索性打个长途电话到厦门家里说明结果，之后就去南京找一圈再回去。

去南京找了一趟，果然如林乡所料，没有一点宋珈灵的消息。

这天，林乡飞回厦门，路过一家音像店的时候，看到电视上的一个节目，顿时眼睛一亮，回到家立刻向林承晖说明自己的想法。

"爸，我在电视上看到一个叫《落叶归根》的节目，你和吴叔叔都可以把消息寄给节目组，之后等消息就可以啦，比我们一处一处地找快多了！"在台湾找人好歹还能到处托人打听，而且台湾本来也不大。在大陆这么大的地方只靠父子俩这样找下去，不知什么时候是个头。

"你说的也对，好吧，我写封信，尽快叫伯驹把他能想起来的信息写下来。"

三个星期后，吴伯驹从台湾寄来的信里，重新把曾玉的消息整理了一遍，与此同时，林承晖也把宋珈灵的信息写了下来交给林乡，由林乡把信寄到节目组。

正逢双休日，林建国回到厦门住了两天。林佑安这段时间正是忙的时候，他是新上任的师傅，最近下来的一批订单比较多，即使工厂休息，他也在家看看相关的加工书。

林建国还是极少和自己的父亲说话，即使在家带孩子的妻子建议他应该要好好与林承晖谈一谈。说母亲因为他出走的事情吗？还是自己也因为他一直到青年时期都过得很不好？无论哪一边，现在就算说起来，不过是徒增烦恼和伤痛，除此之外没有任何意义。四十年以来，对于林建国来说，原本属于父亲的一块始终是一片空白，与林承晖之间，没有什么值得回忆的东西。

尽管儿子不怎么开口说话，林承晖还是跟他说了找宋珈灵的进度。林建国一听还是林乡在跑前跑后，心里也有些纠结，既是感动，也有愧疚——宋珈灵是他的亲生母亲，而林乡是林承晖收养的孩子，与宋珈灵没有什么情分，可若是叫他自己跟着去找，他却觉得自己抽不开身——一来时间精力已经不允许，二则觉得希望渺茫。这件事情的错不在自己，他是最后被放弃得最彻底的那个，就应当让演绎出一整个不幸故事的林承晖去弥补。有时候，他觉得自己对于林承晖来说可能是个不能不捡起来的包袱而已。要说他们之间有什么非常不可磨灭感情，他是不相信的。

　　上次见面之后，林建国一直有在问自己到底对这个父亲有没有期待。他细细想过，也将过去的那些恨和未来的向往拿出来比对，究竟谁占的分量大一些，他也得不出来个答案——他恨父亲一走了之，留下母亲和自己独自等待，他恨父亲从未在身边陪伴，却像个幽灵一样残害着自己，上学、工作、晋升……似乎不存在却又无处不在，将这个家搞得一团糟，这点最可恨。他还恨父亲现在什么事都没有发生过一样站在自己眼前。可他也期待自己能拥有哪怕只是一刻的父爱，或许只是听他讲讲和母亲过去的事情，一起去散散步，听他啰唆着叮嘱自己好好照顾身体，要和明莉好好相处。

　　想着这些，他已经尽量无数次告诉自己要学着去接受林承晖。可是每当只有他们两个人待在一起，除了隔阂还是隔阂，除了打个招呼，问候一下，就是无尽的尴尬。

　　林承曔发觉苏亦辉和李蕙兰也有一段时间没有打电话来了，一问林建国才知道，这段时间李蕙兰一直在老家丁屋岭忙着照顾陈思。陈思的风寒一闹就是一个多星期，连发热也发了好几天，整个人都烧得迷迷糊糊的，睡在床上也偶尔讲起胡话来。她清醒的时候，也向李蕙兰问过一次林家的状况，李蕙兰说："林承曔的弟弟从台湾回来了！带着他的儿子。"陈思的眼睛一亮，然后就暗淡了下去。陈思本来已经断绝了旧关系，在隐忍下有了新生，听到林承晖的消息免不了激动——却没想到他去台湾还有了儿子，男人薄幸果然是一样的，这让她觉得绝望。一时内忧外患，就晕了过去。

林承曝向苏明莉道："实在不行就把她带来这里的大医院好好看看吧，我们这么多人也好照应着点，你妈照顾她不容易。"

"大伯，没事的，我和建国都在龙岩，那里比厦门近。要是我妈觉得要看医生，来龙岩市里面也可以的。我和建国一定会抽时间照顾好她。"苏明莉抱着孩子答道——以前的患难交情多，可不比现在的人情这么浅薄，她知道陈思救过母亲的命，只是她和丈夫一直在市里面忙着，去丁屋岭一趟来回至少要三五天，两人都极少有这么长的休假，因为这个原因，时至今日他们都没有回去过一趟。

"行吧，要是你妈坚持不下来，尽管打电话来就是，我一定叫佑安过去接上他们。"林承曝又道。林承晖坐在一旁喝着茶听他们聊天，茶凉了他也没反应过来，脑海里不停闪现出宋珈灵的模样，他已经很久没有像现在这样不安了。在南京的时候，他承诺过她一定会带她过上幸福的日子，最好是到没有战争的地方去。

林承晖看着手里的茶杯，摇了摇头，笑叹应该是自己想多了，便将茶杯放下来，转头却听见哥哥的声音，"人老了，身体就容易扛不住，生个病也是受罪得很。"

林承晖拍拍哥哥有些弓起来的脊背，笑道自己当过兵，即使老了也比他的背挺得直，背一直，精神看着就比别人好。

"还是你像爸爸多一些，这个年纪了还有精力做生意。"林承曝道。他这一生，一直被时代裹挟着，回头一看，竟没有什么风光的时候。林建国和苏明莉两个人都在单位上班，林建国在政府部门当公务员，但是苏明莉当了教师，这一辈子，也只能在学校教教书了。起码苏明莉是这么认为——林承曝还因此介怀过，他不希望自己家任何一个人当老师，他还是忘不了陆晓浓。他觉得要做党的干部，以前收钢铁的时候，连街道办事处的女主任，走起路来都是神神气气的。

"大伯，爸爸的本事不在这里。我还是喜欢他当兵的时候，特别是去开飞机，家里现在都还有爸爸那段时间的好多照片。"林乡插嘴道。这些年来，林承晖本人已经对那段时间越提越少，但林乡却一直记得小时候，父子俩睡在一张床上，林承晖没有故事给他讲，便拿自己以前过的日子给他说，抵消林乡对讲故事的要求。

林乡正和林承曒讲得兴起，一瞥眼却看见林建国垂着头。林建国默不作声地坐在位置上，心里除了无奈，又升起一点难以言喻的羡慕。林乡虽然不是林承晖亲生，却获得了林承晖这几十年的父爱。这些本该属于他的回忆，却通通都是别人的，有着至亲血脉的自己反而显得多余起来。与他最亲近的人始终是母亲，然而母亲自那次离家出走之后，又丢下自己了……林建国此刻不想去揣测宋珈灵到底身在何方，这始终是一根长在他心头的刺，拔不掉，碰到时又痛又痒。

这些年来，若不是还有林承曒和钟婉莹收留他，他也许等不到亲生父亲回来的这一天。

晚上吃过饭，苏明莉和林佑安收拾饭桌，林乡叫上林建国出去走走。林承晖本来想跟着自己的两个儿子去，然而临到出口，又被林承曒拦下来。

"让两个孩子自己解决吧，建国和阿乡都懂得你的苦。"

林乡和林建国并排走在大街上，天刚刚黑，厦门的夜市就已经很热闹了，林乡这段时间都在到处跑，到现在都没有这样跟着同龄人悠闲地逛过一次。

"哥，爸爸自从知道你的存在，在台湾的时候就一直和我念你，如果你能去台湾陪陪他，他会很高兴。"林乡道。

林建国听罢笑了笑："算了吧，我没办法脱身，上班总是很忙。"他没说自己不愿意去。

林乡也不点破，继续道："我就是觉得爸爸一个人在家挺孤单。我中学的时候就离开家，一年回去一次。有一次我飞机延误，他去机场接我，坐在位置上，一等就是一宿……我是被韩家过继给爸爸的儿子，我不完全了解你和阿姨发生过什么事。我只是想告诉你，在你们埋怨他的四十年里，他在台湾，也盼了你们四十年。"

林建国点点头，双手插在口袋里。在夜市亮晃晃的灯泡下，他的眼睛有些发酸。"老实说，我还是没有办法接受他，你说他渴望了我们四十年，我不否认，可那不是任何一个有良心的人应该有的感受吗？"

林乡愣了一下，不知道该怎样接话。

"我很想去理解他，第一次见面那天，他坚持要送我去车站，你扶着他跟在我们后面你还记得吗？后面你说就送我到这了要回去了，我转身看着你们的背影，我才知道，原来他的腿走起路来一瘸一拐的。"晚饭时喝的酒，林建国现在才感觉到后劲上来了，冷风一吹，整个人冻得直哆嗦。

"那是在战场上受了伤，留下的毛病。"林乡的接话恰到好处。

"那个时候我觉得自己好像又没那么恨他。"林建国突然笑了起来，"可就是因为他，我没有了奶奶，没有了妈，甚至连无辜的大伯母都失去了——现在，就因为他是我爸，我就要原谅他？"

林乡走到他身边，拍了拍他的肩膀，让他顺着自己指的方向看过去。黑夜吞没了海水，只听见一阵阵的海浪声，林建国不明白他让自己看什么，便问："看什么？"

"看海的对面，看得见吗？"

林建国摇了摇头，林乡又道："这就对了，如果你不说，是没人看得见你的痛苦的。爸和你一样，他从来不会和我们说这些，我之所以知道这些，可能是因为我和他待在一起太久了。但是我敢说，爸是不会要你原谅他的，这是你应该有的权利。但背地里，他还是会偷偷埋怨自己。就这一点来说，你们真的太像了。其实，如果真的有什么的话，当面说出来也不见得不是一件好事啊，可能我在国外待太久了，不是很能理解为什么你们要这样彼此爱着恨着，又什么都不说。"

林建国回头看了一眼林乡，在他身上看到了一股耀眼的光芒，那是对生活充满幻想而散发出来的光，是他这辈子永远都不会再有的光。说不羡慕是假的，但他感受更多的竟然是温暖，一靠近就想让人触碰的温暖。

"放心吧，今天说的这些我不会告诉爸的，等你想说了再自己跟他说。还有啊，以后你就是我哥了，我还有个跟我一样大的妹妹在台湾，有机会我让她寄照片过来给你看看！"林乡挨近他，拍拍林建国的肩膀。两人一路说着点有的没的，在夜市上转了一圈，一直逛到夜市的尾巴，林乡发现夜市后面有一个卖珍珠的店铺。店门口的玻璃橱窗里，一个人形模特的脖子上正挂着一串珍珠项链，那模特的肤色偏黑，正好让这串珍珠饱满的光泽发挥到极致。

林乡走进店里，让店员把这串项链包起来。林建国好奇地问他打算送谁，林乡摇摇头答不可说，一边利落地把项链盒子放进裤兜里。

回到家，林乡在衣柜里找到一个纸袋，拿出里面的衣服抖开，他发现上面仍然还有一丝皂粉的清香。

第 五 章

转眼间，三月就在等待消息中过去了，直到四月中旬，林承晖还是没收到任何消息。他当初寄信到节目组时留的电话是林承曜家里的，因此整日坐在电话机前，只要电话一响，第一个接起来的一定是他。直到现在电话是接了许多个，却没有一个是来自节目组的。

"爸，他们一有消息就会打来的，你再耐心等等。"

"哎，托人家办事就是不知道进度怎么样，要我说我们自己还是应该一起找找。你吴伯伯都来了一封信问我们了。"

林乡顿了顿，问："爸，如果找到宋阿姨，你要留——"

正说着话，电话突然响起来，林承晖接起来一问，也不是节目组的人。

几个月来的寻找已经让林乡十分厌倦。他是台湾人，整个过程的艰辛只有他自己最清楚，不管是去重庆还是江西，周围人的生活方式以及地方方言的不同，都让他备感窘迫。这种感受，和他初次去英国的感觉不一样。在英国，尽管大街上更多的是白人，但在学校还有跟他一样的留学生，他们的起点是一致的，他们的目标也是一致的，彼此之间还会有交际的话题。来到大陆，他除了林承晖，与其他人丝毫没有关系。而林承晖除了会关注他办事的结果外，没有一句话关心他寻找的过程。

也许等这一家人都团聚的时候，自己就真正成为多余的那一个了吧？

"你还是写一封信回复一下吴伯伯吧，省得他等着急了。"

林承暻进门，见父子俩的反应，问："怎么样？是不是找到人啦？"他手里捏着一个塑料水瓶。

"哎，一个都没有。"林承晖答。

林承暻进了杂物间。

"知道啦，知道啦。"林乡将信对着光看了一下，光透过白色的纸张将里面的字迹刻了个印，配合着墨水的味道，倒叫人觉察出浓厚的书香气息来。林乡拿着信从沙发上站起来，道："我回房啦，大伯也早点睡啊。"说着就往屋里走了。

客厅里只剩下林承晖一个人，他站起来，到院子里走了几圈，月亮高挂在天上，散发出寒冷的光。吴伯驹的儿子已经有着落了，然而宋珈灵到底在哪里还是没有消息。他发觉自己好像没怎么想过宋珈灵的生活会变成什么模样，到底是跟他一样仍然孤身一人，还是在心灰意冷之后重新嫁一个爱她的人，然后过上正常甚至稍微体面些的生活——就像从前的张书雅那样？如果是后者，他找到她之后，两个人又该如何面对？

林乡在他接电话之前问的那一半问题，应该是要问他是不是要留在大陆吧。

如果他留在大陆，他们一家三口是团圆了，可台湾那边的诸多事情，还有林乡，又该怎么办呢？

一系列的问题在林承晖的脑子里打转，搅得他太阳穴隐隐泛起疼来。

月光盈满了整个庭院，像下了一层银色的薄霜。从前，他和大哥就在这样的院子里嬉闹，那时他还没有林承曝高大，也没他聪明，经常觉得自己被欺负就这样哭起来，每每都惹得林承曝被父亲责骂。一转眼，他们都已经老了，过不了多久，免不了终归黄土。从战场上下来那么多次，对于死亡，他已经坦然了，唯一遗憾的是还没有找到宋珈灵。他又进门来找林承曝，但看他在杂物间里整理那些之前捡回来的水瓶，又没去打扰他。

干资源回收生意的人在台湾当然也不少，他对干这类工作的人并没有任何意见。只是他真没想到有一天林承曝也会像这样——虽不是专门去捡，但房间里也堆了不少。之前送给他的许多礼物，现在也堆在他的杂物间里，泡脚桶也是，用过一次之后也没再用——药是拿来吃的，是要用钱买的，用来泡脚太奢侈。身体从头到脚，最贱的就是脚了，它不配享有这么高贵的待遇。

第二天，林乡起了个大早，随意收拾了一下赶着邮局上班的点就去寄信了。与昨天不同的是，今天的信厚厚一大包，还用一个大大的牛皮纸套住，严严实实地封好。昨晚回房之后，林乡想了一下，横竖也是要寄信回去，不如就一起给韩娜和陈玥寄点什么，看到桌面上还有些原来在别的城市买的明信片，经过一番加工，就变成了一份饱含心意的礼物。

也不知道韩娜和陈玥会不会喜欢。

将信件扔进邮筒的那一刻，他的心也跟着忐忑了起来，一直到回到林家所在的巷子。

"我说，有个台湾回来的亲戚真是好，这辈子都不愁吃不愁穿了。"

"可不就是，林家现在的生活水平就算我们再挣个两三辈子都过不上啊。"

"林家的老头子，以前还经常卖废品呢，现在也不见他捡了。"

"哎，你这么一说……"

在巷子拐角的时候，林乡就听到了女人们聚在巷子口择菜时嗑瓜子时的闲言碎语，索性放慢步伐，也正好听个清楚。还没走近，就被坐在边缘上眼尖的女人注意到了，她用手拍了下身边的人，咳了两声向她们示意了一番，转移了话题。

走近的时候，女人们热情地向林乡打起了招呼。林乡因为刚才那些话心里不舒服，低声骂了一句："八婆。"

刚回到家，林乡看到林承晖兄弟俩在喝茶，打了声招呼就回房了。林承晖看着林乡的背影有些纳闷，也不知发生什么事，总感觉不太对劲。林承曒让他去问问。

林承晖喝了口茶："算了，孩子大了，管不了那么多。大哥，你想不想去台湾看看？"

没想到林承晖突然这么问，林承曒有些愣住了，他从来没想过离开，当初逃难到龙岩是不得已的选择，但现在不一样了，他经历了那么多事情，好不容易生活安定下来了，如果阿晖愿意从台湾回来那就更好。想到这，他突然笑起来："折腾不住了。我看，不如你就留下来？我们一家人也算是团团圆圆。"

林承晖讪讪地笑了，台湾那边的事情，也容不得他回大陆。

好长一段时间，林乡都维持着这样的状态，看见大家还是会打招呼，但总觉得没之前热情了，谁也不知道他经历了什么，他也从来不主动提及。

这天，林建国和苏明莉趁着周末休息买了好些龙岩特产回到了林家。

刚进家门，林承曒就从厅内出来迎接，"回来就回来了，怎么还带这么多东西？"

"哎呀，大伯，总不能空手来嘛。再说了，这些都是那边的特产，你们也不常吃得上，给你们带点来，也算是我们做晚辈的一点心意。"苏明莉接过话，她拉拉女儿的小手，"是吧，欣怡？"

孩子被喊了名字，抬起头来看着苏明莉，还没长牙的嘴巴咧开一个笑来。

林承曜被孩子的反应哄乐了，笑得眼睛都眯起来，又让他们赶紧进屋。林承曜走在前面，一边喊着："阿晖，阿乡，你们快出来，建国和明莉回来啦。"

林承晖从房里径直向林建国走来，笑着说："建国回来了？"

林建国手里还提着许多补品，咬了咬嘴唇，说："我回来看看大伯，还有您，"又将手中的礼品挑了一份递到林承晖面前，"这个是我和明莉给您买的补品，您没事就喝一喝。"林承晖在看见他时，那眼里的欣喜他是知道的。可尽管如此，他还是没有办法马上就和自己的父亲亲近起来。

林乡上次的话他回去思考了很久，他说不清自己是否最终能接受林承晖，但他愿意试一试，靠近这位老人。

林承晖讷讷地接过来礼物，嘴里"嗳嗳"了两声，又看看包装盒上的字，道："这个补品好，我晓得的……"说着眼眶忍不住湿了，他给林建国打长命锁的时候，心里想到的就是这个场面。他想说些其他的话，可又一时想不出要说什么，只能抱着这盒补品夸。

他知道距离让林建国叫一声爸的时间还很长，但所幸的是，他不再是一个人去融化他们之间的冰川，他的儿子也开始努力了。

苏明莉站在两人的后面，看着这场面，也忍不住为他们开心。只有林承曜，从头到尾都笑眯眯地看着，像是一切都在他意料之中似的。

林承曜让大家不要站着，赶紧坐下来聊聊天。一伙人笑着坐了下来闲聊。眼看着午饭时间就要到了，苏明莉把林欣怡丢给林建国，自告奋勇要给大家做饭，虽然自己的厨艺比不上母亲，但也还算过得去吧。

约莫过去半个小时，苏明莉就过来叫大家上桌吃饭了。看着这一桌子菜，林承曜赞不绝口："这一桌子菜，比饭馆的都好。"

"哪有，大家不要嫌弃我做得难吃才是。"苏明莉让大家赶紧坐下。她调了碗米糊糊，一手抱着孩子一手喂。

"对了，明莉，先前你妈说生病的那个邻居好了没有啊？这都过去那么久了，要是还没好，得赶紧送到大医院才行啊。"林承曜夹了一块鸭肉，看向苏明莉问道。

"好是好得差不多了，但是可能因为生病太久的原因，好了之后整个人有点糊涂了。"

"那还真是可怜哦。"林承曔感叹了一句，像他们这个年纪的人，生起病来还真不是小事，稍不注意可能命就没了。但对他来说，宁愿病死，也不愿意人好着糊涂，给后代添许多麻烦。

"对了，你们有没有见过那个邻居啊？"林承晖想夹一块拔丝芋头放到林建国碗里，却见他将碗缩了回去。他微微一顿，只好放到自己碗中，又给林乡夹了一块。

"很久以前见过，那时候也不知道，就没在意。后来到市里面工作就没回去过了，现在一时半会儿也想不起来了。突然问起她，是有什么事……吧？"苏明莉喂了一口怀里面的孩子，看向林承晖，又心虚地低下了头。就在刚才，她差点就要叫她爸了。

林承晖想着林建国刚刚的动作，有些心不在焉，也没注意到苏明莉的尴尬，"上次阿乡回来，你们不是说珈灵可能还在福建吗？我后来回想了一下，之前和珈灵有个约定，等战争结束后一起去丁屋岭定居。开始听说会医术，我就想起了珈灵，可是又说她叫陈思，想着应该不是。但前段时间你们回来，不是说她昏昏沉沉，醒来还问过一次林家的事情吗？起初我也没放在心上，但是我又想了想，要是她不认识我们的话，怎么会问起林家的事。"

听完林承晖的话，饭桌的气氛一下凝重了起来，他的目光在大家身上转来转去，林建国和苏明莉都低下头扒饭不作回应，林乡眼睛看着窗外的鸟儿，咬着嘴唇若有所思。林承曔环视一圈看到晚辈们的反应，跟他眼神对视了一下，想安慰林承晖，但是又不知道该怎么开口。

林承晖感到一阵难过——他第一次感觉到人老以后的无力感，就是身体无法应和梦想，要依赖年轻人的不得已。人变老一定是从无力感开始的——对子女无能为力，对远方无能为力，对时间无能为力，对生命无能为力。他向来不爱强人所难，也很擅长给自己找台阶下，他笑着说："这也只是我乱想的，改天阿乡有空的时候我再叫他去丁屋岭一趟就行。"

他这句话只是单纯地找台阶——眼下林乡天天在厦门待着，也不见得有什么重要的事，本来可以直接说"明天"而不是"改天"，人到老年小心翼翼的世故，往往藏在不为人知的措辞里。

但林乡听了这话，神色起了变化。他没有听懂契父的委婉，只感到了自己的委屈。他答应陪林承晖来大陆探亲，可不知道什么时候起，这一趟旅程就这样变了味，仿佛自己就应该要放弃在台湾的所有的事情，心无旁骛地去为父辈们找那一个又一个不知道下落的和自己毫无关联的人。早知道这样，他就应该把整个公司都搬过来，分派着他们去找。仅凭一己之力，还要什么时候才能回台湾？

说到底，他才是在这里毫无落脚之地的人。

"我可不想去。一个人太累了。"林乡小声道。

"你不去怎么行？——再坚持一会儿，就当去逛一逛了。"林承晖说着，语气里有一丝恳切的哀求。林乡确实这些日子跑了不少地方，但年轻人多跑跑也不是什么坏事。他没来过大陆，就当开开眼界。

林建国注意到林乡的情绪变化，便转移了话题："大伯，佑安哥怎么没回家呀？"

"哦，佑安厂里又接了单子，这次任务好像比较困难，要纯手工制作，不让钉一颗钉子，他最近和几个师傅一起研究呢。你呢？工作怎么样？"

林承晖听到这个问题，注意力很快就集中起来了，他只是知道自己的儿子在市政府工作，但具体做什么，他并不了解。

"还行吧，每天就是忙着开会，整理整理材料，一天也就过去了。"很多事情林建国也没有明讲，毕竟政府机关的工作，涉及很多机密。如果只是和大伯一家还好，但现在林承晖和林乡还在这。也不是说自己对他们有偏见，只是他们身份的特殊性让他不得不谨慎。时代的齿轮不停向前转，谁也不知道它会不会有一天又是一个轮回。

就在大家要吃完饭的时候，门外响起来了陌生的声音："有人在家吗？"

苏明莉走出去看了看，身着制服的邮差拿着信在门口等待着。苏明莉接过邮递员手中的信摸了一下，也不知道里面装了些什么，有些厚重的样子。苏明莉谢过邮递员，往屋内走进去："台湾来信啦！"

林乡首先冲过去，将信接过拆开，包裹里面有两封信，一封署名林承晖，另一封，则是林乡。林乡在脑海里搜索了一下这个字迹，确定了是陈玥给自己的回信，一颗心儿随着风荡漾，怎么也无法安定。

林承晖叫了两遍，林乡才回过神来，说："爸，你自己看还是我给你念？"

"我自己看吧。"林乡将信递给林承晖。林承晖看完，默默地叹了口气。

林乡一溜烟就跑回了房间，他不愿意和大家分享这一刻——这是属于他和陈玥两个人的时间。他小心翼翼地将信封拆开来，信纸上出现的却是韩娜的字迹：

哥：

　　没想到吧？其实是我，你亲爱的妹妹，给你送了个小小的恶作剧。我猜你刚才一定以为是陈玥给你写的信开心到跳脚吧？

　　抱歉啦，还是和你说正事吧。最近台湾经济形势好像不太好，但你也知道这些事情我不太懂，所以这都是秦彬告诉我的。他说，公司现在也有点问题不好处理。你有空的话，最近回来一趟吧。

　　对了，偷偷告诉你，陈玥一直在记挂着你哦。

娜

林乡看完信，一脸严肃。自己确实是出来得太久了，对公司的事情，很多都一知半解，如果不是韩娜告诉自己这些事情，说不定还没等到他回去，公司就已经倒闭了。

林乡从床上跳起来，去客厅找到林承晖说明了这件事。林承晖却不同意："你先让你的同学帮你处理。公司这么多股东，离了你就转不起来了？"

"哎呀，爸，我当然知道他们都在。但是娜娜跟我说问题比较棘手啊，要是他们能处理，早就处理了。我现在不回去，公司出了事怎么办？"林乡发急道，原本他就不想来，后来听这里的邻居在背后议论就想回去，更何况现在公司面临危机，"这个公司成立，可不只是我一个人的心血。你们都只给我了一次机会，怎么能撒手不管？现在待在这里，连电话都不好打。"

看他下定决心的样子，林承晖口气也硬起来，"那我在这里要怎么办？我来这里的目的就是为了找到建国和你宋阿姨，她没找到，你不能回去！"

"爸，你自始至终都觉得我没有尽力对不对？可是爸你有没有想过——"林乡指了指站在一旁的林建国，又说，"这个人才是你亲生儿子，他都不着急去找，我为什么要找呢？说到底，我的家不在这里，我的家自始至终都在台湾！"

林承晖听了这话气得脸青一阵紫一阵的，上前去给了林乡一巴掌。林乡愣了一下，很快恢复过来，往房间跑去，将门一摔。剩下林承晖站在原地不停地喘着粗气，林建国想上去说点什么，但看到林承晖对他摇头，又止住了脚步。

约莫中午的时候，部门里的人都约着一起去吃饭，秦彬还是叫上了韩娜一起。不管怎么说都是林乡的妹妹，还是得照顾好。

应韩娜的好奇心，两人一起出了公司，去外面的小巷吃饭。这种小巷，在繁华的城市里俨然算是另一个世界。细长的街道两旁全是各样吃食，洗刷锅碗的声音和人们的讲话声融合在一起，充斥着每个过路人的耳朵。放着"正宗川菜"塑料招牌的后厨男人，脚上穿一双塑料拖鞋，将砧板上剁出的一堆白菜往锅里一扔，烧烫的热油顿时腾起急促的炸裂声，辣椒的味道钻入鼻腔。

蹲在洗碗池边的孩子，把手镇在水里，在其他人过路的时候猛地一抄，溅他一脸一身。前面烧煤的女人在惊叫中回头，手里摸过火叉，"又作皮子——哎?!"

几人随便找了家店，点了饭菜，味道果然不错。比起一开始时，韩娜已经渐渐和秦彬熟络了很多。从她来公司的这几次观察来看，林乡当初把公司交给他是正确的，只是她担心如今台湾的经济泡沫太严重，福通刚刚创立，如果林乡还不回来，韩娜也不知道秦彬能撑多久。秦彬偶尔一说起公司的事，也露出一丝青黄不接的愁苦。

第 六 章

清晨，林承晖打开院门，对面的几个女人就议论开了。

"哟，你们也出门啊？是找阿乡去？我们也见阿乡出去了——他跑步哩。"

"人家出去走走管这么多闲事干吗，快点出牌，我打完还得回家做饭呢！"

"就是，别拖着时间。有钱的人没时间做饭，去外面吃上几顿也没关系，我们又没有这个命。"

林承晖听着他们的话，眉头微微皱起来，正想开口，林承曛却笑着接过了话茬，说年轻人就应该多锻炼，他年轻的时候也和林承晖一起去海边跑步。

林承晖心里有些介怀，觉得林承曛不应该和她们说这么多。

"没事的，你在台湾单门独户地住着，可能不习惯。其实大家就是有些好奇而已，告诉她们一声以后也不消再被缠着问了。"林承曛拍拍弟弟的背安慰道，"大家都是一条巷子里的，远亲不如近邻，少不了要互相照应的时候。"如今也不是之前的社会，落井下石的事以前不少，现在可不一样，人与人之间还是以和为贵，起码面上是这样，尤其是一个人忽然多了阔邻居，好比

"祖上曾经阔过"，那也是与有荣焉的。

他几乎忘了，以前若不是宋珈灵早早就离开，恐怕那会儿落井下石的罪要受不少。"建国是珈灵托一个老头送回来的，只是那个老头后来死了——"话头一打开，林承曔又说了许多关于林乡的好话，让林承晖消消气——不管怎么说，林乡的好有目共睹。毕竟在大陆人生地不熟，和宋珈灵之间更是没有过联系，想回台湾去也是情理之中。

林承晖应着话，心里也考量起来。

周末，林建国坐车来到厦门，在见到林乡和林承晖两人似乎和好以后，心里竟松了口气。林乡就自己上次和父亲吵架，牵扯到他的事情向林建国道歉。林建国知道他那时正在气头上，也不多说，只向林乡讲了自己小时候的事情。

"对不起，我不知道阿姨和你过得这么辛苦……"林乡再次道歉，上次只是听说他很久以前和宋珈灵一起去乞讨过，没想到背后还有这么多事情，甚至有一些他还只是在书里面看见过。他虽然之后在英国留学，和杜欣妍接触得不是很多，但杜欣妍对他的关心从来都是和韩娜一样的。远在大洋另一边的他也能不时接到母亲打来的电话，林建国的境遇，是他从来没有过的，也是从来没有想象过的。

"这又不是你的错。"林建国从裤兜里掏出来一包烟，问林乡要不要抽。林乡摆了摆手拒绝。

"事情已经是这样了，好歹家里面现在也稳定——我倒是很羡慕你。"林建国点上了烟，熟练地吐出来几个烟圈。

"我？我有什么好羡慕的?"林乡不解。

"没什么。"林建国笑了一下，没有再接话。他不好意思说自己竟然羡慕他完全得到了父亲的信任，那多少有些幼稚。其实林乡说得并没有错，那毕竟是自己的母亲，要找也应该是自己去才对，可父亲从头到尾就没有对自己有过些许的期望。甚至父亲的脾气，都不会对着自己发——越是亲密的人，才越容易互相伤害，如果彼此毕恭毕敬，肯定是生分了。

他羡慕林乡，可以不用约束着自己随意说自己想说的话，流露自己当下的情绪，甚至不惜一切地去做自己喜欢的事情，开公司如此，喜欢一个人也如此。倒不是说自己不喜欢苏明莉，只是觉得一对比下来，自己仿佛从来没有活出个人样来。从他被送回农场扣工分不敢反抗的那一刻起，到后来听林承晖的话参加高考考上大学，和苏明莉结婚，再到去现在的单位工作，仿佛背后一直有一双手在推着他，让他来不及为自己做选择。

四十年来，他从来没有问过自己到底有没有什么爱好，现在突然想起来，也觉得脑袋一片空白。他在政府系统里工作，生活上非常稳定，也有保障，但长久下来，他又觉得自己接下来的生活已经被安排完了，只用顺着这条道一路走到黑。林乡就和自己不同，他可以去到国外留学，可以在林承晖的帮助下开公司。在林乡的身上，他仿佛能感受到一种自由，这是在整个林家都一直缺乏的东西。

林乡是从小跟着林承晖长大的孩子，如果他也在林承晖的身边成长，是不是也会和今天有所不同？

"我现在也挺羡慕你的。"林乡淡淡地说了一声。

"嗯？"林建国回过神来发现手中的烟灰已经长长一截，稍微一动就掉下来。他摸了摸被烫着的手，看向林乡。林乡望着海的那边，沉默了半晌，缓缓开口："你看啊，你有稳定的工作，家里还有老婆女儿。我开了个公司没错，但开没几天我就跑过来了，现在那边一团糟，经济不景气，但我在这里什么都做不了。我想见的人，也见不了。"

"我说你那会儿为什么要买项链。"林建国又点燃了一支烟，说到底是林家的事一直拖累他，"抱歉，都是这边的事让你脱不开身。"

回到家，林建国进了房间，将锁在柜子里的盒子拿了出来，盒子是林佑安给他做的，木头材质，不大，上面雕了几朵凤凰花，那是林佑安最喜欢的花。应自己的要求，上面挂了一把小铜锁。盒子收拾得很好，上面一丝灰尘都没有，里面装的都是别人送他的小物件，有宋珈灵的，林承曈的，钟婉莹的，李佩瑶的，苏明莉的，还有林承晖的——一把平安锁，见面那天自己并没有接下，是后来苏明莉偷偷收起来的，她把它放在房间的书桌上，一句话也没说。林建国见着心烦，拿起来丢进了垃圾篓，犹豫了很久，吃过晚饭回家时，还是捡了起来，装进了盒子里。

他不该还被过去的事所牵绊。

他将苏明莉叫了进来，又把平安锁挂在女儿的胸前，抱着孩子出去。林承晖正在和林承曈不知道聊着些什么，他深呼了一口，走了上前："大伯，我有话想要跟你们说。"

林承晖盯着他看，拿捏不准他要说什么，心里不自觉发慌。看见他怀里的孩子，胸前戴着自己送的平安锁，他的心才稍微安定了一些。

"上次你们吵架之后，我也想了很久，"林建国的手牵住林欣怡的手，一丝温暖从指间流进他的心里，"阿乡说的也没错，宋珈灵是我妈，你是我爸，我才是你们的儿子，去找妈应该是我的责任。阿乡在台湾有那么多事情要管，就让我去吧。"

"那你的工作怎么办？"林承曈知道当初他也是费了很大劲才进到了政府部门，虽然听他说过可以休假，但是寻人这件事情怕不是一时半会儿能够完成的，他已经老大不小了，这时候工作要是出什么差错，后半辈子苦的也只是他们一家。

"这我也和明莉讨论过了，工作不能和妈作比较。况且，我心里也还有很多事情要问妈。"林建国低下头去看女儿，想起了十几年前的事情，眼睛开始发酸，"我也想一家人团聚，你也很想妈，不是吗？——爸。"

林承晖双手撑着椅子的扶手颤抖着身子站起来，红了眼眶："你，你刚刚叫我什么？"

"爸。"林建国又喊了一声。

"好，好……"林承晖拍了拍儿子的肩膀，低下头失声痛哭。林建国也忍不住哭出声来，久久不能停止。

正巧林乡从房间里出来，看得一脸错愕，连忙上来搀着林承晖。他跟林建国一左一右，架着林承晖，林承晖牵着两个儿子上来搀扶的手，断断续续说不出一句完整的话来，他等这一刻等太久了，从知道有儿子后，他几乎就是数着日子过来的，每天都在担惊受怕，担心他不会认自己，害怕他将自己视作陌生人。他咬紧牙根，挺过了那些难熬的日子。

心头紧绷着的几根弦，又松了一根。

林承曔站在一旁也跟着感伤起来，突然想起了李佩瑶，这时候，要是妈还在就好了。他擦了擦眼角的泪："好了好了，这是喜事，怎么就哭起来了？"他拍了拍林承晖的背，"明天我们去看看妈吧，要把这个好消息告诉她。"

林承晖点了点头，他让苏明莉把孙女给他抱一抱。林欣怡躺在他的怀里，睡得那么甜，胸前的平安锁在橘色的灯光照耀下也散发出金黄色的光泽。他伸出食指摸了摸她的眉间，问："当年要不是发生了那些事情，我也能像现在抱着欣怡这样抱着你吧？"

林建国接不上来这话，从他有记忆开始大家都说自己和父亲很像，就连林乡也这样说，可真正接触下来他反而不清楚他们之间到底有什么相似之处。林承曔摇了摇头，叹着气将宋珈灵生孩子时的场景从头到尾给讲了一遍，叫林承晖又一次流下了眼泪，脑海里浮现出宋珈灵带着林建国的模样，更是悔恨自己当初一走了之。活了大半辈子，什么大是大非他都经历过了，也什么都看淡了，今天林建国的那一声"爸"化开了他们父子之间的结，孙女也在默默地牵引着他们的心，要说还有什么遗憾，就只剩下毫无消息的宋珈灵。

林乡站在这些人中间，虽然觉得他们可怜，但到底是无法感同身受，趁着大家不注意，一个人偷偷溜到院子外面去了。说起来，他来大陆已经好几个月了，来的那会儿还是大棉衣，现在早就换上短袖了，这件衣服还是之前在国外读书时买的。那时候他去兼职，挣了第一笔工资，去商场给林承晖和韩家人都买了礼物，剩下的钱才给自己买了这一件短袖。长辈们倒是欢喜，只有韩娜打开礼盒看到是一瓶廉价香水时一脸嫌弃地看着自己。

回到台湾，他的生活才能继续。

林乡坐在台阶上，听着屋子里面一会儿哭一会儿笑，感觉自己这会儿完全像个局外人，他又想到了陈珝。说起来，自己和她还什么话都没说明白，也就只是见过几次面而已。他确认自己是喜欢陈珝的，但给她写了那么多信，却从来没有收到过回应，也不知道她到底是怎么想的。

第二天，林承曔带着一大家子到了李佩瑶的墓前，将林承晖和林建国终于相认的消息告诉了她。林承晖说起来这些事还是忍不住哭了，林建国在一旁安慰他。林承曔叹了口气，招呼也没打便走了，这种时候还是只有婉莹最懂他。可她到底是不在了。

还是去看看她吧，心里也有好多话想要对她说。

林承曔回到家时，他们也已经回来了。还没进家门，就听见他们不知道在吵些什么。他叹了口气，推开了门，看见他回来的林建国急忙跑上来："大伯，你终于回来了，快劝劝爸吧，他不同意让我去找妈。"

"大哥，阿乡找了这么久也没点消息的，建国这一去可能还不知道什么时候能找到，那到时候工作怎么办，孩子怎么办？"林承晖也跟了上来。

林承曔看着两人的样子，不知怎么想起了还在上学时有一次弟弟和张书雅也是这样来找自己评理。一晃好几十年就过去了，果然变了的只有他自己。

见他发愣，林承晖也不再争执了："你想去就去吧，多个人也是好的。"

林乡却不以为然："哎哟，爸，你们能不能听我说一说吗？"见大家都安静下来，他才继续说，"你们还记得之前我们不是寄信给一个寻人节目组了吗？我们再给他们寄一封信，然后叫他们帮我们去看看，有消息再通知我们。我们只需要买一台电视回来就好啦，这样建国哥也不用放弃工作。"

林承晖一口答应，林建国还有些犹豫："要是他们没有看到我们的来信，或者是没有更新怎么办？这可信吗？"在家里纯粹甩手等着别人找，他当初就觉得不是很靠谱。

"放心啦，那是正规节目组，我了解过的。"林乡解释着，"我想买一台大彩电，看节目也清楚一点。"

在一旁听着几个人对话的林承暻认为还是好好打算一下再买："阿晖，你看买一台大彩电多费钱啊，买个普通的黑白电视就好了吧？巷口的赵家就有一台黑白电视，人像清楚得很，声音也清晰得很，花三五倍的钱买差不多的东西，实在是浪费。"林承暻对大宗的钱财出入还是吝啬，尽管花的不是自己的钱。

"大伯说的好像也有道理，找到了他们不是会给我们打电话吗？电视有没有都不重要。"林建国说。

林乡摆摆手："你们就不懂了。看彩色电视和看黑白电视，是两种感觉。"

"可是……"林承暻话还没有说完，就被林承晖打断，"哥，我让阿乡去买电视也不是完全为了找珈灵。我在这里这么长时间了，就是坐在家里干等，外边有个什么事也没办法知道，有电视看的话，还能打发一下时间——说不定阿乡也能看看台湾那边的新闻，知道点动向。"这一次矛盾，林承晖其实也有所考虑。林家到现在只能围着那一台收音机听听新闻。买一台电视来，林乡在家也可以看看外面到底有什么事，上面的新东西比收音机里的可丰富多了。他们眼下回厦门这么多天了，只能去外面的街上转一转，要么就是去巷子里看人家下棋。然而，就这两个去处，在眼下看来似乎也不是什么好去处了，他只要一出门，总会有巷子里的邻居缠着他问几个不痛不痒的问题，时间一长，大大小小的问题集在一起也就几十个而已——反正他们每天问也不会烦，但是林承晖烦了。

所以，思量之下，林承晖觉得买一台大电视在家里还是很有必要的。

"你多出去走动走动就不无聊了，你看，我活了这么多年，现在老了，不看电视也不觉得生活有多难过。阿晖，有的钱我们可以攒下来的就攒下来，以后孩子们总会有用得着的地方，现在就这么随便花了，以后要是有个什么要紧事怎么办呢？"林承暻道。

"哥，我不是不想出去走，但是你看家门口的那些人，时时刻刻就望着我们的大门，我一出去，总有人上来问这问那，我不是不想回答他们，只是这样反而会让他们越问越多。在钱这个方面，哥你不经常去银行可能不知道，我们就算把钱老老实实地存在银行里，过个几年它还是会贬值的，到时候再取出来就不能当这么多钱用了，孩子们都长大了，他们会为自己后面的日子考虑的，你应该放松一点，让他们有自己的想法也好。"林承晖皱着眉头回答。他知道林承曔为什么杂物间里要堆着那么多旧的、烂的东西——曾经的那些苦难把他束得太久，即使到现在这个新时代，他还是不敢施展拳脚。不过他们这一辈人，早已半个身子都进了土，谨慎些就谨慎些吧，可是对于他们的下一代，就应该有新的生活，允许他们自己生长，创造条件，让他们拥有更多新的选择，新的可能性。

林建国和林佑安身上，在他看来，都缺少了一点年轻人的生气。

林承曔还是坚持认为不应该买大彩电，要买也是买一台黑白的，演的内容不都一样吗？林乡为了不让两个人再争论下去，第二天就和林建国去电器商场买了一台彩色电视机。

商场的工作人员来家里装配的时候，巷子里这一条道上的人几乎都跑来看热闹。顿时，整个院子里到处都是人，林承曔笑眯眯地看着在院子里惊奇的孩子——家里能装上大电视是件好事，反正也不是自己花钱，说到底林承曔心里还是很乐意的。

在这条巷子里，赵家先买了电视，但和林家的电视比，那屏幕就小得多了，赵家两个孩子凑到电视跟前看，后面坐在凳子上的人就光看见两个孩子的后脑勺，电视上放个什么画面都不晓得。这下林家装了个屏幕大的电视，家里又没有毛孩子挡着，四五个人来家里看也不成问题。电视还没有装好，林承曔就已经答应好几个人来家里看电视了。

闹闹哄哄了一天，直到晚上九点，客厅里还坐着好几个来看电视的人，林承曔在一旁坐着，随他们拿着遥控调台——反正调来调去就是这么几个台。

第一次看电视的人，即使是看到洗发水的广告也新鲜得很。

林承晖来客厅一看这些人还没走，也不好直接赶，只说自己要休息了，电视的声音让他睡不了觉。

"爸，要不还是直接和大伯说吧，以后不要让这些人随便来家里了——我是真没想到买这个电视会把这些人引来家里。你不知道，有一次我还听见他们议论我们两个，我听着很不舒服。"林乡关上房门，和林承晖说。

"哎，等着我和他说一声吧，你大伯就是太迁就他们了，他总觉得满足了他们这回，下回就不会来了。这些人，说得不好听就是给三分颜色就能开染坊的，你不信看着，以后来家里看电视的一定比今天多，看的时间也会比今天长。"这么多年，这一类人他看得太多了。

正如林承晖所料，因为有了电视，来家里的人越来越多，有的甚至连吃饭都赖在家里，即使到了晚上睡觉的时间他们也难得主动离开。林承曔看出弟弟心里的埋怨，也觉得不顾他的感受似乎不大好——毕竟电视也是林乡出的钱。林承曔自己倒是对这些人没什么意见，林佑安出去工作经常好长一段时间不回来，林建国在龙岩上班也只是偶尔周末回来看看，他一个人在这个家里空荡荡的，现在来了这么多人，他心里也愿意他们来凑个热闹。他当了一辈子的好人，不起眼的好人，被众人需要的时候极少；还有就是他也跟林承晖一样，感觉到了"无力感"，无力感让老人感到虚空和寂寞，需要更多的热闹来填补。

这天，睡在离客厅最近的林乡受不了客厅的电视声，憋着气出来一看，几个人坐在椅子上，磕了一地的瓜子壳，一股火气突然袭上心头，不由分说地把这一群人赶出家去。

"不就是有个电视吗，看看怎么了？有钱人就是脾气怪！"不知是谁说了一句，林乡一气之下就还了一句嘴，堵得一干人顿时失了声。林承曔追出来要向他们道歉，也被林乡拦下了。"大伯，我爸说得没错，这些人就得像这样跟他们说话，我没做错，你不用给他们道歉！"

然而，林乡起的作用也仅仅只是几天，这一阵过后，家里的人又逐渐多了起来。林承晖和林承曔沟通了几回，发现没有用之后干脆也不管了，随他们看去。

这段时间，台湾的金融开始出现混乱，加上岛内日趋严重的环境保护问题，使得不少企业生产利润下降，投资者们纷纷去往海外投资。一时间，台湾的金融风气更加低迷了。韩娜听着福通里的传言，心里也着急，她写了几封信，可韩福生还是不让她寄出去，说怕林乡父子俩在大陆的事办不好心里更着急。

虽然她收到的信里，林乡几乎没有提及寻亲遇到困难的事，但韩娜总觉得林乡回不来台湾，有林承晖的原因。她不大能理解林承晖一定要回大陆寻亲的想法——韩福生也是当初从大陆来的人，但他从来没想着要回大陆去，一心一意在台湾过日子。她知道林家还有人在大陆，但她认为实在没有必要在这个当口着急回去，还把林乡也搭上了。退一步讲，万一寻亲过程不顺利，没找到人，福通又因为这次危机破产，岂不是落得两头空？

韩娜的咖啡馆也受到了影响，不光这样，她之前买的股票也赔进去几万块，让她不得不赶紧抛售出去。根据店员报上来的情况看，咖啡馆这两个星期的经营状况已经出现了下滑，连韩娜认识的一个老顾客，也一个星期都没来咖啡馆了。韩福生这段时间也在为餐厅的经营操心着，偶尔回家一趟也是急急忙忙，来西餐厅的客流量也开始没有之前的大了，即使是店里推出了新的菜式，产生的收益也很小。既然在菜式的创新上没有反响，那么还有宣传渠道需要做改进。不过，韩福生又隐隐感觉，即使是改进了宣传渠道，按照现在的经济形势，吃得起西餐的人，也不会比以前多。

早上的新闻里，又一个股民因为炒股倾家荡产而跳楼。韩家一家人吃着早餐，谁都没说话。如今这年头，这类新闻旁人看了也只能一阵唏嘘。韩娜知道自己的咖啡馆关门歇业是迟早的事情，她只希望在林乡回来之前，秦彬能保住福通。

一想到秦彬，她的脑海里就划过那张温润的脸庞。

尽管秦彬已经连续加了几近一个月的班，但他从来没有和她抱怨过工作上的辛苦。韩娜甚至知道一点他家里的事——从茶水间听来的——他有个嗜赌成性的父亲。

第 七 章

陈珃画完设计稿已经是晚上十点了，在她的桌旁，还有昨天拿到的林乡的明信片和礼物。盒子里的那条珍珠项链，已经被她拿出装到了自己的首饰盒里，这个淡紫的礼盒本来打算扔的，但陈珃又觉得要把它也一起收起来。

翻过明信片，陈珃不自觉地用指腹摸着上面的字，字是用自来水笔写的，力道有些重了，干透以后摸上去还是有一道浅细的纹路。

"小珃，开开门。"陈垚在门外喊，"我给你拿了牛奶。"

陈珃把明信片放回桌上，打开门。"爸，我都这么大了，不用喝牛奶了。"她小时候就每天晚上都被监督着喝牛奶，即使去了英国留学也被陈垚叮嘱着。

"胡说，你们年轻人就是不注意身体，睡觉睡得晚，牛奶也不喝。"

"既然心疼你女儿，那就把发布会的次数减少一点，这样我就能按时休息啦！"陈珃喝着牛奶，试图再次和父亲沟通。经济这么低迷，就算他们做出来东西也卖不出去，陈珃一点也不赞同这个时候花大力气为了交易量去拉低价格，频繁发售新产品。

陈垚瞅到桌子上放着一张明信片，拿起来一看，"哦，不错嘛！你还认得林承晖他儿子！"林家开西餐厅也好长时间了，算是台北比较有名的。

陈珃抢过明信片，"爸，你怎么随便看我东西呢？！"

"哎呀，我就看一眼嘛，这不是挺好？放心，我不会阻拦你和他交朋友的……哎，你看，人家给你寄了东西来，你就应该赶快回送他嘛。"

陈珝不愿意再和父亲多说，把牛奶杯递给他就半推半劝地把陈垚请出了房间。

重新把明信片拿在手里看了一阵，兴许是父亲的鼓励，陈珝又坐到桌前，打开抽屉，取出一张明信片写起来。

吃过晚饭后，林乡干脆拉来一张竹藤椅在院子里躺下了。厦门的夏天一点也不比台湾来得慢。

"阿乡，怎么睡这呢？"

林承曘摇着一把大葵扇，弓着腰从屋内走出来，刚好看见躺在椅子上睡觉的林乡。

刺眼的光线让林乡不得不眯着眼，看见是林承曘，他忙站起来："大伯，这么热，你怎么不在屋里吹风扇呢？"适应光线后，他终于看清了林承曘。林承曘头发前沿已经湿透了，额角上的汗珠汇聚在一起，慢慢地向他的脖颈处流下去。

"风扇吹出来的风都是热的，还不如出去走走凉快呢。阿乡，趁现在还早，不如把你爸叫上，咱们三个一起去海边走走，也消消暑。"

林乡爽快地点了点头，这些天一直闷在家里已经让自己够无聊的了，就是林承曘不开这个口，自己怎么也得找个机会出去转一圈的。

林乡走到林承晖的房间去敲了敲门，叫了两声，却没听到声音，以为出了什么事，着急忙慌地将房门打开了。只看见林承晖坐在桌子前不知道在看着些什么，已经入神了。

"爸，你干吗呢？"林乡松了一口气，朝着林承晖走去。

"闲着也是无聊，看看新闻，你也是，不多看一些，怎么跟得上政策？就会天天往外面跑。不是说公司遇到问题了吗，现在不多了解一下到时候回去我看你怎么办。"林承晖将老花镜压了下来，盯着林乡看了一会儿，又将老花镜戴了回去，转头继续看报纸上的新闻去了。

"反正现在也还没回台湾，回去看也不迟。"林乡往床上一坐，干脆躺了下来。他也不是不想认真，不想关注外面的新闻和政策，只是一直待在厦门，也不知道什么时候是个头，现在去了解那些也没什么意义，以自己的接受能力，就是回去再看也不成问题。这点自信，他还是有的。

"还在怨我？"林承晖停了读报，也不回头看他。

林乡没有回答，翻个了身，不去看他，怨字他说不出来，说不怨又很假，找人这个事情，到现在还是一点消息也没有，邻居也不喜欢他们，在这里生活哪里有在台湾舒服？台湾有他喜欢的人，也有他自己的事业，可这两件事，他一件都没能稳稳地握在手里，再留在这里对自己也没多大帮助。倒不如先回去，处理好了再过来，反正信息也都交给节目组了，节目组的能力总不能比他一个人差吧？

林乡正想着，被一阵敲门声惊醒，抬头看过去，只见林承曒站在门口笑眯眯地望着他，这才想起来自己过来找林承晖是什么事。他猛地坐起来，对林承晖说："爸，大伯让我过来叫你，我们一起到海边去散散步。"

林承晖将眼镜摘下来，看了一眼站在门口的林承曒，又转头看看林乡，却一点儿要动的意思也没有。林乡也不管他怎么想的，拉着他就往门外走。

傍晚，红日西垂，海面上泛起一层层金色的涟漪。走在沙滩上，迎面扑来一阵风，温柔地抚摸着脸颊，林乡张开双手，任由海风穿过他的身体。身后的老人们看到这场景忍不住笑了，这是历经了几十年风雨洗礼后的平静的笑容，过去那些他们不能承受的、厌恶的、憎恨的终于在这一刻伴随着海风飘散了。他们坐在银白色的沙滩上尽情地回忆着过去的事情，脑子里的记忆一瞬间又活过来了，父亲、母亲、话剧社……一个又一个话题从他们的嘴里蹦出来，一直聊到宋珈灵才终结。

林承曒担心地看了一眼林承晖，说："回去吧。"林承晖点点头，也跟着站了起来,对着远处的林乡叫了一声:"阿乡,该走了。"

林乡从远处跑了过来,跟在两位老人后面伴着星光点点回家去了。一路上,林乡总觉得气氛有些不对,在海边的时候,他曾担心地回头看过他们几次,他们脸上总是挂着笑容的,现在也不知怎么了,林承晖一个人走在前面一言不发,林承暻只盯着林承晖看,也不说话。

林乡凑到林承暻旁边,小声地问:"大伯,我爸这是怎么了?"林承暻无奈地叹了口气,还没来得及说话,就被林乡抢断了:"你们吵架了?"

林承暻摇了摇头,说:"你爸,这是在想你宋阿姨呢。"

林乡只点了点头,不知道该作何反应。快到家的时候,林乡终于决定要追上林承晖,安慰他几句,却看见林承晖在转弯处站定了脚步,一动不动。林乡跟了上去,只听见经常坐在自己家门口打牌的女人们的声音。

"你们有没有认识什么人在招工的,我家那个没用的,前些天刚找了份工作,没几天就被人家给炒了,你们说这让我们娘俩怎么活呀?"

"我也想帮你,但我自己也不好过啊,自从阿飞他爸死了,我和阿飞的日子也不好过。"

女人们聊到自己的伤心事,声音也跟着颤抖起来。不知道是谁家男人跟着走出来,看到哭成一堆的女人们一副恨铁不成钢的样子:"看看你们这些女人婆,遇到点屁大的事就知道哭,也不嫌丢人,就不能想想办法吗?"

"有办法我们还至于在这哭吗?"

"怎么没办法了?"男人顿了顿,又继续说,"喏,这是什么?"

就算看不见,林承晖也知道男人是指着自己家门对那些人说话,刚来的时候自己好心好意地带着礼品过来,挨家挨户都分了个遍,没有一个落下的,怎么现在自己就变成了他们可以不劳而获的对象了呢?林承晖越想这事心里越生气。

林乡心里也不舒服,转头过去看林承晖,却见他脸上的青筋已经突起好几根,原本放松的手也紧紧地攥成了拳。林乡弱弱地叫了他一声,却只换来了他一个背影。

林乡正想跟上去，却听到背后林承暻在喊自己，他回头看了一眼林承暻，又看了看气冲冲往家走的林承晖，犹豫了一下，还是往家里跑去，路过女人们讨论的地方，忍不住冲动对着他们瞪了一眼。

林承暻也不知道发生了什么，只感到一阵莫名其妙，也跟着往家走去。才走到家门口，他就看见好几个人围在自己家门口，看神情像是很着急的样子。

"林大哥……"住巷子口的李家女人看着他支支吾吾地说。

林承暻推开房门的手停了下来，转回头去看她。女人又说："林大哥，我求求你了，帮帮我吧。我们家那个没用的，到现在还没有份像样的工作，家里米缸都见底了，再这样下去，我怕……"女人挤出两滴眼泪，挂在她清瘦的脸上倒显得可怜得紧，"林大哥，我求求你了，真的救救我吧……"

林承暻想了想，从身上掏出来五六十块钱，递给了李家女人。站在李家女人旁边的妇女也忍不住了："林大哥，也求你救救我吧。"

林承暻转头看过去，只见她"咚"的一声跪倒在地，吓得林承暻赶紧上去将她扶起来。她擦了擦眼泪，说："林大哥，你也知道，阿飞他爸死后，一直都是我在照顾这个家，阿飞年纪还小，家里又躺着一个药罐子。我们家那个老太婆，死了倒还好，但现在让我一个女人怎么撑起这个家？"

林承暻叹了一口气，在自己身上翻找了一阵，却什么也没找出来，他对那妇女说："你等我一会儿。"转身就进屋了。

他出来的时候，手里攥着两百块钱。将钱递给妇女后，他说："你先将钱拿去给老人买药吧，把病治好才是首要的事情。"

妇女接过钱，又想要跪下去，却被林承暻一把拦住了，她顺势紧紧地握着林承暻的手，说："林大哥，真的太感谢你了。只是，这钱……我可能……一时半会儿还不上，不如……"

林承暻感受到她双手传来的温度，对她接下来的话也猜到了七八分，忙将她的手推开，说："没关系的，我现在也不急着用钱，等你条件好了再还我也可以。"

话音刚落，林承曝就转身回家。进门看见板着脸的林承晖，便叫了一声。林承晖没有应他，直接起身回房了。

"大伯，你怎么能……哎……"林乡摇摇头，也进房里去了。

院子里只剩下林承曝一个人，就像那几年，牢里只有他一个人，白光透过窗户照进来，微弱的光芒抵挡不住黑夜的覆没，跟着融在这黑夜里了。

已经有一个多星期了，林承晖没有搭理自己。无论林承曝说些什么，林承晖的回应都是淡淡的。即使同住一个屋檐下，仍抵挡不住相隔四十余年给他们带来的距离感。即使身上流着一样的血液，也不能消除这种距离感。经历了近半个世纪，他们才终于团圆，看着林承晖紧锁的房门，林承曝的眉头微皱，明明什么都没有做，两个人却就这样越走越远了，可他始终相信，一切都会好的。就像林承晖小时候一声不吭地跑去参军那样任性，总有一天他会回家一样，一切都会好的。

再说了，帮助有困难的人，本来也是积功德的。林承晖现在不知道，以后用得着人的时候他就知道了。

这时，传来林乡在房里的叫声："爸！大伯！你们快来！"

林承曝从椅子上起身，向林乡房里走去，在门口刚好遇见林承晖，和他打了声招呼，林承晖却板着脸进房了。林承曝也不放在心上，跟在后面朝屋内走去："阿乡，你喊什么呢？"

"我！我！我好像有宋阿姨的消息了！"

林承晖双腿一软，就要倒下去了，站在后面的林承曝刚好扶住了他，他抬头看了一眼自己的哥哥，就这一刻，心里生起了原谅哥哥的念头，找个时间和哥哥聊一聊，他应该就不会再那样做了，最好是，哥哥和珈灵都能跟着自己回台湾去。

"在哪呢？"林承曝见林承晖半天也不说话，以为他已经蒙了，只好自己来问了。

"你们猜。"

"你赶紧说，一会儿你爸支撑不住了。"林承暻伸手打了一下林乡的头。

"刚刚《落叶归根》节目组给我发邮件，说上次我们提供的消息他们去确认过了，那个人确实和宋阿姨长得很像，但是没办法确认是不是本人。"林乡的声音越说越低，自己心里也没有多大的底气。

三个人沉默了半晌，林承晖突然开口了："阿乡，去看看最近一班车是什么时候，我们去一趟丁屋岭。"

林乡答了一声起身就跑了出去，林承晖走上前去坐在电视前，一遍又一遍地看着节目组的来信，不知道什么时候流下了眼泪。林承暻看着这场景，识趣地退了出去。

他让林乡绕了大半个大陆去找她，没想到她竟然在丁屋岭，而且还做了出家人。当时李蕙兰提到的时候他就应该注意到的！他以为她不会那么傻，真的为了一个口头约定跑到那里去。真是越活越糊涂了，连她是什么脾性自己都不清楚了。

出发去丁屋岭的路上，林承晖的心跟着汽车颠簸了一路，宋珈灵现在会是什么样子，她老了吗？长白发了吗？会不会不认得自己了？一会儿见面要和她说些什么，这些年来她有恨自己吗？为什么她要一个人到丁屋岭去？她真的舍得放下建国出家？

林承晖想着这些，胃里突然涌起一阵酸酸的液体，他强忍着难受靠在车窗上休息，偶尔有风透过玻璃缝隙吹进来，他才感觉到自己真的活过来了一样。

好不容易熬到了丁屋岭，林承晖第一个冲下了车，到路边随便找个地方将肚子里的废水倒出来。

这是他第一次来丁屋岭这个地方，才看第一眼，他就爱上了这个地方。整个山寨，给人一种纯净空灵的感觉。一幢幢土房，错落有致。很多土房的屋檐下都挂了两个红灯笼,给人一种喜庆祥和之感——远离尘世,却又有几分世俗的风味。

林乡好不容易在人群中挤开一条道,下了车,看到眼前的路也犯起了难:"爸,我们往哪走啊?"

"不知道,先进去再说。"

林承晖指了指不远处的寨门,两人朝寨里走去。

漫无目地找了半天,两人却什么也没打听到,于是随便找了个地方想要吃饭,却在店门口遇见了李蕙兰。林乡惊喜之余,问:"蕙兰阿姨,你这是要去哪里?"

"哦,我去看看陈思,她最近身体又不大行了。"李蕙兰将手中装着粥的饭盒递给他们看,又问,"你们怎么到这来了,也不说一声,我好接你们去呀。前两天明莉还打电话来跟我们说起你们的事呢。"

林乡刚要回答,就被林承晖抢过去话:"你能不能带我去看看陈思?"

李蕙兰疑惑地看着他,良久点了点头。林乡这才想起来,陈思就是李蕙兰一直在照顾的那个生病的邻居,有言道踏破铁鞋无觅处,得来全不费功夫,说的大概就是他们这样了吧。

找到宋珈灵,他来大陆的任务就完成了。

李蕙兰带着他们到了陈思的家,自己先进去了。林承晖站在门口却迟疑了,如果在里面的人只是一个和宋珈灵长得很像的人怎么办?如果真的是宋珈灵,自己又要说些什么?

你好?还是好久不见?

林乡看到林承晖一动不动,叫了他两声,让他赶紧进去。他才慢慢地挪开自己的脚步,扶着门一步一步地挪进去。

"我的朋友听说你病了来看看你。"

"朋友?"

"是啊,他叫林承晖,可是从台湾回来的呢。说来还真巧,他就是建国的亲生父亲呢，我也是前些日子才知道，明莉和建国这两个孩子什么都不和我们说，也真是怪让人担心的。"李蕙兰忍不住向她抱怨，"不过现在，建国的父亲回来了，也就有人和我们一起分担了。"

女人听到林承晖的名字，嘴里嘟囔着林承晖和林建国的名字，眼里闪过一丝光亮，一把将李蕙兰推开，冲了出去。林承晖看见她，锁在眶里的眼泪忍不住就下来了，他向宋珈灵走去，叫了两声她的名字。

林承晖伸手想要抱住她，却被宋珈灵一把推开了。她退了几步，狠狠地瞪着他，问："你是谁？"刚好李蕙兰从房间出来，她又问："我的阿晖呢？你不是说他回来了吗？不是说他来看我了吗？他人呢？他去哪里了？他是不是不要我了？他不会回来了对吗？"

李蕙兰看了看眼前的场景，也不知道该怎么回答，只好将她抱在怀里任她哭。林承晖又一次朝宋珈灵走去，伸出去的手在半空中颤颤巍巍，最后还是放下了。

好不容易将她哄睡着后，李蕙兰才抽出空来和林承晖聊一聊。

"她怎么样了？"

林承晖走到屋内掀开门帘看见她熟睡的脸，才放下心来回到客厅坐下。他颤抖着双手接过李蕙兰递给他的茶喝了下去："珈灵，她这是，怎么了？"

"唉，"李蕙兰叹了口气，"二十多年前，陈思——应该是珈灵。她一个人来到这里，当时她救了我，我好了以后她就出家去了，即使张大妈挽留她也坚持要走，我们也没拦她。开始一直都一两个月来这里看我们一次，就是去年开始，她越来越少来了。偶尔来一次也是看上去病恹恹的。过年的时候生了一场大病，好了以后把所有的事情都忘记了，嘴里一直念叨着阿晖。没想到，这个人就是你。"

林承晖站起来背过身去，伸手擦了擦眼角的泪。林乡走过来拍了拍他的肩膀，便跟着李蕙兰吃饭去了。

厅堂里只剩下林承晖一个人，周围安静得好像时间停滞了一般，动作稍微大一点、呼吸重一点就能将这平静击破。他站起身来，向房间内走去，坐到了宋珈灵的身边，静静地看着她。

他在海的那边，等这一刻等了四十年。每个坚持不住的日子里，他心里想的念的都是宋珈灵的这张脸。四十年过去了，她的脸却随着时间越发地清晰。可今天，就在他看见她的那一刻，她却记不起来自己是谁，他想过她会恨自己，想过她可能嫁做他人妇，甚至想过她不在这个世界上了，万万没想过的就是她会忘了自己！

他们过去的种种，只要他闭上眼睛，就跟看戏似的一幕一幕出现在他眼前，这让他怎么能接受这个事实？

他伸手将宋珈灵额间的发拨到后面去，紧紧地握着她的手。没一会儿，也趴在边上睡过去了。

宋珈灵醒来的时候，看见他牵着自己的手时，眉头紧蹙，试了一下却没办法挣脱："先生，先生？"

林承晖迷迷糊糊醒过来，以为宋珈灵记起来了自己，忍不住将她的手握得更紧了："珈灵，你想起来我了是吗？"

"先生，我不知道你是谁，但你能将我的手放开吗？我是结了婚的人，你这样对我，我丈夫看见了会生气的。"

宋珈灵往自己的手上看了一眼，林承晖才将手放开，转身走了出去。宋珈灵看着他的背影，一种熟悉的感觉从内心深处涌上来，却怎么也记不清这个人到底是谁。

林承晖和林乡在丁屋岭已经住上一个星期了，宋珈灵的情况非但没有变好，还越来越坏了，有时候一个人坐在那里发呆，也不知道在想些什么，还有的时候对着空气胡言乱语。

林承晖放心不下，决定将她带去厦门找专业的医生看看。李蕙兰权衡了一番，决定跟着一起去照顾她。

第 八 章

陈珝吃完午饭准备回工作室，刚走到门口就看到了从远处提着咖啡走过来的韩娜。

"嗨，嫂子。"

陈珝白了她一眼："瞎说什么呢？"

韩娜笑嘻嘻地看着她，将手中的咖啡递了过去："一起走走？"说完，自己先走了，陈珝从后面追了上去。

两个人随处找了个地方坐下来，陈珝喝了一口咖啡，问："你怎么到这来了？"

"替我哥来看看你，你们最近怎么样？"韩娜转头过去看她，她的脸上已经不再是第一次见到她时那样光彩动人了，可浑身上下散发出来一种知性的味道，越看她就越能感受到为什么林乡会喜欢她。

"面又见不着，聊也不到几句。也就靠着那几封信来往，想有什么进展也很难啊。再说了……"陈珝突然停了下来。

韩娜看她不说话，用肩膀推了她一下，问："怎么了？"

"也不知道你哥怎么想的。"

韩娜听后忍不住笑了，拍拍胸脯对她说："这个我敢保证，我哥绝对是喜欢你的。"她看别人的直觉可能不准，但林乡的那点心思，她怎么可能不知道。

这样想着，韩娜又不自觉地想到秦彬身上去。在工作这个方面，他和林乡倒是很有相似之处，都是工作狂人——也许正是因为这样，所以她在他面前时，也比较自在。韩娜也没有在任何人面前提起过秦彬，他的安静，也让她拿捏不准。比如上次吃饭之后，他们又约过一起去喝咖啡。韩娜觉得自己已经向他又靠近了一步，可秦彬还是温温吞吞的，极少向她主动搭话，即使是闲聊，对她还是恭敬大于亲近，好像在替林乡完成照顾好她的任务一样。

意识到这一点的韩娜，不由得噘了噘嘴，又靠在陈珝身边小声问："我哥给你写的信，都说了什么啊？"

陈珝的脸刷地变了，坐在那里一句话也没说。她忽然想起来，那天晚上，如果不是家里的佣人说今天有她的信件，她也不会发现父亲一直在偷看自己和林乡的一举一动。

那是她第一次对着父亲发那么大的火，将家里的杯子打碎了几个。如果父亲和自己赔个不是，这件事情其实也就这么过去了，但他却永远是一副高高在上的样子，用权威的态度来处理事情，无论是谈恋爱，还是交朋友，他总有他的安排，总有干涉自己的权力。

她不喜欢这样，像只笼中鸟。

第二天早上，陈珝吃完早餐就急急忙忙地坐车去珠宝公司。今天她要去店里看看差人从国外带回来的红宝石。之前为了能够最大限度地搜集到好的料子拿来设计，陈珝把视线放在了斯里兰卡、缅甸还有泰国三个地方。早些年在英国学习的时候，她就一度想要用红宝石自己设计一款首饰，但无奈学校在这方面的投入是有限度的，即使是参加学校的设计大赛，也不见得会有让她满意的宝石料子用来设计。那段时间她去一些博物馆，看到过英国贵族手上戴的红宝石戒指，有的颜色极度饱和，呈现正宗的鸽血红；但也有的颜色会比较差一些，呈现出樱桃红或者褐红；还有的一些红宝石，中间的颜色不太完美，呈现出一点不透明的乳白或者蓝色色调，处理的时候要考虑用热加工。这次去这三个地方订下的料子，如果不出意外的话，陈珝觉得应该是缅甸的会比较好一些。

当她来到公司，去国外采购的三个人都已经到她的办公室了，陈珝把三颗宝石都拿出来，放在灯下用放大镜细细看过一遍，果然还是缅甸的料子更好。斯里兰卡和泰国的这两颗里面，斯里兰卡的透明度是可以让人满意的，不过颜色稍淡，是樱桃红；泰国的颜色比较重，红色偏暗，透明度也会差一些。但是，如果这两个原料都能好好设计一下的话，即使本身的品质不如鸽血红惊艳，同样能够在两个星期之后的发布会上作为压轴。

陈垚来到公司里朝女儿的办公室看了一眼，还是推门走了进去。

"在忙什么呢？"

"红宝石的料子到了，现在准备画设计稿。但是两个星期的时间，柏乐加工起来会很赶。"陈珝在自己的资料柜里找着以前在学校画的设计稿。她记得在学校的时候为了参加比赛，画过一些稿子，但是这里面有几张始终没能找到满意的宝石来相配。现在有了她满意的料子，那几张设计稿应该可以用起来，只是还要再修改一下。

陈垚自顾自地坐到沙发上，看着她忙碌的身影，"哦，他那边我之后会去催一催的……你是以前就画好了吧？那就不用这么忙了，过来喝点水休息一下。"陈垚给她倒了杯水，示意陈珝坐下。

陈珝轻叹了一口气，到沙发上坐下，"爸，你说你现在这么着急又是何必呢？我之前说了要定下一个季度再发布，这样大家都不会这么赶，我现在是画好了，只要修改一下就可以给柏乐送过去，但是要达到标准，不要时间是不行的。发布得太频繁，我们的产品质量会下降……我不希望又走以前的那条老路。"之前铂玉走的路子就是冲销量，但一直这样做是不行的。即使是资历老，最后也会被淘汰。况且，以现在这样的经济状况，珠宝行业的春天还得再等待一段时间，与其这样消费自己，还不如沉下心来给自己充电。

"是是是，你说得对，嗯……你觉得我们应该隔多久发布一次？每次发布多少款式？"陈垚扶了扶脸上的眼镜。

"每两个季度发布一次，每次的款式数量我之后再想想，但我现在可以确定的是，每次的款式数量不会一样。"多或少得看她自己的满意程度，不然即使她画出来的数量足够多，最后做出来的成品还是不会达到预期，这样的话按时间来提高设计质量的意义也就不存在了。

陈垚觉得这个时间还是隔得有些久了，况且每次发布的数量还是不能保证的，这会不会影响到整体的销售效果呢？虽然现在用这种订制加发布会的方式来经营已经有了成效，但陈垚还是希望能保证有足够的数量发布。

陈玥喝了一口水，她知道陈垚不会完全按照她的意愿来做，如果他非要把发布的数量提上去，那就只能按照韩娜说的，再外聘或者再招一个人来和她一起做，发展成两个系列，各自都能保证自己的风格。

只是，现在她还没有发现这样的人才。以前一起学珠宝设计的华人本来就很少，即使是她的一些外国朋友，现在毕业这么久，她也没和他们联系上，许多人的家庭地址还有电话她并不知道。除了从小到大的好友蔡毓芬，但她现在已经不在这个行业待了。

陈垚感觉女儿把心思都放在了工作上，心里暂时歇下一口气来。他拿到林乡寄来的信本来就是纯属偶然，再说了，他也是支持陈玥和林乡继续交往的，即使看了信又会怎样呢？他的决定又没有改变。

他不知道陈玥究竟为什么这么生气——他记得她小的时候是不会跟自己这么犟的。果真是女大不中留，这还没有和林乡正式好上，她就一心向着外人了。

父女俩坐在沙发上，一时间沉默起来。

"小玥，那爸爸先过去办公室了啊，你忙。"

陈玥点点头，拿过桌上的杂志翻起来。待陈垚走到门口，她又叫了他一声，"爸，我知道你不阻碍我和林乡交往，但我要说的是，我和林乡还不是你想的那么熟络。爸，我希望你……"

陈垚有点尴尬："哎呀，这有什么好担心的。你就是这样，性子慢吞吞的，我之前给你提个意见你还发火——我这也是为你好啊。"

"爸，但你真的没必要去偷看林乡给我的信，你可以直接问我的，你这样让我很难受。"陈玥皱着眉道，之前她有点冲动了，这次她冷静下来，还是想把话说清楚。

陈垚笑眯眯地点头应着，他就知道陈珥还是不忍心把自己冷落了。只当现在她还不懂赶快和林乡在一起的好处，跟自己闹别扭。到底是个中规中矩的姑娘，一到这个时候就脑子就不开窍，推她一把她还不好意思，反过来跟你急眼。

陈珥看着陈垚离开的背影，不知道他听懂自己的意思没有。眼下她也正忙，便把这件事抛到脑后，继续蹲在资料柜面前翻翻找找。

然而，陈珥把所有的柜子都找了一遍，还是没有翻到自己的设计稿，不禁有些气躁地叉着腰看着满地满桌的纸。

正在她烦恼时，一个声音打破了她的思绪。

柏乐拿着一个文件袋就这么推开玻璃门走进来，把文件袋放在桌上，让陈珥打开看看。

陈珥打开一看，居然是自己正在找的设计稿。

柏乐靠在沙发上跷着二郎腿："说吧，我给你解决了这么大个麻烦，你怎么说也得请我吃个饭不是？"他身上穿着一件暗花的丝绸衬衫，领口松垮垮的。陈珥站在旁边，闻到他身上有夜店里面女人用的香水味——肯定是跟好几个女人跳了一晚的舞，不然怎么这股香水味这么奇怪。不过现在看他的脸上，精神勉强还不错，脑子也应该清醒。

"你今天不忙着下班？"她没问怎么不忙着去酒吧。

"嗳……早点下班去夜店是好玩，夜店永远那么热闹。富的人要去消遣，穷的人要去找安慰……"柏乐抖抖腿，"不过嘛，玩多了也容易烦。"

老实说，陈珥对这个人除了才能上的欣赏，对其他方面实在没有多大好感。柏乐是她大学时候隔壁班唯一一个华人同学，陈珥在学校和他并无多少交集，只听说他家里也是在台湾做生意的。她没想到的是，这次为了提升公司珠宝设计的品质，父亲帮她新招来的一个工匠师就是他。前几天陈垚裁掉了一批人，加工部有几个人也因为工资变低而主动辞职。当时陈垚还和她说，加工部别人的工资都能减，唯独柏乐得养着。

柏乐入职这么久，陈珝一直很奇怪他家里到底是做什么生意的，居然还可以让他这么肆无忌惮地往夜店跑，简直和当时在学校里一个样。但碍于只是纯粹工作上的关系，陈珝一直没把这个问题问出口，除此之外，不想和这个人有太多接触也是原因之一。

柏乐仰着脸望她，还在等她的话。陈珝清清嗓子，还是说今晚请他吃饭——当然，他能不能按时来又是一回事了。如果她没记错的话，这个人每到离下班还有半个小时的时候，就会在公司门口和那些年轻的女孩碰面了。

柏乐听她这么说，脸上笑吟吟的，说陈珝不长记性，前天到他那里的时候把画稿撂在那儿就忘记拿走。还好他是个忠于公司的人，不然早就拿出去贴上自己的名字卖了。

"那下次我可要藏好些，最好上个锁，被你拿去卖了我岂不是亏大了，"陈珝也开起玩笑来，"我的设计稿你也看过了吧？用来配鸽血红怎么样？我已经找到合适的宝石了，足够做一条项链的。"

"嗯，可以是可以，就是我觉得镶边的设计还可以再调整一下，你原来的那个，宝石的切面可能会被遮住一点，旁边这些小钻的设计再简化一下，尽量让鸽血红再凸显出来。"柏乐道。

他的想法确实和陈珝自己打算修改的想法差不多。以前在学校时，自己在设计方面有时候还是会显得有点花哨了，镶钻太多，也会夺了主角的效应。陈珝听了他说的，拿出设计稿来进一步和他交流。柏乐的专长虽然是珠宝加工，但他在设计方面的想法，也能够给陈珝带来很多帮助。不久前她也问过他有没有想要做珠宝设计的想法，柏乐却一口回绝了，说设计这个太费精神，还不如趁着年轻多玩一玩。

傍晚下班后，陈珝挑开百叶窗，朝公司底下一看，柏乐就倚在路边的一棵树下站着。

陈珝挑挑眉，微微有点惊讶。为了蹭她这一顿饭，今天连女朋友都不会了，那她是不是得好好找一家饭店请他？

好不容易哄完女儿睡觉的苏明莉，随手从书架上拿了一本书，打开半导体调低音量坐了下来，《朝花夕拾》几个大字赫然显现在她眼前。这些日子以来，一到周末他们就往厦门跑，回来也是忙着照顾女儿做家务，几乎没有时间做自己的事情。现在能这样坐下来看看书，对她来说倒也真是"朝花夕拾"了。

她打开来看了几页，就听见家里电话响，叹了口气不情愿地放下手中的书本走到电话旁，林承暻在电话里急得大吼，但还是叫她听出来了关键信息——宋珈灵，找到了。

她得赶紧将消息告诉丈夫。

许是刚才电话铃声吵醒了女儿，她正在房间哭闹，苏明莉放下手中的话筒，去将女儿抱出来，才拨通了林建国单位的电话。

"嘟，嘟——"

忙线的声音不停地响起，配合着女儿的哭闹叫她心焦，却还是等不来电话那头有人接听。正当她打算放下话筒去哄孩子时，林建国的声音在耳边响了起来。苏明莉吸了口气，直接喊："建国，你快请个假回来！"

"怎么了？"林建国听妻子这么说，心里一紧。女儿的哭声在电话里十分扎耳，想必家里是出了什么急事。"你等我一会儿，我马上回来。"

说完，他就挂了电话。苏明莉以为他是在安慰自己，半小时后见他真的出现在家门口才稍微冷静下来，孩子在她怀里仍旧一个劲儿地狠哭着，听得人心慌。

林建国不知道发生了什么，接过她手中的孩子问："怎么了？发生什么了？"

"刚才，我在看书，大伯打电话来，他说找到妈了。"苏明莉握住了他的手，"欣怡被电话声吵醒了，哎，这孩子，我哄也哄不睡，哭成那样我心里着急……"苏明莉试图解释自己在电话里的失态。

"真的找到了？在哪里找到的?！你——你别说了！我这就跟单位请个假！"

林建国打电话跟单位请了三天的假，到车站去买了最快到厦门的票，当天下午便带着妻子和孩子去了厦门。汽车在公路上疲惫地行驶，前方排起的车队像一条无力腾飞的长龙，盘虬在公路上久久不动。街道两旁还有不少摆摊的小商贩冒着暑气讨生活，手中的葵扇不停地挥舞，也不知道有没有带来一丝凉意。

看着这些，林建国想起了二十年前的那个雨夜，想起了宋珈灵的温暖，那时候他不想走，也不知道为什么要走。也正是他的不理解，叫他和林承晖之间生出了后来这么多年的恨，也错失了他和宋珈灵之间的爱。如果当初自己能再懂事一点，或许他们母子之间就不会变成这样了。

可是他仍然想不明白，为什么事情过去这么久，宋珈灵还是不愿意回来找自己。

林建国感受到妻子手中的温暖才没有继续想下去，看着女儿熟睡的脸，他安慰自己，母亲也有自己的苦衷。

今天的这趟车开得异常慢，一直到夜幕降临他们才下了车。苏明莉知道他等不及，让他先一步回去，自己在后面慢慢走。他一口否决了妻子的提议，再怎么样都不能丢下她们不管的。可妻子还是坚持，他没办法只好在路边拦了一辆车到了巷口处。

他看着那扇熟悉的大门，伸出手的那瞬间却犹豫了。苏明莉拉住了他的手，将门推开，朝里面叫了声："大伯，爸，我们回来了。"

回答他们的却是李蕙兰："明儿，建国？"

"妈？你怎么在这？"苏明莉看着李蕙兰，一脸疑惑。

李蕙兰接过外孙女，解释道："前几天我出门给陈思送饭，遇见了建国爸爸，他们告诉我陈思就是建国妈妈，说要带她来厦门看病，我放心不下就跟着来了。"

没想到那个生病的邻居就是自己的母亲，可是自己这么多年几乎没有过问过她的事情，就连要上门拜访的意思都没有。要是他能再关心一点自己的岳父岳母，说不定也不用多等这些年，到底还是自己做得不够。林建国朝屋子内看了一眼，空荡荡的屋子里只开着一盏鹅黄色的灯："我妈呢？"

刚问完，林承晖和林乡就推着宋珈灵从门外进来。林建国看见坐在轮椅上的母亲，鼻头一酸，眼泪止不住地往下掉，他冲上前来，趴在宋珈灵的腿上，不停地叫着："妈，妈……"

宋珈灵有些被吓到，颤抖着问："你，你是谁？"

林建国抬起头来看向她，脸上早已经是一把鼻涕一把泪："妈，是我，建国。你的儿子，建国啊！"

宋珈灵一听，显然不相信。

"妈这是怎么了？"

林乡摇了摇头，也跟着回了房间。林承晖站在原地也一动不动，林建国看着他的样子，忍不住着急："爸，你说话呀！"

可林承晖还是一句话不说，他不知道该从哪里说起，自己得知宋珈灵这个状况已经难以接受了，更何况是跟在她身边长大的林建国。正当他犹豫着，林承曌的声音在背后响起："建国，你先冷静下，我来跟你说。"

林承曌将大家拉回客厅，昏暗的灯光下谁也看不清谁的表情。林承曌叹了口气，将宋珈灵患病的事情一五一十地说了出来。林建国坐在椅子上，已经哭不出来了。他原本准备了好多话想要问宋珈灵，这会儿什么都说不出，甚至连脾气他都发不出来。生活就是这样子，一件件事情慢慢将他软化，时间真是个坏东西。

林承曌看着他，也感到力不从心，拍了拍他的肩膀，嘱咐他早点休息，一切都会好的。

林建国一个人不知道在客厅坐了多久，周围的人一个个都回去休息了，他还待在那里。等他回过神来，月亮已经快回家了，天边只剩下一丝属于它的淡淡的光。太阳从东边升起来，散发出独属于它的能量。林建国搓了搓脸，洗漱了一番便出门去了。

母亲已经回到自己身边了，他应该感到高兴才是。

他走了很远的路，来到了当地一个很有名的老中医的家。他敲响那扇门时，老中医一家还没睡醒，等老中医洗漱完，他也不管人家有没有带齐装备拉着老中医就往自己家里赶，待快到家时才将事情说了出来。

老中医捏了一把汗，他接触过的病人虽然不少，但叫自己看"麻木"病的确是第一个。还不待他拒绝，林建国就已经推开了家门。

"妈，我给你找了个大夫。"

他叫了一声，院子里却空无一人。他叫老中医先坐着等他一会儿，又挨个拍了拍房门叫醒屋子里的人。

宋珈灵从房间出来后朝林建国点头笑了笑，却还是一直跟在李蕙兰旁边。

"妈，这是我给你找的大夫，这边最有名的老中医，让他给你看看吧？"林建国走近宋珈灵，宋珈灵没有躲开，下意识地伸了伸手，叫了一声："建国。"

林建国伸出手去握住宋珈灵，很快她又松开了，问："你干什么？"

林承晖见状也跑上去，问："珈灵，你还记得我吗？"宋珈灵看着他的眼睛，只觉得熟悉，却还是摇了摇头。

老中医站在他们后面将这件事情看得一清二楚，又替她把了把脉，心中有了个大概："这是由于气血不足导致的精神丧失，通常表现为心、脾、肾三虚，内生痰瘀，气血失调。我给你们开几服药，补一补气血看看，但要说真正治好可能是没办法。"

林建国送走了老中医，又去药房抓了药。苏明莉和李蕙兰说要帮他煎药他也不让，坚持自己做这些。

苏明莉看着他忙前忙后的样子，知道他是在为多年前的自己赎罪，在他心里，母亲之所以会变成这样和自己当年脱不了干系。他一直觉得要是自己多懂事一点跟着母亲一起走，多争气一点不说饿，或许就没有后来这么多事了。

可这都是他的执念罢了，即便当初他没有那样选，今天的日子也不见得好过到哪里去。苏明莉叹了口气，上去帮他擦了擦汗。

宋珈灵在一大家子的照顾下，已经服下了几服药，除了身体变好一些，精神却还是不见什么起色。林乡提议不然就送到医院去检查一下，也花不了多少钱，林承晖也同意了。可林承曔却觉得老中医之前也说了，这个病是没办法完全治好的，去了也是浪费钱，其实也不是不想去治，只是他没办法忘记李佩瑶是怎么死的。李佩瑶当初得的也是这个病，日子一直过得浑浑噩噩的，谁也没想着她能好起来。可是有一天，她好了，拉着自己说了一晚上的话，然后就去了。

林建国沉默了半晌，也同意了林承曔的说法。自从得知母亲患的是和奶奶一样的病后，他的心一直忐忑，害怕母亲和奶奶一样病好了，自己走了。如果真的是这样，不如让她养好身体，快快乐乐地过完剩下的日子。

林建国的想法却惹怒了林承晖："建国，我没想到你也一样的迂腐，连你妈的命都不要了——不行我带她回台湾去治，台湾那边比这里条件好多了！"

"我也希望她能够好起来，只是我不想让妈去台——"林建国刚要发脾气，却被林承曔拦下来了，他已经和弟弟之前有不愉快了，不能再叫他们父子之间闹不愉快了。林建国看过报纸，他觉得妈妈得的是阿尔兹海默病，前几年报纸上看过，还成立了一个协会。他还知道这病无药可治，就像是一朵花的枯萎，只能看着它慢慢凋零，这是不可逆的。

有些话他还不能说，"希望母亲能死在自己家里，而不是死在台湾。"他想得远了，但是他心里有预感，母亲去了台湾是不会再回来了。林建国心里的闷气发不出去，索性自己跑了出去。宋珈灵本来就是大陆人，他们俩以前相依为命，要是林承晖把她带去台湾了，岂不是又只剩下他了？

林乡要上去追，又被林承晖拦下了。还留在家里的人，面面相觑，谁也不说话，只剩下林欣怡的哭声。

　　第三天，林建国的请假时间到了，不得已得回去上班。可直到临走前，他还是一句话也没和林承晖说。

　　谁能够决定一个失去决断能力的老人的命运呢？

第 九 章

　　林乡现在除了和林承晖一起去街上走走，最多的时间就是自己待着看电视。林乡发现了，看新闻几乎可以看到所有商机——这个很有趣，他研究起来，把客厅里人与人的交谈声完全隔在脑外。林承晖和林承曌之间碰面的时间也越来越少，现在宋珈灵就在他身边，和林承曌之间前段时间的不快也似乎淡了许多，不过以前他还会和林承曌出去，在小巷里看看那些打牌的女人、抽水烟的老头，现在光听着客厅里整天整天的哄闹声，他就失去了和林承曌出去见人的兴趣。宋珈灵精神不好，他就整日整日地陪着她，安安静静地待在房间里，只是早上出太阳的时候会和林乡一起推着宋珈灵出去街上逛逛。

　　林承曌偶尔也会来林承晖夫妻俩这里转一圈，但林承晖还是不愿意跟着他到处去转悠，只时时和宋珈灵说话，即使她很少能回答上来他的问题。

　　林建国到了周末也会回来，但却再也不和林承晖说话。林承晖心里也有怨气，原本以为找到妻儿是好事，他甚至想着下一步就是带着他们一起回台湾了，在那里没有这边是非多。可现在，儿子恨自己就算了，没想到他竟然冷血到连母亲都不让去医治，想到这些他就不能原谅儿子。

　　甚至有时候，他在想，什么都不管什么都不要就这样带着珈灵和林乡回去算了。

这天快要吃晚饭的时候，林佑安从厂里回家。现在他在厂里待的时间越来越长，一待就是一两个月，家里很多情况他都不是很清楚。

还未走到家门口，林佑安就见隔壁王家的夫妻俩从林承曔手里拿过一个纸包，朝自己家里走。

林佑安上去问父亲怎么回事，这才知道王家夫妻俩跟他借了六百块钱。

"爸，你哪来这么多钱借给他们？"他以前就听说过这家人借了亲戚的钱一直没还上，现在来找林承曔一口气借这么多，到底是要拿去干什么呢？这六百块钱是他差不多一年的工资了。

"我找你叔叔他们借了四百，我凑了两百。他们说要修房顶，房顶一下雨就漏水了。"

"就算要修房顶，也用不了这么多呀。家里的屋顶你都舍不得修，全把钱给外人花了！这两百块你得卖多少废品才能换得？再说了，你找叔叔借这么多钱，要是他们不还给你，你怎么还叔叔？——你连一个欠条都不叫他们打一下！"林佑安觉得这件事情不会有林承曔想得这么简单。这六百块钱别说是拿去修房顶，就是重新做一个新房顶都够了。"上次人家借你的都没还，这回越借越多，爸，你真是……"

林承曔摆摆手，叫林佑安不要担心，横竖这家人就住在自己隔壁，还能跑到哪里去呢？到时候尽管叫他们还来就是了。这六百块钱，也是人家想着他们林家才来借的，有了这层关系，以后两家人也能多走动走动，人生在世，哪个能一辈子都顺风顺水？

林佑安见他这么有底气，也不好再说什么，只推了门进屋做饭。饭桌上一家人极少说一句话，这幅情景，和林承晖父子俩刚来的时候完全不同。林佑安眼睛暗了暗，思来想去，还是在吃过饭之后单独找林承晖还有林乡谈了一回，和他们两人的想法一样，他也不大赞成父亲把这么多钱随便就借给邻居。

林承晖说自己并不是不想把钱借给林承曔，也不在乎他是不是能够还上。

如果这笔钱是林承曝自己用也还好,但他却马上转手就借给了别人,这是让林承晖不舒服的地方——人情也不是这样买来的。

林佑安告别了父子俩,心里盘算着,要是父亲不能把这钱还上,他要攒多长时间的工资。

在林家逐渐沉默下来的氛围里,日子一天天地这样溜过去,又是一个月的时间。林乡已经知道自己现在担心公司也没有什么意义,现在宋珈灵的状况很不稳定,和林建国争吵后林承晖还是执意带着宋珈灵去医院,但也不愿意老让她去,就在家里等宋珈灵的通行证办下来,只要把通行证办下,他们一家就能够回台湾。

又是一个雨后的早晨,林承曝和林乡都还没醒,林承晖已经给妻子洗完脸,把她扶到轮椅上坐着,打算推着她到临近海边的地方去晒晒太阳,那里地方大,也没有车过路,就算是他扶着宋珈灵,到处走走都足够了。

林承晖推着妻子,轻手轻脚地关上大门,向小巷外面走去。此时时间还早,小巷里还很少有人出来,大多数人家的烟囱冒着白烟,林承晖能闻到一丝丝白米粥的香味。

走了差不多半个小时,林承晖和宋珈灵就到了临海的一条小路边,太阳从海平面上刚升起不久,在海水上洒下一抹动人的金光。宋珈灵坐在轮椅上,似乎也为这样的景象动容,抿唇一笑,一双眼睛看着前面的景色。林承晖扶着她从轮椅上站起来,想让她在这条小路上走走,哪知宋珈灵却指着前面,要去海滩上走。

林承晖就盼着她能够和自己多说些话,宋珈灵此时兴致高,他也跟着高兴。林承晖替她在小路边脱了鞋袜,自己也脱了鞋子,卷起裤脚,扶着她的身子走进海滩里去。柔软而带着湿意的沙子陷进两人的脚趾缝里,透着一股新鲜和惬意。宋珈灵心情不错,人的精神也好起来,时时望着身边扶着她走的男人。她总觉得他和自己记忆中一个人长得有些相似,那个人似乎对自己很重要，但她就是想不起来那个人究竟是谁。

反正她不排斥眼前这个人接近她。

"你长得、长得有点像我的一个……一个很好的朋友。"姑且就先把自己想不起来的那个人当作是朋友吧。

"哦，你还记得他长什么样？"

"嗯……有些印象，但是他比你好看，哈哈，他没有你那么多皱纹，他没有白头发。"宋珈灵笑笑，回答道。

林承晖顿了顿："那应该是个年轻人吧，你还记得他那个时候的样子，真不容易。"她一直记得的都是自己年轻的时候。他现在老了，和年轻的时候有差别，只要这个差别存在，她就不会认他。林承晖现在非常想变成一个年轻人，非常想，但可悲的是，他的其他愿望都有可能满足的一天，唯独这件事就是不可能。

他要怎么才能让她认识到自己就是她的丈夫林承晖呢？

宋珈灵仿佛很享受这样走在沙子里，她没有再和林承晖说话，风吹乱了她额前的头发，林承晖想帮她拨到后面去，却被她躲开了。

林承晖心头一痛，缩回了手。

"你不可以这样的。"宋珈灵道，"我很珍惜你这个朋友，但希望你不要因此而戏弄我。"宋珈灵别过眼睛看着他，透露出明显的敌意。林承晖不敢再刺激她，只得忍住悲痛连连道歉。

她怎么就除了这张脸，一点也想不起来其他东西了呢？

又走了一个小时，林承晖推着宋珈灵往回走。这时太阳已经升得很高了，两个人身上都出了一层汗，但心情都不错。林承晖推着她走过小巷，一点也不想和其他人打招呼。

当他们走到一棵大树背后时，林承晖无意间听到有人在说话。

"……怕什么，那个林家钱那么多，在乎这点小钱吗？我们债还没有还，拿什么还给他？还不如再问那个老头借点，先把债还完再说。"

"但是，那两个阔人可不是好惹的，前不久阿毛就去他家看了会儿电视，还被年轻的骂了呢！"

"哼，人家说财大气粗，这么有钱的人还这么抠，我也是第一次见了……"

林承晖听着，脸越来越黑，他知道这两个人是谁。他想起林乡有一次跟他说背后这些人在议论他们两个，他还觉得不至于这么过分，毕竟他们爷俩行得正坐得直，但现在他们礼品也送了，电视也让他们看了，钱也借出去了，怎么还是有这么多嘴堵不住？

林承晖憋着火进了家，见林承暧在院子里坐着泡茶，直接向他说了这件事，哪知林承暧听了，反而说他是一直在家，不和他们交流才让别人误会的。

林承晖粗粗地喘了一口气，只觉得自己的血液都在往头顶上冲。他不知道林承暧从什么时候开始竟这样帮着外人，不再相信自己说的了。

"哥，你要是真觉得这是我的错，好，我和珈灵还有阿乡这就回台湾！这就回去！"林承晖既失望又愤怒，他甚至觉得建国不同意珈灵去医院医治的事也是跟着大哥学的。他走到林乡房里去叫他，林乡还没从床上起来，林承晖就打开了他的房门，大喊着叫他马上去订船票，无论花多少钱，越快越好。

林乡暖暖地答应，疑惑为什么他突然生这么大的气要回去台湾了。不过他也不打算细问，只要能回去，他就很满意了。今天他就可以去事务所里把宋珈灵的通行证拿到手，只要订得到票，他们明天回去台湾都成。

林承暧坐在院里，不知道自己这么几句话，怎么就惹了弟弟生气，咕咕哝哝地趿着拖鞋开门出去下棋了。他生气，他心里也憋屈。

林乡收拾好后就去了一趟事务所拿到了通行证，还有宋珈灵要去台湾的其他证明。回到家后，他又打电话订了次日早上的船票。

这次他回去，韩娜这丫头一定要跟他倒一肚子苦水。还有陈翔，他回去之后两个人联系就方便多了。心满意足地挂了电话，林乡把衣柜里的衣服都搬出来，一件一件地装回自己的行李箱里，连同那一沓未画完的明信片。

林承晖这一天都没有再和林承暧有过一句交谈。林承暧发觉弟弟还在生气，也就没在意早上他说要回台湾去的话，当林乡跟他说他们真的要在次日回台湾的时候，林承曝才真的着急起来，给林建国打了个电话。

"你、你这是何必吗……我又没有赶你走，阿晖，你不要这么犟好不好？"

"哥，什么都不必说了，我和阿乡回台湾有很多事情要处理，这里我们爷俩待不住。有那些邻居陪着你，我们就是多余的！"林承晖也把自己的衣物收拾得差不多了，他不想再和林承曝吵架。

第二天早上，林承晖拒绝了林承曝叫林佑安送他们到码头的提议，推着宋珈灵，和林乡一起匆匆忙忙登上了去台湾的船。

林建国赶了最早一趟车回来，却还是没赶上，他看着盘旋在天空中的海鸥，握紧了拳朝边上的围墙砸去。

他又一次失去了母亲。

韩娜在自己空无一人的咖啡馆里闲坐着发呆。她想起有一次去福通，她和秦彬两人并排走着，路上接连遇到好几个公司里的人，秦彬都主动向她介绍。之后公司里都传他们俩的关系不一般，秦彬没有正面解释过，韩娜面上不动声色，心里却有些高兴。然而后来她发现也仅仅只是这一次而已，时间一长，背后议论也渐渐消失。她旁敲侧击地问秦彬对这件事的态度，他一句"身正不怕影斜"就把她堵得彻底没了话。今天再去公司，她也是一个人出来吃饭。

她也考虑过为什么秦彬会对自己始终这么冷淡——当然他们相处愉快的时候也有，终归是少数。上次在电视上看到一种说法叫"门当户对"，当时一听虽嗤之以鼻，但她回头一想，这种说法也有些道理。如果说公司里面关于秦彬的传闻是真的，那么他对自己有距离感也无可厚非。

一开始就没有站在同一平台上交流的双方，发展下去只会更加艰辛。

她不再想这件事，抬起腕表看看，工作台上的座机突然响了。一接电话，居然是林乡从金门打来的，他们今晚先在金门住一晚，明天再回台北。韩娜马上把这个消息告诉了家里。接到林承晖父子俩回来的消息,坐在办公室里的韩福生终于松了口气。

韩娜带着两杯自己做的咖啡就出门了。林乡回来的这个消息,还有一个人更想知道,她得马上跑过去告诉她,看看她的反应。

韩娜穿梭在台北的街头,高楼上贴满了广告和电影海报,红的、黄的、白的,各个颜色交织在一起,让这座城市多了几分温度。满大街的摩托车有秩序地向前行驶着,韩娜跟着车流方向走去,嘴里不停地哼着小曲。偶尔有风吹过来,刘海打在脸上,都让韩娜感觉到很美好。她没有去过大陆,不知道那边是什么样子的,但就她去过的所有地方里,最让她有归属感的还是台北。她甚至不能想象,如果有一天,她要去别的地方长时间生活会是什么样子。

韩娜来到陈珝公司的时候,天已经黑了。前台认得韩娜,上前来问她需不需要打个电话通报一声,陈珝现在还在忙。韩娜摇了摇头,说自己来就是想给她个惊喜,就上去了。

韩娜敲了敲门,抬起手中的咖啡:"宝贝,我来看你啦。"

"怎么这么有空?咖啡店不忙吗?"陈珝抬头看了一眼韩娜,又将头埋到画稿里,"你再等我一会儿,我马上就好了。"陈垚最近一直在催她做新产品,每天能闲下来的时间少之又少,更别说去找韩娜了。幸好韩娜隔三差五地就过来找她,两个人的感情才没有变淡,和林乡的来往也没有中断。对于这一点,陈珝还是很感激韩娜的。

韩娜点了点头,随便找个地方坐下。坐了没两分钟,她就站了起来,凑到陈珝身边,看她画设计图,虽然还只是草稿,但韩娜却在这张纸上看到了亲切感和细腻感,不仔细看还以为她就真的将宝石放在纸上面:"阿珝,你真的好厉害哦,也太有才了吧?难怪别人说认真的女人最有魅力,我要是男生,一定要娶你。不过还好,我哥会娶你,这样也不会便宜别人啦。"

陈珝的脸挂上了一抹红晕,用手肘戳了戳韩娜:"就会拿我开玩笑。"

"哎呀,亲爱的,我是认真的啦。你打算什么时候嫁给我哥?"韩娜凑上去蹭了蹭,估计是今天出门的时候妆没化好,白色的粉末印在陈珝的黑色绒裙上显得格外亮眼。韩娜自己也注意到了,不好意思地咧开嘴笑了笑,伸手去给她拍了拍。

陈珝一直都把韩娜当自己人,对这些事情也不在意,只专心画她的设计图,这一批图画出来还要立马拿去加工,柏乐也还在等着自己一起讨论做二次修改。但韩娜这个问题却让她停下了笔,想了一想,苦笑了一声:"娜娜,现在考虑这个事情太早了吧?我和你哥,八字还没一撇呢。"

韩娜听了这话,知道她心里也是有这个想法的,也不打算卖关子了:"这一撇我给你画下去啦,我哥明天就要回来了。我今天来,也是想来告诉你这件事的。你,明天要不要一起去接他?"

陈珝怔了一下,眼里闪过一丝落寞:"我就不去了吧。你看,我最近真的工作很忙。"陈珝的声音越说越低,到最后连她自己都听不见了。韩娜大概知道她在想什么,也不为难她,随便聊了两句便走了。

陈珝看着她的背影,瘫倒在椅子上,脚一蹬将身子背过去了。她怎么可能不想去呢?她等了他这么久,抽屉里的信已经塞满了,里面装着的是她所有的期盼。她比任何人都想要去见他,但是,自己又该以什么身份去见他呢?又能以什么身份呢?还不如等他闲下来,再找个机会约他吧。

第二天一早,韩娜拉着韩福生和杜欣妍早早就在码头等待。风迎面吹过来,带来了许多的尘土和污垢,又将它们随意丢弃在海面上,让海浪将它们卷走,只留下大片的蔚蓝色。

韩娜伸了个懒腰,揉了揉发酸的腿,忍不住抱怨:"怎么还不到啊?"他们来得太早了,已经在这里等了一个多小时了,韩娜嗅了嗅自己的头发,总觉得里面都藏着海水的咸味。

"还有脸说?时间也不问清楚,做事毛毛躁躁。能不能学学你哥,稳重一点?"韩福生冷哼了一声。

韩娜撇撇嘴,靠着扶手,站在海岸边上,任凭海风吹拂着她的头发。海浪从远处涌过来,撞击在岩石上,声音一会儿大一会儿小,此时此刻,就像是专门为她一个人准备的自然音乐会一般。不知怎么,她突然想起了秦彬,如果,现在他陪在自己身边就好了。

正想着,轮船靠岸的声音伴随着风传进了她的耳朵。韩娜回过神来,看见船就在自己的不远处,激起一层层白色的泡沫,她激动地回头向韩福生和杜欣妍招手:"爸,妈,哥他们到啦!"

顺着女儿的方向看去,夫妻俩果然见到了林承晖父子俩。林承晖推着宋珈灵出来,看到韩福生一家人,先前和哥哥发生的不快,一瞬间就抛诸脑后了。他在这个瞬间觉得,跟韩福生更像是兄弟——他可以感觉到精神上的亲近,社会环境总是会改变人的生活方式。

韩福生走上前去,拉着林承晖的手:"林大哥,你终于回来了,这趟旅程还顺利吗?"

林承晖一路走,一路向他们说着在厦门的见识——跟哥哥家的龃龉倒是隐而不说,还是觉得家丑不可外扬吧?感觉自己苦盼四十年的久别重逢,像是落花有意流水无情的单相思,总归觉得不开心。韩福生等人跟着他的话语一路笑着回家去。只有林乡心里明白,林承晖将那些不愉快的事情给隐去了。

宋珈灵看着这些陌生人在自己耳边一直吵个不停,索性将视线转移到远处看升起的太阳。太阳红澄澄的,甚至有那么一刻,她感觉到自己已经陷进去了,周围的一切都和自己无关。可当闭上眼睛的时候,她又被现实狠狠地拽回来。她为什么来这里呢?她来这里干什么呢?到底,干什么呢?

"你们,是谁啊?"宋珈灵问了一句。

林乡叹了口气,韩福生疑惑地看着父子俩,林承晖也不给他回应,低下身子去蹲在宋珈灵旁边,握着她的手。宋珈灵一个激灵将手缩了回去,林承晖只好将手搭在扶手上:"珈灵,别怕,我是你的朋友,你还记得我吗?"

"朋友?"宋珈灵一个劲地盯着林承晖的脸,却怎么也记不起来自己有这样一个朋友,可他的那双眼睛却像极了林承晖,温柔的、明亮的,每看一次就让人动心一次。她看了看林承晖,又看了看周围的人,点了点头,安静地坐在轮椅上也不吭声了。

好不容易回到了家,林乡还在庆幸韩娜没有缠着自己问东问西,刚想要洗个澡回房间睡觉去了。可刚洗完澡出来,韩福生已经让杜欣妍泡好咖啡坐在客厅等他了。林乡擦拭着头发走到沙发一屁股坐了下来,拿起茶几上的咖啡喝了一口,咖啡的香味充斥着他的整个口腔,让他忍不住感叹韩娜不惜和父亲吵架也要开咖啡店也是有理由的,说实话,他觉得咖啡在台湾的潜力还是很大的,只是现在的经济形势不好罢了。

"阿乡,你今天休息好,明天差不多回公司看看吧?"

"好。"他还想去找陈翊表明心意,去买船票的时候,路过一个珠宝店的展柜时看到一个发夹,不知怎么,那会儿他就想起了陈翊,干脆买了下来,等着回来的时候亲手送给她。

"前些时间,我让娜娜在信里跟你提过,最近台湾经济形势不太好。照这样下去,很难熬。"韩福生把之前听说的一些事情也告诉了父子俩。莫说是福通这样刚刚起步的企业,就是一些已经发展起来的公司,看着股票疯狂上涨的趋势都冒冷汗。

第二天,林乡睡醒就去公司了,他已经知道了这段时间秦彬对公司的付出。这样的人,或许是自己的一个好帮手。

当天下午,林乡召集开会,将自己的想法说了一通,大家听了也没多少精神,本来他不在的时候,秦彬就是这样给大家传达想法的,现在听得多了,也无多大感觉,上涨的物价让每个人头顶上都笼着一层阴云。在林乡回来之前,公司里就已经裁掉了一批技术工人,剩下的人也只不过是消极应付而已。一个下午的观察让林乡力不从心,越发后悔自己没早一点回来台湾。

然而转念一想,即使他回来了,如今在这个大的局势里,恐怕也犹如困兽。

隔日晚上，林乡去找陈珝，刚好陈珝不在，自己也不知道该去哪，索性就去了韩娜的咖啡店，却在那里见到了陈珝。

几个月没见，陈珝越发得成熟利落了，先前披肩短发被挽了起来，露出白皙的脖颈，让林乡的心头微微一颤。离开的时候，自己只是对她有好感，不承想，这份好感在跨越了海峡之后越发浓烈。

韩娜见他看呆了，推了一把陈珝："我把你的一撇送来了，要自己争取把这一捺画下去哦。"

陈珝有些尴尬地看着韩娜，低下头去慢慢走向林乡，一直到他跟前才抬起头打了声招呼："嗨，好久不见。"

"好久不见。"

两个人沉默半晌也说不出来一句什么话，韩娜在一旁看得心焦，干脆将他们推出店外让他们自己找个地方解决了，关上门的瞬间，韩娜笑嘻嘻地对林乡说："哥，加油，你一定可以的！"

林乡白了韩娜一眼，又转头看向陈珝："一起，走走吗？"陈珝点了点头，朝前面走去了。两个人就这样默默走了一路，一直走到陈珝家。鹅黄色的路灯打在他们身上，诉说着他们心里想对彼此说的话。

陈珝试探性地问了一句："那我，回去了？"

林乡点了点头，陈珝有些失落地转过身去，迈上台阶，林乡看着她的背影，突然想起来自己给她买的那个发夹还在口袋里，张口叫住了她。陈珝转过身去，林乡看着她的眼睛："我有个礼物想要送给你的。"

陈珝笑了笑，朝着他走过来。林乡从口袋里掏出来一个小礼盒，递给了陈珝，里面是一枚白色宝石发夹，陈珝拿出来转着看了一圈，在某个角度上看到了白至纯蓝色。这是月光石在特定厚薄程度的交互生长层才能产生的"月光效应"，陈珝又看了下发夹，对它的喜爱程度又加深了几分。

林乡看到她的反应，对她的态度心里也知道了个大概。他接过陈珝手中的发夹，轻轻地为她戴上，头发的深色调作为底色，让发夹发出它独有的光芒，柔和的光泽也让陈珝显得更柔美动人。

　　林乡忍不住冲动将陈珝抱在了怀里，寂静的夜晚只剩下两个人的心跳声。

　　林乡正想着，桌子上的电话响起来了，林乡接了起来，传来的却是林觉的声音："阿乡，我是林觉。"

　　"哥，好久没联系了，最近还好吗？"林觉的这通电话，多少让林乡有些意外，但更多的还是惊喜。

　　"就那样吧，你呢？公司怎么样？"

　　"我也就那样吧，现在刚刚起步。"

　　"行吧，那你好好努力，相信你可以的。"一旁的林敏见林觉怎么都不开口，着急地抢过了电话，问，"阿乡，是这样的，我爸让我打个电话问下叔叔怎么样了。"

　　"哦，我爸呀，他挺好的，最近天天带着宋阿姨出去玩，精神挺好的，宋阿姨也是，除了我爸，谁都不要。"林乡想到这忍不住乐了，甚至开始幻想自己老年痴呆以后除了陈珝谁都不要的小孩模样。

　　"那就好，那你知不知道叔叔为什么突然间就走了呀？爸爸这些天吃也吃不好，睡也睡不好，一直想着这个事。建国哥也是，提到叔叔就板着一张脸。"林敏的声音透露出一股担心。

　　"这个，"林乡有些为难，对于父亲为什么急着回来，他或多或少还是知道一点的，一时之间也不知道该怎么说，索性找个理由糊弄过去，"我也不是很清楚，改天我问问我爸，然后给你们打电话吧。"

　　"行，那先这样吧，代我们向叔叔问好。"

　　林乡挂了电话，对这件事情也没想出来个所以然来，干脆不想了。看着桌子上的电话，林乡忍不住给陈珝打了过去。

陈玥还在忙着画设计稿，听到电话想到应该是林乡，放下画笔到桌子边上坐下来了。两个人腻歪了一会儿，陈玥才将电话挂了，正要回去接着画设计稿，却看见在门口满脸笑容的陈垚。

陈垚知道她在和林乡交往，上次林乡送她回来的时候自己就在楼上看着。对于这件事情，陈垚一直都是支持态度，今天刚好撞见了，也只是希望她能约个时间让林乡到家里来吃个饭。

陈玥知道父亲心里在想什么。请林乡吃饭，一方面是拉拢林家，一方面也能再让她和林乡放在明面上接触接触。陈玥虽不想让父亲插手自己感情上的事，但三个人吃个饭还是可以的。生意是生意，她的生活是她的生活，两者之间还是要分清。

第 十 章

台湾当局一方面从稳定物价着手积极整治，另一方面继续推行金融自由化改革，台湾的经济低迷有所缓和。不过这些政策和支持，对于福通来说，还是有些不够用。韩娜的咖啡馆在支撑半个月之后还是关了门。林乡常常坐在办公室里看那些乱七八糟的文件就是一天。咖啡馆一关，韩娜也闲得慌，每天就到这里来送送饭，陪林乡坐一会儿。

正准备喝汤，桌上的电话响了，韩娜先一步伸手拿了电话，一听声音是陈玥打来的。电话这头的陈玥没想到自己打电话被韩娜抓个准，到嘴边的话顿时回到肚子里，胡乱说了几句便面红耳赤地要挂电话。

"嗳嗳，别挂电话呀，害羞个什么劲？我哥在呢，算你幸运挑了个他吃饭的时间。"韩娜听到那边一阵杂音，就知道陈玥要挂电话，连忙大声嚷嚷——谁叫林乡刚刚调侃她的？把电话递给林乡，韩娜一边收拾着桌上的餐盒，一边听林乡打电话。

陈珝手里拿着两张《黑郁金香》的电影票,问林乡这个星期能不能一起去看电影。经济不好,奢侈品市场也受到了影响,陈珝的空闲时间也多了许多。上次陈垚让自己叫林乡去家里吃饭,还硬拖着林乡问两个人什么时候订婚,已经让她难堪了两天,虽然林乡事后说不必介意,但她还是觉得爸爸问的有些问题实在太不适合。正好昨天下班回家的时候路过电影院,看到《黑郁金香》的海报便买了两张票。

林乡和陈珝约好星期六去看电影就挂了电话,扭头一看,韩娜还坐在沙发上。

"你怎么还在这?"

"哦,你给你女朋友打电话我听听怎么啦?"

林乡懒得跟她解释,他和陈珝在一起交往了这几天,不管是林承晖还是韩福生都知道。林承晖忙着照顾宋珈灵,没空管他这些事,只叮嘱他不要耽误手上的工作,公司的人还等着他养家糊口。韩福生更是表态了,这么多年也没见他带过女朋友回家,既然已经在一起了,早点结婚也不是什么大事。

看林乡不打算跟自己再多说,韩娜喊了一声,收拾收拾就要离开。出来的时候正好遇到秦彬,两人互相打了个招呼,没有多说。

自从韩娜想明白两人之间的差距之后,她便没有再主动接近秦彬。一开始她来公司还观察一阵,看看秦彬会不会有什么反应——玩心理层面的欲擒故纵,是女人天生的一种能力。然而一段时间下来见他真的把自己只当做林乡的妹妹时,韩娜彻底冷了心,连带打招呼都是冷的。

一周后,陈珝的珠宝展览会开幕,她还邀请了林乡家人一同前去。这次展览会主题是生活美学,一共展出了十五样珠宝,根据它们原本的材质和形状,陈珝将它们做成了三个大类:项链、戒指和耳环。每个大类各有五种饰品,灵感分别来源于生活中的一些事物,或是炽热的太阳,或梦中的怪物,或是每个女孩子心中的少女情怀。

其中，最让陈珝感到满意的，是第十五件作品——水晶做的四叶草项链。四叶草的每片叶子都有着不同的意义：一叶草代表希望，二叶草代表付出，三叶草代表爱，而稀有的四叶草是幸福。四叶草的意思是，即使你满怀希望地付出了，爱了，也不一定会找到幸福。

"……但现在，我很开心，我找到了我的幸福。"陈珝站在台上看着林乡，笑道。

陈垚看陈珝已经将气氛炒热了，上台去，接过陈珝的话筒，对着大家说："感谢大家对小女的厚爱出席今天的展览会，借着这个机会，也有件事情要向大家宣布，我女儿，也就是今天的首席珠宝设计师，陈珝，要和福通公司的林总订婚了。"

陈垚的话一出，台下的人一片哗然，陈珝站在台上看着陈垚，她脸上的笑容逐渐消失，她又转头向林乡和林承晖看去，林乡依旧笑着，只是一旁的林承晖脸色并不是很好看。

晚上，陈珝刚到家里就向陈垚表达了自己的想法："爸，你为什么要在公众场合说那样的话？"

"我那样说不好吗？你没看到刚才底下的人反响有多热烈吗？明天报纸上的版面一定会是这个的，到时候，我们的珠宝生意还不知道会好到什么地步呢。"陈垚还在为自己的决定沾沾自喜。虽然福通的名气不大，但好在林韩两家的西餐厅是出名的，别人稍微一打听就知道林乡是谁的儿子。

"你明明知道我和林乡只是刚交往而已，你现在讲这种话不是让我们两家难堪吗？"陈珝有些无法理解父亲到底在想什么。

"可我看，林乡那小子不会放弃你的。老爸是过来人，你要相信老爸。"

"这不是放不放弃的问题，你这样突然宣布，你有考虑过他父母的感受吗？有和人家商量过吗？你这样真的让我很难做人。"陈珝已经气到不想和父亲说话了，她干脆站起来往楼上走去，到楼梯口时，才对陈垚说，"这几天你让我冷静冷静，不要和我说话了。"

陈垚坐在沙发上，算计着这个消息能为他的公司带来多少收益。陈翊躺在床上，丝毫没有睡意，她甚至不知道，以后该怎么面对林乡。

"哎，爸，我说了今天不要找我……"陈翊趴在桌上，两只胳膊交叠着睡。

"得，我等下来。"柏乐正要关玻璃门，又被叫住了。

陈翊抬起头问他什么事，胳膊下压着没有画完的设计图。柏乐走到跟前，发现她的眼角有点红。犹豫了一阵，还是把手里的订单内容交给了陈翊。

展会展出的珠宝让许多客户都大开眼界，今早柏乐来公司上班的时候，负责销售的人就跟他说订购的电话响了三通。

"这是怎么了？没精打采地来上班可不是你的作风。"柏乐拣了一只沙发坐下，斜过眼看陈翊。她的头被电脑挡住，只能看到她露在袖外的手臂。

陈翊不打算把昨天在展会上发生的事情告诉他。还好柏乐昨天去酒吧鬼混，没有来参加展会，不然今天指不定怎么笑话她。

不过，即使她不告诉他又怎样呢，现在整个公司的人都知道她想嫁给林乡了。

正要开口，桌上的传呼机响起"哔哔"声。陈翊一看号码，就是林乡打来的。

走到旁边的秘书处拿了电话拨出去，柏乐看着她的背影，眯了眯眼睛。昨天在展览会上发生了什么事他今天听说了，之前有一次，他在停车场看到陈翊上了一个男的车，当时灯光有点暗没看清楚，现在看来那个男的就是林乡吧。

柏乐听不清楚陈翊在外边说什么，但是，她似乎对昨天陈垚宣布她和林乡订婚的消息不满意？

拿过桌上的订单，柏乐跷起二郎腿，一本正经地看起来。其中一个客户说自己有两颗钻石，要求他们重新再设计一下，最好是下个月就能做完。柏乐从兜里掏出一个透明的小袋子，把里面的一颗钻石拿出来对着光看了一下，通透度很高，切割面也很不错，这颗钻石已经是初步加工过的了，主要是后期的设计要下点功夫。

陈翊还是没来。

抬起手表看看，柏乐又打开门朝两边张望，陈翊果然还在走廊尽头打着电话。

"打完没有啊？这有要紧的事要跟你说呢。"柏乐把手里的订单在陈翊面前晃，凑近电话喊。

陈翊转身把他推开，急忙说完几句就挂了电话，轻叹一口气："什么要紧的事？"陈翊抬眼看着柏乐的脸，发觉他神色有点不对劲，"你怎么了？"

柏乐清清嗓，"没，我就是……"指指陈翊手里的电话，"上班时间不打私人电话，你规定的。"

"哦……抱歉，我下次不会了，等下我会主动去财务部交钱的。你说的事是什么？"陈翊接过柏乐手里的订单，一边看一边回到自己的办公室。这次的四个订单要求都比较高，其中有两个客户是自己提供了主料的，虽然不用他们自己对料子本身进行加工，但总体要求的水准却比其他两份的不相上下。

柏乐拿了一张纸一边画一边跟陈翊交换自己的意见，流畅的线条顺着他的手指缓缓画出，不出几下，一枚钻戒大概的形状就出现在陈翊的眼前。

"你真的不考虑一下转到设计部来工作？——你知道这段时间找来的新人都还不太成熟。"他们说是设计师出身，但创造性方面还有待培养，现在这些人在这个部门里，更多的是给陈翊打下手罢了，要想独当一面，短期内还比较困难。

柏乐盯着她茶褐色的眼睛看了一瞬，笑道："想要我过来陪你聊天？"

"别和我说那有的没的，这个设计部到底是个什么情况你也见到了。我和你算是老同学，你就——"

"哎，现在想起我是你的老同学了，"柏乐转到她面前的椅子上坐下，"以前我刚来你们这里的时候，你看我的眼神，跟避瘟神似的。上次你请我吃饭也是好久之前的事了……我这个老同学，待遇还比不得坐在你旁边的何秘书。"柏乐越说越透出一股怨气，陈珝被他戳破了心思，一时间不知道如何接话。

"那、那不是……在学校的时候就没和你打过几次招呼……"

"哦，你不说我都没想起来。是啊，我在学校的时候你就像别人一样，躲我躲得远远的，我就想问问，我这是坑害了哪位同班同学了？这几年来连句话都不跟我讲，搞得我只能找别个院系的人玩，我容易吗我！"

陈珝赶紧否认自己对他有任何看法。

"行吧，看在老同学的情谊上，我就考虑一下。还有，如果要我过来，我还要加个条件。"

"你说。"陈珝心中嘀咕，只要他肯过来设计部，就是要加一倍的工资也可以。

"我不跟你的那些手下坐在一起工作，我看上那个位置了，我过来就坐那里，"柏乐指指放着植物的那边，"我坐在那边上咱们俩多好沟通呀，你这办公室这么大，环境又好，多我一张桌子也不挤吧？"

陈珝想出口拒绝他的提议，但转念一想，好像他说的也不无道理，既然她有意邀请人家和自己一起干，自然不能把他和那些打下手的搞在一处了，柏乐在加工部门的时候都有自己的工作室，怎么说到了这里都应该有个自己满意的地方。思量至此，陈珝还是问他要不要把她的办公室隔成两间给他一半，然而柏乐还是坚持随便放张桌子到那个他满意的位置就行。

"我这个人也不挑，除了一张办公桌其他什么都不用给我准备。我在这里就先待着看看，要是觉得不行我还是要回去的。"

谈好条件，柏乐下午的时候就搬进了陈珝的工作室。陈垚听说这件事后，本想马上阻止，但念及陈珝昨晚回家还跟他吵了一架，只好暂时憋住……

为了渡过危机，林乡不得不暂时放弃了研发，靠接订单过活，这样的日子一过就是将近两年。然而即使是这样，福通的规模也始终是硬伤，在生产线上他们根本比不了台积电。那些账面上的赤字，常常让林乡焦头烂额，公司里的人来了又去，当初要一起做事的人，眼下已经只剩下秦彬一个，研发部的玻璃门里，也安静了很久。

只要手上的资金链一断，福通随时都会面临倒闭。相比之下，铂玉的情况就要好很多。虽然市场惨淡，但还是有贵妇投资奢侈品，陈珝每一期的发布会上，一些固定的客户都会买几件。最近一次的发布会林乡也去了，陈垚特意让两人站在一处，给来访的杂志记者拍了好几张照做宣传。

陈珝回到家又发了一通脾气，如今两人都已经见过各自双方家里的人，只是谈婚论嫁的事情，到现在各自都没开口。林乡是因为公司的事而忧心，而陈垚是没有发现比林家更适合的人选。市场的严冬，仿佛让整个台湾都变得沉默起来。

"阿乡，我们聊聊吧?"电话那头传来陈珝疲惫的声音。

"好，你等我一会儿，我去接你。"林乡对于陈垚的想法是清楚的，虽然不认同，却也没有明确表示。整个台北都知道陈珝是他的未婚妻了，那些喜欢她的人自然就会识趣地离开了，反倒还省了自己很多力气。

半个小时后，林乡开车到了陈珝公司楼下，也不顾前台的阻拦，径直上去了。走到办公室门口，他就看见陈珝和柏乐在聊设计稿的事情，明明展览会刚过，也不能让自己休息一下，好好爱护自己，林乡暗自心疼。

他不忍心打断他们，在门口又等了十几分钟，直到柏乐看到他，朝着陈珝示意了一眼他们才停下来。陈珝朝他笑了一下，让他进来坐着等下，和柏乐聊完这个设计方案收拾一下就可以跟他走了。

林乡也冲着陈珝笑了下，走进来在她的办公椅上坐下了，一点外人的距离感也没有。柏乐看了一阵不舒服，他咂了咂嘴，说："行了，你们出去吧。

该聊的我们都聊过了，剩下的我自己来就可以了。"

陈珝朝柏乐看了一眼，只感觉到他脸色不太好看，以为他不舒服，问："柏乐，你没事吧？"

"我能有什么事？倒是你，没事吧？"柏乐下意识地摸了下她的额头。

陈珝有些愣了，她从来没有见到过这样的柏乐，以前上学时和他也不怎么熟，就是进了公司以后照常来上班和自己调侃几句，可下班了还是照旧去过自己的夜生活。但他现在的神情显然是在关心自己，陈珝摇了摇头，让自己不要再想了，他只是不舒服而已，况且，林乡还在这呢。

林乡倒是没什么反应，一副胜券在握的样子，说："那柏乐都这么说了，我们先去吃饭，工作的事晚点再说。"说着，又看向柏乐，问，"对了，柏乐，你想吃点什么吗？我可以晚点给你带回来。"

"谢谢，不用了。"柏乐瞪大了眼睛直勾勾地盯着林乡，希望将心里的怒气全部凝聚在眼神里。

陈珝意识到情况不太对，赶紧将林乡拉走了，走到门口，又回头对柏乐说："柏乐，你先忙着，我晚点回来找你。"林乡也不等她说完，牵着她的手就走了。

空荡荡的办公室里只剩下柏乐一个人，看着陈珝和林乡打闹的背影从自己视线里消失，柏乐眼神暗了暗。

林乡牵着陈珝的手在路上走着，他有好多话想要和她说，他想告诉她，自己不介意她父亲说那样的话；他想告诉她，自己的父亲虽然生气没有经过自己的同意宣布这件事，但父亲不会干涉自己的选择的；他想告诉她，就算她父亲不说，他自己也是要向她求婚的；他想告诉她，他想就这样牵着她的手一直走。但现在，看着天边的落日，他却一句话都说不出来。

陈珝心里也犹豫了很久到底要怎么开口，却怎么也没想到一个合适的表达方式。良久，她才说："阿乡，对不起，我不知道我爸会做那样的事情，我替他向你们道歉。我真的没有那样的意思，我……"

"没有什么意思？难道你不想嫁给我？"林乡看着她苦恼的样子，忍不住想要逗她一下。

"不是，我……"陈翔有些不好意思地别过头，轻声道，"想。"

林乡虽然心里知道这个答案，但和亲耳听到陈翔说出来的感觉是不一样的。他激动地将陈翔搂在怀里，温柔道："那就行了，我还得感谢你爸爸呢，促成了我们的婚姻。"

"可是，我爸，他是利用……"陈翔有些急了。

林乡看着她的眼睛，说："我知道，可是这些我都不在乎。陈翔，我们结婚吧，好不好？那样我们就可以住在一起，可以每天清晨起来看见你的脸，然后一起吃早餐。我们可以在房间里挂满结婚照，可以生一个小baby，每天追着我们喊爸爸妈妈。我们结婚吧，好不好？"

不知道从哪一句话开始，陈翔已经流下了眼泪，她看着眼前的这个男人，这个她想要相守一生的男人，做下了她人生中最重要的决定。

当晚，林乡回到家将自己向陈翔求婚的消息告诉了林承晖。林承晖正牵着宋珈灵的手坐在一起看电视，宋珈灵最近的精神状态稳定了一些，已经记得林承晖是她的朋友了，但要她将现在的林承晖看做是以前的林承晖还是不可能的事情。林承晖也没有反对林乡的婚事，只让他自己考虑清楚就好了。

林乡的感情已经稳定下来了，但工作上却不尽如人意。秦彬还是向他递交了辞呈。

年底，福通解散，林乡从公司出来后就消失在众人的视线里。林承晖还算镇定，其实早在之前他就想过生意有一天会做不下去，但是又有什么呢？大概是人老了，对这些吃的用的都不大上心——孩子的事情，他们老一辈已经尽力了。

"三十年河东，三十年河西""皇帝轮流做，明年到我家"，这些道理，他在林继泽的丧礼上就已经知道了。

可韩娜耐不住，忍了两天还是给陈翔打了电话。

陈珝一接到消息,马上就收拾了一个背包,她要去林家看看。

"小珝,你这是打算去哪里?"

陈珝抬起头,见是陈垚,张口就要回话。

"停,爸爸知道你要去哪里——不用那么戒备地看着我,你爸不是洪水猛兽。行啦,这三天福通的状况你也看到了,林乡到现在都没来个电话给你,就一个人出去躲着,我实话实说,那个地方你也不必去了,他心里根本就没有你。"陈垚摆摆手,让女儿过来坐下。柏乐那个小子对她女儿的感觉他隐隐也察觉到一点,但他后面查了查柏乐的家世,发现他家里经营着一家服装公司,规模看来也不小,不过可惜的是,他有个同父异母的哥哥在掌管着这一切,他就算回到家里,估计也只能是被迫当个混吃等死的二少爷。到时候老父亲一死,家里半毛钱都不会落到他头上。他的女儿嫁过去了,以后只管有罪受。

林家这边又在这个节骨眼上出了问题,他本来坚持要把陈珝嫁到林家去,现在看来,还是再缓缓吧。他在台湾的社交圈虽不是很广,但给女儿重新物色夫家还是勉强能挑出来几个的。说不定这些人哪天就能做得比林家强。不管是于家里的事业还是女儿的下半生,嫁人都需要好好考虑。

陈珝把单肩包背好:"爸,你现在这是什么态度?林乡是您认了的女婿,我也是林家认了的儿媳,我不过去谁过去?"林承晖做了一辈子的生意,虽到现在她还没听说他因为这件事扛不住,但他终归是个七十岁的人,加上家里还有个不能照顾自己的,她不能想象如果林乡一直不回来,林家家里的那两个老人会急成什么样子。

陈垚听了她这句话,摇摇头:"你这孩子怎么这么死倔呢?你和他不是还没结婚的吗——你看,还好你没嫁过去,不然他们家出了这个事,你让爸爸怎么办?你下半辈子怎么办,带着债务过完一辈子吗?"

"我嫁不嫁过去只是早晚,要不要还债也是我的事。您不和我去就算了,我忙着,不和您说了。"说着,陈珝几步越过父亲,拉开玻璃门冲了出去。

"哎——你给我回来!"

陈翊打了辆的士直奔林家,林承晖正推着宋珈灵在院子里晒太阳。

陈翊跟林承晖聊了一会儿,发现他的情绪还算稳定。

"我自己能有什么呢,就是苦了福生他们一家啊!"林承晖看着坐在轮椅上的宋珈灵,眼里划过一丝哀愁:"福生为了给乡儿建生产线,前年投了好多钱进去支持他,现在乡儿人也不知道去哪里了,餐厅的生意也紧张得很,我今天早上没有看他出门,估计现在还在家的吧。"林承晖拉住陈翊的手,"阿乡他就是还没有想通要怎么做,想通了就回来了,你不要太担心……谢谢你现在还愿意来林家。"他相信林乡能够重新再找到方向。如果一个人一生在早年不遭遇挫折,到晚年的时候再跌倒,那才是更可怕的事。

陈翊也去了隔壁的韩家一趟,韩福生果然是在家里的。他和杜欣妍在书房里坐着,家中气氛低沉。福通的事情对林家的整个生意无疑是一个重创,之前为了注资给福通建起一条生产线,西餐厅的规模已经去了大半,其中还有吴伯驹的份额。

从韩家出来的时候已临近下午,陈翊不想回家,去商场里逛了一圈。整个商场还是和以前一样热闹,店员穿着一身得宜的小西服站在店门口招揽客人,几个小孩子拽着大人的手,往一家玩具店里走。一家服装店的橱窗里,店员正给模特换新上架的上衣,扫地的阿姨推着宽拖把,站在店门口和那几个年轻的小姑娘聊起来。

商场楼上林家的西餐厅已经关门了。

陈翊叹了口气,一个人往珠宝店里走去。

她得想想办法。

接下来的几天,林韩两家一刻也不得消停,吴伯驹带着蓝梦华也过来林家这边住着,好互相帮衬着点。

银行来人把之前福通的资产做了清算,除了剩下的二十几家西餐厅,另外还有一百五十来万的空缺没法补上。

韩福生里里外外地跟着银行的人走,一张脸涨成酱紫。杜欣妍始终陪着他,生怕他出什么事。

"我们把房子卖了吧。"林承晖看着坐在轮椅上,依然面露微笑的宋珈灵。只要她跟他在一起,他也不怕再去过过什么苦日子。

韩福生无可奈何。确实,除了把房子抵押出去,他们已经没有别的办法了。如果这样做,至少,至少还能剩点儿。

第 十 一 章

林乡打了个酒嗝,在电视机的声音中悠悠转醒。

"……据银行透露的消息,福通股份有限公司目前还有154万资金缺口未能补齐,今日上午,福通执行长官林乡的父亲林承晖代表公司做出正面回应,将……"林乡把电视机按停,头陷进枕头里闭上眼睛,头疼得要爆炸,嘴里也干得厉害。

他不知道在这间房里睡了多久。

咽了口唾沫,林乡从床上坐起来,扯掉一直勒着自己脖子的领带。宿醉让他的脑子昏昏沉沉,他站起来去桌上拿水壶倒水,却被地上的空酒瓶绊得跌在地上,酒瓶摔碎了,在他的手心里划了一大道口子。

林乡一声痛呼,剧痛让他的脑子清醒了不少。

问酒店前台要了处理伤口的药水和纱布,林乡回到房间里洗了个澡。望着浴室镜子里胡子拉碴的脸,林乡有片刻的失神。

他怎么会变成这个样子?

收拾好自己,林乡还是打开了电视机,坐在沙发上看起来。

福通没了,西餐厅也没了。两代人的努力,全部化为了泡影。

盯着电视上林承晖的脸，林乡眼里突然流下一股泪来。

这天下午，消失了五天的林乡回到了家，然而，他第一眼看到的是家门上贴的两道白封条。凑巧过来院子里拿信件的韩娜，把林乡接回了家里。失去了住处的林承晖，这两天都在韩家住着。林乡从父亲口里，知道了要搬家的消息。

林承晖给陈珝打去电话说了林乡回家的消息。电话那头的陈珝有明显的鼻音，林承晖问她是怎么回事她也不说。

"阿乡，你的手怎么了？"林承晖一说，宋珈灵也注意到了眼前这人的手上缠着一层厚厚的绷带。

"没事，一点小伤，过几天就好了。爸，我要去找阿珝，你和阿姨就住在这里。"林乡交代完这些事情，背上自己的包就出了家门。

林承晖把信件拆开，是林觉和林敏从英国寄来的，里面放着两兄妹的家庭照，照片里林觉牵着个小男孩，林敏和丈夫站在一起，宽松的连衣裙下，肚子已经微微隆起。九月份的时候兄妹俩其实已经毕业了，然而林敏怀孕前几个月反应较大，怕出危险，只好一直在英国养胎。

林乡来到铂玉大门口，看见柏乐胸前抱着一个纸箱往另一边离开，不再做多想，他还是进门上了电梯。

陈珝猜得到林乡会来找自己，她没有再责怪他这几天消失，只问他之后打算怎么办。

"暂时没什么办法……家里已经决定把股票卖给银行了，这点钱，还能维持一段时间的生活，我会在这段时间内出去找到工作的。"只是现在要去哪家公司工作他还没想好。

"你……要是被别人认出来了怎么办？"

"这有什么，我是正正经经地上班，又不是去要钱的叫花子。"林乡无所谓道。他以前从来没在别人的手下干过活，不过他想只要他愿意干，总有人会愿意接纳自己。

两人久久地抱在一起，林乡轻柔地吻着陈玥的发顶，发誓自己一定会把她娶进家门。

在陈玥的帮助下，林乡在台北租了一处房子。林承晖搬走以后，韩福生越发觉得这片地方不大适合自己住，索性还是把房子卖出去，搬到林家的楼下，这个房子不大不小，就算家里不请阿姨，杜欣妍也能自己动手打扫完，修修整整的也能找点事做做。

林乡找工作的过程并不顺利，很多公司的招聘人员看到他简历上的名字，都拒绝招用他。林乡几乎跑遍了台北大大小小的电子公司，最后勉强在一家只有三层楼的小公司里做起了程序员。韩娜在陈玥的招用下，已经成为办公室的文员。

一个月后，台湾彻底进入了冬天，林乡在工作服外面裹上一件呢子大衣，打着雨伞出了门。

今天的雨下得太大，当他走到公交车站两只裤腿全湿了，也错过了这班公交车。

林乡只好伸手招来一辆的士。

坐上的士，广播电台里正在放今天的早间新闻。

林乡听着广播，面无表情地望着窗外，雨水糊在玻璃窗上，模糊了他看到的一切。他听不清收音机里还说了什么，在下雨天里，坐上这样一辆车，雨点打在车皮上"蹦蹦"响，他觉得自己已与这个世界隔绝开来。

他有点迷恋这种奇妙的距离。

陈玥在这一个月里也被父亲安排了不少次相亲，她并没有把这件事情告诉林家这边的任何人，她已经无数次向父亲表明自己不会嫁给除了林乡的任何人，但每次都是反抗无果。当面对韩娜时，她感到了一种无力。

柏乐辞职之后再也没有联系过自己，她只好紧急招来一个新人代替他的位置，虽然那个新人的水平也不错，但也仅仅是在加工方面罢了，陈珏问了他几次设计方面的意见，那人都不能给出她最想要的。

被工作压得喘不过气，陈珏又抬头看了看在隔壁整理资料的韩娜。以现在林韩两家的状况，光靠林乡和韩娜两个人工作来养活一大家子人，已经不是个容易的事情。韩家卖房子的钱，她也听韩福生说过，本来还是想省下来给林乡，让他有一天能再有机会站起来。

刚要下班，陈珏又接到了父亲安排相亲的消息，陈珏一看这人的照片，感觉有些熟悉。

思考了一会儿，陈珏开车把韩娜送回了家，掉了个头去约好的那家餐厅。

三天以后，陈珏把一张存折递给了韩福生。

"伯伯，这里面的钱先给你们吧，宋阿姨治病还需要钱，您和阿姨也得保重身体。"

韩福生打开存折，上面的数字让他的脸上闪过一丝错愕。

"孩子，你哪来这么多钱？——是管你爸爸要的吧？这不行，你拿回去！"韩福生说着就把存折往她手里塞。

"伯伯，这钱是我自己的，您就拿着吧，我知道你们需要它。那个……还有，这件事还请伯伯先不要和林乡说，他压力很大了，我不愿意他急着还我钱……"陈珏红着脸说完，和韩福生道了个别就走了。

这段时间将近年末，所有行业都是最忙的，林乡除了去公司里当技术工，自己另外又找了一份兼职，每天晚上大概十一点才能回家，早上又是七点钟就出门。不消半个月，人已经瘦了一圈。

林乡摸摸自己下巴上扎手的胡子，感觉自己和工厂里的那些技术工人没什么不同了。经历了这些，他的自信，他的勇气，他的一切一切都不知道跑到哪里去了。

取而代之的，只有一阵苍白无力。

到月底结工资时,林乡从裤兜里摸出零钱,给自己买了一瓶啤酒。

回想自己在英国留学的时光,曾经的那份热情和理想,再看看现在手里的这点工资,只觉得是一种讽刺。

他要一辈子过这样的生活吗?——这样庸庸碌碌的、茫无头绪的生活。

林乡晚上回到家,想了一晚上。

第二天,他向公司提交了辞呈。

他还没想好该怎么把这件事告诉林承晖和陈珝他们,但从公司大门出来的时候,他仿佛呼吸到了一丝新鲜的空气。

他不能这样打一辈子的工,他还得想办法——正如当初他觉得林建国的生活应该有更多可能性那样。

推开家门的那一刻,林承晖正在打电话,也不知道是谁,但语气里总觉得冷冷的。

"阿乡,你回来了?来,找你的。"林承晖像丢烫手山芋一般将听筒丢给他,便找宋珈灵去了。

"喂?"林乡问了一声。

"阿乡,你终于回来了?叔叔也不知道怎么了,和我们说句话都不大情愿的样子。"听筒里传来林敏的声音。

林乡这才想起来,林承晖心里还在在意去厦门时候的事情,只好无奈地叹了口气,说:"没事,他最近心情不太好。"

"怎么了?我听你声音,感觉你很累似的。"林敏关心道。

林乡也不打算瞒她,直接把自己这段时间的经历都告诉了她。电话那头的林敏安安静静地听着林乡讲述他的事情,一直到他讲完才开始说话。

"台湾经济形势不好我之前也有听说过,还是波及了你……不过没事,你还是有机会的,大陆最近开始在搞经济建设,也开始对外开放了,我看了下,对台开放的政策也很不错。我觉得,你可以考虑一下到大陆来创业,而且,我和林觉也快要回去。"林敏将自己想法说了出来。

"真的吗?"林乡心里那一团乱糟糟的毛线突然理出了点线头,让林乡一下子看到了新的希望。

"对啊,我现在养胎都要把自己养成废人了,每天闲着也没什么事做,就和林觉商量了一下打算回去创业。你要去的话,就当是先为我们俩考察市场了,你觉得怎么样?"顿了一会儿,林敏又说,"现在胎儿已经稳定下来了,爸也很久没见到我们了,我们也该回去看看了。"

"那我先去做足了功课,等你们回来。"林乡的语气里充满了期待。比起给别人打零工过一辈子,他还是想要有自己的事业。

"可以啊,那叔叔呢?会和你一起来吗?都这么久了,爸虽然不说,但我知道,他是很想念叔叔的。"林敏对这件事情,怎么也想不明白,但问了很多次,林乡都说不知道,她心里是明白这次也问不出来什么的,但她就是想问。

"我爸那个脾气,估计不会跟我一起去的,我还是先照顾好我自己吧。"林乡又和林敏聊了一会儿,便将电话挂了。

这一次去大陆,和上次不一样了,他必须得做好功课。创业这件事,不是光有自信就可以成功的,福通已经给过他一次教训了。

林乡回房间查了下福建引进台商的资料,1987年以前台湾虽然禁止,但仍然有一些台商借着探亲观光回去考察、探寻投资机会,1987年以后,台湾解禁开放民众赴大陆探亲,福建一共吸引台资42家,约2800万美元。

林乡看着这些数字,心里一阵后悔,为什么当时自己去大陆的时候只知道找人、吃喝玩乐,却一点也不在意大陆的经济发展,导致自己错失了那样的机会。

但现在后悔也没有办法,林乡接着往下看,前两年大陆实施沿海发展战略,制定了鼓励台商投资的"21条",在福州马尾,厦门海沧、杏林设立台商投资区。特别是今年,台湾公布"大陆地区投资和技术合作管理办法"后,台商逐步扩大在大陆的投资项目和领域。

林乡又接着看下去,发现在大陆除了厦门以外并没有其他地方有台商投资区这个词，但很明显，台商投资区其实对于台商来说有极其巨大的吸引力。如果能加以利用，不仅对台湾投资商和创业者来说更方便，对大陆的经济发展也十分有利。

林乡又找了一下厦门对企业的奖励政策，也发现了一些很不错的政策，比如"两免三减半"（头两年免税，以后三年半税）等。越往下看，林乡越坚定了自己要往大陆去的心。

他和林承晖表明了自己的心意，林承晖也不打算阻拦他，只让他自己在大陆好好照顾自己。他点了点头，走到电话旁边拿起听筒给陈珝打了过去，将自己的想法告诉她。

陈珝在电话那头沉默了半晌，问："你决定好了吗？"

林乡明显感觉到她的声音有些沙哑，不由得愣了下，"嗯"了一声。

陈珝又道："那你一定要成功，我在这里等你回来。"

韩娜是最后一个知道这个消息的人，她有些不敢相信地看着自己的哥哥，想起他第一次去大陆时，自己问他愿不愿意去，他坚定地告诉自己不愿意。

但现在，他不得不去了。

"你这一去，还能回得来吗？"韩娜望着他的脸，问。要是林乡真的在大陆创业成功，以后恐怕根基就在那边了吧？

林乡笑了下，说："虽然我在大陆，但台湾永远都是我的家。"

韩娜点了点头，努力了好久才勉强从脸上挤出一个笑容。只要林乡还认为台湾是家，他就总有回来的时候——林承晖找到自己的妻子之后也回台湾了，只字不提再去大陆的事。如果不是去谋生，他们兄妹俩，他们一家人，根本没必要分离。

林乡又安慰了韩娜一阵子，她的精神也慢慢恢复过来了。正好陈珝来了，林乡摸了摸韩娜的头发，让她赶紧回房间睡觉。韩娜已经好得差不多了，看着站在门口的陈珝，一脸奸笑道："啧啧啧，有了老婆就不要妹妹了？"

"说什么呢？我这不是过几天要去大陆了，约陈珝一起聊聊嘛，你这酸什么呢？我对你不好是不是？"林乡知道她已经恢复过来，也忍不住和她开起玩笑来，还抬起手来做出要打她的样子。

韩娜边跑边叫："嫂子，救命啊。你老公要打我，你都不管的吗？"

陈珝脸上浮起来一丝绯红，映得她整个人粉嫩粉嫩的，特别好看："你们兄妹俩就别闹了好吧？"

坐在沙发上的老人们看着他们闹，也忍不住乐起来，这还是从福通出事以后，他们第一次发自内心地笑出声来。无论是林承晖，还是韩福生抑或是吴伯驹，虽然已经活到这个年纪了，经历了那么多的风浪，但这一刻，他们看着陪伴在自己身边的人，才真正地感受到了内心的平静。

林乡陪着他们乐了一会儿，就带着陈珝出门了。

一路上，他牵着她的手，心扑通扑通地跳着，就像他们在一起的那个晚上，唯一不同的是，今天晚上的风冷得刺骨。

"阿乡，你想好了吗？去大陆要做些什么？"陈珝眼睛一直盯着地板，也不看他。

"还没，去那里再看吧。天无绝人之路嘛，总会找到合适我做的事情的。"林乡笑了。

"你总是这么乐观，"陈珝叹了口气，笑道，"没办法，你去吧，有什么事情记得告诉我，我一定会帮你的。"

林乡停下了脚步，陈珝回过头来看他，却被他一把抱住，说："阿珝，对不起，我总是这样，让你一等再等。这次，我答应你，我一定会努力，等我回来，我就娶你，让你过上最好的生活。"

陈珝也紧紧地抱住他，她并不奢望他做什么轰轰烈烈的大事情，只要他在大陆一切都好就行，剩下的，都可以一起慢慢想办法。自己手里的设计稿也还剩一些，卖出去也是一笔可观的收入，如果实在不行，也还可以从父亲那里"拿"一些出来。

对于未来，陈珏是考虑清楚了的。

很快，林乡再次踏上了厦门这片土地。

和上次不一样，这一次多了一份憧憬和希望，他渴望着在这里自己能真的创业成功，弥补福通的遗憾，也让家里的老人们放心。

他想了想，还是决定先去找林承曛，他身上带的钱并不是很多，如果林承曛愿意让他在家里住下，也是能省下来不少钱的。

为了避开巷子里的邻居，他还特意挑了一个饭点时间过去。林承曛开门看到他的时候有些讶异，但还是热情地请他进了屋。

林乡不知道的是，他和林承晖回去台湾之后，这条小巷的人早已不和林家有多少往来了。林承曛出门捡水瓶子，一开始有人说他有个这样的弟弟不必再捡废品，可以停下来享享清福，后来时间一长，林承晖也没有消息过来，大家的话头也渐渐沉寂下去。刘凤英在家的后门口放两个大空木箱，经常有年轻人喝完汽水就把玻璃瓶扔到里面，不出两三天，就能收满一箱。这么一来，林承曛捡废品，就更难了。

最让林承曛放不下心的还是王家夫妻。六百块钱一拿去，屋顶修好了，起初家里做了什么鸡鸭鱼肉，都送来林家一碗，林承曛客气归客气，到吃的时候也吃得坦坦荡荡——王家的小儿子在乡下养着两窝鸡鸭，再怎么吃也不过分——反正是人家送来的，他自己从来没要过，这是记恩。然而之后的两三个月，送肉的碗越送越小，好几次还翻出来鸡屁股之类的，林承曛就有些郁闷。

可他自己又不愿意去要钱。林继泽去世的时候，他就很为讨债这件事烦恼。讨债是很需要技术的活儿，既不能让欠钱的人看出来自己生活的窘迫，还要让他心甘情愿地赶快偿还，最好还能一直记着你的恩情。林承曛琢磨了一辈子都没练成这样的一门技术。

"大伯，我现在虽然有这个想法，但还是不知道该做哪一方面，您觉得呢?"林乡扒拉着碗里的饭，问道。

"老百姓嘛，做什么都离不开衣食住行，现在大家生活好了，也越来越注意穿衣打扮了，我看，这个你可以做起来。不行你还可以去问问佑安……我记得他上班的地方有一处服装仓库，你打听打听。"

林承暻看着吃饭吃得正香的林乡，心里总觉得很安慰。

"我觉得可以!"林乡激动地将碗放下，说，"大伯，我明天就去找佑安哥商量这个事情。"

林佑安很快帮林乡牵好了线，对方也表示愿意给林乡提供货源，但是自己要拿三成。林乡开始觉得有些为难，但想到这会是自己在大陆创业的新起点，抱着对自己的期望就答应了。其间，林建国和苏明莉也带着女儿来了一回，林欣怡虽然人小，但也不认生，不出几下就和林乡熟络起来，愿意林乡抱着她去街上玩。

晚饭后，林建国和林乡去海边散步，林欣怡也跟着他们俩出了门。

宋珈灵被林承晖带到台湾后，林建国和母亲再一次分离，他也极少打电话给林承晖，现在见到林乡，他还是忍不住问了一声。

"阿姨挺好的，爸爸在家陪着她，有些时候她能认得出来眼前的人。"他没说宋珈灵没想起来林建国是她亲生儿子的事。

林建国点点头，继续往前走。

宋珈灵的情况，他大概也能想到一些，到了这个阶段，能维持住就已经很不错了。只是她不能回大陆来，林建国有些害怕到最后自己都没办法再见她一面。宋珈灵是他的母亲，他的遗憾和怨恨再多，也早就化作了一气长叹，剩下的日子里，只希望她和林承晖在一起能弥补一些年轻时的遗憾。

他一直都知道母亲心底的想法，尽管她极少对他说。

关于林乡的想法，林建国也已经了解了大概，但还是觉得林乡来大陆创业的想法太冒险。

"那你想好自己的计划了吗?"林建国也不问他万一失败了要怎么办，毕竟一开始做生意，都希望图个吉利。

"差不多吧。前期肯定是要辛苦一点，唯一不足的是我没能把我的专业用起来。"林乡无所谓地耸耸肩，"不过我肯定不能错过这个机会——要再让我回去台湾，给别人的公司打下手，做一辈子的工人，我是肯定不愿意的。这种生活没有任何希望。"林乡不介意把自己对去单位上班的看法告诉林建国，甚至，他还希望林建国也能够再大胆一点，放开自我。

"哎，你要结了婚生了孩子就知道了，还是一家人平平安安地在一起最重要。"林建国看着不远处蹦蹦跳跳的女儿，道。他有时也觉得自己的生活过于平淡，但看到女儿在自己身边一天天成长，他的工作虽然琐碎辛苦了些，也是值得的。林乡这样大起大落的人生，他的家庭赌不起，他自己也赌不起。

隔日，林乡先去台商投资区申请了入驻，交好材料后，他分配到了一间不算大的办公室，但他也感到满足了。现在场地有了，货源有了，但是自己的衣服还没有推出去。他买来了一排的架子，在上面挂满了衣服，一件一件，五颜六色，不停地晃着他的眼睛。

他决定，到附近的商场去，看看有没有需要衣服的，先将自己手上的存货卖出去。他相信以自己的能力，一定很快就可以将衣服推销出去的。

可事实并不如他的愿，商场的老板说他的衣服没有正规的进货渠道，谁知道是在哪个垃圾堆里找出来翻新的呢。林乡怎么和他们解释，他们都不听，这让他感到前所未有的挫败感。

他看着办公室里光鲜亮丽的衣服一筹莫展。恰逢这几天给办公室统一装电话的人来了，林乡看着摆在桌子上的电话，心想这或许是个机会。他找林佑安拿了一份学校老师和他的朋友的名单和联系电话，挨个打过去。

"喂，您好。这里是乡厦服装批发，请问您有需要买衣服的吗？我们的衣服物美价廉，保证是您在别家买不到的好。"

"什么？多少钱？!"

"价钱好商量的。"

"好商量是多少钱,我没钱的。"

……

"喂,您好。这里是乡厦服装批发,我们最近进了一批新的衣服,请问您有兴趣吗?"

"你谁啊?"

"您好,这里是乡厦服装批发。"

"谁?"

……

一天下来,林乡感觉到自己已经疲惫不堪了,甚至有那么一刻,他都决定放弃了,还是林承暻鼓励他继续下去。

林乡又开始了打电话。不过这一次,他已经学乖了,他试着将自己的台湾话收起来一点,字正腔圆地说话:"喂,您好,这里是乡厦服装批发,请问您有兴趣吗?如果不买的话,也是可以和我们合作的哦。"

林乡也不知道自己做错了什么,话刚说完,就遭到电话那头一顿骂:"你说你叫什么?乡厦服装批发?一听你这话,就不是大陆的吧?怎么,现在我们让你们过来搞投资,搞半天你们就是来骗我钱的是吧?你别以为我不知道你和上个月那个台湾人是一伙的,说,上个月骗我的那一千五百万打算什么时候还?!"

林乡一脸疑惑,问:"先生,您在说什么?我怎么听不懂?"

"别以为装傻我就不知道是你了,我告诉你,我已经报警了,过不了几天,警察就抓你去了!我就不信了,我还不能让你把钱吐出来!"说罢,也不等林乡解释,就将电话给挂了。

本以为,今天会比前几天好,毕竟已经打出来一些经验了,但刚才的这通电话着实让自己感到有些难受。他索性收拾东西,回家了。

接连好几天,他都没有去办公室,每天就窝在自己的房间里,也不知道该干些什么。这和他心中的创业，差别也太大了。偶尔，他心里会迸发出"要不算了吧"的念头，但很快又被自己打消了。

就在他终于决定好好努力的时候，家里却来了几个警察，以林乡涉嫌欺诈将他带走了。

在房间里歇息的林承曋听到声音赶紧醒过来，看到几个穿着警察制服的人将林乡扣住就这么带走了，他也不知道发生了什么事情，跟在车子后面跑了上去。

好不容易追到公安局，林乡已经被放出来了，林承曋看着林乡，眼泪忍不住流下来，很久以前，他也坐过牢，他的孩子，因为他没有一个能过上好日子的。

他怕了，他害怕林乡也踩着自己的脚印走自己的路。

林乡只以为他是在担心自己，拉着他到路边一个小摊贩那里买了两碗肉燕，让林承曋吃点东西暖暖身子，并将事情告诉他。前几天他打电话给大家推销自己的衣服的时候，被别人误以为自己是骗子，拿着这个号码就去报了警。警察查这个号码就找到了自己，现在大家都知道是一场误会，那个人也向自己道了歉，还承诺将他手上的货都买走。

林承曋直点头，一直到他抬头看见公安局的标志，才问："你爸，他还好吗？"

林乡没想到他会问这个，轻轻应了一声也不再说话。

回到家后，林乡做了个决定，这批衣服卖给那个人后他就不再做这个了。卖出去的钱，也够他和林承曋生活一段时间了，再省一点，他还能寄一些回去给林承晖他们。

剩下的，就等林觉和林敏回来再一起商量到底该怎么做吧。

两个星期后，林敏和林觉两家人从美国乘坐飞机回到厦门。林乡在机场与四个人碰面，招来两辆车一路回家。

林敏此时已有六个多月的身孕，她穿着一件大袄，面色苍白地靠在丈夫身上，连坐两天的飞机让她有些吃不消。林觉身边也挨着个头发一绺一绺卷起来的新加坡女人，脸黄黄的，她身上依着个睡着的孩子。

　　上车后，林乡转头过去看看依偎在一起闭着眼休息的林敏夫妻俩，眼里有一丝羡慕。

　　他给陈珝打电话是上个星期的事情了，1989年两岸可以直拨通话之后，林乡庆幸自己不用像上一次那样一等信就是半个月。

　　林敏的丈夫是美国的华裔，姓戚，穿着一件咖啡色的高领毛衣，低下头的时候正好让毛衣领撑着高耸的鼻尖。林乡回过头看着窗外倒退的景色，白底的广告牌上用红色塑料纸贴出"群学相馆"；派出所岗亭刷着一圈被铁锈腐蚀了的黄色油漆；交会的电线，织成一张网，铺在这条不足十米宽的厦禾路上。

　　刚刚下过一场雨，这条路仿佛更挤了。

　　"滴——！滴——！"司机死命地按着喇叭躲开从面前穿梭过去的一辆自行车。

　　"狗日的小兔崽子！会不会骑车，嗳？！"

　　夫妻俩在司机的咒骂声中惊醒。

　　司机往后视镜看了看被自己叫醒的两个人，解释自己开的是新车，要是被刮花了，又得出钱去喷红油漆。汽车继续在混杂的公路上穿梭着，几个推着几袋石灰的民工在路边停下，望着对面的豆浆店，抽自己裹的纸烟。

　　半个小时后，出租车在曾厝垵停下，林乡带着几个人往家里走。

　　街口照样站着之前的那些妇女，都是刚刚买了菜回来的，三五个人支上一张小桌子坐在门口，一边打牌一边等饭熟了回家炒菜。这里开了一家卖零食的小铺子，几个孩子趴在大人身上耍赖皮，要得两分钱才肯下来，去铺子里买牛奶糖。

　　林乡拎着一个皮箱子走在前面，这只皮箱成为这群人视线的焦点。

"哎哟！这个是不是林大哥家的两个娃娃？我就说看着眼熟得很！"王家媳妇眨着眼睛骨碌碌在两个人身上看了一圈。林敏挺着肚子，冲她一笑。

"果然是英国留学回来的呀！啧啧啧，看看，这身上披的……"说着，她伸手要去扯林敏身上的红披肩，然而被站在她旁边的男人挡住了。后面穿小袄的孩子也跑过来护着林敏的肚子，虎虎地朝王家媳妇喊："不准摸妹妹！"

王家媳妇抬眼一看，"哟，还找了个这么俊的……哎，是外国人还是中国人啊？这鼻子这么高？——这个孩子也太没礼貌了！"

走在前面的林乡听不下去，直接拉了两对夫妻直直往家里走。王家媳妇被林乡的黑脸唬住了，站在原地愣了半晌，被旁边的一桌人当成了笑话。

"哈！有什么好笑的！金贵得很哩，我摸一下都不肯！"王家媳妇脸上挂不住，干脆吼几句回家烧饭去。

几个人到了家，林佑安已经做好了一桌子饭菜等着，全部人上了桌，林承曔为了给一双儿女庆祝，还出门买了一瓶酒，自己先倒上小口小口地喝起来。林觉也给妻子倒了一杯，李慧菁是个酒量好的，玻璃杯一抬一口酒下肚，一旁孩子望着那只酒杯，眼睛晶亮。

"少喝点，杰瑞都被你带起来了。"林觉盖住她的杯子，反被李慧菁啐了一嘴，不过手上的动作倒是停了下来。林杰瑞三岁了，到底在他面前喝醉了不是好事。

林承曔看着杰瑞笑得开心，道："这孩子生得好，和欣怡一年啊！"孙子孙女多，林承曔就高兴。后代茁壮成长，是每一个老人心底最高兴的事。林敏和林觉两个人果然也是有本事的，一回来就在巷子里闹出不少动静，跟林乡一比，也不差。

"爷爷，姐姐什么时候来？"孩子睁着大眼睛问。

"嗯……还得再等等。爷爷给他们打电话催催？"这段时间林建国忙着，无暇带着妻儿过来，忙完这一头应该就好了。

"你们在英国待习惯了吧？"林乡问。

李慧菁听后夸张地咂咂嘴:"那个地方,好是好,但除了唐人街,都是白皮肤蓝眼睛的,不好住。不如去牛车水,我们牛车水,红灯笼比英国多,中国人也比英国多,吃的也比英国的甜面包好吃。"她是地道的新加坡人,小时候常去牛车水,虽然那里有一条很窄的小街道,但每逢过年,舞狮子、挂灯笼、放烟花、吃年糕一样不能少。抽出钱包里的一张照片,李慧菁递给林承暻,上面有整面的红灯笼,一个瘦女人抱着穿红花袄的孩子站在灯笼前,逆着光,脸拍得发黑,李慧菁指着那个女人,那是她的母亲。

这么一看,她的身材的确是遗传她母亲,娇小得很,偏偏声音又大得聒耳朵。林杰瑞被大人们夹了一碗菜,专注地吃着。

"怎么样阿乡?我跟你说的'自由港'不假吧?"林觉道。早在1984年邓小平视察厦门的时候,厦门就打出了"自由港"的口号,正如林觉给林乡介绍的,所谓"自由港",就是"人员自由往来、货物自由进出、货币自由兑换",经济特区的第二次扩大,也给厦门带来了更多的商机。

"你说的'人员自由往来',我其他地方的不知道,至少我和我爸是台湾87年批准回家探亲以后才来的大陆;'货物自由进出',上次我们来的时候,那个司机就跟我说码头上有他看不懂的箱子在这里转运;至于'货币自由兑换'嘛,这次来感觉也还行,先兑换美元,再换成人民币,算是方便吧……但是,这里的发展进度,比起台湾,还是慢了许多,84年的时候就说了可以发行股票,但现在还是连股票都没有。"他查了资料,去年差不多这个时候,上海的证券交易所已经成立了。而在厦门,自81年在湖里村打了"湖里第一炮"以后,直到84年,"特区"的面积才进一步从不足5平方公里扩大到全岛;"三资"从82年开始就有了,但比起上海那些地方来说,产值也还是差了一截。在厦门,台商中涉及金融、房地产、高科技企业的几乎没有。林乡想要在这里成立电子公司的想法彻底垮塌。

林觉被他这么一说,也隐隐有些惊讶,"自由港"的口号打出来这么久,但似乎收效还是不够。

林乡看林家兄妹俩脸上失落的样子，又道："不过我听说在厦门创业，前两年的税收可以全部免除。这个是我们将来可以抓住的。"

先前从台湾带来的资金，林乡已经在银行里全部换成人民币，只是要建立起一家像样的公司，光他带过来的这笔钱，还不是很够。陈珝上个星期说她会想办法给他凑上，林乡问了她几次这钱从哪里来，她只告诉他之后这笔钱会打到林敏在美国的账户上，兑换成美元之后再转到林乡在大陆开的新账户。

1992年，邓小平发表南方谈话之后，厦门经济特区在"解放和发展生产力"的呼声下，重心逐渐转移到经济建设上，一大批海外侨胞纷纷回流，台湾企业家也在开放的洪潮中被大陆市场所吸引。在厦门考察了一个多月的林乡，又飞一趟法国对国外市场进行了一番调研，最终决定转行做百货公司。4月，林乡在市区里买下的四层写字楼全部装修完毕。这次入驻商铺的品牌中也有几家是国内比较有名气的，除了各商铺自带的店员，林乡和林觉林敏商量决定另外招了三十个人，在商场各处都可以提供咨询和紧急服务。

林乡去银行查他的账户，又有一笔资金打进来。

林乡犹豫了一下，还是没取。

回到公司，林乡接到了陈珝打来的电话，她问林乡这段时间顺不顺利，林乡敷衍了几句，把话题扭到了注入的资金上面。

他能感觉到陈珝嘶哑的声音背后，那股难以掩饰的疲倦。

"阿珝，你的钱我没取。"

"为什么？这会儿不是正着急用钱的时候？……是不是不够？"电话那头的陈珝似乎正在看画稿，林乡听到翻纸片的声音。

"不是，你太累了，不能这么干。"

陈珝哈哈地笑起来，他还是知道她这些钱的来路了。"那就不要拒绝我——就当我是你的合伙人这总行了吧？我卖了这么多设计稿出去，算是有点摸清每个人的标准是什么了。"联系她买设计稿甚至要求她参与加工的，很多都是新上来的暴发户罢了，压根就不懂审美，来找她几乎是因为这段时间她有几幅不同于之前的作品卖出，在小圈子里取得了一点名声。更关键的是，设计稿卖的价钱比铂玉的定制价少了将近三分之一，他们没有理由不来捧她的场。

为了安全地把自己的设计稿卖出去而不被市场上的人察觉，陈翊不直接把设计稿拿给别人，而是通过邮件的方式发送。为此，她给自己取了另一个名字，只要保持设计风格上和她在铂玉上班画的不同，那就不会有什么问题。

"我现在每两天就可以设计出一份，他们一定会买我的账，你放心。"陈翊愉悦地笑起来。她还是没有把父亲让她去相亲的事告诉他。不过，正是因为一次相亲，她才想到了这个赚钱的门道。

脑海里想起那个暴发户儿子的脸，陈翊有些头疼。她真的不想再去相亲了。

林乡心情有些沉重，他不知道陈翊这样卖命画设计稿对她到底是好是坏。从做生意的角度来说，知道客户的要求并尽量按着他的意愿来执行生产是好事，这样会节省很多不必要的成本，但若是从设计的方面来说，设计师永远被市场牵着鼻子走，很可能会造成自身的平庸。陈翊在设计方面的才华，也许不应该被这么消费。

陈翊没有再在自身的这个问题上纠结，只是要林乡老实告诉她这边的情况到底怎么样。

"老实说，这些钱目前能够维持一年左右……"这还是市场状况好的情况下。林乡自己也不能预测到未来这一年之内厦门会发生什么样的变化。他坐公交车回家的时候，还是能听到关于"姓社"还是"姓资"的两种争论，起初他对这两个名词还不明白，后来问了林觉和林敏才知道这里面的意思。

要是未来的一年厦门还不能厘清这个问题，那么台商在厦门创业的环境也不见得会比现在好。林乡望着远处大楼上那块写着"自由港"的巨幅广告布，再次陷入沉默。

"嗯……没事，先走一步算一步吧。你不要有太大的压力，钱这方面的事情还有我在。"陈翊安慰道。

五月，炙热的风浪呼啸着刮进厦门市区，走在街上的人，背脊上总是汗涔涔的。在浮屿，可口可乐的红色广告牌吸引着人们的眼球，少年儿童图书馆旁边，一个个卖冷饮和豆花的小摊在红伞下面排成一列，放学的孩子买了甜豆花，坐在路边的小凳上又抓了一把白糖撒上，痛快地喝起来。

林敏的肚子越来越大，在一个月前，林乡就不让她再来公司上班了，但两口子又在家里待不住，开着车也常绕到浮屿这边来逛。怀孕之后的林敏对有关孩子的东西越来越感兴趣，要求来儿童图书馆看看。

李慧菁带着孩子在厦门住了三个月，本打算继续陪着林觉，但家里老父亲的状况不好，干脆带上吵着要去新加坡的儿子回家。林杰瑞到上飞机的时候，突然挂念起还未见面的姐姐，不过他自觉这时候再跟母亲说似乎有点晚了。

林乡提着公文包照旧走向自己的办公室，在门口遇到了拿着报纸的林觉。

林乡拿过他递过来的报纸，头版上就是昨天湖滨南路发售股票认购券的新闻。人们为了买改股后四家企业的股票，在湖滨南路排队吹了一夜的风。

第 十 二 章

陈翊继续卖着她的画稿，但即使是她整日整夜地画，掐指一算也难以再有更多的钱来支持林乡接下来四个月，甚至是接下来一年的工作。为了不再去相亲，她和陈垚已经又闹过好几次。就因为她不愿去相亲，陈垚把她关在家里，哪里也不准她去。

他知道陈翊对林家还不死心，对林乡的迷恋之情让她对自己产生的怨恨。但这都是暂时的，等她嫁去了真正的富裕大家，过上好日子，她就会感谢自己今天的决定了。

"爸，你就让我出去一次，我真有急事。"陈翊再一次敲门，没有人回答她。根据交易程序，今天是她去银行查账的日子，她要把这笔钱的一部分转给林乡，剩下的再送去林韩两家。宋珈灵的一笔治疗费也是大数目，林乡去了大陆，事业还没有起来，家里光靠韩娜一个人支撑肯定是不行的。

不管是哪一边，她都要想办法弄到更多的钱——即使是借债。

又敲了几声，还是没人应。

"小、小姐，您别喊了，老爷出去了，要晚上才回来呢。"张嫂道。

被关了四天的陈翊眼里闪过一丝光，她打开窗户往隔壁陈垚的房间望了一眼，舔了舔干裂的嘴唇。

玻璃窗后面平时休息的躺椅上没人，陈垚确实不在。

"张嫂，你去给我煮碗面条，多煮些，我肚子饿了。"陈翊深吸一口气，心脏蹦得她胸腔都疼起来。

门外的张嫂一得令，马上去一楼的厨房里忙活去了。

"一二三——"陈翊打开窗往下面一跳，落在下方被修剪整齐的灌木上，尖锐的细枝划破了她苍白的脸，陈翊没时间再顾忌，她必须在张嫂煮好面条之前离开这里。

然而，当她顺利跑到院子大门边时，陈翊又停下来回头看了一眼父亲的房间。

陈翊迟疑了一下，又折回来……

这天，陈翊没有再回家，也没有再去公司，而是收拾好自己在公司留下的所有画稿，抱着纸箱，敲响了林家的门。

一个星期后，接到电话后去银行查账的林乡，发现账户上多出来40万元。

陈玥切断了和陈垚的一切联系，在林家，她除了画画，就是去楼下转一圈。韩娜从陈玥住进家里来之后，不打算再去铂玉，目前也暂时还没找到工作。本来当初就是凭她和陈玥之间的关系才去工作室上班的，现在陈玥和陈垚的父女关系闹得这么僵，她出现在工作室，岂不是更给人家添堵？

陈玥正和林承晖讨论林乡的事情时，林家的门铃响起来。

陈玥走过去，往猫眼里看了一眼，是陈垚。

深吸一口气，陈玥跟林承晖打好招呼，让他先到房间里面等候。林承晖见她脸上的表情，猜到了个大概。

陈玥打开门，陈垚站在门外往里面探头左右看看，黑着脸叫陈玥回家。

"爸，我不回去。"陈玥站在门内，抱着手。

"你是想气死你爸吗？！你现在是翅膀硬了，敢把张嫂支去厨房偷了我的印章跑出来贷款！"

陈玥脸色变了变。

"我怎么就生了个你这种败家子！叫你去相亲，你给我去卖设计稿，你当真以为你改个名字没有一个人知道你是谁？这也就罢了……你、你为什么要偷我的章借那么多债？！你知道这个债！……"陈垚说到这里只觉嘴里一阵腥甜，眼前一黑就要倒在地上。陈玥惊叫一声，赶紧扶住他。

陈垚一只手撑住墙壁，费力推开女儿的手，"你……你滚！你回你的林家去，过你的苦日子去……"说着，他在原地歇了会儿，一个人慢慢转身离去。

陈玥愣在原地，泪水沾满了双颊。

"快去追你爸爸，跟他回家去，别管这边了。"林承晖拉着陈玥的手臂让她走，陈玥摇摇头，抱住林承晖，趴在他的肩上大哭。

"爸爸不会原谅我的，他不要我了……"她不明白为什么父亲就是要让她做这么多她不愿意做的事。陈垚说要她嫁个好人家，可是好人家就一定对她很好吗？她与林乡认识这么长时间，两个人对彼此的心意也算明了，林家的人她也很喜欢。她的人生，她的选择，就应该她自己做主。

和陈垚吵完架，陈翊也没提过要回家的事。她知道在借债这件事上父亲就很难原谅她。陈垚没有让她参与下一季度铂玉的珠宝设计——她已经从铂玉辞职了，可她还得帮着林家这一大家子。除了林乡以外，几乎没有人还有劳动力了，就算头脑还算好使，但现在，在台湾创业也是极其艰难的事情。

陈翊出来创办了自己的工作室，让韩娜帮忙打理。之前用别的名字卖出去设计稿的事情以及在铂玉这么多年累积下来的人脉让她的工作室还算稳定，那些合作过的商家也愿意同她签订长期合作，总的来说，只要她能按时交上设计稿，其他时间就由她自由支配了。但陈翊并不打算放过那些空档期，她必须得拿到更多的订单，赚更多的钱才行。

陈翊长舒了一口气，又一头埋进设计稿里，就连韩娜敲门进来她也没发现。韩娜将咖啡放在桌角上，轻声道："阿翊，休息一会儿吧？"

陈翊听到声音回过神来，看到来人才放下画笔，拿起桌子上的咖啡，轻轻抿了一口，嘴里泛起一阵苦涩的焦味。

韩娜没有和她聊天，弯下腰去看桌子上的设计稿，这不是她第一次看陈翊的画稿，却是第一次被画稿吸引了。从前看她的设计稿时，只觉得画出来的图有一种亲切感，线条的流畅度也比一般打印出来的图纸要强，其他的也看不出来些什么。可现在她刚看到这张图的第一眼就陷进去了。

整件作品以黄金打造全身，黄色的彩铅绘出了张开翅膀的凤凰，用红宝石点睛，羽翼处再配上绿色宝石和白色小钻，一只栩栩如生的凤凰就呈现出来了。

陈翊见韩娜看设计稿看得出神，碰了下她，问："娜娜，怎么了？"

"阿翊，这个凤凰真好看。你这是在给哪个厂家画图？"韩娜转过去看着她。

"没啊，这个图是我自己画的，脑子里有些灵感就想着记下来，免得下次忘记了。"上次林乡也说过自己，现在给这些厂家画图，都是按着市场上的走向去的，根本不能按着自己的想法去做。陈珝也忍不住担心照这样下去，自己会淹没在市场中，没有了自己的想法，但现在并没有更好的办法，总不能让林乡一个人承担这一切。

"真羡慕你。我啊，估计这辈子就只能跟你混了——做苦力我也愿意的！"韩娜怀着一丝感激道。她本来还想做一个咖啡馆的老板娘，现如今什么都没了，若不是陈珝，林乡走了以后，她甚至都不知道接下来一家人的日子要怎么办。

六月底，林敏的孩子终于出生了，外人眼里高大帅气的戚佑祯在产房门口哭得一塌糊涂，连林敏都感觉到有些不好意思。

林乡看着他的样子，忍不住去想以后自己孩子出生时自己会是什么样子？会不会也像他一样，泪流满面。

林乡让戚佑祯在这里陪林敏，自己替他回去拿些换洗衣服，也顺道送林承曌回家去。

刚回到家，陈珝的电话就打来了。林乡接过电话，开心地和她分享林敏孩子出生的事情，陈珝也和他一起开心。

一旁的林承曌默默地听着他们聊天，试图插上句话，却怎么也找不到缝隙，只好叹了口气，自己回房间去了。林乡注意到林承曌的表现，便对着电话问陈珝："爸爸最近还好吗？"

林承曌的脚步一下子抬不动了，站在那里静静地听。

"好就行，你让爸爸一定要记得好好照顾自己。"林乡又嘱咐了句，"还有……"

林承曌大概知道他要说什么，头也不回地走开了。林乡看着他的背影，也不知道自己到底做得对不对。

"嗯？"陈珝等了半天也没见他说话，忍不住问。

"没事了，我还要去医院给姐夫他们送衣服呢，先不聊了。你也要好好照顾自己，等我回去。"

陈翊娇羞地应了一声便将电话给挂了。

林乡进房间，随便给戚佑祯拿了两件衣服装进包里，对着房间里面的林承曝喊了句话就出门了。刚到医院门口，林乡就看到风尘仆仆赶来的林觉，两个人一起说说笑笑走上大楼去。

上来的时候，孩子已经放到保温箱里面去了。林觉嚷嚷着："我，我能去看看吗？我的外甥出生，我这个做舅舅的竟然还没正眼瞧过，这也太过分了吧？"

"哥，你明天再来吧，这会儿宝宝要睡觉呢！再说了，谁让你这么晚来的？"林敏看着他笑了。

"就是，你去哪里了？"林乡问。

听了这话，林觉一脸委屈地看着他，说："你还说呢，还不是你！你没事把我派去出差，说什么考察市场。你就是算准了，我妹妹要生了，让我赶不回来，然后再告我一状是不是？"

"哪有，我是真心让你出去考察市场的，撞上了我有什么办法？"林乡耐心地解释。

林敏也没有怪过林觉，现在公司刚刚起步，还有很多事情需要去做，创业又不比其他行业，还是需要自己好好把握才行，不然到时候谁知道会出什么岔子。

林觉去了全国最大的百货商店上海市第一百货商店，他是有意识地做这个选择的，今年2月18日邓小平去那里视察，让那个百货商店在他心里的地位一下又高了不少。

他沿着柜台仔细观看商场里陈列的各类服装，参观完三楼的服装柜台，正准备走向电梯时，又看见不远处有一个文化用品柜台。再往前走，还有一些别的物品展示区域。

"那你快说，这趟上海行你到底学会了些什么？"林乡忍不住打断他。

"这个嘛,我发觉吧,难的不是你商场里面的商品要放些什么怎么摆设,而是,你到底应该从哪些渠道得到这些东西呢?你看,我们现在公司刚成立,你是从台湾过来的,我和林敏是从国外回来的,虽然有政策在扶持,但是资源这一块我们怎么去获取,这是我们目前最大的问题了。"林觉严肃起来,眉头拧成了川字,又说,"现在我们百货商场里面卖的东西还比较单一,也就是以日用品为主,但是明显这些不符合人们对百货的要求。什么叫百货?当然是物种繁多是不是?其他的,包括服装啊,甚至珠宝啊,这些都是我们考虑的地方。"

林乡也点了点头,听了林觉的话觉得开百货公司也不是那么容易的事情。至于到底应该怎么做,明天回公司再讨论吧,林敏几个小时前才生了孩子,也不好在她产房面前打扰那么久。

想着,林乡将林觉一把拉了出来,一起回了家。

接连好几天,林承晖都过得很开心。宋珈灵的回神太过于突然,让大家都有点措手不及。陈珝却隐隐觉得不安,总觉得好像有什么事情要发生一样。

陈珝考虑了好几天,还是建议林承晖找个时间带着宋珈灵去医院做一个检查。宋珈灵却坚持自己没有事,林承晖开始也不以为然,经过陈珝这几天的劝说,还是决定带着宋珈灵去趟医院。

宋珈灵检查的时候,林承晖在一旁紧张地攥着手,手心湿了一大块。医生看着手中的片子,问了下症状,没几分钟就说可以出去等结果了。

林承晖的心松了一下,很快又提起来,问:"大夫,你看清楚了没有啊?就这几分钟,你检查到了吗?"

医生淡然一笑,说:"这种病我见得多了,不是什么大事。"转头看了一眼陈珝,问,"你们陪病人出去走走?"

陈珝很快反应过来,推着宋珈灵的轮椅,对林承晖说:"伯伯,我和阿姨出去转转,你一会儿过来找我们就行。"

林承晖点了点头，握着宋珈灵的手，说："珈灵，你先去，我一会儿就来。"宋珈灵也不闹，她已经等了这么多年了，不在乎这一会儿。

　　宋珈灵他们走后，医生摇了摇头，说："患者的阿尔茨海默病，哦，也就是大家熟知的老年痴呆，已经到了第三阶段了。这是目前医学上无法逆转的病症。现在出现的这种情况，你可以看作是回光返照。总是，多花点时间陪陪她吧，我们也无能为力。"

　　林承晖不记得自己是怎么走出这间房间的，等他回过神来，陈翙已经推着宋珈灵来到他身边了。

　　宋珈灵看着他的神情，心里有些不安，问："阿晖，你怎么了？"

　　林承晖朝她笑了一下，说："没事，走吧，我们回家了。"

　　宋珈灵点了点头，也猜了个大概。他从前也是这样，有大事的时候永远不会告诉自己，不让自己担心，现在也是一样。可到了他们这个年纪，哪里还会有什么大事，最大的事情也不过是生死罢了，能让他脸上露出这样表情的，除了自己快死了哪里还有什么事情？

　　宋珈灵抬了下头，对上林承晖眉头紧蹙的脸，嘴唇也抿了起来。果然，人不管活到哪个岁数，习惯总是不会改变的。想到这，宋珈灵不自觉笑了起来。

　　林承晖抱着宋珈灵上了床，太久没锻炼的骨头闪了一下，也跟着躺倒在床上。宋珈灵在一旁咯咯笑了起来，好像回到他们搬进南京大院的那天一般。

　　林承晖看着咯咯笑的宋珈灵，眼睛里装着一汪水似的，经不起风吹。

　　宋珈灵突然停住了笑声，仰头看着他，问："阿晖，我老了你还爱我吗？"

　　"爱。"

　　"那你说，我老了会变成什么样？"

　　"嗯，我想想，"林承晖抿着嘴皱起眉头，认真思考了一会儿，说，"不过就是头发白了，牙齿掉了，脸上有很多皱纹，和平常的老太婆一样。"

　　宋珈灵爬起来佯装要打他，他却一把抓过她的手，说："不过，就算你老了,在我心里也是最好看的那个老太婆。"

想着,林承晖突然笑了起来,牵着宋珈灵的手。宋珈灵也甜甜地笑看着他,这一刻,她心里甚至有些感叹这几十年来的遭遇,如果不是那些,她也不会感受到这久违的幸福的味道。只可惜,他们的孩子不在身边。

她的笑容突然冻结了,林承晖感觉到异样,问她:"珈灵,你怎么了?"

宋珈灵感觉到脸上一阵冰凉,吸了吸鼻子,说:"我想见见建国,这么多年了,也不知道他过得好不好。"他的幼年童年少年时期都在没有父亲的阴影下长大,谁能想到,之后还会遭遇没有母亲的生活。是她对不起建国,都是她的错……

到了丁屋岭,她也时常后悔丢下林建国,甚至好几次冲动想要跑回去看他,哪怕只远远地看一眼也好。家门口蜿蜒到村口的路,她来来回回地走了上百次,还是没有去,她不敢去。她害怕这一去,自己设计好的出走,为林家脱罪的事情就败露了。她也害怕,林建国会因为这件事情对自己心存芥蒂,不原谅她。在对林家的责任和对儿子的愧疚中,她到底是选择了林家。

也因为这样,在丁屋岭的这些年来,她过得并不好。白天她在医馆对着别人嘘寒问暖,到了晚上自己一个人的时候却是以泪洗面。这眼泪,除了对丈夫和儿子的思念,还有对自己的恨。她恨自己变得这样畏畏缩缩,恨自己变得这样狠心,更恨自己无能为力。

时间一长,她就病了。但她没有告诉任何人,这是她应该承受的。

现在,她只想见见他,跟他说一句对不起。

宋珈灵的一番话勾起了林承晖前几年去厦门的回忆,那时候他还特意打了一副长命锁,就是想要拉近一点父子之间的距离。好不容易关系缓和了,也找到了宋珈灵,可是却因为医治的问题起了争执,再加上邻居的闲话,一气之下自己又回台湾来了,再一次将他置于失去父母的境地。说到底,都是自己对不起他们母子。

如果还有重来的机会,这一次他一定不会再让他们从自己身边离开。可是，人生哪里来的那么多如果？现在能做的，不过是珍惜当下，努力不让自己后悔罢了。

林承晖从床上坐起来，看着宋珈灵，说："珈灵，你等我一会儿。"说着，走出房门去，敲了敲陈玥的门。

陈玥走出来，问："伯伯，怎么了？"

"小玥，你给阿乡打个电话，看看他什么时候回来，顺便问下建国最近在忙什么。"

陈玥听了这话，联想到下午在医院时林承晖的反应，心里的不安又涌上心头。她走到电话旁边坐下，刚想要打过去的时候，电话却响起来了。她下意识地拿起话筒——

"喂？"

电话里传来林乡略带沙哑的声音。陈玥的心突然猛烈地跳起来，距离上一次打电话已经是半个月前了，想念已经绵延了这么长时间，让她怎么能不心动？

"阿乡，"陈玥顿了一下，让自己冷静过来，问，"阿乡，你最近还好吗？"

"还行，你呢？"

陈玥脑海中不停地浮现出这几天的画面，在她还没发现的时候，眼睛已经被氤氲的水汽弥漫着。林承晖见她这样也不好让她和林乡提起刚才要问的事情，转了个身找地方坐下了。

电话那头的林乡等不到她的回话也有点慌了起来，不停地在电话里面问："小玥，你怎么了？怎么不说话？发生什么事了吗？喂？——"

陈玥回过神来，吸了吸鼻子，忍住不让自己掉眼泪，又咳了两声装作没事的样子，答道："没事啦，你在想什么？"

"那就好。"

陈玥明显听到林乡舒了一口气的样子，嘴角不禁扬了起来，又问："阿乡你最近有没有空啊？能不能回来一趟？"

终于切入正题了，林承晖微微弓着的背挺起来，竖起耳朵在一旁认真地听——

"我最近正打算回去一趟，你一个人照顾这么多人我也不大放心。而且，我很想你。"林乡的深情表白让陈珝差点又忍不住落泪，这段时间，自己经历得太多了，直到现在还没有反应过来。

他回来，一切就都好了。

"建国呢？"

林承晖忍不住转过身来提醒了她一句，陈珝回过神来，犹豫了一会儿，对着电话又问："那建国哥能不能也带他回来一趟？"说出"建国哥"这三个字的时候，她心里有点发虚，不知道这样适不适合。

"建国哥？他已经好长一段时间没有来厦门看我们了，听嫂子说欣怡最近一直在闹情绪，什么事情都和他们唱反调。现在建国哥每天下班回来都围着家里转。孩子大了，更淘气了。"林乡的抱怨听起来更像是高兴。林建国家里那些琐碎的事，在他看来是一种新的体验，累是累了点，但有归属感。以后，他也会有自己的家庭，他会和陈珝有自己的孩子，最好是个女孩，她软软的身体趴在自己的胸膛上，可能会生气地哭，可能会开心地笑。无论怎样，那一定是他心中幸福的模样。

止住幻想的林乡，有些疑惑陈珝为什么会问这个问题，着急问道："怎么突然让我带建国哥一起回去？难道是爸出什么事了？"

"没有啦，是宋阿姨啦，她最近好了很多，记起来很多事情了，她想要见见建国哥，"陈珝愣了一下，又说，"但是呢，她身体不是很好，不方便长途跋涉，所以就想说，能不能让建国哥来一趟。"

"真的？"林乡的兴奋都要溢出屏幕来了，"好好好，我一会儿就给建国哥打电话过去，你等着吧，我一定把他带回去。"

林承晖满意地笑了笑了，回房间去了。

月光透过窗子温柔地洒进屋子里，洒在他们的身上。

林承暻抬头望着天上的那轮明月，一种不能名状的落寞涌上心头。他的一生，就要这样过去了。抛开家庭身份不谈，以前他以为自己和林承晖是一样的，什么都能想到一块儿去，然而现在似乎不是这个样子……钟婉莹去世以后，仿佛就只剩下他一个人撑在这个世界上，家里的孩子已经长大了，总有自己的世界，即使他们还跟他住在同一片屋檐下，他也插不进脚。他们有自己的话题，有自己的朋友，有自己的后代……放在自己身上的关注明显就少了。他有怨恨，他的"无力感"一直折磨着他——他忘了，其实自己当年带着母亲李佩瑶在闽西颠沛流离，也很少顾及李佩瑶的感受，她那时候也死了丈夫，断了小儿子的音讯，有无法弥合的"无力感"需要人抚慰——也许这些只有老了才能知道吧？

　　林乡给林建国打完电话后，哼着小调从屋子里走出来，正好看到看着月亮愣神的林承暻。

　　林乡也抬起头向天空看去，脑子里不知道怎么钻进了月球上住着嫦娥的念想，忍不住发笑起来。

　　林承暻被笑声惊到回了神，抬手擦了擦自己的脸，试图让自己从幻想中回到现实中来。可有些东西，哪里是光有这个想法就可以做到的呢？他苦笑着看向林乡，一时之间也不知道该说什么，只好从竹藤椅上站起来，慢慢地朝着屋子里走去了。

　　林乡看着他的背影，心里一阵酸楚。有时候他觉得自己能理解，活到林承暻那个岁数，谁不希望儿孙绕膝，亲邻和睦呢？只可惜，他现在身边除了自己并没有一个人。林觉最近也不知道受什么刺激了，总是没事就往公司里面跑，甚至有时候就待在办公室里通宵。让他好好休息，他只说一定要让百货公司做大做强，不然他一定不会休息。林敏有了孩子以后，整个人身上都散发着一层温柔的光彩，重心也慢慢地开始转向家庭了，可照顾孩子也让她顾不上林承暻。至于林佑安，林乡也搞不懂，为什么一个木工师傅可以忙成这样，难得回家吃饭都是扒拉两口就投进那堆木料上去了。前几年回来的时候就听林承暻说佑安在研究无钉工艺，现在的技术已经可以说是炉火纯青了。林乡也没少夸他，但他也只是笑笑说自己还需要努力。林乡拿着他送的一个橄榄核雕刻而成的八角小宫灯晃了晃，宫灯上八角刻着八条龙，龙嘴衔着彩色穗坠，灯罩上又刻着梅兰竹菊等花饰，无论是哪里，纹理都细如发丝。

"本来可以做得更好的。"林佑安有些遗憾地看着林乡手里的宫灯，其实这是他的第一次尝试，之前都是做大件的家具好操控，但这种小手工更要细致，一不留神就弄坏了。这个宫灯也是一件残次品，上面有一条龙，在连接的时候他没控制好弄得偏了一些，凸出来一块，显得整体不美观。他本想丢掉的，是林乡硬吵着要拿走。

林乡并不在意这些，反而说他瘦了不少，但眼里却有了光。

第 十 三 章

周末，林建国带着苏明莉和林欣怡来到了厦门，他已经向单位争取了半个月的假期，足够台湾一趟来回了。他心里有太多不明白，有太多问题要问。那些困扰了他二十年的问题，终于要在这一趟旅程中找到答案了。

在码头上等船的林乡，目光不自觉往海面上眺去，他来厦门快要半年了，在林觉和林敏的帮助下，百货公司也慢慢地走上正轨，先前提及的问题也一个个解决了。通过林佑安和林建国的帮助，他们找到了供货商，虽然现在供应的货物还算不上太多，但已经足够人们的日常生活了。百货公司里的陈列问题，他们也专门去学习了其他城市的一些百货公司，结合先前林乡去法国考察学习到的内容，请人设计了更合理更方便的方式。此外，还值得一提的是，请过来专门做导购接待的那些人对待自己的工作岗位也非常认真，现在有很多客户上门就是为了享受他们的服务。

总的来说，百货公司已经慢慢地有了起色，虽然被林觉说自己这个时候回去相当于是丢下自己几个月的孩子不管，但他也相信，有林觉和林敏这样的叔叔阿姨，他的"孩子"一定能好好长大的。

看着在海面上盘旋的海鸥，林乡只想快点回去……

轮船发出呜呜的轰鸣声，把正在熟睡的林欣怡吵醒了，她张大了嘴巴不停地哭。苏明莉抱起女儿，轻轻地拍着她的背，唱着歌谣哄她睡觉。林建国拖着两个巨大的行李箱跟在林乡后面走。

他的答案，终于要来了吗？他朝着远处望去，蓝色的大海看起来并不打算告诉他，他的脚步开始慢了下来。

苏明莉回过头来担心地看了丈夫一眼，林建国只微微笑了一下让她不要担心。既来之，则安之吧。

未知，何尝不是一种期待呢？

来到林家的时候，林建国的心一下子定了下来，先前的那些疑虑、那些憧憬，统统都不见了。这是他第一次感受到，父母都在身边的日子。林承晖的不辞而别，其实他是不满的。可妻子说，父母都这把年纪了，如果他们能快乐的话，就放手吧。人生就是这样子，在放手中学会成长。以后女儿长大了，他们要放手，现在父母老了，要过自己的生活，他们也应该要放手。

只是，就算是已经过不惑之年了，他也在午夜梦回的时候期望过，醒来就能看到自己的父母。可能他还是学不会放手吧。

也正因为这样，他加倍地关注苏明莉和女儿，他努力做一个好丈夫、好父亲，不愿意让她们和自己一样，在最脆弱的时候发现自己身边空无一人。

宋珈灵坐在轮椅上，一遍又一遍地看着眼前的这个年轻人，才举起自己颤抖的双手向他伸去。有些感情，就算时间过去了，记忆模糊了也还是不会变的。她对林承晖如此，对林建国亦是如此。

林建国僵直了身体，不知道该做什么反应，来之前苏明莉已经和自己演练了很多遍这个场景会是什么样的，那时候自己明显没有这样紧张。进门的时候，他也以为自己想明白了，可这一刻，他的心开始忐忑起来，体温也在飙升，脸也憋成了酱紫色。

"建国，我的建国……"宋珈灵伸出去的手停在空中没有得到回应，眼泪一滴一滴地从眼眶里跳出来。她的声音已经不像记忆中的那么动听了，却还是那样温暖，慢慢地融化了林建国的心。

"妈。"林建国俯下身去跪在她面前，握着宋珈灵的手放在自己的脸上，仿佛又回到了小时候。他到现在还记得，那天，她离开了，她不要自己了。多少个夜里，他恨她，为什么要把自己丢下。但现在，一切都无所谓了。

"建国……是妈……对不起你呀。"宋珈灵哭得厉害，已经没办法说出一句完整的话来了，"当初，都是妈不好……不该把你丢下的……妈也是没办法，妈一个人养不起你呀。"

"妈想回去找你，可是妈害怕，怕你伯伯他们受累，怕你不原谅妈。是妈太自私了，妈对不起你呀……"

林建国克制了很久，眼泪终于还是掉了下来，他拼命摇头，说："妈，都过去了，我好着呢。"说着，站起来拉过苏明莉和林欣怡，道，"这是明莉和欣怡，您的儿媳妇还有孙女。妈您也别自责了，我知道这么多年来您也不容易。"

宋珈灵眨了下眼睛，将眼泪从眼睛中挤出来，才终于看清苏明莉和林欣怡的长相，苏明莉剪了个利落的短发，眼睛发出淡淡的光彩，让人觉得舒服，宋珈灵盯着看了很久，越发觉得自己在哪里见过这个人。想了很久，才记起来这是李蕙兰的女儿，激动地叫了声："明莉？"

"诶，妈。"苏明莉说着蹲下来将林欣怡放下，对她说，"来，叫奶奶。"

林欣怡睁大了眼睛朝宋珈灵看去，眼神里充满了疑惑，转过头来，问："这个奶奶，为什么在哭？"

林欣怡的话让在场的大人们哭笑不得，只有苏明莉在耐心地告诉她："因为奶奶太想欣怡了。欣怡身上是有魔法的，只要欣怡叫一声奶奶，奶奶就笑了，你信不信？"

"我不信！"林欣怡扬起她气鼓鼓的脸，"妈妈骗人，妈妈不是好孩子。"

"不信，你就叫一声奶奶试试？"苏明莉也被她气笑了。

林欣怡歪着脑袋，问："真的有这么神奇？"她看了一眼苏明莉，苏明莉冲她点点头，她又转向林建国，林建国也示意她上前去。得到了爸爸的指示，林欣怡才慢慢地走上前去，伸出小手拍了拍宋珈灵的手，说："奶奶，你别哭了，欣怡唱歌给你听好不好？"

宋珈灵看着眼前这个白白嫩嫩的小可爱，点点头，忍不住笑了。

林欣怡看见宋珈灵笑了，开心地拍着手跳起来："哇，奶奶笑了，奶奶笑了。欣怡真的有魔法！"

林承晖看了一眼林建国，又看着眼前这个蹦蹦跳跳的小孩，心里像被塞满了棉花糖一般，软软的，甜甜的。如果林建国还小的时候，自己在他身边，会是什么样子的呢？

"爸。"林建国注意到站在宋珈灵身后的林承晖，走到他身边去，叫了一声。

林承晖的泪也涌了上来，他抿了抿嘴唇，拍了拍林建国的肩膀，却一句话没说。林建国伸出手覆上他的手，父子之间的恩怨在掌心的温暖间化开了。

晚饭后，宋珈灵拉着苏明莉聊天，林建国觉得屋里有点闷，一个人到楼下去散步了。从卫生间出来的林承晖，后脚跟了上去。

林建国在路边乱逛，抬起头来看向天上的月亮。小时候，他总以为，是台湾的月亮比较圆，所以父亲才不愿意回家去，但现在看来，和厦门的也一个样。这么多年，自己的恨好像也不值得了。

他叹了口气，转头想要回去，却看见林承晖就站在他背后。他下意识地朝父亲笑了下，露出有些泛黄的牙齿："爸。"

"什么时候学会抽烟的？"

林建国惊了一下，问："你怎么知道的?"

林承晖也不回答，只笑了一下，问："一起走走?"

从太平洋海岸吹过来的风，吹上了绵延无边的海岸，吹落斑斑的帝国国旗，吹来真正的太平。这是林承晖日思夜想的画面，有爱人在身边，孩子快乐地长大，仿佛就在这一瞬间，他所有的梦想都得以实现了。他抬头看了一眼月亮，月圆已经过去了。

父子俩再往前走，在拐角处看见了手牵着手的林乡和陈珝，林承晖脸上浮现出了一个难以发现的微笑，他转过身去，对林建国道："我累了，我们回去吧。"

林建国在后面一头雾水地看着林承晖，又转过头去看了一眼后面，直到看见林乡，才知道是怎么回事。这一刻，他才发现，他的父亲也是一个很可爱的人。

林乡牵着陈珝的手，在路上走着。

现在也不过才八点左右，路上却不见一个人影，安静得让人有些不习惯。想起来在厦门的时候，每天和一帮人加班加点到深夜才回家去，也很难有这样的时间去享受这样的宁静。

这一刻，对他们来说，都太奢侈了。

林乡停下脚步，将陈珝揽入怀中，温柔道："阿珝，对不起，让你受苦了。"陈珝并没有回话，林乡只感觉到怀里的人肩膀在抖。她自己也知道，说不苦是假的，为了林乡，为了林家，陈珝现在已经是有家不能回了。可她仍然无名无分，就像天上的月亮，再漂亮又有什么用呢？还不是让人觉得冷清。

陈珝意识到自己失态，吸了吸泛红的鼻子，擦干眼泪，从他怀里出来，说："你回来我就好了。"

说着，往前走去了。

冷清只是一面，月亮也是能给人光明的。

林乡看着她的背影，愣了一会，跟了上去，问："阿珩，我不在的时间，你都在做什么？"

陈珩耸了耸肩，道："也没做什么啊，就每天照顾伯父他们，晚上空出来的时间就画画设计稿。我都不知道，我现在接的单都可以养活这一大家子了，我以前从来没想过自己有一天会过上这样的生活。"陈珩低下头去也不知道在想些什么，很快又抬起头来，笑着对林乡说，"不过，我真的很开心，这段时间以来，我觉得自己很充实，正是和你一起经历了这些，我才有更多的想法放在我的设计上。"

林乡的眼神同月光一起落在陈珩的脸上，将她消瘦的脸印出来一道光泽，那是一种经历了挫折后的从容与自信。他喜欢这样的陈珩，美好得像刚打磨出来的钻石，光彩照人。他干脆拉住她的手，问："那，你有想我吗？"

陈珩对上他的眼神，脸上有些发烫，别过头去不敢看他，又忍不住点了点头。

林乡看到陈珩的反应脸上泛起一阵笑容，又问："阿珩，你给人家设计了那么多珠宝，有没有想过有一天给自己设计一个戒指呢？"

陈珩抬起头看着他，他不知道从哪儿掏出来一个饰品盒，单膝跪在地上，就着月光打开盒子，看着陈珩问："阿珩，你愿意嫁给我吗？"

这个戒指是林乡在开百货公司的时候抽空看了几本杂志，参考了几款自己觉得还可以的样式，结合了各自的优点画出来拿去给别人加工的。起初，那个人还不愿意给自己做，林乡就每日去找他，磨了几周才答应下来的。

镶着钻石的戒指在月光的照耀下微微闪烁，却一不小心照进了陈珩的眼睛，刺得她眼睛生疼，眼泪就这样不受控制地流下来。林乡看着她的反应，总觉得和自己预想的不一样，回来的时候林觉还告诉他，只要他在浪漫的夜色下手捧着鲜花单膝下跪，深情地问一句："Baby, will you marry me?"陈珩一定会感动得泪如雨下然后点头答应的。

可现在，她只泪如雨下了，并没有点头答应，他细细想了想林觉的话，反应过来会不会是因为没有鲜花？他又跑到路边随手摘了一朵过来，跪下来对着陈玥重新问了一遍。可陈玥还是站在那里哭，一点反应也没有。

这让他有点慌了。

他站起来替陈玥擦干眼泪，安慰道："好了好了，不哭了，不嫁给我就是了。"

陈玥却一把夺过他手中的戒指盒："谁说我不嫁了？"也不抬头看他，自顾自地取出盒中的戒指给自己戴上，轻轻地抱住他，"阿乡，我爱你。"

还没等林乡反应过来，陈玥已经偷亲完他往家的方向跑去了。林乡也小跑了上去，紧紧牵着陈玥的手，打打闹闹回家去了。

刚走到门口，陈玥就感受到从林家传出来的奇怪的感觉，可这个感觉，又让她觉得熟悉。林乡见她有些迟疑，以为是她害怕两个人的关系变化让家里人知道，拍了拍她的肩膀让她别紧张，牵着她就进去了。

果然，还是来了。

陈垚就坐在那里，看着她。

"阿玥……"

陈垚从沙发上站了起来，朝着她看去，目光最终落在她和林乡紧紧牵着的手上，挂在脸上训练有素的微笑让人看不清他的来意。

林乡明显感觉到陈玥整个人在发抖，手心的汗水已经浸湿了自己的手。身为她的未婚夫，自己总得站出来做点什么的，他捏了捏陈玥的手，靠在她耳边轻声道："别担心，有我在呢。"

林承晖也跟着站了起来，转向在门口站着的陈玥，道："阿玥，你爸爸有事要找你聊。"

听了这话，陈玥感觉自己的心已经跳到嗓子眼上了，她以为，以父亲这样性子的人是不可能会为了让自己回家而亲自来这里的，在他心里，自己身上已经没有改变的可能性了，就像制作时温度过高导致变形的钻石一样，没有意义。更何况，就在几个月前，他曾经说过，他没有这个女儿。可如今，他出现在这里，也就意味着……

陈珝不敢想下去，眼睛直勾勾地盯着陈垚不说话。

屋子里的气氛微妙到了极点，陈垚也是久经沙场的人，自顾自地笑了起来，一步一步向陈珝走去，看着她的眼睛，沉默了半晌，才开口："阿珝，今天爸爸来，是想接你回家的。是我错了！回家好不好？你要不要我跪下来。"说着膝盖就要弯下去。一旁的林乡也慌了神，一把架住了陈垚。陈垚有了台阶下，却更不依不饶，假意挣扎着要给陈珝下跪。

陈珝看了看林承晖，又转过去看林乡，最后目光落在陈垚的身上，就这么短短几个月，他的白发竟然已经长了这么多，和记忆里那个逼着自己做这做那的父亲竟一点也不像了。就这么一瞬间，她的心像被什么钝器击中了一般，疼得厉害。

陈垚一脸无奈地说："阿珝，我知道了。你不原谅我也是应该的，我知道这些年我对你的伤害有多大。那，我先走了。"说着，抬起脚就往门外走，转身的那一刻，他在陈珝的身边停了一会儿，发现陈珝没反应，他就独自离开了。

上一次，他也是这样慢慢地从楼梯口消失了，那时候她没有追出去，她知道自己做的事情没有错。可这一次，她心里总觉得，如果不出去的话，自己会后悔一辈子。

已经下楼的陈垚回头看了一眼身后的出租楼才慢慢地朝着司机停靠在路边的车走去。

他在等待陈珝。

"爸——"

身后传来陈珝的声音，陈垚转过身去，一脸懊悔地看向陈珝，问道："阿珝，你能原谅爸爸吗？"

陈珝沉默不语。亲情和爱情难道非要争个你死我活吗？

陈垚拉了一下女儿，要她上车。陈珝犹豫了一下没有动，像被钉在地上。陈垚叹了一口气，招了招手唤她进来。陈珝犹豫了一会儿，还是不情愿地坐了进去。

她没有关车门。车也没有开动，车压根儿就没打算开动。

车里静默了好久。司机很识趣，说："我下车吹吹风，抽根烟去。"没人理会他。

陈垚第一次在孩子面前露出疲态。他真的累了。

"我是真的老啦！……你从小到大，我担心这担心那的，生怕自己犯一点错误，耽误了你……"陈垚说，"这几天我想通了。每个人都有自己的命，路都是自己选的。"听起来落寞而且疲惫，让人心疼。

"爸！"陈珝脱口而出，"您……别这样。"

"我没事儿。"陈垚说，"其实，我介意的并不是你铁了心要跟林乡。我介意的是你一直没把我当成你最亲的人，你不声不响离开了家……这家是多让你厌恶啊！"

"爸……"陈珝忽然觉得内疚，她从来只觉得父亲过于强势，想要安排家里的一切。但她从来没有感同身受过父亲的境地，一个对家有强烈渴望的中年男人，当他要面对孩子突如其来的叛逆该如何自处？她忽然明白了父亲的一切行为——只是为了中年男人卑微而倔强的自尊。

但陈垚没让她说话："是我错啦！都是我错啦！年轻人应该有自己的生活，也有自己的奔头。"

陈珝忍不住了，泣不成声。她紧紧地搂着父亲，任凭眼泪肆意地流。陈垚轻轻地拍着女儿的肩膀，一句话都没有说，这是最大的谅解了吧？

良久。"傻孩子哭啥呢？你应该高兴啊！"陈垚说，"我希望你一直幸福。永远幸福。"

陈珝忽然又笑了起来。是啊，我应该高兴啊！爱情能够得到父亲的祝福，这是最值得高兴的事儿了！

陈珝迫不及待要告诉林乡，分享自己的幸福。她猛亲了父亲的脸颊，然后雀跃着跳下车。

微风吹动着陈珝的头发，空气里弥漫着海水的咸味，她在这一天经历了这二十几年来最幸福的事情，这一刻，她愿意相信眼前的这个男人，相信他是出自真心来向自己认错的，她愿意放下过去，走向他的身边。

陈珝点了点头，说："爸，你等我一下，我们回家。"

陈垚眼睛里闪过一丝光亮，应了一声"诶"，站在原地看着她跑上楼去。很快，陈珝拎着个背包又下来了，陈垚伸手接过她手中的包，说："谢谢你，阿珝，愿意原谅爸爸。"

月光洒在他们身上，发出一层淡淡的光，陈珝的嘴角轻轻上扬，一切，似乎都在变得更好了。

七月的风，正暖暖吹过，穿过发梢，穿过耳朵，穿过年轻的人。

次日一早，陈珝来到林家，林乡开门迎进她，便牵着她的手走到众人面前："今天，有件事情要和大家说。"

"你要结婚了吗？"韩娜激动地凑过来，用狡黠的目光看着林乡和陈珝。

陈珝的脸有些发烫，林乡迎上韩娜的眼神，问："你怎么知道我要说什么？"

韩娜的头微微一扬，双手环在胸前，道："我早就看见阿珝，哦，不对，是嫂子手上的戒指啦！昨天还没有呢，肯定是你昨天刚求婚咯。"

韩娜的一番话，让林乡设计好的神秘感全都消失了，他伸手去拍了下韩娜的头，又白了她一眼，咳了两声站起来，看着陈珝，认真地说："昨天晚上阿珝答应我的求婚了，我们要结婚了！爸，你给我们选个日子怎么样？"

林承晖有些愣住了，没想到有一天自己还得做这样的事情。宋珈灵推了他一把，他才回过神来："这件事情，和阿珝的爸爸商量过了吗？"

"嗯，爸爸同意了。"陈珝笑道。只是陈垚一大早就不见了人影，说公司里出了点事故，本来说要来的，但到现在也没来个电话。

喝完牛奶的林欣怡，看着饭桌上讨论得热烈的大人们，扯了扯苏明莉的衣角，问："妈妈，他们说的'选日子'是什么？"

"'选日子'就是要办大事。"苏明莉摸了摸她的头，笑道。

林欣怡努了努嘴，小手搭在下巴上，认真地思考着什么。半晌，她才开口："那我以后和爸爸出去玩也要'选日子'，这是我的大事！——买玩具也是大事！"

陈珩听着林欣怡的话，忍不住笑了出来。

……

饭后，林建国和苏明莉在家里陪这几个老人聊聊天，林乡拉着韩娜和陈珩一起出门了。韩娜有些不能理解，这两口子约会为什么一定得带上自己，但来到目的地之后，她嘴角也跟着轻轻上扬了。

林乡牵着陈珩的手走进婚纱店，一脸深情地望着陈珩，道："阿珩，你一定会是最美的新娘。"

陈珩的脸上泛起一层红晕，韩娜看了忍不住打趣："行了啊，要深情，等我嫂子换完衣服行不行？"

林乡放下陈珩的手，走到韩娜面前，说："今天你的任务就是陪你嫂子挑婚纱，一定要让她成为场上最好看的那个人。还有，给你自己选套伴娘服，作为阿珩的好朋友，这个伴娘你来当可以吧？"

陈珩正在认真地看着眼前的婚纱，并没有在意他们到底在聊些什么。韩娜心疼地看着她，点了点头，朝她走了去，陪她一起选，最后一共选出了五套礼服，又经过韩娜的一番排除，只剩下一套了。

韩娜跑过来对林乡说："哥，一会儿保证美得让你睁不开眼睛。"说罢，便跑去帮着陈珩一起换衣服了。

林乡翻杂志的手停了下来，不知是紧张还是期待，心跳也跟着加速，他放下杂志，坐在沙发上开始了漫长的等待。

"娜娜，你干什么呢？"

"哎呀，这件衣服就该往下拉一点才好看。你说是不是？"

"是，这位小姐说得对。"

"可是，会不会太露了？"

"不会，不信去问我哥。"

……

林乡听着帘子后面的人的聊天，开始不安分地动了起来，他在店里踱来踱去好几圈，却总是不见帘子拉开，他不停地看表，盯着慢慢移动的秒针。

终于，帘子拉开了，陈翊背对着他，露出一整个背来。韩娜开心地向他跑过来，问："怎么样？哥，好不好看？"

林乡讷讷地点了下头，也不说话。陈翊终于转过身来，修腰设计的婚纱勾勒出一个完美的曲线，胸口繁琐的绣花工艺，上面镶嵌着大小相同的粉色珍珠，V字肩的设计充满魅力的色彩，再加上肩带的束缚，又将她身上的性感收敛一点，显得更加迷人。

林乡的眼睛里闪着光，嘴上却一句话都说不出来。韩娜早就看穿了他的心，上前去对导购员说了些什么，向陈翊走去将她柔顺的长发从身后全部拢起来，挽成一个蓬松的髻，留几缕自然垂在耳边，给她添了几分慵懒的妩媚。

导购员也拿着头纱走了上来，韩娜接过去给她披上，隔着层纱，林乡并不能看清陈翊的脸，可他心里就是觉得说不出来的美，半晌也只能憋出来一句："阿翊，你真好看。"

陈翊还没做出反应，韩娜就忍不住笑了，对导购员说："行了，就这件了。腰间的尺寸再帮忙改小一点，别针别在那里也太难看了。"又转头对陈翊说，"我就说这件好看吧？你看我哥那个表情，都被你迷成什么样了。"

陈翊忍不住转过身去和她闹了一下，林乡看着她们也忍不住笑了，这是他心里期盼了很久的未来，大家都经历了风和雨，却还能笑着面对生活。

第 十 四 章

婚礼的事情定下来后，林建国的假期也结束了。临走前一天晚上，林乡若有所思地看着林承晖，问他要不要一起回去。

林承晖默不作声，哄睡了宋珈灵后，他才坐下来和林乡聊："乡儿，我知道你的好意，珈灵的身体最近越来越不好了。我就不去了，我得留下来照顾她。"

"可是……"

林乡的话还没说完，就被林承晖打断："倒是你，阿珝那边要请的人，确定好了吗？"

林乡沉默着不知道该怎么回应，这件事情他和陈珝聊过，聊来聊去，陈珝只说出了一个人的名字，她的好友蔡毓芬。

第二天下午，林乡再次踏上了厦门这片土地。

他先回了趟家，将月底要和陈珝结婚的消息带回去给了林承暻，邀请他去参加他们的婚礼，林承暻迟疑了一下，还是答应了。带着好心情，他回到了公司，半个月没见，林觉和林敏将公司管理得越来越好了，照这样子下去，明年初应该可以盈利了。

他到林觉办公室的时候，林觉正在拟一份和珠宝公司合作的文件。林觉看到他，将手里的工作丢开，猛地站起来，冲上去抓住他的领带，佯装要打他的样子："你还知道回来啊？你走后，你的工作都归我管了，林敏也是天天围着孩子转，经常将事情丢给我做。我容易吗我？"

"知道你辛苦了，我这不是回来帮你了吗？不过我很快又要走了。"林乡将椅子一转，坐了下来。

林觉心下一惊，问："你又要去哪？"

林乡看了他一眼，慢悠悠地说："当然是，去结婚啊。"

林觉不可思议地看了他一眼，拉着他要去林敏的办公室，将这个消息告诉林敏。

八月初的风充斥着思念团圆的味道，陈珝的心却慌乱地跳了一整天。她要嫁人了。

没多久，林乡来敲开了她的门，说是有人找她。陈珝出了房间，看见她的家佣张嫂坐在沙发上。陈珝走上去，问："张嫂，你怎么来了？"

"是老爷叫我来的，他让我给你送礼物来。"张嫂递过去一个礼物，打开是一双镶钻的银白色的高跟鞋，"这双鞋，是老爷亲手做的，说是要给小姐做婚鞋。"

陈珝看了看手里的鞋，抿着嘴唇。

张嫂顿了顿，观察了下她的情绪，继续讲："老爷前段时间忙，小姐选日子的那天他没赶上。之后就一直念叨，做了一双鞋出来。小姐您就换上吧，老爷在楼下等你。"

陈珝抱着鞋子跑下楼去，陈垚果然在下面等她。

陈垚拍了拍陈珝的背，眼眶有些湿润。他一步一步走向林乡，盯着他看了许久，慢慢地开口："以后，不许欺负我女儿。"

"好的，伯父。"林乡道。

"还叫什么伯父，叫爸。"陈垚板着脸看他，林乡愣愣地叫了声"爸"，陈垚的脸上才显现出一丝喜悦来，他侧过身去，对林乡说："新娘结婚前还是要在娘家住，我先把阿珝带回去了。"

林乡看着陈垚和陈珝消失的背影，半晌才回过神来。却看见转角处几个熟悉的身影——林敏和戚佑祯抱着他们的女儿走过来了，后面跟着林建国一家，更难得的是，苏亦辉夫妇也来了。

林承曔前几天洗澡的时候摔了一跤，到现在还躺在医院里。公司还有事情要处理，加上要照顾林承曔，林觉并没有跟着一起来。

　　林承晖听到大哥住院的消息，心头一紧想要多问点什么又不好意思说出口。倒是宋珈灵忽然搭上了线，一脸天真烂漫地问："没摔坏骨头吧？"

　　林承晖觉得诧异，忽然想起来，她在丁屋岭就是医生，平时总会给摔倒的乡亲治伤。宋珈灵问了几个问题，都是跟伤情有关，听得出来，林承曔只是微微有些伤到骨头，并没有什么大碍。"用跌打酒好好擦擦，半个月就好啦！"宋珈灵说，"现在也不是年轻人了，走路要小心一点，还是拄个拐棍好！"然后看着身边拄拐的林承晖。林承晖心里一酸——她把许多事都忘了，只记得自己是个医生。

　　陈垚在亲朋好友的注视下，将陈玥的手交给了林乡，嘱咐林乡一定要好好照顾她，不然就算他跑到天涯海角一定会把他追回来打一顿。

　　带着大家的祝福，陈玥终于成为林乡的妻子了。她转过头去看了一眼身边的林乡，牵着他的手加重了一分力，林乡也回应着她。她不知道未来怎么样，至少在这一刻，她真切地感受到她的幸福了。她也相信，她会一直幸福下去。

　　第二年五月底，林乡和陈玥的孩子出生了。

　　宋珈灵看着她小小的身体，仿佛回到了林建国出生的那一刻，幸福、温暖，觉得一切是那样的妙不可言。林承晖也一脸慈爱地看着小孙女，伸出去的手停在半空中怎么也不敢上前去抱她，生怕把她弄疼了。

　　陈玥躺在床上，看着大家都围着女儿转，她巡视了一圈，并没有看到林乡的影子，不由得委屈起来，眼泪说流就流。

　　林乡赶回来的时候，看到她的模样也一阵心疼，他只是去食堂一趟给她买点吃的，怎么回来就成这个样子了？他上前去，握着她的手，道："阿玥怎么了？是不是哪里疼了？"

"没事。"陈珝别过头去不想看他。他并没有看穿陈珝的情绪，打开保温饭盒，倒了一碗鸡汤出来，吹了吹，说："阿珝，我刚才下去给你买了点粥和鸡汤，不烫了，来，你试下。"

"你不去看女儿?"陈珝惊讶地看着他。

"这小祖宗现在有那么多人爱，我一会儿再看她也不迟。来，你先吃点东西。"他慢慢地将陈珝扶好，一勺一勺地喂她喝粥。直到哄她睡着后，他才抽空去看女儿。

女儿的耳朵白里透红，耳廓分明，外圈和里圈很匀称，像是一件雕刻出来的艺术品，现在还小，并不能看出孩子到底像谁，但他心里总觉得像妈妈多一点。林乡看着她熟睡的脸，用手轻轻刮了一下她的鼻子，呼吸也变得轻了起来，生怕下一秒会将她吵醒。

女儿的名字还没取，这件事情得和大家商量一下。最后林承晖提议说叫静茹，希望她长大以后像她妈妈一样是个文静而又含蓄的人。

一转眼，又到了要过年的时候。

今年也不知道怎么回事，林承晖的心里一点也提不起精神来，总觉得有什么事情要发生。他看了一眼身边的这些人，他们脸上都挂着笑容，看起来和平时并没有两样。大概是自己多心了吧。想着，他才放下心来。

陈珝和杜欣妍正在厨房里准备晚餐，蓝梦华说在社区里还有一场演出要完成，得晚一点才回来，韩娜拉着吴伯驹和韩福生正在贴春联，韩娜也不管是不是好看，逮到空的地方就往上贴，让韩福生和吴伯驹一阵嫌弃，韩娜和他们据理力争，说他们是老古董，不懂潮流。一时之间，屋子里全是他们三个人的声音。

林乡抱着林静茹向林承晖走过来，问他们想要吃点什么。林承晖对吃的没有多少要求，他转头向宋珈灵看去。宋珈灵依旧呆呆的，说："白斩鸡，姜母鸭，滚豆腐……"她絮絮叨叨说着她记得的菜名。宋珈灵吃素很多年，为了营养均衡，林承晖还是忍不住给她添加了荤食。

"当然可以啦，我让阿珝给你做。"林乡看了下怀里向林承晖伸手的林静茹，干脆把女儿放到他的怀里，自己也钻进厨房去帮忙。

林承晖看着怀里的孙女，开心地笑了起来。宋珈灵伸手去也想要抱她，她却张开嘴巴大哭，怎么也哄不停。林承晖笑着对宋珈灵说："她可能是饿了吧，我带她去找妈妈。"说着，站起来向陈珝走去，明明就是十米左右的距离，林承晖却感觉到前所未有的漫长，方才的不安再一次涌上心头。

窗花贴好了，蓝梦华也回来了，林乡从厨房端出满满一桌子的菜。林承晖给宋珈灵夹了一块鸭肉，宋珈灵一口吃下却卡在喉咙里，喘不过气来。林承晖拍了拍她的背试图让她吐出来，却怎么也没反应。

林乡反应过来打了急救电话，可就在送往医院的路上，宋珈灵再也没有了呼吸。

林承晖坐在她的身边，握着她的手，从温热到冰冷，不知道过去了多久，他只感觉到自己的心也慢慢跟着死去了。

漆黑的夜空里，鞭炮噼噼啪啪地响着，烟花也在深情地绽放，映出林承晖的脸，一块红一块青，却没有一块是属于他的颜色。他想起了他十六岁那年，父亲也是这样死去。

他抬头看了一眼天上璀璨的烟花，隐隐约约听到有人在对他说新年快乐，他循着声音回过头去，寂静的长廊上只有他一个人，眼角有滴冰凉的泪水悄然地落下。

处理完宋珈灵的后事后，林乡和林建国不得不赶回大陆了。林建国想跟父亲提落叶归根的事儿，但是看到父亲失魂落魄的样子，没忍心开口。

兄弟俩有些放心不下林承晖，宋珈灵去世后，他的头发只剩下稀稀疏疏几抹黑了，他会正常地和你交流，可你明显感觉到他不再像从前那样有温度了，只有看到林静茹的时候才偶尔显现出一点生气来。林承晖老态尽显，这是一个多么苦命的老人啊！人生漫漫，一生都在别离和思念中度过了。

兄弟俩拖着行李箱，看了一眼林承晖，他就坐在窗边一动不动，那是以前宋珈灵总爱坐着的地方。林乡试着叫了两声，但并没有得到回应，只好将父亲托付给陈珝离开台湾。林建国嘱咐着陈珝要是有什么事一定要及时打电话。

回到厦门，已经是晚上的事了。

林乡发了一会愣，晃过神来，才发觉天上一颗星星也没有。他哈了口气，搓了搓手，看到林建国也在发愣："想什么呢？"

"你说，人走了是不是就什么烦恼都没有了？"

"但愿吧。"

林乡知道他在想宋珈灵，却也不知道怎么安慰他。自己没有经历过林建国这样的失而复得，得而又失，很幸运，一直到现在，身边所有的人都还健健康康地活着。宋珈灵走了，他也难受，但是，他的难受和林建国他们的又不一样，他们是失去至亲，而他，不过是因为周围的人难受才难受罢了。

说到底，感同身受这几个字，没有经历过是很难做到的。

第二天，林建国一大早就和妻子一起回了龙岩。改革开放以后，政府机构也希望能够像厦门一样招商引资，林建国算是负责招待客商这块工作的一员。据单位上的消息，明天有几位日本商人要来龙岩做投资考察，如果考察成功，这个功劳也少不了他。只是托人联系的那个日本翻译，到现在还没打电话来给他，林建国有些心神不宁，就怕到关键时候掉了链子。

"怎么了？——一副愁眉苦脸的样子。你下午是不是有事？我去我妈那边吧，反正后天我才上班。"林建国隔几分钟就看一眼家里的座机，眉头也皱着。苏明莉这么一说，林欣怡也抬头看了他一阵，拉着他的手要他陪她一起画画。

"欣怡乖，妈妈陪你好不好？爸爸有事要忙……"苏明莉牵过女儿，心里暗叹一声。林建国在政府的这份工作，说出去也算体面，可就是太忙。明明住在一个家里，一个星期里两个人真正见面的次数还不超过十次，跟孩子相处就更少了，一个星期见他三次面都难。以前没生孩子的时候，苏明莉觉得丈夫忙一点也无所谓，可生了孩子之后，越发觉得林建国在家的时间太少。以目前林建国的职位，想要再升上去，还不知道要等到什么时候，按照他的话来讲，就算上去了，也不见得能轻松多少。

"没事，我来陪她吧，你休息一下。我明天才去单位，下午我送你过去爸妈那儿吧。"说着，林建国带着女儿进了书房。

下午临到出门时，林建国终于等到了电话。然而接起来说了几句，就叹着气挂断了。

"哎哟，你快说是不是单位上出事了？"苏明莉挎着个包，心里也急起来，"要是不能送我过去你就直说，我自己找车坐。"他这副要讲不讲的模样，苏明莉有时候看着就来气。

"我联系的一个日语翻译生病来不了了。明天日本的客商就要来了，这个时间我上哪儿去找个会日语的人啊！"偏偏自己是负责接待这一块的，早知道是这个情况，他当初也不会抢着做这块工作。"算了，我先把你送过去再说吧，我想想还有什么办法。"

一家三口到了丁屋岭，一进门李蕙兰察觉女婿情绪不对劲，私下问过女儿才知道是工作上的事情。林欣怡到底是个孩子，在沙发上坐了一会儿就睡着了，苏明莉将她抱进房，又在丈夫旁边坐下来。

"哎……要不问问阿乡？阿乡认识的人多，可能有懂日语的。"苏明莉低声道。哪知林建国摇摇头："阿乡不认识这样的人——之前我就问过了。"林乡的局面还没有打开，在大陆认识的人也不是很多。

李蕙兰在厨房一边切菜一边听夫妻俩的对话，一不注意就切到了自己的手指。

"哎哟——"

"妈，妈，你怎么了？"苏明莉闻声冲进厨房，见李蕙兰小拇指流着血，马上翻箱倒柜地找酒精。林建国拿了一团棉花，将她的伤口按住。

"别忙活了，小伤小伤……你待会儿到门口叫你爸回来，让他炒炒菜，我有话跟你们讲。"李蕙兰招招手，让女儿坐下。

"什么事啊，这么严肃？"苏明莉看母亲面上有些纠结，心里也犯了疙瘩。有了自己的家庭后，她便很少过问父母的生活，只要他们过得快乐，她便不想去参与。尤其带孩子的几年，除了工作就是林欣怡的成长，仿佛她的人生全都聚焦在这里了，一时喜一时悲，叫她觉着自己老了许多。

"我认识的两个人，连着都去了，今天想把我的事告诉你们——建国，工作上的问题你先听我说完，你看看我能不能替你解决。"李蕙兰叹了口气，"说来你们可能不信。但事实上，我并不是中国人。我的故乡，在日本。那里有秀丽的富士山，有如霞似锦的樱花，就连古寺风景都很漂亮，当然还有爱我的哥哥和父亲。除了这些，那里还有残暴的猛兽。我就是在战乱的时候被抢来的，他们把我装上卡车，蒙上布，黑漆漆一片什么也看不见。等我再看见的时候，已经是在东北了。和我一起的，还有很多人，他们每天打我，羞辱我。在那里的日子，每天都生不如死。我踩着很多人的尸体逃了出来，后来遇见了你大伯一家，他们收留了我，像亲人一样待我。"

"妈，你这话——"苏明莉愣了半晌，开口道。

"我瞒住了你们每一个人，除了婉莹和你爸爸。遇见你爸爸也是后来的事了，当时情况比较混乱，如果那时大家知道我是日本人，后果不堪设想……我一直很害怕，所以到现在才告诉你们……"李蕙兰的眼睛看着窗外，似乎在回忆那一段混乱的日子。

林建国双手抱在一起，一时间不知道该说什么。他从未怀疑过李蕙兰的身份，记忆中第一次见到她，只觉得她说话的口音像是外省人。他和苏明莉都是从五六十年代成长过来的，自然知道李蕙兰所害怕的情况是什么。现在一想，从三十年代的战争开始到现在，李蕙兰这大半生的日子，恐怕都生活在这样的恐惧中吧。

"妈……您放心，现在时代不同了。您不用再害怕了……"林建国咽了口唾沫，安慰道。一旁的苏明莉红了眼眶，一家人生活了几十年，她这个做女儿的才知道这件事情。心里虽埋怨父母的不信任，但更多的是辛酸："妈，要是没有建国的这件事，你是不是这一辈子都不打算跟我们说了？"

"也许吧。我曾经发过誓，要把这个秘密带进棺材里去。"自喝酒被钟婉莹警告过后，她到今日也不曾碰过酒杯。

苏明莉愣在原地，任凭眼泪一直流，却始终说不出来一句话。林建国牵起母女两人的手："不管您是什么人，您都是明莉的妈，明莉都是我的妻子——我们始终是一家人。"林建国本就沉浸在失去母亲的伤痛之中，现在又听到这样的消息，胸中百感交集。李蕙兰是日本人的事，放在过去是大事，放到现在不过是国籍不同而已。她是日本人，可心中的信念和中国人一样，所以忍辱负重在中国生活这么多年。很多时候每个人都并没有那么多选择，如果李蕙兰的身份在早些年暴露，那么苏家又是一个悲剧。

这一刻，他仿佛更能理解林承晖一开始见到自己时，眼里的无奈和愧疚了。

隔日，有了李蕙兰当翻译，林建国一行人顺利接待了日本客商，一开始李蕙兰还有些放不开说日本话，等观察了一阵后，才逐渐进入状态。林建国在一旁看着一直面带笑容的李蕙兰，心里也愉快起来。

他猜她大概是一直都怀念着日本的，那里是她的家乡。

陈翊连着半个月看着林承晖坐在同一个地方发呆，透着光的背影让人感觉到一种莫名的难过。陈翊不敢说什么，也不知道该说什么，可怀里的林静茹却一个劲向林承晖伸出手去，她拍了拍女儿的背，说："静茹乖，爷爷心情不好，现在不可以去打扰爷爷。"

林静茹非但没有听话，反而还扯开嗓子大哭。林承晖从孩子的哭声中惊醒，站起来走向陈玥，道："没事，我来照顾她吧。你的杂志社不是也要忙吗？"

"可是……"陈玥有些迟疑。

"没事，我可以的，不行我就去楼下找福生他们。"林承晖看着怀里的小孙女，问，"我们的静茹，最喜欢和爷爷一起玩了。是不是呀？"

陈玥再三确认他没问题了以后，去楼下叫上韩娜一起去了杂志社。婚礼的时候，她才知道蔡毓芬早就从设计行业跳槽到传媒上去了，不久前才从一家杂志社辞职，说是那里的风气不自由，不能让她做自己想做的东西。陈玥忍不住笑了，这么多年没见她还是这样的性格，做事情只管自己的喜好，一点儿也不在意别人的想法。

蔡毓芬是一个非常有想法的人，也是陈玥最好的朋友，她们从小就一起长大。说起来，陈玥当初走上珠宝设计这条路还得归功于她。有一次，蔡毓芬带着陈玥偷偷溜进了珠宝加工厂，告诉她一颗珠宝是如何经过加热打磨镶嵌才形成人们戴的项链戒指的时候，陈玥才感受到原来这个行业是这样的有魅力，更是坚定了自己想要学珠宝设计的心。

蔡毓芬得知陈玥一直还在搞设计，便拉上她要办杂志社。在一旁的韩娜听到这个消息，也忍不住凑上来，问自己可不可以加入。三个女子互相看了一眼，都忍不住笑了起来。

韩娜放弃了原来的生活，找到了新的目标。现在的她每天跟着杂志社里的摄影师拿着相机到处拍，慢慢学习摄影的技巧，偶尔也帮着陈玥他们拍摄一些珠宝的图，放到杂志上给大家介绍当季推出的时装和陈玥设计的珠宝。

这个想法是蔡毓芬先提出来的，与其做别人的，不如做自己的，既然陈玥有这样的设计才华，自己也有在杂志社工作的经验，加上韩娜日渐成熟的摄影技术，杂志社长久办下去也不是难事，顶多就是前期难熬一点。

陈玥将这件事情告诉林乡，林乡也没有反对，只说如果缺钱的话可以找他，他一定会说服林觉林敏投资的，现在他们的百货公司也开始盈利了，前期可能拿不出来很多资金支持,但一定是他能拿出来的所有。

陈珝看着正在给新产品拍摄的韩娜,远处吹过来的风夹着一股新生的味道。他们的杂志社也在市场上逐渐站稳了脚跟。现阶段台湾的杂志几乎涉及各种专业和人们生活的每个角落,虽然财经类的还是稳居榜首,但人们对于其他类的接受度明显比之前更高了,如果能学习一下财经类杂志的经营方式和促销手段,再吸收国外的时尚类杂志的出版集团化,说不定自己的杂志社也有变得不可取代的一天。

陈珝在办公室里翻开了《ELLE》最新一期的杂志,封面上的女性看着镜头散发着自信的魅力。陈珝脑海里蹦出一个灵感,她也顾不得接着看杂志的内容,拿起桌子上的画笔,埋下头去一笔一笔地将图画勾勒出来。

夏日的夜晚,空气中弥漫着花的香味,月光洒满大地,照亮前行的路。陈珝踏着月色回了家,林承晖已经哄林静茹入睡,桌子上放了一碗还留有余温的粥,她朝林承晖房间看去,坐下来安静地喝粥。

陈珝站了起来走到房间去看了一眼熟睡的林静茹,月光洒落在她身上的每一寸肌肤,让陈珝心里觉得暖融融的。眼看着就要到七夕了,林乡最近也不知道在忙什么,已经有大半个月没有打电话回来了。陈珝这几天每天都盯着电话出神,任谁叫也不搭理。

这天,韩娜过来找陈珝,想要问她这个月对自己拍的珠宝图满不满意,需不需要重拍。可刚进门,就看到陈珝又在走神,她上前去伸出手在陈珝的眼前晃了几圈,陈珝却眼睛都没眨一下。

韩娜有些担心地推了一把陈珝,问,"阿珝,你最近怎么了?"

陈珝回过神来看见韩娜,笑了笑,问:"你刚才说什么,我没听到。"

见她不愿意说,韩娜也不好意思再问:"我前几天拍的珠宝图,你看了吗?需不需要再改的?"

"不用啦,你现在拍照技术这么好,我没有什么可以挑剔的地方了。"陈珝笑道。

"真的?"韩娜问。

"真的。"陈玥冲着她笑了笑。

"行吧,那我走了。"韩娜转身要出去,又回过头来,问:"阿玥,你真的没事吗?"可陈玥又陷入了自己的世界里,怎么也叫不动。

晚上,陈玥下了班没有立刻回家,林承晖现在已经能一个人带林静茹了。街上大多是年轻男女,他们牵着手,在月光下有说有笑。陈玥看着他们,内心一阵悸动,这是她第一次想要逃离,逃离拥堵不堪的热闹场所,避开人头攒动的聚集地。

陈玥拖着疲惫不堪的身体回了家,桌子上的粥还散发着余温,她装作没看到回了房间。第一次,她不想去看女儿,只想躲在角落里痛哭。和林乡认识这么久,一半以上的时间都处在异地的状态,她以为结了婚以后一切都会好的,可现在,一切都更糟糕了。她伤心的时候,只能自己熬过去;开心的时候,也没有人和自己分享……

就在这一刻,她突然不知道,这么久以来,自己的坚持都是为了什么。她抬头看了眼月亮,皎洁的月光在她心里看起来更是讽刺,它没有让她的生活变得更好,反而更痛苦了。

第二天一早,林承晖起床看到桌子上的粥还在,他就知道陈玥不太对劲,趁着上班前,他问了句:"阿玥,你最近还好吗?"

陈玥愣了下,笑道:"爸,你说什么呢,你看我这样子,哪里像不好的样子?"

林承晖抱着林静茹,也不再多说什么,只让她不要太累,好好照顾自己,便带着林静茹下楼去找韩福生和吴伯驹一起出门去散步了。

陈玥看着林承晖的背影,苦笑了一声,背上包上班去了。

十年后。

陈玥的珠宝设计在台湾名声越来越大,越来越多的活动想要和她的品牌合作。但她都拒绝了，现阶段，她只想着全力准备不久后上海的国际珠宝首饰博览会。

时间过得很快，博览会的日子很快就到了。陈珝带着林静茹一起去了上海，林乡也跟着过来照顾林静茹，好让陈珝能更好地做自己的事情。

这届博览会以"打造驰名品牌　共谋行业发展"为理念，希望通过这次活动加强国内外珠宝首饰行业之间的交流，打造国内品牌，引导消费，推动珠宝行业的繁荣和发展。来参加展览的十几个国家的一百五十多个厂商中，最让陈珝期待的还是大陆展品。

这次参展的广东揭阳"绿生生"和云南昆明"景星珠宝世界"等二十五家企业组成的翡翠商团的展品，以翡翠为原材料进行加工，运用全新的设计理念，结合了中西方文化，设计出了具有现代气息的展品，令人过目不忘。

陈珝盯着翡翠看了很久，只觉得一阵惊讶。高档翡翠的原产地只在缅甸北部的一小片区域，远比钻石和其他宝石稀少。中国人却对翡翠情有独钟，将它看作是神秘又高不可攀的东西。一直到近代才在民间流传开来，对其的加工比起其他宝石时间更晚，可今天看了这些展品，陈珝非但没有觉得技艺粗糙，反而觉得它们有着历史厚重感还带着一丝新时代的活力，让人过目不忘。

陈珝紧张地看了一眼自己身后的展品，这次参展，自己主打的也是"中国风"，但展品一共也只有四件而已。这次设计，陈珝的灵感来源于植物中的四君子——梅兰竹菊。梅花雪中来，箭兰幽谷藏；竹林风吹过，紫菊飘淡香。这些深深印刻着中国精神的人文情怀，也深深地印刻在陈珝的心中。

做设计的时候，陈珝想了很久也还没决定好到底要做成什么样，还是林静茹提醒了她。林静茹五岁的时候，她们就从原来的出租房搬了出去，买了一套房子。有了大房子的林静茹并没有多开心——爸爸送给她的梨花吊坠不见了。

爸爸并不经常回家，她就把梨花吊坠天天戴着，时间一长了也没去管它。

可就是最近，她猛然发现爸爸送她的吊坠不见了。陈翊看着她哭泣的样子，心里一下明白了，有些东西就算它再小也是无可替代的。就这样，她决定这套设计就做成吊坠的样子。

这套梅兰竹菊的吊坠分为四件，一件为一君子。宝石选择了红宝石、蓝宝石和钻石；金属材质为白金、黄金和黑金；工艺方面选择了喷砂、肌理和密镶工艺。

梅花作为四君子之首，千百年来，一直都是以"傲"示人。为了展现出其傲骨，陈翊特意用黑金打造出它的枝干，用肌理的工艺还原每一寸的精细质感，只为了看起来更逼真。树梢处镶嵌上红宝石以示梅花，细看下，有的含苞待放，有的热烈盛开。兰花吊坠，则是采用经喷砂工艺后的黄金打造其茎叶，白金的花瓣上镶嵌着一颗细小的蓝宝石，做出自然盛放的兰花形态。竹子吊坠的整体材质为白金，竹干则是以经喷砂工艺后的黄金打造而成，每一片叶子都随风挺立，向人展现出竹子独有的亮节高风。菊花吊坠整体也是以白金为主，叶子和花蕊为黄金，每一片花瓣都经精雕细琢才得以成形。

虽然在工艺上还略逊于参展的这些展商，但在陈翊心里已经觉得很骄傲了，自己能找到自己热爱的事业，并且走到这一步。展览会结束后，她回过头来看着眼前身后的展牌，满意地笑着往前走去了。回到酒店，林乡和林静茹也不知道到哪里去了，算了，今天心情好，就让他们玩吧，反正这阵子折腾得够累了。她索性将高跟鞋一甩，躺床上睡觉去了。

醒来的时候，林乡和林静茹已经回来了。

林静茹一个劲地围着她转，不停地问："妈妈，上海太美了。我们能多留几天吗？"

"妈妈，爸爸今天带我去看了东方明珠。你知道什么是东方明珠吗？东方明珠是广播电视塔，它在黄浦江的旁边，和外滩隔江相望，而且它一共有468米高哦！爸爸说在上面可以360度观看到上海的美景。妈妈，我们一起去看好不好？"

"妈妈,你一定不知道上海也有捷运哦,不过他们好像叫做地铁。我们一起去坐坐看好不好?"

……

陈珝已经受不了林静茹的折磨了,她朝林乡看去。林乡默契地将林静茹拉到一边去,和她接着聊了起来。

陈珝看着这父女俩哭笑不得。不过林静茹说得没错,上海的确是很美,总有一天,它会超越台北。或许现在已经超越台北了也不一定。

林乡好不容易将女儿哄睡,到前台去给陈珝要了一杯热牛奶,哼着曲回到了房间。时光改变了太多东西,却唯独没有改变他和陈珝之间的爱。从他们相识到现在,陈珝为这段感情付出了太多太多,甚至有时候自己总生出来一股对不住她的情绪。

他不喜欢这样的情绪。

他只希望未来一切都能变得更好,他们可以不再分隔两地,长长久久地在一起。

他把牛奶递给陈珝,问:"今天的展览怎么样?"

"还行,看到了很多有意思的展品,也和他们交流学习了一些。"陈珝喝下牛奶躺到床上去,"你呢,和静茹在一起开不开心?这丫头,天天嚷着要爸爸,今天估计该玩疯了吧啊?"

"是疯了。"林乡道,半晌,他又问:"阿珝,你的珠宝品牌在台湾业界内认可度也不错,有没有打算往大陆拓展市场?"

"嗯?"陈珝转过头来看着他,眼睛一眨,示意他继续说下去。

"你看,百货公司最近做得也越来越大了,也有很多珠宝品牌想入驻。我想,与其让别人获利,还不如我们自己把钱挣了,我们把你的珠宝品牌引到大陆来,入驻到商场里面,一来可以为你开拓这边的市场,二来也可以为百货公司盈利。你说是不是?"林乡躺到陈珝身边来。

陈珝思考了一会儿,道:"我回去和她们商量一下吧,你也知道,现在这杂志社不是我的，这么重要的事情也不是我一个人可以做主的。"

林乡点了点头，胳膊伸出去，陈玥靠了过来。

第二天一早，林静茹就从隔壁房间过来敲门，拉着林乡和陈玥出门，要他们带着自己一起去逛上海。

迎着自由的风，十岁的林静茹感受到了体内灵魂的躁动，总有一天，她一定会再次踏上这片土地。

第 十 五 章

夏季暑热，台北林家的院子里却绿荫袅袅。

满架的紫藤萝迎来了果期，形如豆荚的果实悬挂在枝间，翠羽般的绿叶衬托着花穗和荚果。架子下悬一只鸟笼，鹦鹉卧在小小的秋千架上，低头喝水。

起风。紫藤萝花交相浮动，散发出一股滚热的香气。藤椅上的老人咳嗽一声，又拿起手中的扇子摇了摇。

天太热了。

"砰"的一声，外面的雕花铁门被人用力撞开。

即将进入睡眠的林承晖被这一声惊了个激灵，连忙支起身子往门口看。

"爷爷！爷爷！"破门而入的林静茹兴冲冲地拿着一张宣传单朝他奔过来。她如今长成了大姑娘，但性子还是和小时候一样，在家里横冲直撞，连陈玥也苦恼。林承晖倒是不计较。本来小孩子就是坐不住的，身上就得有点儿活力，只要不是大是大非的事，闹一闹也没什么。反正家里经常就他们两个，一老一小，她高兴，家里也热闹。对于老人来说，小孩是对抗时间的良药，宋珈灵亡故后，全靠林静茹朝夕相伴，林承晖才一点一点恢复生活乐趣。总有些人一点一点衰老，有些人一点一点长大，这是人生四季。

"怎么了跑这么快？——门都给你踹坏喽！"林承晖把扇子放到一边，调侃道。要是门坏了，这小丫头少不得陈玥的一顿说教。

林静茹惊觉自己太冲动，连忙又折回去查看一番，确定门没事才松口气。爷爷这些年为她背的锅已经不少，现在她大了，多少会有点不好意思。

她舔舔嘴唇，脸上还有被太阳晒出的两团红晕。

"喏，爷爷你看这个！"林静茹蹦到老人跟前，把手里的宣传单一摊。

林承晖戴起老花镜接过单子一看，只见上面用彩色印刷体写着"台湾青少年厦门文化夏令营活动"几个大字。下方都是小号字体印刷的报名方式和活动安排，他看不太清。为了看得清楚点，他把老花镜往上提了提。

"你想去？"

"当然！"林静茹挺直了胸脯。

林承晖把手里的单子递回，靠在椅子上叹了一声。他不是不想让林静茹去大陆，只是想起大陆那些碎嘴的邻居还有帮着外人说话的林承曘，他就担心孙女去到那边恐怕没人能够照应。再说了，她这个性子，要是去到那边惹事了怎么办？

不过林静茹看起来可管不了这么多，这会儿她正在兴头上。"爷爷，我都已经考进妈妈要求的高中了，你们当初说好了的，只要我考上了，就满足我一个要求。"

"可是你还没有一个人离开过家……"林承晖摸了摸孙女柔软的头发，目光又看向架子上的那只鹦鹉，心里面盘算着该找个什么样的理由。

外面传来一阵汽车引擎的声音，陈玥踩着高跟鞋拎着手提包，下车走进家门。

看到母亲回来的林静茹，见林承晖还在犹豫，转了转眼珠，便换了目标，拿过那张宣传单朝陈玥扑过去："妈，我想参加这个夏令营！"

刚开完会回来，疲惫的陈玥被女儿的一个前扑弄得脚下趔趄。她晃了晃身子，接住了这个冒冒失失的女儿。

她笑着摸摸林静茹的头，发现女儿已经快和她一样高了，"什么夏令营？"

"这个！"林静茹松开手，把手里的东西递给陈珝。

"哪能一去就去这么久，不行。"陈珝看到厦门那两个字，直接拒绝。

"哎呀，妈妈我都十五岁了，可以自己照顾自己的，我们班同学都参加过好几个夏令营了……"林静茹抱着母亲的腰不让她进屋里，闹起别扭，"我这还是第一次呢，你就让我去吧，让我去嘛——"

"你这孩子，怎么越来越不听话呢。快让路。"面对女儿的请求，陈珝一点儿动摇也没有。她知道林承晖在这件事上也不赞成。虽说林乡在厦门那边自己有一个住处，可他一个星期能在家几天——这么多年，两人打电话都是匆匆忙忙讲不了几句话。其他亲戚也有，可她总归不熟，突然塞个孩子过去给人家算什么事？

陈珝把自己的头发拢到耳后，叹了口气。

她现在年过四十，年轻时期的轮廓尚在，岁月悄悄地熔铸在两弯眉毛下——眼皮失去足够的脂肪填充后，眼眶凹陷下去，两只黑眼睛越发大起来。这样的眼睛，盯着人的时候总有一股怨气。

林静茹嘴巴一撇，收回自己的手臂。低头嘟哝："我都已经中学毕业啦，你们为什么还要把我当做小孩子，我又不是没去过大陆！"

"你上次去大陆是……五年前了。"陈珝掐指算着，轻叹。五年前到现在，又是多少个日夜了，时间过得太匆忙了。小孩子总是急匆匆地长大，但成年人总期待慢一点变老。

林静茹哼了一声，没有和陈珝继续争辩，只握着宣传单跑回了屋里。

陈珝和林承晖看着她的背影，无奈地相视一笑。

"哎，这孩子……"他倒也能理解孙女的心情。

"爸，外面这么热，你进屋里吧？"嘴里这么说，陈珝还是坐到林承晖一旁的椅子上。这些年林乡一直在大陆忙生意，她一留台湾就是十多年。家里除了能和女儿讲讲话，就剩林承晖。这几年，林韩吴三家的老人来往也没这么频繁了，林承晖虽然精神看着还可以，但自从宋珈灵去世以后，还是比以前沉默了许多。

"房里开着空调太凉了，吹得头疼。对了，福生怎么样？"林承晖端起旁边矮几上的茶壶，给自己和陈珝各倒了一杯红茶。他有一段时间没给福生打电话了。

茶叶被壶口过滤了，只余淡色的茶水，茶香闻着浓却不腻人。

"公公今天可以出院了，只是医生说以后要忌口，不能再吃海鲜。婆婆和娜娜这会儿正照顾着。"陈珝嫁过来前，还和林乡讨论过，两个爸爸该怎么称呼。为了方便区别，她喊林承晖爸，叫韩福生这个亲爹公公，林乡对此没什么意见。

陈珝交友圈不大，在家庭关系处理方面却有自己的一套。她对两边家长一视同仁，平日里逢年过节都会准备同样的礼物给两家送过去，杜欣妍也满意自己这个儿媳孝顺体贴明事理。都说最难处的是婆媳关系，但在陈珝这儿却似乎一点障碍也无。

"那就好。福生啊，早年间吃了太多苦，如今老了，脾气也大。到了这个年龄，病从口入啊，欣妍劝了几次也不听。"尤其生病的前段时间，他嘴淡，老跟林承晖念叨杜欣妍不给他做红烧肉吃。红烧肉下佐料多，吃着是香得很，就是要控制量。林承晖因为宋珈灵去世的缘故，愈发珍惜和家人们待在一起的时光。

陈珝的父亲也已经先走一步，如果他去了，这个家里就只剩下母女俩了。

"别说我们这些老的，你也是，要多注意注意身体。"他没忘记那次陈珝喝得大醉，被林静茹扶进卧室。他从来没有想过要干涉晚辈的生活，可每每看着他们因为生活奔波让自己累死累活，他也会心疼。

"爸，我知道了。"陈珝一笑。

她现在也算是杂志社的一个先锋，平日里应酬自然不少，参加那些活动

165

不可能不喝酒不吃生冷辛辣的食品。这几年胃越发不好，一喝酒一吃辣的就又吐又拉。不过好在她得到了很多的钱，这些钱足以让她维持整个家庭的生活。

回到自己房间的林静茹，抱着抱枕坐在窗台上。她透过窗户，看到院子里正喝茶聊天的爷爷和妈妈，想到自己这么一个小要求都不能被满足，忽然觉得很委屈。

心里一气，把抱枕往地上一掼，整个人摔进床里。

看样子，陈珝是不打算理她了。

这时，放在床头的电话响了起来，她不情不愿地从被子里抬起头。

"喂？"她有气无力地开口道。

"怎么啦？爸爸好像听着静茹很不开心啊？"电话那头的林乡站在落地窗前，底下是川流不息的车辆。听到女儿的声音，他满脸笑意。

"爸爸！"林静茹心下一喜。

她怎么忘了林乡！连忙扯开裹在身上的被子，抱着电话絮絮叨叨地抱怨："爸爸，你都好久没有回家了……我告诉你，妈妈很想你，你快回来。"只要他回来，自己还愁去不成大陆？

"乖，爸爸等忙完这一段才能回来，到时候好好带你去玩一玩。妈妈在吗？让她来听电话？"

"哼，说得那么好听，都没见你做到过。三年前我小学毕业的时候就说要带我去迪士尼乐园，结果自己还不是跑去了大陆。"林静茹想起自己发奋努力地考完了"小国一"（小六升国一，相当于大陆"小升初"）考试，欢欢喜喜地打扮了一番，准备和爸爸妈妈一起去香港痛快地玩一玩。然而第二天早上下楼，林乡早就不见了。

听到林静茹的抱怨，林乡也觉得有点不好意思："静茹，爸爸不是和你解释过了吗？那天是真的有很要紧的事处理，是很重要的大客户。而且后来爸爸不是让姑姑和妈妈陪你去了吗？"

"姑姑和妈妈去了以后都在忙着买东西，哪里来的时间陪我玩！"林静茹一顿怪叫。天天跟着大人逛商场，一点意思都没有。

林乡在电话这头听到林静茹的控诉，开口道："好啦好啦，是爸爸不对。那你这次想去哪里玩啊？爸爸虽然不一定能陪你，但是一定给你经济上的支持。"

听到这句话，林静茹眼前一亮，想到刚才被母亲打回来的宣传单，兴冲冲地说："爸爸，有一个夏令营，说是加强两岸学生交流的，要去大陆五天。我想参加……"

林乡听到这个要求，觉得没什么过分之处，便欣然应允道："好事啊，爸爸支持你！"

林静茹又犹豫着说："可是妈妈和爷爷不同意，他们说我没单独出过远门，特别是妈妈，一直反驳我。爸爸，你快回来管管她吧，我看这个家没你不行。"林静茹一边说还一边摇头，一副无药可救的样子。

林乡被女儿逗笑："你看我哪里像是能管得了你妈妈的样子，好了，这件事我会跟她好好商量的，你现在只要认真收拾行李准备着过来就行。"

"太好了！就看你了爸爸！"林静茹捧着话筒，笑得一脸灿烂。房间里的空调开太久了，她穿得单薄，又没有盖被子，放下话筒就打了个响亮的喷嚏。

接到林乡的电话在陈玥的意料之中，除了林承晖，能帮静茹的也就林乡。不过到今天为止，陈玥和林乡也有一个星期没打电话了。

上一次打电话还是在吵架中结束的。虽说都是老夫老妻了，当初结婚也是自己的选择，但是长期的异地分居，忙碌的工作和家庭生活让陈玥越来越感到一种无形的孤寂向她袭来——她觉得，这是人到中年时的疲惫，一切都不如从前了。从前他寄给她的明信片，现在已经很多年没有寄过了，连电话也越来越少，这种发现让她有点不安。她也尝试过压住这种无厘头的情绪，然而猜疑一开始，便如一颗种子，在阴暗的角落，随着时间肆意生长起来——猜疑向来极费精力，但又如此让人着迷。有时回过头来想想之前的生活，恍然之感顿生，她不知道是从什么时候开始，他们之间隔着的不只是一条海峡，似乎还有一条她无法越过的沟壑。

星期天晚上，她喝了些酒便一个电话打过去，具体和林乡说了什么，她现在也想不大清楚。酒醒后打开通话记录，种种片段只让她觉得难堪。这下接到林乡打来的电话，一时间又不晓得怎么开口。

"喂？"

电话那头的林乡沉默了一会儿，显然是还没从前几日吵架的尴尬里走出来。他咳嗽了两声，为了林静茹的心愿，硬着头皮说："那个，静茹想去参加夏令营，你就让她去嘛。"

"哦……你来照顾她吗？"陈珝问。

林承晖拿起膝上的书，站起身往屋里走，他向来不参与儿子儿媳的家务事。

"当然。我不就在这儿吗？"电话这头的林乡似乎察觉到陈珝语气里的一丝试探。

陈珝轻叹一气，继续道："是啊，你就在厦门。可是你没办法回家。这件事就算了吧，她去了别给你添乱。"

"阿珝，你——"

"行了，我累了。就这样吧。"

陈珝挂了电话。

林静茹站在书架前思考着要不要带本书过去看看，门外就传来了敲门声。

"等一下等一下。"林静茹抱着书，把门打开。

陈珝冷着脸走进来，打量一眼女儿，"你在干吗？"

林静茹没见过这样的陈珝，被问得张嘴半天，愣是说不出一个字来。

"你倒是会想办法，打电话给你爸爸？——你就不要想着去了——就算我和爷爷让你去，你爸也不会照顾你。要是假期没事，去这个补习班。"陈珏拉开书桌边的椅子，把一张英语补习班的广告放到她面前。

林静茹没想到陈珏会如此，一把将广告纸扔在地上踩了几脚，"我不要！我不要！我才不要去补习班！你们怎么这样！都骗我！"

"你自己冷静一下。"陈珏交代完，面无表情地站起来准备走。

"你们这样还不如离婚呢！"林静茹撕心裂肺地喊。

听到这句，已经站在门口的陈珏猛地转过身来，掐住林静茹的双肩，厉声问："你爸爸跟你说要和我离婚？"

林静茹脸上还挂着泪痕，不明白陈珏这话的意思，摇了摇头说："你们老不在一起，爸爸也从来没参加过我的家长会。同学们都问我是不是单亲家庭……"

看着女儿的眼泪与控诉的话语，陈珏觉得一阵难过。当初她以为结婚只要有爱就够了，根本没有考虑太多。没承想，现在两个人的矛盾竟波及了孩子——这本不是孩子的错啊！

是她失去了理智。

"对不起，静茹。"她蹲下身，看着林静茹的双眼，一脸的歉意，"妈妈同意你去夏令营，别哭了好不好。"

"真的？"林静茹停止了抽泣，一脸惊讶。

陈珏摸了摸她的脑袋，点了点头。

自陈珏挂了电话，林乡在皮椅上就坐立不安起来，他望着桌边的一张全家福，懊恼不知道自己哪句话惹到了陈珏，但又觉得还是应该自己先认错才行。可他真的不觉得自己有什么错的地方。

这还不是最重要的，最重要的是他恐怕又要对林静茹失约了。他原就在女儿那里失去了太多信任，这回本以为能够扳回一城，没想到是火上浇油。

年轻的秘书小金拿着一叠文件进来给他签,看着小金年轻朝气的脸庞,他一时有点恍然——他的陈珝也有这么年轻的时候。小金见他状态不对,问道:"怎么了林总?"

"小金,你进公司多久了?"林乡一边签文件一边抬头问道。

小金微微一笑,想了想说:"两年半了吧。"

"有对象了吗?"话一出口,林乡马上就察觉到这句话不合适。作为一个老板,他平常极少会问及员工的家庭私事。其实他以前也会问,但是林承晖跟他说过多地参与别人的私事会给人带来困扰,要是真想好好创业,做好自己该做的事情,适度关心就够了。

"有啊,打算明年结婚,林总要来喝喜酒吗?"小金错愕了一秒,马上开口回答。

林乡清清嗓子,事已至此,他只好顺着问下去:"是什么样的人?"

"他就是个普通公务员,比我轻松一些,能照顾我陪着我就好了。我没想过结了婚就要靠男人养活。"

听到这句话的林乡从文件里抬头,仔细端详了一番小金。这姑娘今年二十四岁,年轻人的骨气在她的身上可以见到。当年的陈珝,不也是如此吗?

身后的落地窗外是厦门的高楼大厦,他曾站在这里,看着厦门的建筑物一座座崛起,看着自家的企业从无到有,从有到优,虽然此刻陈珝不在他的身边,但却一直在他看不见的地方给予了他最大的支持。且不说在他最低谷的时候她的不离不弃,就是到后来家境逐渐好转,她嫁给了他,她也一面要忙着自己的事业,还要照顾他的两个家庭。他有时候一个人去吃饭,也会听到隔壁桌的几个带着小孩的女士在抱怨当了全职太太后,就和社会脱节了,和自己的另一半已经没有了共同话题,开口只是尴尬。他和陈珝虽然各有事业,甚至可以说是小有成就,但还是不可避免地遇到了一样的问题——开口只是尴尬。

林乡不知道两人之间沟通的错位是从什么时候开始的,风风雨雨几十年,为什么到现在他们反而不能理解对方了呢?

"阿乡,晚上有个饭局去不去?"林觉推门进来问。

林乡满脸的疲倦,摆了摆手说:"不了,我要回一趟台湾。"

"怎么了?家里出什么事了吗?"林觉回忆起过去,似乎能让他回台湾的原因,几乎都是与家事有关。

林乡苦笑着说:"再不回去,就真的出事了。"

看见他这副样子,林觉就体悟到了他的无奈之处,拍了拍他的肩膀说:"也是,陈珝一个女人,你就这么把她放在台湾,也太放心了。"

经林觉这么一提醒,林乡愣了一愣,才明白过来自己有多失职。

就在林静茹收到成功报名夏令营的电话,兴致勃勃地整理着去厦门要带的行李时,林乡捧着一束花出现在了林家的大门口。他身上穿着一件黑色的西服外套,鬓角的汗顺着脸颊滑下来,拉出一条线。

见到近在眼前的妻子,林乡突然不知道怎么开口了。

"阿珝?"

"嗳。"陈珝撇开眼睛,想替他把行李拉进来。林乡先一步握住她的手,把花塞到她手里。

"不要管它。这个花给你。"林乡顿了顿,压低声音道,"我爱你。"

陈珝眼眶一热,"先进来吧,孩子等你好久了。"

吃过饭,林乡拉着一家人分享了自己在大陆的事情。今年是奥运年,世界的目光聚集在中国。作为奥运年的第一个国内重大赛事,厦门国际马拉松赛同时也是中国选手奥运选拔赛的最后一站。因此,即便厦门距离北京很远,但厦门人的热情一点也不低。

街道上插满了小国旗,走到哪都是红色的海洋。商业街 LED 显示屏上和奥运会相关的信息也放个不停,尤其是《北京欢迎你》,就连林乡这个五音不全的人现在也能着调了。

除了奥运，再过不久厦门 BRT 专线也要正式开通了。到那时，岛内外一体化，出行就更方便了，林乡还和林觉约好了要去做第一批乘客。

之前去大陆，只是想试一试，不承想，这一试就是十几年。

"爸，你有看到奥运圣火传递吗？"林静茹眨巴着眼睛看他，对厦门的好奇又多了几分。

"哦，本来要去看的，但是那天你大爷爷不舒服，其他人又没空，我陪着他去了一趟医院，没看成。"林乡摸了摸女儿的头，自己在厦门的那些年，虽然事业上有了起色，在家庭上的缺失也成了他的一块心病。即便明白有得便有失这个道理，但错过女儿的成长这个代价对他来说也太大了些。再过不久，她会谈恋爱，会嫁人。

就像韩娜，他的亲妹妹，前些年一声不吭地就嫁人了。以前那个会和他打打闹闹的妹妹仿佛一瞬间就长大了，他才惊觉自己缺失的实在是太多了。决定去厦门创业的那年，自己信誓旦旦地说家永远在台湾，可是回过神来才发现，原来自己早就把厦门当做第二个家。

小时候在学校读国文课，读到"劝君更尽一杯酒，西出阳关无故人"之类的离别诗时他总是不以为然，台湾太小了，坐着火车最久也是朝发夕至；后来在英国留学，乘坐飞机也是朝发夕至，哪来的那么多离愁别恨？直到来了大陆，他眼见着林承暻一生几乎没有离开过福建，更准确地说，他的一生都在厦门和龙岩打转。以外的世界对他来说太遥远了，而大中国的疆域何其辽阔，古人车马行舟，一生见一面都是奢侈。林乡自己也是在大陆才感受到了离别的意义，林氏兄弟的一生聚少离多，就是生离死别的一生。好不容易过了四十年才重逢，又因为一些小小的分歧少有联系——很多时候我们都不知道彼此的怨念是打哪儿来的。

跟父辈相比，林乡身上有更好的自洽——他对自我身份的认同。他生在台湾，自然以台湾人自居；在英国留学，也不觉得自己多余；后来在大陆经商，依旧如鱼得水。随着科技、经济、文化的迭代，林乡有更大的包容性。

林乡身上的包容性,"他乡即故乡",是时代的包容性,也是文明的包容性。

他相信,人的一生就是在跟自己的过去和解。接纳新的文化,接纳新的生活。

他也说不上来到底是什么样的心情,只是看习惯了简体中文,也让他产生了一种熟悉的安全感。

"对了,你工作这么忙,静茹去了怎么照顾她?"陈翔心里也明白他的不容易,但说到底,无论是作为丈夫还是父亲而言,他都太不称职了,心里也难免会有些落差。

"我回来前和建国哥提过了,他说欣怡这会儿正放着暑假,在家也没什么事。林觉林敏的孩子都在国外读书,同辈里面,我看也就静茹和她年龄差不多,可以让她带着静茹。"林乡对着众人说出了自己的提议。

一直沉默着的林承晖,听到林欣怡的名字,眼神又黯淡下去。他看了一眼林静茹,想象着林欣怡现在有多高了。虽然他也是一直把林乡当做亲生儿子来看的,对林静茹也是疼爱有加,但骨子里的血缘关系是断不了的。自打林乡结婚后,他就再也没有见过林建国一家了。

一转眼,林欣怡竟也成年了。

半个月后,林静茹登上了驶向厦门的船。林乡没买到同一趟,虽然有夏令营的人陪着,但却依然不放心。他给林建国打了电话,林建国表示会让林欣怡去接她。林乡又和夏令营的带队老师打了招呼,要求让林静茹不随队住酒店而是住在林家,脱队原则上是不可以的,但林乡一再坚持可以承担过程中的风险,老师才勉强答应了。

林静茹刚下船,听着鸣笛声,心中一阵激动。她朝熙攘的人群中望去,太阳照在他们身上显现出别样的生气来。她在台湾的夜市也见过这么多人,可却从来没有让她像现在这样激动。

林静茹的目光落在了一个女生身上,她有着一头齐肩短发,穿着时下最为流行的灯笼短裤和吊带上衣，一手撑着黑色遮阳伞，一手举着用五颜六色水彩笔写的迎接牌。过路的行人对她投去异样的眼光，可她还是一副无所谓的样子。

林欣怡把牌子放下，掏出口袋里的照片，一边比对，一边冲人群不住地张望，最后对上林静茹的脸。她连忙挥手喊道："林静茹，林静茹，这里这里！"

"静茹，那个是不是你的堂姐？"夏令营的带队老师瞧见了林欣怡夸张的动作，走到林静茹身边问道。

林静茹点点头："是的。"

带队老师见她确认了，径直朝着林欣怡的方向走过去。林欣怡很是热情，见到他们也不怯场，大大方方地说："你好，我是林静茹的堂姐林欣怡。"

带队老师把林静茹拉过来交给她说："这是林先生交代的，要我亲自交到你手上。我们的活动明天早上八点开始，希望你们能准时到酒店大厅。"林欣怡认真地点点头，拉过林静茹的手。

带队的老师领着夏令营的学员们上了一辆预约好的巴士，在林静茹面前扬长而去，只留下一地烟尘。林欣怡也很快伸手招了辆出租车，帮林静茹把行李放进后备箱，又为她打开了车门。不得不说，这个举动倒是让第一次见堂姐的林静茹放松了不少，她坐进车子里，看着窗外的风景。

"我一直以为你名字里的'茹'是林心如的如，就是《还珠格格》那个紫薇，嗯，你有没有看过……"林欣怡舔舔嘴唇，用余光打量这个从没见过面的妹妹。

林静茹瞧着她不知所措的样子，不由得笑起来："不是，是含辛茹苦的茹。"

听到她的回答，林欣怡反而疑惑了："婶婶为什么会给你取这个名字啊？"

林静茹撑着脑袋想了想，迟疑着道："可能……怕我太享福了不知道辛苦？我妈的心思，谁能猜得到啊？"

"你爸啊。"林欣怡眨眨眼睛，俏皮一笑。

两个女孩对视了一会儿，忽然在车上笑开了。两个人有一搭没一搭地聊着，车子开过中山路，厦门的风景像是电影一般一帧一帧地在林静茹面前播放，令她心里对这座城市有了一个浅浅的印象——和林乡说的一样——一片充满生机的热腾腾的海。

第 十 六 章

到林家的时候，家里只有苏明莉一个人。她穿着围裙在厨房做饭，即便开了抽油烟机，林静茹还是被油烟呛到了。听到咳嗽声，苏明莉拿着锅铲从厨房走出来，冲着两个孩子打了声招呼，又转回去做饭了。

林欣怡给林静茹倒了杯水，就听见厨房传来声音："欣怡，去小卖部买包白糖回来，家里白糖没了。"

林欣怡嘟囔了一声，朝着厨房大声吼："哎呀，我刚回来，累死了，明天再去啦！"

"糖醋排骨不吃了？"

林静茹捏着一杯水坐在沙发上，有些手足无措，"要不我去吧？"

"没事，你歇着吧，我一会儿就回来。"林欣怡站起来，从苏明莉放在电视机旁边的存钱罐里拿了两块钱，趿拉着一双拖鞋出门去了。回来的时候，家门口已经亮起了路灯。

年迈的林承曎拄着拐杖站在门口，佝偻的身子被灯那么一照，影子在地上被拉得又弯又长。见到林欣怡，他咧嘴一笑，上面一排的牙齿已掉了好几颗，整个人干瘦得很。

"大爷爷，你刚才去哪里了？静茹已经到家了。"林欣怡见到他，连忙上来搀扶。

"刚才去巷口下棋,老陈今天带了帮手,我一个人敌不过他们,时间拖得长了一点。"林承暾笑眯眯地看着林欣怡。这个侄孙女是他看着长大的,林觉和林敏的孩子没有和他一起住,后来又去了国外读书,平日里见面的次数不多。林欣怡虽不是他的直系孙女,可作为唯一养在跟前的,让他觉得更亲近。

"走吧,回家了。"林欣怡嘿嘿笑着,拉着林承暾走进院子。

刚进院子,林承暾就看到了一个瘦瘦高高的女孩子帮着苏明莉在厨房和厅里来来回回地跑。因为一早知道林静茹会过来,所以方才进屋的时候见到她,倒是没有太惊讶。其实他很早就从林乡那里看过林静茹的照片,这些年他虽然和林承晖没了联系,可是林乡来了大陆还是住在这里,即便后面搬出去了,作为小辈还是会经常来看他。

大部分时候来,林乡还是会抱怨他是老好人,对邻居从来都是有求必应。他并不觉得自己做错了什么。都说远亲就不如近邻,林承暾是同意的。过去那些年,无论是逃难到龙岩还是最难过的那段时间,他和他的孩子们,也没少受邻居们的照顾,无论他们是有意还是无意的,但总归是对他一家好过。反观林承晖,他走了又回来,又走了。

偶尔林乡也会和他聊工作的事情,他并不懂年轻人的这些事情,大多数时候都是安安静静地听,在林乡真正有烦恼的时候在旁边点拨两句,有时候也能真正起到作用。看着林乡舒展的眉眼,他就越发觉得年轻人终究还是太年轻。

听说林静茹要来,林佑安也回来了,还带了一个自己做的手摇八音盒,盒子上面雕刻了一朵凤凰花。林静茹接过礼物,将手轻轻抚上八音盒,谢过林佑安。林佑安在单位工龄不长,不过前些年加工厂那边还是给他安排了一个住处,小区里的房子,虽然不大,但一个人住已经足够。起初他几乎不去住,后来因为厂里有人找他做事,就在那边住了几次,配置了一些家具之后反而经常回去住了,只是吃饭的时候会回来。他也有点年纪了,如今两头往返也越来越不胜精力。这会儿回来,也是为了看看林静茹。

苏明莉早早就接过了白糖,做好了糖醋排骨,唤着一家人上桌吃饭。林静茹拉开椅子,学着在家里那样,帮着摆好碗筷。这一幕被苏明莉看在眼里,忍不住教育林欣怡:"你看看人家,多懂事,哪像你?"

"你妈说得对,你还不向人家学习?"林承暻看着在边上忙来忙去的林静茹,再看着坐在边上等饭吃的林欣怡,心里也不是滋味,"你爸像你这么大的时候都不知道能干到什么程度了,你呀,巴不得有人把饭喂到你嘴边,什么时候才能长大一点?"

林承暻话音刚落,就让桌上的几个晚辈闭了嘴。苏明莉的抱怨多少是带着点玩笑的成分在里面,林欣怡是自己的女儿,宠着她也是应该的,再怎么也轮不到林承暻来说教,更何况还是在外人面前。

林欣怡放下饭碗,赌气地红着脸,不说话,她已经不是第一次从林承暻嘴里听到这种话了,但自己愿意怎么生活是自己的事情,虽然自己敬他是长辈,那也不代表他可以管束自己。对她来说,生活到底是自己的,这是从小到大,老师父母教会她的——现在努力是为了以后自己更好地生活。

林静茹也有点尴尬——她上次来年纪尚小,听不懂这些,现在大爷爷这样说,倒是把她放在欣怡的对立面,仿佛一切都是自己的错一样。这在林静茹的记忆里可从没有过,林承晖对自己也像是待朋友一样,从来不会因为这些小事教训她。

苏明莉尴尬地笑了笑:"就是,你这孩子,你看爷爷都说你了,还不快去帮忙?"说完,拍了一下林欣怡的肩膀,林欣怡才不情愿地动了起来。

"吃饭吧,吃饭吧。"

林承暻因为牙口不好,吃不了太硬的食物,苏明莉用高压锅给他煮了杂粮地瓜粥。此刻用陶瓷碗装着放在桌上晾凉,橙色的地瓜混着大米和小米,香气扑鼻,林欣怡也嚷着想喝。

林静茹其实也想喝,但又有点不好意思。她看着桌上的菜,只夹自己面前的那两道。

苏明莉察觉到她有些拘谨，给她夹了几片牛肉放在碗里。

林静茹小声地说了谢谢，第一次在陌生的亲戚家吃饭，令她有点局促不安，就连平日里在家撒娇的那股劲，到这里也消失得无影无踪了。

陈珝对她的管教，和林乡对她的纵容是两个极端。小时候，林乡因为在大陆工作导致时常不在家，因此对女儿深感歉疚，每每回来都是有求必应。儿童时期，她最期待的就是那个叫爸爸的男人回来了，因为这样她就可以尽情地吃冰淇淋，去游乐场，买好多好多洋娃娃。后来长大了一些，上了中学，林乡一次也没有参加过她的家长会，同班那个讨人厌的小胖子指着她的鼻子嘲讽她是没有爸爸的孩子，这让她生平第一次对林乡产生了不满的情绪，她不明白，为什么别人的爸爸周末都会陪着女儿去公园，但是林乡只能带给她物质上的满足。也是从那以后，她觉得冰淇淋不甜了，对游乐场也没兴趣了，洋娃娃个个都是没有生命的玩偶而已。只有林承晖，总是陪在她身边，他什么都懂，可是从来不像父母一样唠叨个没完——她终于想到了林承晖的好。

"静茹，静茹，想什么呢？快吃饭吧！"林承曔喊道。

"多吃点，别客气。"林佑安也劝。

"哦，好，"林静茹笑了笑，往嘴里送了一口饭。她没有见过林承曔，但是来之前，从陈珝和林乡的嘴里听了不少关于厦门林家的事。

林承曔仔细端详起面前这个孩子，试图从她身上找到和弟弟林承晖相似的地方。他看了好久，碗里的地瓜粥都凉透了，苏明莉提醒道："大伯，喝粥啦。"

"啊？哦，这孩子和乡儿长得真像。"林承曔无奈地发现，林静茹和林承晖毫无相似之处，无论是五官还是气质，都随了林乡。这些年因为林觉林敏和林乡一起创业，三个人偶尔会一起过来看他，他从林乡身上至少还能感受到林承晖残留的一点痕迹。可林静茹，却像是一个全然陌生的人，让他找不到一丝过去林家人的特征。他都快忘了，林乡本姓韩，哪会有林家的模样？

饭快吃完了，林欣怡问："妈，爸今天不回来啊？"

苏明莉把筷子往桌上一放，气不打一处来道："别提了，你爸又被派去下乡了。"

"啊？他一个小科长，怎么天天下乡？"林欣怡把空碗放进洗水池，打开冰箱拿了一瓶可乐，咔嚓一声，拉开拉环往嘴里灌。

"又喝这种没营养的东西。"林承曎也放下碗，走到沙发处坐下，马上就要到新闻联播的时间了。

林欣怡有些不满，却也不好当面表现出来："那都打开了，不然我拿去倒掉了？"

"你这孩子，放在我那个年代，你肯定能饿死。我不是不让你喝，是让你少喝，喝多了对身体不好的。再说了，谁像你一样，吃完饭就跑去喝汽水。"林承曎双眼盯着林欣怡。

"那我拿去倒了。"林欣怡不想跟他纠缠，这么多年她早就明白了，平日里林承曎比谁都好说话，但一到这些琐碎事情上他比谁都较真，不得到一个他满意的结果决不罢休。

"开都开了，别浪费。"林承曎听着电视上出现的报时，想着新闻联播开始了便没空理会林欣怡，"喝完了，把瓶子放到门口那个袋子里。"

"知道啦！"林欣怡走到厨房，看着正在洗碗的苏明莉，小声抱怨："妈，你看大爷爷！"

苏明莉无奈地摇摇头，让她退一步，不要去和一个老人计较。林欣怡也不是什么小气的人，况且林承曎对她还是很好的："对了，爸怎么又去下乡了？"

苏明莉洗好碗，擦干净手，转过身来和林欣怡一起抱怨："你还不了解你爸啊，当个科长就飞上天了，觉得自己肩上担着重任，好像单位离了他一个人都转不动似的……现在好了，人家把工作都推给他，哼，尽做老好人。"

一罐可乐见了底，林欣怡打了个饱嗝说："老爸不是立志做人民的公仆嘛……"

"唉，他自己是乐意了，可这一大家子都扔给我了……"苏明莉本来怨气挺大的，但是见到林承暻枯瘦的身影，又觉得不忍心，便把话都吞进了肚子里。

林静茹默默地听着母女俩的对话，总觉得这一幕似曾相识。她第一次感觉到，成年人的世界，写满了不容易——生活真的难有两全法吧？

晚间，月上柳梢头，客厅里放着新闻联播。

林静茹看着苏明莉把床给她铺好，连声道谢。苏明莉合上了衣柜的门说："静茹啊，伯母家没有你们家条件好，你先凑合着住，等你夏令营那边结束了，我让你堂姐带着你好好玩。"

"伯母，您太客气了，这里很好，我很喜欢。"她打开放在房间角落里的行李箱，从里面拿出两盒凤梨酥递到苏明莉手里，"这是我来之前买的，送给您。"

苏明莉推辞了一番，最后不得不收下。

林欣怡陪着林承暻看完了新闻联播，便跑到房间去。林家如今还住在原来的地方，屋顶院子都重新改造了一番。虽然林觉林敏赚了钱，在湖里区买了别墅，但林承暻死活不愿意搬过去。三间卧室，苏明莉和林建国一间，林承暻一间，林欣怡一间。所以林静茹没得选择，只能和她睡。

"你喝果汁吗？"林欣怡见到整理着行李的林静茹，嘿嘿一笑。

林静茹摇了摇头说："谢谢堂姐，不过晚上最好别喝那么多果汁哦，会长胖。"

林欣怡也没管，比起快乐，胖瘦那些都是小事，她拿了饮料走到书桌边的椅子坐下，看着林静茹的一举一动，试图找点话题："你们台湾女孩子是不是长得都很白啊？"

"也看人吧，你看动力火车他们就很黑呀，还有张惠妹。"林静茹歪着脑袋想了一会儿，才想出来这几个人。受陈珝的影响，她对木村拓哉的了解比较多一些。

"你知道明天的夏令营都是些什么活动吗?"林欣怡玩着桌上笔筒里的羽毛笔,问得漫不经心。

"好像是去参观厦大。"林静茹把衣服都拿了起来,准备好明天要穿的搭配。

"咦,参观我们学校?"林欣怡从椅子上站起来,走到林静茹的旁边,看她整理出的那些衣服,只觉得一阵眼花缭乱,感叹道:"陈珝婶婶是不是除了珠宝设计,还做服装设计?"

"没有啊,为什么这么问?"林静茹合上行李箱,看着林欣怡说。

"你的衣服,款式都很独特啊。"林欣怡瞧着那些剪裁,想到自己平时看的时尚杂志上的模特好像也是这么穿的。但是林静茹不过是个十五岁的孩子啊,她一个十九岁的大学生都没有穿过这么时髦的衣服,林静茹十五岁就可以有这么一箱了!这对女孩子来说,简直是种莫大的刺激。

"哦,这些都是妈妈的服装设计师朋友送的。"

林欣怡看着那些衣服,心里不免有些醋味。

翌日一早,苏明莉就将林静茹送到酒店。候车过程难免无聊,大家拉着林静茹问大陆亲戚的事。林静茹起先态度还算不错,但后来,女生们问的问题染上了感情色彩,话里话外有些贬损之意,令她感觉不大舒服,便找了个借口,走到前面去和老师并排。

这天的行程比较简单,上午参观著名的厦门大学,听着这边接待他们的工作人员讲解关于厦大的历史,下午去厦大附近的白城沙滩感受海风。

穿过卖凉皮和芒果的摊子以及数不清的游人,他们终于挤进了沙滩。海与天在远处交汇成一条线,渐变的淡蓝与深蓝,令人觉得一阵忧郁。林静茹脱掉凉鞋,双脚踩在沙上,感受被松软的细沙包裹的感觉。

"静茹,静茹,帮我们拍张照吧?"一个女孩拍了拍她的肩膀,在她转过来的时候，露出了一个甜美的笑容。

林静茹有点脸盲，在脑海里思索了一阵子，才想起来这是和她同校不同班的许佳甯。此刻，许佳甯正拉着一个男生的胳膊，背对着身后的大海，那个男生有些腼腆，是个生面孔，看着大约二十岁的模样。

"他是？"林静茹直截了当地问。

许佳甯把头发拢到耳后，展现出她的侧脸，浅笑着说："他叫陆斯祁，是厦门大学的学生，刚刚参观的时候，我的钱包掉了，他帮我找了好久才找到。"

听了许佳甯的说法，林静茹抬头仔细端详起这个瘦高白净的男生。他穿着一件衬衫，一只手插在裤兜里。头发有些自然卷，额头中央的一个花尖，使他的刘海往两边分开。

她发现现实生活中很多长花尖的人都喜欢留刘海，男的女的都是。电影里面的女星就不一样。

陆斯祁发觉林静茹在打量自己，清了清嗓子。

林静茹脸火辣辣的，想解释又觉得此地无银三百两。为了掩饰自己的尴尬，她连忙拿起挂在脖子上的相机挡在眼前："来，看这里，茄子！"

许佳甯比了一个胜利的手势，笑得很开心，陆斯祁站在旁边只微微勾了勾唇角。

"陆斯祁——！"不远处的岸上传来一声大喊，引来周围大片游人的关注，但是这没有让那个叫名字的人闭嘴，"陆斯祁——！"

林静茹、许佳甯和陆斯祁三人离岸边倒是不远。许佳甯朝着声音的源头看去，见一个戴着太阳镜的女生在岸边边走边叫，"好像有人在喊你。"

"嗯，"陆斯祁已经走出去，"你们玩吧，我有事先走一步。注意安全啊！"

林静茹还在纠结刚刚尴尬的一瞬，简直不敢看他。两只眼睛只盯着手里的相机。

"静茹，刚才拍的照片，你回去记得洗出来给我啊，我要好好收藏。"许佳甯收回看陆斯祁的目光，冲林静茹笑得一脸明媚，说完这句话就蹦跳着去找大部队了。

看着照片里的一男一女，林静茹舔舔嘴唇。

半晌，她一跺脚，也往人群里走去。

再看海岸边，已经没有了陆斯祁的身影。

傍晚时分，大家坐着大巴车回酒店，车上欢声笑语，甚至有人唱起了歌。林静茹戴着遮阳帽，撑着下巴，独自坐在最后一排的角落里。老师坐在最前排，手里端着一支喇叭，在车上宣布了明天的行程。

林静茹压低帽檐，脑子里回忆着这一天，暗暗叹息。说是夏令营，其实和青少年旅行团也没什么区别。今天的一切安排，其实都是不合她意的，最糟糕的就是自己盯着人家看还被发现了，以前可从没有这种情况发生。

一定是她的眼神太明显了。

也不知道会不会给他留下不好的印象。

林静茹翻来覆去地想着当时那一幕，越想越觉得自己处理的方式实在太不高明。要是林欣怡，肯定不会像自己这样慌慌乱乱，本来挺正常的打量，搞得像做贼似的。

大巴车停了下来，酒店到了，林欣怡穿着一件花色连衣裙靠在酒店外面等着她。带队老师早已将她记得很牢，这会儿见到她什么也没说，便让林静茹跟着去。

林欣怡顺手拿下林静茹的书包背到自己的背上，装作随意地问道："今天玩得怎么样？"

"好无聊。"林静茹跟在她后面，一言不发地走到附近的公交站点。

一抬头，对面有一家花店。

林静茹举起胸前的相机，对着花店拍了两张。

"是挺无聊，"林欣怡扭头看看她的相机，"你都拍了什么？给我看看。"

林静茹把相机摘下来，递给林欣怡。

"哎哟，这技术还可以啊，"林欣怡看着那张海景图，"我今天也去海边了，没见着你们。"

林欣怡原本对她拍的照片不感兴趣，作为在厦门生活了快二十年的人，那些在网络上被疯狂转载的厦门美景，她早就看腻了。她不停地按着浏览键，确实其中有几张照片都拍得挺不错，角度挺新奇。

厦门这个闭着眼睛也能走的地方，似乎也有些新鲜的东西。

"诶？这个——"

林静茹探头过去一看，抬手"啪"的一声，把相机屏幕合起来，"这、这个……车来了！车来了！快上车！"

下班高峰期，公交上密密麻麻地挤满了人，司机打开车门，站在位置上喊后面的人往后挪。然而就算如此，前面也只空出来一个位置。

林静茹叫林欣怡去前面站着，她从后车门上去。但刚踏出去一步，就被林欣怡拉了回来。

"怎么了?"她有些疑惑地问。

"别上了，哎，还是打车吧，估计一会儿又要堵好久，这么热的天，和那么多人待在一起，到家怕是要被挤成肉干。"林欣怡看了看前后，走到另一边招手拦车。

不过坐了出租车虽然不用被挤，可是堵车却不可避免，等到两姐妹回到林家时，已是夜幕低垂。

林承暻摇着蒲扇，坐在家门口，地上放了一台老旧的收音机，磁带滚动，放着闽南歌谣。看见两个侄孙女从车上下来，他笑道："回来啦？你妈妈说饭快好了，你们可以先看会儿电视。"

"爷爷，你不会是又在门口坐了一下午吧？"林欣怡带着几丝责怪地问。

林承暻也不否认，只摸了摸花白的头发，"在家也没什么意思，你们几个小的都各忙各的，我一个人在家，能干什么？还不如出来走走，和巷子里那几个老头下下象棋。再说了，你们都有你们的生活，我一个老人家，不用管了。"

"下棋也可以去屋里下啊，在外面中暑了怎么办？"林欣怡没有听出来林承�的言外之意，她对隔壁邻居没什么好感，因为刘家那个小子从小就跟她过不去，她之所以变得这么急躁，除了父母的原因之外，从小就爱告黑状惹毛她的小刘占了一半责任。更何况刘家人当初没少巴结他们家，觉得她爸当了官，她亲爷爷又是台湾来的有钱人，总想着能占点便宜。倒是林建国为人刚正不阿，从不给人走后门钻空子的机会。至于那位爷爷，就更不用说了，他一直都活在家人的话语里。

"我爷爷也喜欢在外面待着，他嫌空调房太干燥，皮肤缺水。"听他们爷孙俩谈话的林静茹，像是想起了什么，忽然接了一句。

林承暻摇着蒲扇的手顿了顿，抬头看她，只见林静茹一副无辜的模样，看来真是无意间提起的。"你爷爷……"他犹豫着不知该不该问，见林静茹疑惑的目光，索性干脆了一点，"他这些年过得怎么样？"

"奶奶去世后，爷爷就很爱惜身体了。"林静茹回答得很简洁。陈垚去世的时候，林承晖也感叹了很久。即使见识了再多的死亡，也很难对身边亲人的离去无动于衷。

外面的月亮已经升至半空，苏明莉在屋里喊她们吃饭。林欣怡把林承暻扶起来，又给他拿来了拐杖，三个人一同进了餐厅。

厨房里除了苏明莉，还有下乡调研归来一脸风尘仆仆的林建国。他其实已经快到退休的年龄了，但是却精神抖擞，大有向天再借五百年的架势，这让苏明莉常常觉得头疼。年轻的时候，一直以为他身上这股少年气很难能可贵，但老了还这么爱折腾，真是让她又爱又恨。

"伯伯好。"林静茹放下肩上的书包，规规矩矩地喊了林建国一声。

林建国朝她点点头。虽几乎没有和林静茹接触过，但也从林乡那里知道不少关于林静茹的事儿。他四十岁才有了林欣怡，并且因为计划生育的关系，这辈子可能只有林欣怡这么一个孩子，他父母这一辈上有许多遗憾，不希望自己给孩子也造成相同的境遇，再加上老来得女，虽然他平日里对功课管教严格，但总归是希望她比自己过得好。他之前做科员，工作还没有现在这么忙，平日里经常辅导林欣怡学习，节假日也会带着她出去走走逛逛，闲着在家没事的时候就跟她聊聊天说说话。

方才在两姐妹回来前，他在厨房里听苏明莉数落自家女儿种种比不上林静茹的行为，本就觉得苏明莉是借题发挥，如今见了，还是觉得自家女儿好。

"哎，来，这是伯伯的见面礼。"他从口袋里掏出一个红包，塞到林静茹手里。

林静茹连连摆手表示不能要，最后还是林欣怡拿过来放在她的书包夹层里。做完这些，林欣怡又转身去和林建国说话。林静茹站在他们中间，心生艳羡，从小到大，在父爱母爱这些事情上，她一直都是缺失的。倒不是说父母对她不好，只是他们各自都有各自的工作，在自己成长这件事情上匀出来的时间是少之又少。因此，在家里，她就算再怎么叛逆，也最多和林乡陈珝撒娇抗议，说是撒娇抗议，其实也不过是想要引起注意，让陈珝留在自己身边罢了。

林乡虽然也爱她，但他们父女俩却讲不了几句话。

像林欣怡这样的家庭关系，林静茹十几年的生活中几乎没有。

晚饭过后，林静茹拉着林欣怡到房里，悄悄对着她讲出了心里话。林欣怡一直跟在父母身边长大，倒是没有过她这样的烦恼。昨天晚上自己看着她那满箱的衣服心里还有些醋味，但现在，她倒也同情起这个妹妹来了。

衣服首饰这些，她以后可以努力挣钱买，但父母的爱和陪伴是金钱无法买到的。想着这些，林欣怡暗自决定要努力地对她好。

第 十 七 章

接下来几日的行程,林静茹也一直比较孤单,虽然也有几个同学跟她接触,但大概因为她没有和所有人一起住宿的缘故,彼此之间也并不十分相熟。

林静茹打开自己的相机浏览这几日照的相片,看着看着又看到了那张双人照。

她和陆斯祁之间倒是没有再见过面,不知道许佳甯是不是也跟自己一样。

一抬头,许佳甯正坐在前排和几个女生聊天。

除了知道他是厦门大学的学生,其他的她什么都不知道,甚至连个招呼都没好好打过。

林静茹说不清这是一种什么样的感觉。那天晚上她打开自己的笔记本,准备写下一天的出游经历,照片洗出来了,修剪之后粘上去了几张,但好像写来写去都是那几个景点,并无什么新意。

直到写到她给他们俩拍照片的时候。

她在纸上写下他的名字,又在照片背面他的位置上写了一遍。

跟着带队老师出入一个又一个地点,林静茹听着一个又一个热情的工作人员给他们讲解厦门这座城市,她原本对人文历史是很有兴趣的,但现在望着周围的这些高楼,就有一种无聊慢慢地溢出来——这是她也没有办法的事——这么热的天,还不如在家躺在床上看看之前的日记。

看看他的名字。

林静茹走在最后,晃晃悠悠地低着头跟着前面的人走走停停。

对她而言,陆斯祁的影子此刻仿佛就在阳光下发亮的树叶上,在远处披着玻璃幕的大厦中,在烈日下微微颤抖的空气里,在她吞下的每一口清水中……到处都是陆斯祁，到处都是。

旁边的许佳甯见林静茹眼神恍惚，明明带了帽子也不戴到头上，傻愣愣地站着，以为她中暑了。

"嗳，你还好吧？"

"谢谢，我没事。"

说话的空当，许佳甯又补了一层防晒霜，顺便拉紧了身上的防晒服，虽然额头满是汗，也依然不愿意摘掉大草帽。她是被家里宠大的女儿，也不见得多看几本书，对这些文化自然是不感兴趣的，草帽下的那双大眼睛，滴溜溜地转着看向两边装潢漂亮的小店。心里盘算着什么时候结束这场枯燥无趣的讲解，能进店里吹吹空调，拍点照片。

厦门随处可见古井，经历过历史的风霜，每口井背后积攒了不少故事。

夏令营的最后一日，工作人员带他们走到一条陌生的路上，指着路中间突兀立着的赖厝古井，开始激情澎湃地诉说吴英和赖大妈的故事。

许佳甯忍不住拉着林静茹大吐口水，为什么她们要去知道一口井的历史？这对她们有什么帮助？

林静茹笑着摇摇头。暑热晒得她两边脸颊爬上了红晕，不认真看，还以为是涂了腮红。想起前天她把洗出来的照片交给许佳甯时，她正和同队的一个台湾高中生打得火热，早就不知道把这事儿抛到哪去了，拿到照片还惊讶了一番。

早知道这样，她那天也应该提出来让许佳甯帮她拍一张——本来女孩子之间互相换着拍照片也是正常的事。

为期五天的夏令营，终于在一碗沙茶面之后结束了。被沙茶卤汤浇灌过的碱水油面，面上卧着炸豆皮和猪大肠，一小撮切碎的绿油油的香菜隐匿在汤水里，秀色可餐。

林静茹过去在台湾，最常去的就是面馆。台湾的面馆有很多，其中也有一些打着大陆地方风味的，沙茶面她倒极少能吃到这么正宗的。

面条甜香爽口,让林静茹暂时把注意力转移到吃食上。

吃完后,同带队老师一起回到酒店,她在大堂等了好久都没见到林欣怡的身影,和前台借了电话打给林乡,林乡因为在龙岩出差,一时半会儿也回不来:"静茹,你已经十五岁了,应该尝试一下什么是独立。"

林静茹挂了电话,在大厅里坐了一会儿,忽然想起了什么,翻了翻包,找到前几天林建国给她的红包。她自己身上虽然也有带钱,但因为是台币,用台币在厦门打车,显然不现实。红包没有用胶水黏上,打开来是五张一百元的人民币,林静茹拿在手里松了一口气。

林家的地址,第一天来的时候就记住了,倒不是什么大问题。

林静茹走出酒店,在路边拦了一辆车,报了个地址,得到司机的答复后,拉开车门坐了上去。

"小姑娘哪里人啊?"司机握着方向盘往前开了一会儿,转了个弯,开始和林静茹聊了起来。

"台湾。"

司机哈哈笑起来,表示自己也是台湾人,来厦门已经十年了,开出租只是副业,他在漳州有一个工厂,专门做运动器材,销售总部设在厦门。

这个回答让林静茹听了以后感到一阵惊讶,便问他当初为什么来大陆。

"台湾发展起来后,劳动力成本变高啦,加上金融危机,像我们这种中小企业很难活下去啊。"司机谈起那段时光,好像财经杂志上经历风霜后看淡一切的成功人士,"大陆市场大,九二共识达成后,我觉得是个机会。这政治一旦平静了,大家可不就有时间搞经济了吗?我那会儿在台湾赔了不少钱,把家里的房子卖了来大陆准备从头再来。"

"现在你们也赶上好时代啦,等你再长大一点,也可以来这边工作啊,九二共识以后,大陆对台湾的政策还是很好的,而且现在这边经济发展也快,以后会有更多机会的,搞投资啊,工作啊,都是。"在厦门住的这十年,司机早就已经忘记自己从哪里来了,一水之隔,文化却一脉相承。对他来说,这十年的经历倒是他骄傲的资本了。

两个人有一搭没一搭地聊着,林静茹对大陆的好感又多几分。她朝窗外看去,红色的小旗在风中摇曳,也不知道多少从台湾来的人在这片红海中实现了他们的抱负。

很快,车就开到了林家巷子。林静茹递给他一张人民币,司机给她找了钱,两人挥手告别。林静茹抬头看了一下天,远处的晚霞像大片大片的血色漫开来。她推门进去,一楼客厅的茶几上放着切好的苹果,厨房餐桌的菜罩下还摆着几盘没吃完的剩菜,但是却见不到任何一个人。她跑到二楼,发现林建国和苏明莉的主卧门开着,而床上则东一件西一条地放着一堆衣服,像是被人凌乱地从衣柜里扯出来的。

"是静茹回来了吗?"楼下忽然传来一个声音,吓得林静茹一个激灵。她从楼梯上往下望了望,只见林承曝拄着拐杖,一张布满皱纹的脸正抬头朝上看。

"大爷爷,伯母和堂姐去哪里了?"

林承曝佝偻着身子,一张脸上唯有双眼还算明亮,他看着走到跟前的林静茹,轻轻拍了拍她的肩膀,咳嗽了两声答道:"欣怡的外婆忽然病倒了,医院下了病危通知书,欣怡很着急,拉着她妈一定要回去。事情太突然了,没来得及和你说。"

林静茹了解了情况,跟着林承曝在沙发上坐下,一边打开电视一边说:"没关系的,我了解这种心情。上个月我爷爷吃坏肚子进了医院,也急坏了我们一家人,妈妈陪床好多天,整个人熬瘦了一大圈。还好爷爷福大命大,没有并发症。"

听到林静茹随口提的这句话,林承曝握着拐杖的手忽然一紧,脸上的纹路都挤在了一起:"你爷爷进医院?发生什么了?"

"我只跟着去了医院两次,妈妈说是年纪大了,有高血脂。"林静茹拿起桌上的水果刀,削起苹果来。她削水果皮的技术还是跟林承晖学的,早年林承晖在台湾开店，开始时啥活儿都是自己一个人干，练出削水果本事，简单的花样也还能弄出来。这下一只苹果在她手里，不出一会儿便削得规规整整。

林承暶的脸部表情随着林静茹的话慢慢松弛下来，他的目光时而看向电视里的电视剧，时而又回到她身上。"静茹，有空劝劝你爷爷，人老了，不能再像年轻时候那么折腾身体了，应该要好好保养自己才是。"

"嗯，林爷爷也这么劝他，"林静茹把一串苹果皮放在茶几上，摆了一个爱心的形状，颇为满意自己的杰作。紧接着，她拿过茶几上的一个空碗，用小刀把苹果切成小块，放进碗里，递给林承暶，"大爷爷，吃点苹果吧。"

林承暶眼里划过一丝疑惑："生病的是你哪个爷爷？"她的爷爷不是林承晖吗？

"是我亲爷爷，韩福生。"林静茹回答，"两个爷爷都亲。"她反应过来林承暶误会了，便更加详细地补充起来："林爷爷身体挺好的，宋奶奶走了以后，他经常一个人出去锻炼，有时候还叫着我一起去做操呢。"之前她很小的时候，大家都挤在一间小套房里，陈翊好不容易给她买了一辆小滑车，结果搬回家后却滑不了几步，只能下楼去滑。那时林承晖还经常帮她提着滑车下楼陪她玩，后来人老了，上楼越来越喘，她也不忍心叫他再折腾，只渴望家里赚很多很多钱，然后搬到大房子里，有大院子。

然而当他们真的有大房子之后，她却发现房子又太大。整个家里只有她和林承晖两个人经常在家，父亲半年多才回家一次，母亲虽就在台北，但早出晚归，母女俩住在同一屋檐下，时间最长的一次隔了五天才见到面。

在来到这里之前，她还从没体验过一家子老老少少住在一起的感觉。

林承暶望着桌上切好的苹果，伸手拿了一块放进嘴里。

"你平时也这么给你爷爷削水果吗？"果肉被牙齿嚼碎吞下去后，他问道。

林静茹看着电视里放的牙膏广告，听到林承暶的问话，答道："会呀，不过爷爷牙口不好，吃不了许多水果。妈妈买了一台榨汁机在家里，有时候我给他榨水果汁。"

从林静茹的口中听到林承晖过得似乎不错，林承曝不知怎的还觉得难过起来。他们兄弟俩经历了太多磨难，本应该是苦尽甘来的时候，也不知道怎么就闹成了现在这模样。听到弟弟过得好，他既高兴又心酸；但如果听他过得不好，他又会难过担忧。

血缘维系的亲情，生来就是无法斩断的。

"咦，大爷爷，这是？"林静茹削完苹果，一双手都黏糊糊的，便站起来去一楼的卫生间洗手。回来的时候，她才发现客厅和玄关的拐角处挂着一幅不大不小的黑白照片，年代久远得让她有点怀疑到底是照片还是素描画。

林承曝听到她的声音，抬头望去，看到墙上那幅被林建国拿到照相馆复原后放大的照片，笑道："这是我们家的全家福。"

照片上的林承曝看着不过十岁，身后是穿着一身民国流行旗袍，脖子上挂着珍珠项链的李佩瑶，以及穿着中山装剃掉了小辫子的林继泽。

说是全家福，却独独缺了林承晖。

"这是什么时候拍的？"林静茹这几日心里烦躁，跟着带队老师出入厦门各个人文景点，都没怎么认真听背后的故事。这会儿夏令营结束了，她的期待也落空了，现在想想一点也不值当，只有她自己沉浸在自己的世界里，错过了许多精彩。

林承曝站起来走到那张照片面前，想了半天都没说话。这也不怪他，人活久了，记忆就像是一本厚厚的长篇小说，出场了太多人物，想要记起来是何时何地，还得回去翻翻目录。他沉默了五分钟，半肯定地回答道："好像……是1929年在天津的周瑟夫美术照相馆？"

· 1929年！

天津！

时间和地点都让林静茹觉得惊讶，她知道自己和林承曝年龄差距很大，但是没想到这中间竟然跨越了这么多年。她过去在台湾时常因为社会实践而跟着林承晖去拜访老兵，老兵里面有很多八九十岁的老人，他们在林静茹的印象里像是古董一般的存在。但是这种感觉，在林承曝身上似乎没有得到体现。

林承曝伸手摸着照片外的玻璃框，似乎看到了那时候的自己，眼神中满是眷恋："那时候我爸爸去天津谈生意，带上了我们兄弟俩和我妈妈。从英租界中街谈完生意出来的时候，我看到了最早的照相机。洋人摄影师发现我好奇的眼神，便用蹩脚的中文问我要不要拍照。我不知道什么叫拍照，妈妈见过，想要拍一张。爸爸也想着既然都来了，那就拍一张再回去，这才有了这张照片。"

被尘封在脑海里的记忆，穿过数十载的光阴，在他面前一一回放。如今这张照片上的孩子，已经成了满头银发的老人，时间能带走的东西太多了，亲人、朋友、挚爱……每一次失去对自己来说都是一个重塑的过程，把自己打碎，再造，重新面对这个残酷的世界。

其实活得越久，越孤独。

漫长的一生，看得到来路，却不知归途在何处。

"大爷爷……"林静茹听着他缓缓的叙述，好像一块被流水跌宕过的顽石，冲刷走上面的淤泥和棱角后，变得光洁圆润。但是这段让人透过岁月的藩篱触碰到的过往，却好像浸在水里的阳光，暖意是有的，但少了一点它应有的晕黄，摸着仿佛更多一点的是渗入心脾的凉意——似乎有旧时代里本有的哀伤，沉淀着新时代交叠的遗憾。

"为什么，这张全家福里，没有林爷爷？"她问出了自己对于合影里缺少林承晖的疑惑。

"因为……"林承曝的目光变得深远悠长起来，他坐回到沙发上，从茶几底下的抽屉里拿出一本封面崭新的相册，边翻边说，"拍照的那天，承晖染了风寒，在旅馆里休息，没有和我们一同出去。后来，我们也带着他补拍了一张，你看……"

相册翻开来，除去林建国一家人这些年拍的，便只余几张看着就有历史厚重感的泛黄照片。林静茹凑近了看，发现林承曌指的那张照片里，年幼的林承晖是坐在椅子上的，身后的三个人像是他的保镖一般，都站着。不苟言笑的表情和他稚气未脱的脸看着很不符。

"爷爷看着好像很不高兴的样子。"林静茹一语中的。

林承曌像是被她这句话戳中了什么有趣的回忆，笑道："是啊，当时好不容易才愿意带着他出来，没想到因为水土不服而跟着才叔到处看病，像天津的糖葫芦、茶汤、狗不理包子，一个都没吃到，能不委屈吗？"

听到这背后还有这样一段，林静茹联想到如今那个坚持锻炼的老人，噗嗤笑出了声。

祖孙二人笑了一会儿，林承曌合上相册，整个人靠在沙发上，像是舒展开羽毛的老鹰。他看着电视里开始播电视剧的片头曲，伸手又拿了一块苹果。

林承曌觉得，静茹跟欣怡不一样，哪里不一样，又说不太上来——他觉得自己跟她唠家长里短没有啥隔阂，欣怡这孩子，有时候多说两句都不耐烦。"终究孩子都是别人家的好啊！"他心里想。

林静茹拿过茶几上的遥控，换了个台，发现好几个电视台在播的都是她在台湾看过的偶像剧。

"静茹，你觉得厦门怎么样？"林承曌觉得通过照片故事，他和林静茹之间的距离一下子拉近了不少，他有点好奇台湾这个年龄段的孩子对大陆的看法是什么样的。

林静茹吃着苹果，看着剧，听到这问话，想也没想便说："挺好的啊。"

"建筑很漂亮，东西挺好吃，很适合旅游。"林静茹吞下苹果，眼神向上瞟，看着像大脑放空的样子，回答了三点。

这样的回答，也是很多外来游客对厦门的评价。

林承曌收回看林静茹的眼神，心下觉得有些东西无论如何坚守，也抵不过环境对人产生的催化。如果说林乡是被林承晖带大的，身上还能看到大陆的痕迹，那么林静茹这个由陈翔教出来的孩子，则是彻头彻尾的台湾人了。

林静茹却有别的想法，她觉得大爷爷过得并不开心，大家虽然对他少有忤逆之词，甚至很多时候毕恭毕敬，但是其实他心里寂寞得很——大家都不会跟他说暖心的话，许多的交流都停在表面的寒暄。比如老照片的故事，大爷爷肯定把故事讲了很多遍，大家听着都不走心了，只剩下客套——没有什么比亲人之间的客套更让人心灰意冷的了。

"大爷爷，"看了一会儿电视，林静茹忽然想到一个问题，"伯母和堂姐短时间内应该是回不来了，明天谁来照顾您呢？"

林承曔听到她的担心，笑道："没事，明天我女儿会过来。你也许见过。"

"林敏姑姑！"林静茹在脑海里将林承曔的女儿和林敏这个形象对上号后，忽然一阵欢呼雀跃。

林敏在国外多年，后来和林觉回国一起同林乡创业，如今也是一个很忙的生意人。林静茹 2003 年第一次来大陆的时候，就在上海和林敏一起吃过饭，林敏送了她最喜欢的芭比娃娃，使她对林敏的印象非常好。

不过从那以后，她就没有再见过林敏了。

晚上入睡前，她还在想，如今的林敏是什么样？

这个问题的答案在第二日早晨厨房传来小米粥的香味时，被林静茹抛到了九霄云外。她穿着睡衣打开房门，看见系着围裙的林敏正往桌上端小菜，冲过去打了声招呼。

"静茹，快来吃早饭。"

林承曔起得早，这会儿已经坐在桌边吃上了。

林敏年过五十，面上看着却四十岁出头的样子，精神得很，虽然生过两个孩子，但是身材保持得还不错。

林静茹去卫生间洗漱一番后，蹦蹦跳跳地坐到饭桌前。

"静茹来几天了？"林敏从锅里盛了碗小米粥给她，往里面撒了一小勺白糖。

"嗯……今天是第七天了。"林静茹掰着手指头算了算，回答道。

"有没有去你爸爸公司看看?"林敏转头见林承曝喝完了一碗,便又给他盛了一碗。林承曝伸手想去拿桌上的白糖罐子,被林敏的眼神一盯,又悻悻地放下了。林敏没等林静茹回答,而是先叹了口气对林承曝劝告道:"爸,您血糖高,不能吃太多甜的。您试试看我炒的小青菜?"说完,把那盘青菜往他面前推了推。

"哎,不要不要。"林承曝挥挥手,自顾自地闷头吃起来。以前他能做得动饭的时候,想吃什么就做什么,谁也不能来管着他。现在小的都大了,处处被管着。自己身体一年不如一年,舌头也尝不出个什么味。

还不如不吃。

林敏察觉到他在生闷气,道:"爸,我买了一包梅子干,吃了饭给你尝尝?"她特地买了无糖的梅子干,酸是酸了些,总比寡淡好。老实说,她也挺能理解林承曝的痛苦,有一回她阑尾痛,很长一段时间戚佑祯说什么都不给她沾一点甜品,吃别的东西也是小心翼翼的,生怕复发。提防来提防去,后来还是耐不住把阑尾给割了。

"好。"林承曝点点头。

饭后,林敏提议要拉着林静茹去公司看看林乡,林静茹因为昨天坐车的经历,对林乡正在做的事很感兴趣,听林敏这么说,眼里充满期待地猛点头。

由于厦门岛内的地价渐渐贵了起来,林乡在步入新世纪后就开始朝岛外发展,两年前还将工厂移到了附近的漳州和龙岩。但是厦门的人均消费高,货币流通快,因此门店倒是越开越多。林觉受亚马逊的影响,觉得应该早点发展电商,但是林敏较为保守,认为林氏百货还在成长期,不该冒这个险。

见他们兄妹俩争执不下,林乡也不知该说谁对谁错,这事儿就这么搁置了半年。其实他自己也有盘算,但是还没彻底成形,真正实施起来,恐怕还需要一把火。

抵达林氏百货所在的写字楼地下停车场时,林敏解开了身上的安全带,下了车。林静茹跟在她后面，二人进了负一层的电梯。随着电梯升至一层，写字楼里其他公司的员工也三三两两地进来，小小的空间一下就被挤得满满当当。

电梯的数字一直在变，最后在十二楼停下时，只剩她们俩了。

整个大楼现在都归到了林家之下，林敏一进来，就有人冲她打招呼。

林乡的办公室在最里面，这会儿玻璃上的百叶窗还没放下来，可以看到里面空无一人。林敏遗憾地对林静茹说："你先坐一会儿，你爸估计还在路上呢。阿兰，帮我泡杯咖啡，还有一杯奶茶一会儿送进来给我。"

脚踩高跟鞋的秘书从林敏手里接过提包和西装外套后，熟练地挂在了林敏办公室入口的衣架上，冲林静茹笑笑，便走了出去。

林敏拉开办公室的椅子，坐上去后先打开了电子邮箱，看林乡给她发来的合同。

林静茹一个人晃悠到窗边，低下头透过玻璃窗往下看。正是上班的时候，大街上已经排起了长龙，也有抱着公文包在人行道上小跑的年轻人，一堵车反而方便了他们横穿马路，两边都不用照顾，只管往前冲。

林静茹伸出食指，照着对楼广告画上的"可口可乐"几个字，在玻璃上描起来。

明明都是方块字，读音也一样，可写起来的感觉就是不同。林承晖虽然是从大陆过去到台湾的，但这辈子也没写过一天简体字，林乡在来大陆做生意之前，肯定也没写过简体字的。林静茹记得自己第一次去上海的时候，满大街广告上写的字都和自己在学校里学的非常相似，有的她一眼就能认出，有的却是她之前从未见过的写法。就比如"可口可乐"的"乐"。

那时她只觉得很新鲜，现在想起，倒真有几分同根同源的意味在里边。大陆和台湾，明明是这么相像的两个地方，为什么一道水就把彼此相隔了这么多年？

她突然有点明白林承曝和林承晖之间的羁绊了。

这时，外面"怦怦怦"的敲门声响起。

林敏还没有说"请进"，林乡就自己推门进来了。

"阿敏，你看到我给你发的合……"他的话说到一半，就注意到了坐在沙发上正抬头看着他的女儿，一丝惊喜在他的脸上闪过，"哎呀，你怎么把静茹带来了。"

林敏在电脑按下了打印，打印机开始运作。她端着杯子从位置上站起来，走到饮水机旁接热水，看着林乡和林静茹说："让你女儿看看你的工作环境，顺便了解一下她的爸爸。"

听到她这么说，林乡一阵不好意思，手不自觉地摸着自己的后脑勺："哎呀，爸爸这几天赶合同，对不起，一直没来得及去接你过来。"抱抱自己的女儿，又问："你堂姐呢？没一起过来？"

"欣怡姐姐的外婆病重，她和伯母回去了——爸爸你只会给我道歉，都不来看我。"林静茹挽着林乡的手，心里不是滋味。他的道歉家里每个人都听得太多太多，但从来没有一次改正过。不只是陈玥，有时候连她也觉得这样的道歉实在太廉价——她觉得父亲也应该跟爷爷们多表达一些歉意，人老了才最寂寞，大爷爷是这样，林爷爷也是这样，韩爷爷也是这样。

"那其他人呢？这么说也不在家了？现在大伯一个人在家里，会不会……不方便？"林乡揽着女儿在沙发上坐下。

打印的声响停了下来，林敏走过去拿起这叠厚厚的文件，从桌上的杂物筐里找到了一个夹子，夹好后拿给林乡。

"哎，我已经打电话给大哥了，叫他过来照顾一下子。这几年他一个人住在外面也是……算了，单位照顾他也是好的。我爸为什么这么固执，叫他去大哥那里他也不去，一定要住那间老房子，我听说过两年那附近可能要拆迁，估计老爷子又得难受上一阵子。"林敏说完家里的事，又拿过林乡正在翻看的合同，指着其中几处说，"这里我改了一下，差不多可以了。"

"老人嘛，都恋旧。大伯都这个岁数了，本来应该儿女绕膝。大哥虽然退休了，但他干了这么多年的木工活，住在那边跟周围的人都熟，自然住得比家里舒心。你和林觉又都这么忙，孙子孙女都在国外念书，你不想想，平日里他得多孤独啊？"林乡合上合同，劝林敏对林承暻多点耐心。

林敏瞪了他一眼，"还说我呢，我好歹就在厦门，隔三差五地可以去看看我爸，你这大半年都不回一趟台湾，叔叔才是真的孤家寡人。得亏有陈珝这个贤内助，你竟然还好意思跟她吵架，要是老戚跟你似的，我早跟他离婚了。"

林静茹的耳朵一动，好像从林敏嘴里听到了什么了不得的信息，她忙插嘴问道："爸爸，你和妈妈吵架啦？"

林乡见自己被林敏当着女儿的面戳穿，一时觉得面子上挂不住，很想蒙混过去："没有的事儿，别听你姑姑瞎说，我前阵子不是还给你妈妈送花了吗？你看她有不理我吗？"

"原来你送花是为了跟妈妈赔礼道歉啊！"她像是恍然大悟一般瞪着林乡，"我说妈妈怎么忽然对我那么凶，原来都是因为你。"

"你妈妈凶你了？"

"可凶了，都是被你气的。"林静茹想起那天的陈珝，还是感觉一阵难受。

林乡理亏，只得搓着手哄女儿："好好好，是爸爸错了，正好爸爸下午有时间，接下来带着你到处逛逛？"

"好啊——这次可不能说话不算数！"

林乡知道她还记得之前自己扔下母女俩没去迪士尼乐园的事，刮了刮她的鼻子，"知道啦，这回一定说话算数！"

第 十 八 章

站在杂志社的落地窗前，可以看见台北的101大厦。加班多日的陈珝放下了画笔,给自己泡了杯速溶咖啡。办公桌上有一个相框,相片中一个女人推着轮椅,轮椅上是一位老人。陈翀拿过相框,摸了摸父亲的脸。

到今日,陈垚去世整整三年。

今日一早,她和林承晖已经去墓地见了他一次。回想三年前的那天傍晚,陈翀还是觉得一阵心悸。那日她刚把女儿接回家,还未脱鞋,家里的保姆就打电话过来说陈垚从轮椅上滑倒了,正在去医院的路上。

待她赶到ICU,望着玻璃窗里插着呼吸机的父亲时,突然蹲下痛哭。以往和父亲种种争执的画面,一帧一帧浮现在眼前。

陈垚最终没能熬过那天晚上。

父亲去世以后,陈翀把珠宝店全部做了清点,本来想一边做杂志一边继续经营家业,但一段时间下来,她发现自己实在是撑不住。以前她就没正经学过管理,全部接手之后瞬间乱了套,还不等她反应,剩下的一些店铺已经开始走下坡路。最后,她不得已将那些亏损勉强补足,用剩下的钱投到杂志社,并另外组成自己的一个工作室,定期和外面的加工厂合作。

桌上除了珠宝设计草图,还有一袋附近甜品店外送的慕斯蛋糕。

陈翀拆开纸袋,捧着蛋糕一口一口吃起来。外面的夕阳已经躲进奶油状的云层里,为整个城市洒下最后几道光芒。林静茹已经走了快半个月了,前几日林乡打电话来说,他带着林静茹把厦门周边的城市都走了一遭。去了龙岩的汀州古城,还跑到泉州去吃烧肉粽,喝正宗四果汤。听着丈夫和女儿兴奋愉快的声音,她也不由得笑起来。

"还没走啊?"蔡毓芬隔着玻璃门敲了敲,倚在门框上看她。

陈翀转过身来,把剩下没吃完的蛋糕放到一边。

"还说我呢,你不是也加班到现在?"她招手让蔡毓芬进来坐。

蔡毓芬穿着一身墨绿色的丝绸吊带长裙,外面披着一件短款的防晒纱衣,脖子上挂着自己设计的一串绿宝石项链,倒是显得十分贵气。

"没办法,今晚印刷厂会把样书送过来,我还得看看。万一不行,还得再改。我都快一周没见到吉米了，这孩子现在被保姆带着，真怕我回去后，他又要对我说客人来了。"蔡毓芬想到自己顶着四十岁高龄拼死也要生下的孩子，忽然有些后悔自己一直忙于事业而无暇顾及家庭，转而问陈珝："静茹小的时候也是保姆带大的吧？你有担心过她不认你吗？"

陈珝被问得愣住，毕竟那是好久之前的事了，她知道小孩三岁以前是最需要父母陪伴的。可那段时间里，她实在是分身乏术。不管是出于自己的人生目标还是为了林乡和林家，自己没办法只顾着一头，工作和家庭都需要她来照顾。当然，这也并不是说她甘愿过就着一边的生活。她想过，如果在家带几年孩子，完全做一个家庭主妇是她不能接受的，从另一面来说，如果只就着自己的工作，把家完全抛到一边，她也做不到。有时候，陈珝甚至还有些感激那几年处于危机中的生活，正是处于那样的绝境，人才能拼命一搏。

"确实有一点吧。"陈珝喝了口咖啡，承认。

那个时候林静茹刚出生，家里确实鸡飞狗跳过一阵子。宋珈灵身体不好，林承晖年事已高，两人都难指望上，林乡在大陆的事业刚刚开始，带孩子的活最后只能落到她和杜欣妍两个人头上。刚开始还好，时间一长她发现，这样带孩子还是有问题。早上她把孩子送去韩家，晚上去接的时候，孩子已经睡觉了，她一弄，孩子就容易醒，醒了就得哭。

等林静茹再大些的时候，对陈珝就很抵触了，总闹着要去韩家。三岁之后，林静茹就被送去幼稚园，陈珝坚持每天下班去接，再忙也是接到工作室来，一边工作一边看孩子。那时她还很庆幸自己有一间独立的办公室，要是一般的工作人员，怎么可能把孩子带到工作室来？

"人啊，忙着忙着就不知道自己忙的意义在哪里了……"曾经她是为了钱那么拼命，现在呢，家庭也算稳定下来了，孩子也逐渐长大，追求自己的梦想吗？——如果单纯为了设计，她完全没必要站在这里，在家也一样可以写写画画，完全没必要如此拼命。

之前一直埋着头往前冲，现在一抬头，却看不到目标了。

"哎，我告诉你啊，你这种思想得警惕！"蔡毓芬一本正经地说，"我之前没结婚，过得最落魄的时候，就想着赶紧找个比我条件好的嫁了，嫁了就在家当家庭主妇，养好孩子伺候好他就完事。后来我真的结婚了——老贺家也确实比我条件好些，起码不愁吃穿。温饱解决了，一切都非常好，安乐窝。"蔡毓芬顿了顿，"可是我还是觉得太无聊，具体哪里不对劲，我自己也搞不清楚——直到我看到你在上海珠宝展览会上的展品。阿珥，一切都餍足的家庭生活有时不是美好，是绝望——平静的绝望——如同温水煮青蛙，平静地绝望着。"

陈珥有一瞬间的愣神，随即笑开道："哦，原来你也有迷茫的时候呀。"

蔡毓芬一拍她的背，嗔道："我这是在说你呢，到底有没有听进去啊，嗳？说实话，有了吉米以后，我也觉得好累，太累了……"

陈珥看着她，本想出口安慰，但话到嘴边却拐了个道："哎，都不容易。我前天看到一个新闻，金融危机裁员，一个人到中年的中层管理跳楼自杀了，留下一双儿女和没有工作的妻子，一家人哭得死去活来。记者去的时候，女人拉着记者问能不能找公司要赔偿金。现实有时候会把人变得冷酷无情，丈夫死了，流的眼泪都是因为害怕没钱。过去林乡公司破产，现金流断了，我觉得好在我还会画设计稿，能卖点钱支援他，结婚了以后也能撑起一个家。如果当时我和那个女人一样，什么本事也没有，只怕有一天也得拉着记者哭。"

关于那段艰难的过去，蔡毓芬是知道的，陈珥这会儿云淡风轻地提起来，倒是有一种久经风霜的洒脱。人总是这样活在比较之中，往高处比生不平，往低处比找优越——倒是能给人一些坚持下去的勇气。

然而，想把生活过得面面俱到的人，时间长了就会有一种烦恼——永远安排不完的事，永远不满足的心，似乎怎么过都过不好。

"唉，如今的社会，对女人的要求太高了，又要贤妻良母，又要白领丽人。"蔡毓芬看着陈珥桌上的笔筒里塞了好多叫便当的卡片，随便抽出一张把玩着。

"我记得你当初是只想做白领丽人的吧，怎么还是跳进了婚姻这个坑里？"陈珝收起桌上的一张张废稿。蔡毓芬对自己当初是怎么结婚的跟她很少提及。

"前三十几年没遇见能降伏我的呗。"

陈珝其实有点羡慕蔡毓芬。蔡毓芬在大学的时候就十分叛逆，喜欢朋克，喜欢跳舞，因此，她的设计往往带有野性的朋克风。在陈珝结婚生子之后，蔡毓芬曾一度信誓旦旦地说，自己永远不会结婚，因为她觉得没有人能剥夺她的生活。

所以，当陈珝一手抱娃一手画图时，蔡毓芬在泡夜店；当陈珝送林静茹去上幼儿园时，蔡毓芬在法国读艺术硕士；当陈珝参加林静茹的家长会时，蔡毓芬刚刚和男友分手，一个人搬到出租屋里，过着吃泡面找工作的生活。

在遇到结婚对象之前，蔡毓芬曾想过要自己一个人过到死。

当陈珝为林静茹"小国一"可能考不进薇阁中学而烦恼的时候，蔡毓芬拉着一个男人来到陈珝面前说，她结婚了。

两人没有婚礼，也不需要仪式，他们在南美洲的一个印第安部落里，借人家的民族服饰，拍了张照，就当拜了天地，认了终身。

这种浪漫得就像三毛小说里才有的桥段，陈珝却觉得现实得让她羡慕。蔡毓芬确实是从那以后彻彻底底地脱胎换骨了。那个坚定地认为自己不会结婚生子的女人，不顾四十岁的高龄，硬是做了试管婴儿，将孩子生了下来。眼下另一半留在家里照顾孩子，她依然在追求自己喜欢的事。陈珝不知道蔡毓芬羡慕过她，她自己才是真的想过蔡毓芬这样的生活。

一阵铃声响起，蔡毓芬按下了接听，目光变得柔和起来，对着电话那头说："啊，我快好了……不用不用……你陪吉米先睡吧……不用啦，过来多麻烦，我自己开车回去。嗯……晚安。"转眼几年过去了，蔡毓芬依然和丈夫过得像蜜月。

等蔡毓芬挂完电话后，陈珝调侃道："掌家的感觉怎么样啊？"

蔡毓芬拢了拢自己波浪般的长卷发，挑了挑眉道："什么叫'掌'？这叫爱懂不懂？"

陈珝被噎得没话说。这时，她的电话也响起来，一看显示屏，是林乡。

这么晚了，难道是家里出了什么事？

"阿珝，我给静茹订了船票。她明天下午从厦门的码头上船回台北，我临时有事要去一趟上海，没办法陪她一块玩下去了，你明天看看有没有空去接一下？"林乡这话问得不是时候，正接在蔡毓芬那个电话后，两相对比，陈珝心头一阵难受。

"你就不能陪她回来再走？——孩子好不容易来见你一面玩几天。"碍于蔡毓芬在场，陈珝压低了声音。

林乡听到陈珝的口气，解释道："我问过静茹了呀，她说不用了。她打算回去自己预习高中课程。不知道她从哪里看到的，说要好好学习考厦门大学。"

"考厦大？"陈珝被林乡转述的这件事惊讶到，在她的印象里，林静茹的成绩一直不算很拔尖，这回考上个好高中，也是吊车尾的。而厦门大学算是内地很不错的一流高校了，这次夏令营对她的影响有这么大？去大陆真的有那么好吗？

陈珝又向林乡交代了几句便挂了电话。蔡毓芬让陈珝别太多想，反正孩子有上进心也是好事，以后要是真考上了厦大，林静茹过去了也能看着点林乡。

"早点回去吧，明天还要去接孩子呢。"她关切地说完，便拿起桌上的背包，踩着高跟鞋，走出了陈珝的办公室。

"哎，你不看样书啦？"陈珝在后头喊。

蔡毓芬摆摆手说："不看了，明儿一早再过来看，要回家去了！"

她的背影消失在杂志社门口，只余空气中淡淡的香水味。

载着林静茹的那艘船抵达台北的港口时已是傍晚，陈珝自己开车过去接她。

车子进入市区后，林静茹说想吃六福皇宫附近那家牛肉面，她只得中途停在了路边。母女二人点了两碗牛肉面，等着叫号的空隙，陈珝想起了昨晚林乡跟她说的事："听你爸爸说，你想考厦门大学？"

林静茹点了点头，没有说话。

"夏令营怎么样？厦门好玩吗？"见林静茹似乎也不打算对这个决定做些什么解释，陈珝随口问了一句。

林静茹摇摇头："说是夏令营，但看着像个旅游团。除了第一天带我们去参观了厦大以外，其他时间都是在各个景点听解说，非常无聊。"林静茹想起那几天的夏令营，就觉得自己意犹未尽，夏令营应该有那些让人念念不忘的地方——不是说去的地方经济发达，服务周到，标准餐营养美味就够的，而是要传递出文化，传递出价值。想到"念念不忘"，她忍不住想起了那个男生，羞红过耳。当然，这个是她的"念念不忘"，不是大家的"念念不忘"。后面和林乡一起旅游的时候，林静茹才大致认识到了厦门是个怎样的城市，或者说，福建是个怎样的地方。

陈珝听她这么说，便笑她："既然觉得无聊，怎么还会想考厦大？"

"这不一样的。"林静茹认真道，"妈妈，我今天走之前有和爸爸说，我觉得像这种两岸交流活动，应该多安排一些两岸学生之间的交流。但是这个夏令营，我们除了第一天见到几个厦大学生以外，其他时候都像个游客一样，就是带你走走，吃吃，听一些他们以为很好的东西。这是一个不及格的夏令营，我想去厦门，是想知道和我一样年龄的大陆学生是什么样的，但是我这次都没有见到同龄人。"

听了林静茹的话，陈珝也点点头。夏令营的安排这么一看确实有点仓促了，这些过去的孩子虽然最初是冲着新鲜去的，但除了看那些城市的景色，想必还是更希望能和大陆那边的同龄朋友建立起一种更持久的联系。

"39号!"前台的点餐员喊道。

陈珝和林静茹都站了起来去端自己那份牛肉面。

面条卧在汤里,几块牛肉配绿油油的青菜,看着就像方便面包装袋上的图。林静茹喝着汤,吃着面,顺嘴提到了在厦门吃的沙茶面。陈珝问她味道怎么样,她笑着摇了摇头说:"一方水土养一方人,每个人的口味可能不同,我觉得还不错,但是佳甯就觉得一般般。"

"佳甯那孩子好像去读艺校了,我前几天在超市碰见了她妈妈。"陈珝夹起几根面条放在嘴边吹了吹。

许佳甯对林静茹来说只是一个普通朋友,二人平日里也没怎么一块玩,若是在一块,那也是像夏令营这样的集体活动。对于陈珝随口提到的事,她也不关心。

"如果你真的想考厦大,那现在开始就得好好学习了。"陈珝提醒道,"我今天早上查了一下厦大招收台湾学生的入学标准,不是统一的考试,而是要参加厦大的单独考试。目前他们面对台湾收三个专业,中医、国际经贸还有新闻传播,要考语数英三门课。而我记得,你的数学……很烂。"

听到自己的死穴,林静茹心里也不好受,但是一想到还未说过话的陆斯祁,又觉得不甘心。

"妈妈,你给我报个辅导班吧!"

"好。"

暑假很快结束,九月开学,林静茹成为一名高中生。

陈珝问了同事里面有孩子的,经人介绍,找到了一家教育培训机构,给林静茹报了所有课程的辅导班。林承晖对此有些意见,觉得陈珝这样会给林静茹太多压力,认为学习不应该只是为了考试。

说这话的时候,林静茹正好坐在旁边预习第二天的功课,正要说这是自己的主意。

陈珝切着手里的水果，突然想到一件事，"静茹，你爷爷是厦大毕业的，你要是想知道厦大的故事，可以去问问他。"

这一句话，令林静茹的注意力瞬间集中到林承晖身上，缠着林承晖要他说在厦大的求学经历。

林承晖被她闹得没法子，而自己一时半会儿又想不起来在厦大那会儿的故事了，便哄林静茹说："你要是能把《滕王阁序》背下来，我就告诉你。"

这要放在过去，背文言文一直被林静茹列为与做数学题一样厌恶的事，但如今真的决定要去厦大，听到林承晖这么说，也立刻答应了下来。林承晖虽然也不知道这里面有什么原因，但和陈珝的想法一样，只要孩子愿意学，他们也就愿意给她机会。

因为习惯晨练，林承晖一般起得都很早，在院子里打完一套太极后，就听见二楼林静茹的房间打开了窗。郎朗的读书声像是杜鹃的啼叫，从上方传过来。

陈珝在厨房准备着早餐，林静茹背了三天，终于把那篇气势磅礴的《滕王阁序》背了下来。她换上校服跑下楼，见到晨练回来的林承晖，便拉着他和陈珝，当着二人的面，一口气不带喘地背完了整篇古文。

"怎么样？我就说我能行！"林静茹仰起头道。

"是是是，以后继续保持，这样考厦大就有希望啦！"看女儿这么积极，陈珝作为一个母亲，自然也高兴她的变化。至于之前纠结的那点原因，她想想还是先放着算了。孩子愿意说的时候，总会告诉她的，顺其自然便好。

"爷爷，说话算数，我今天放学回来你就给我讲讲厦大的故事。"林静茹一直把这个事情记在心里，林承晖看孙女这么坚持，也不好拒绝，反正也是陈年往事，小孩子心性，听着什么都新鲜罢了。

"好。"林承晖点点头，干脆地答应下来。

小姑娘开心地吃完了早餐，满怀期待地上了陈珝的车。

林承晖看着她活蹦乱跳的背影，忽然目光深远起来，双眼像是穿过了无尽的岁月，回溯往昔的青葱。

厦大，厦大啊……

代表着他人生光明面的地方。

林承晖回到屋里，戴上老花镜，从书柜最上面拿下一本相册来，里面皆是他回大陆探亲时，让林乡拍的。人老了，对未来已经无所期待，便开始愈发恋旧。在厦大求学的那段生活，是他一生中最平静的时光，后来历史的洪流掀起的滔天巨浪，令他卷入其中，造成骨肉亲情数十年的分离。于是在厦大的这段日子更显得弥足珍贵。

这些照片，他看了整整一天。

从寥寥无几的黑白照片到胶卷拍摄的彩色照片，他将相册翻来覆去，泡了一杯林乡从大陆带回来的铁观音，茶香四溢，而他的目光却一直停在照片里的那棵凤凰树。

外面的日光渐渐暗下去，随着门口传来汽车的刹车声，只见放学的林静茹背着书包，拿着一盒冰淇淋跑到林承晖身边。林承晖摸摸她的头，招手让她坐到沙发上。他注意到了她手里的冰淇淋，皱了皱眉说："怎么又吃这种东西，到时候闹肚子又要去医院打针了。"

林静茹摇摇头道："不会不会，我今天作文拿了全班第一，这是妈妈奖励我的。爷爷，你该给我讲故事了。"

林承晖端着茶杯坐到沙发上，听到林静茹这直白的话一下愣住了，哭笑不得地说："你这孩子，我话还没开口，你先盘算起我来了。"

这会儿，已经停好车的陈珏走进来，放下包，到冰箱里拿了一包饺子烧水煮上。

"一会儿还要出去啊？"林承晖的目光注意到这边，关切地问。

"嗯，要去见见数字出版联盟的人，最近他们打算向'新闻局'申请'点火计划'。"陈珏转过头来，脸上的妆容盖不住她的憔悴，这几日因为蔡毓芬的儿子生病住院，整个杂志社的事情都是她一个人在撑着，还要接送林静茹上下学，休息时间只得被无限地压缩。

"点火计划？"林承晖疑惑道。

"嗯，他们想寻求当局对数字出版的政策支持，整合整个产业的上下游，建立一种对话机制，营造良好的数字出版产业环境，建立电子书规范。"陈玥说了一连串术语，旁边的林静茹听得云里雾里。

林承晖做生意打拼了大半辈子，虽然这几年已经退居幕后了，但并没有就此放弃了解社会。陈玥口中说的数字出版，他也知道一点，只是没有深入了解罢了。他认识的一些转业军官，其中也有去了电信业和出版业的，最近几个退休的人一起聚会，说起现在的实体出版越来越不景气了，还好他们退休得早，不然现在发愁的就是他们了。

"你打算把杂志做成电子书？"

"我是有这个想法，亚马逊去年推出了电子阅读器，我觉得数字出版的风口可能要来了，要把握住时代机会。"陈玥一边说着，手中的活计却不停，没一会儿已经把一盘饺子捞了起来，还用醋、蒜泥以及辣椒粉调了一份酱料。

"懂得居安思危是好的，不过不必这么着急，先看看能不能跟当局把这个计划谈下来再说吧。"林承晖说完，转头看坐在沙发上的林静茹。

林静茹一脸幽怨的表情，手里的冰淇淋已经吃完了，她听着爷爷和母亲的对话，只恨自己的能力有限，根本插不进去嘴。这会儿林承晖把注意力收了回来，她总算是能开口说话了："爷爷，你还没给我讲故事呢……"

"啊？什么故事啊？哦，你是说我在厦大的故事呀。"林承晖双眼的光暗了下去，对他和林承曒来说，那确实是人生中为数不多的快乐的日子，可越是快乐，对比起现在的事情，就越让人难过。其实，他也不是没有想过先低头，尤其是静茹回来之后对着他说了很多在那边的事情，可一想到那些邻居，他就是拉不下这个脸来。

林静茹见林承晖眼底的躲闪，直觉他有点什么秘密是自己不知道的，但既然林承晖不开口，她也不好追问下去，只是把手里的冰淇淋盒子往垃圾桶里一摁,一个人默默地吃起饺子来。

吃完饺子,林静茹又被陈翙拉去上辅导班。林承晖笑着送她们出门,可背过身,忽然又觉得自己有些孤独,儿孙忙事业忙学业,他在这栋大房子里看着他们的离去与归来,好像海面上被当做航标的灯塔,或者村头渡口站了几百年的老树。身边的一切都在偶然路过,熟悉的人,熟悉的话,熟悉的笑,都好像跟他有关,也都好像跟他无关,连时间流逝好像也跟他无关。

老人最大的恐惧就在于此,明明还活着,却没有人在意他到底在想什么。他忽然很想念哥哥林承暻,哥哥一定也和自己一样,有这样窘迫的时刻。

车子再次驶出林家,车载音箱里放着王菲的《人间》。

陈翙握着方向盘跟着轻轻哼唱起来,试着放松自己。她要先送林静茹去上辅导班,再赶到数字出版联盟的人订的会议地点。时间上来得及,因此倒没有开得很快。

"但愿你的眼睛,只看得到笑容……哎,静茹,你在辅导班上了一周了,最喜欢哪个老师?"陈翙跟着唱到一半,忽然问起了辅导班的事。

"张思成老师!"林静茹兴奋得脱口而出。

"哦?"陈翙在脑海里思考这位老师的模样,好像是个肤色健康个子挺高的男老师。当时她去培训机构交钱的时候,曾看过机构管理人员交给她的广告折页,里面有介绍各个老师的学历背景和教育经验。她一眼看中了图片上这个穿着黑西装,双手抱在胸前的人,主要是他还有海外留学的经验。

"这个老师上课怎么样?"

"超棒的,感觉他的课会比较生动一些——上学校的英语课实在太难受了,老师总是让我们回去背背背,我不想要背书。但是张老师不一样,他跟我们讲解每个单词产生的原因,同时告诉我们语言是一种工具,而不是一门课。他经常会引导我们用英语跟他交流。"林静茹越说越兴奋,"妈妈,你知道 come out 为什么有出版的意思吗?"

"为什么？"陈珝问。她在法国的时候也学过英文，但毕竟不是专业的，只是能做到日常交流的程度。

"其实这个单词一开始的意思是'出来'，我们的书不是要放在机器里打印出来吗？纸一张张放进去，再出来，变成一本出版物，所以 come out 才有出版的意思。学校里的老师上课的时候只跟我们说 come out 是出来、出版，让我们回去抄写背诵，我们只会机械地记住意思而已。但是张老师这么一说，我们没有刻意地去背，就记住意思了。"

林静茹以前觉得学习是一件枯燥的事，虽然她后来坚持想考厦大，但是和陈珝说去上辅导班的时候，心里还是有些没底的。她在学校里一直是那种不上不下的学生，这次升学考也是走了好运，跟着家庭教师恶补了大半年，而试卷出的题目又恰好大半她会，才能考上如今这个学校。但是一入学，她就露了馅，开学摸底考试在全班垫底，幸好提前明白自己几斤几两，让陈珝给她报了辅导班，不然她担心下次测验，自己可能又要垫底。

见林静茹学习势头这么足，陈珝对同事介绍的培训机构也多了几分满意。

抵达机构门口，她看会议地点离这里只要十分钟的车程，索性上去见一下女儿口中的这位老师。

二人上了二楼，因为还没到上课时间，大家都坐在自己的位置上安静地自习。

林静茹也走到自己的位置上，拉开了椅子。

陈珝敲了敲老师办公室的门，不好意思地问道："你好，我找张思成老师。"

一群埋头写教案的老师里，忽然有一个人抬起头来望了望门口，立马起身走向她。

"您好您好，您是……"他推了推鼻梁上的黑框眼镜，走到陈珝面前伸出手，礼节性地握了握，很快就反应了过来，"林静茹的妈妈吧？"

陈珝没想到这个老师没见过她，竟然还能认出她，一时有点惊讶得说不出话。

张思成看出她的疑惑，笑着解释道："您常来接静茹，又一下报了好几个班，我们辅导班的老师都印象深刻。"

陈珝抿唇一笑，对他的印象也更加鲜明。

"我们去隔壁接待室聊吧？"张思成见陈珝上门来找，肯定是有事要说，便主动指了指旁边用来和家长沟通的房间。

负责行政的女员工，给二人端来两杯果汁，又走了出去。

陈珝抿了一口果汁，开门见山地问："张老师，我听静茹说了一些关于您的事。她很喜欢您上课的风格。但是我很好奇，您是从英国留学回来的博士，为什么不选择去高校，而是在辅导机构呢？"

张思成刚拿起果汁，听到陈珝的问话，还真是愣住了。他接待过不少家长，但是大多都是问孩子的成绩，从来没人问过他堂堂一个博士为什么会来做辅导机构的老师。看着陈珝的眼睛，他没发现里面有一丝一毫的嘲弄，便挠了挠头道："有时候吧，有这个心，但是环境不允许。"

陈珝看着他，等着他继续说下去。

"能一路读到博士，当然是想一直做学术研究，但是现在台湾的环境，怎么说呢……"张思成搓着手，想了想，觉得这也不能怪自己，索性跟陈珝透了底，"我去年博士毕业回来，找我以前本科的老师问了一下，他告诉我说，现在台湾的大学生多如牛毛，本科遍地走，硕士不值钱。加上新生人口越来越少，大学的新生人数也少了。招不到学生，学校就倒闭了，教职员饱和。唉，人的努力虽然重要，但是好的环境更重要啊。"

听到他这么说，陈珝第一时间想到的是林静茹的未来，她忙问道："老师，您的意思是，现在台湾高考很容易是吗？"

"不是，其实任何时候社会筛选都是一样的。大学多了，为了招生，只能放低要求，大学生自然就多了，但是能考进最好大学的，从始至终，都只有那么一小批人而已。"张思成解释完，忽然意识到自己好像说错了话，忙补充道,"当然啦,静茹是个聪明的孩子,只要用了正确的学习方法,加上我们机构的辅导,一定会考上她想去的学校的。"

陈珝听了前半句觉得很一针见血,到了后面恭维的话一出来,她就知道这老师可能职业病犯了,倒也笑笑不说话。

"那孩子忽然说想考厦门大学,我查了以后发现厦门大学要求单独入学测试。现在台湾教育竞争这么激烈,也许大陆对她来说会是个好选择。"陈珝到底是个母亲,听张思成说了那么多,但考虑到的还是自己的孩子。

张思成从陈珝的嘴里听到大陆学校的名字,觉得有些吃惊。他本人没有什么政治立场,只希望能好好做学术研究,但是陈珝的说法,似乎给他打开了一扇窗,虽然陈珝没意识到。

"大陆这几年发展得确实不错,金融危机把资本主义国家折腾得跟龙卷风过境似的,但大陆却还能稳住,我还挺看好的。"张思成说了一会儿话,觉得口干,端起果汁便喝了大半杯。

"张老师其实也可以往外考虑一下,有些事,如果现在不做,可能以后就做不了了。年轻时还经得起折腾,老了再想做,可能就晚了。"陈珝叹道。

墙上的钟慢慢指向了七点,张思成站了起来说:"不好意思,我要去上课了。"

"嗯,正好我也要走了,不好意思啊,耽误您的休息时间了。"陈珝感觉有些抱歉。

"没事,替我谢谢静茹,谢谢她说喜欢我上课。"张思成冲陈珝微微一笑,回到自己的办公室拿了教案,进了旁边的一间教室。

陈珝走到教室外面,隔着玻璃门,看到张思成卖力地用肢体和声音去感染学生,孩子们整齐划一的声音透过门的缝隙传到了她的耳朵里,令她感到一阵振奋。

有梦想是一件好事,但是梦想受困于现实,又着实让人觉得挫败。但是都说树挪死人挪活,也许目前的困境是因为眼界局限在一方天地呢?

换个角度，换个环境，没准能发现又一条出路。

第 十 九 章

北京奥运会举世瞩目，也让林乡过去在台湾合作过的企业家看到了大陆的未来。

国庆过后，林乡回了一趟台湾。因为林敏老念叨他不孝顺，听得久了，心里也逐渐烦起来，不如索性回家一趟，一来避开没完没了的唠叨，二来也给自己放个假。在十月初放假的时候，林建国请大家过来给苏明莉过生日，一向沉默的林觉忽然问林乡有多久没给陈珝过生日了，林乡一时语塞，只好又把回家的日程提前了几天。

年迈的林承暻慢悠悠地开口道："事业再忙，也要多陪陪她们母女俩。孩子就是这样，在你不知道的时候就长大了，心也不属于你了。这心不属于你啊，谁还在意你呢？"

同辈的话，他可以不放在心上，但是连老人都这么说了，再不在意就有些说不过去了。

陈珝这些年也确实不容易。

但人算不如天算，这趟回来，陈珝忙着数字出版联盟那边的事儿，基本都不在家。林乡特意把工作交接给林觉，抽了一周的时间回来，结果每天的任务都是接送林静茹上下学，陪林承晖浇浇花、下下棋，好像过起了退休生活。爷俩久不见面，倒也其乐融融。林乡还是觉得，待在林承晖身边自在些，林承晖该下棋就下棋，该吃饭就吃饭，从不说小辈的不是，林乡关心的话题，也能说上一两句。不像大爷爷老爱抱怨，诉苦，一会儿说孩子们都不听话，一会儿又说自己老了不中用，老是惹年轻人烦……听得林乡心里战战兢兢的——年轻人工作生活已经够忙了，哪有时间天天跟老人计较？

这天，陈珝下班回来，林乡上前去迎接，却见她表情不是很好，心里顿时紧张起来，接过她手中的包，将她拉到饭桌上，装了一碗汤，说是美容养颜的。

陈珝冲他笑笑，捧着汤碗小口地喝起来，刚喝了几口，包里的手机就响了。

陈珝接起来，没好气地说了一声："喂？"

这让林承晖和林乡吃饭的动作皆是一顿。

"什么？他也要解约？！"也不知道电话那头的人说了什么，陈珝忽然加大了音量。林乡看着碗里的饭菜，暗暗痛心，他不知道陈珝什么时候情绪也变得这么过激了。十几年前，她在咖啡厅里微醺的样子依然在他的记忆里，到底是自己欠她的太多了。

"毓芬，你告诉他，如果他现在要解约，等我们的网页版杂志出了，他别想再来找我续约！想上我们杂志广告页的首饰商不差他这一个！"陈珝严肃地说完这句话，用力地按下手机按键上的挂断，把手机重重地往桌上一放。

"杂志社出什么事了？"林承晖从三言两语里听出了事态严重，率先发问道。

陈珝捧过饭碗，扒拉了一下，声音里还带着气，板着脸回答："饰美的营销总监，今天来杂志社找我要求解除广告合约，他认为现在台湾已经没有多少人看杂志了，大家的注意力都在电视和网络上，为了他们公司的净利润，他打算砍掉不必要的宣传费。"

"合作十年了，没想到说解约就解约，完全不给人一点准备的机会。我们为了他这个老客户，每个月都用四张广告页来推荐他们名下的产品。他解约实在太突然，我们一时半会儿还找不到替补……"

林乡听得也有些不是滋味，雪中送炭虽然不是每个人都能做到的，但是过河拆桥还是太过分了。可是生意场上有时人情还是讲不得，人家做出这样的决策也没有错，饰美最开始做首饰，借着陈珝杂志的推介，渐渐有了名声。后来为了扩大市场，开始做一些平价首饰，甚至是餐具，囊括的种类太多，在老顾客心里失了以前的定位。对于现在的饰美来说，其实电视广告更有性价比，因为受众更广，像陈珝这样做高端杂志的，针对的受众人群已经看不上饰美了。

"算了算了，解约了也好。他们如今涉及的领域比较杂，跟以前专攻的路子已经不一样了。趁这个机会不如多看看其他有潜力的、专一的品牌。"其实他也拿不准还有没有这样的企业愿意上纸质杂志的广告，只是眼前陈珝生气的样子，他实在不忍心把话说得太残酷。

陈珝气呼呼地吃完了半碗饭，听到这话，两眉之间渐渐升起一丝忧愁："现在的广告商哪有那么好找啊……"见到林乡疑惑的眼神，她继续解释道，"以前我的竞争对手只有其他出版物，现在还有什么电视、网络。你常年不在台湾，不知道现在台湾的媒介环境已经不是九十年代那会儿了。各种各样的媒体太多，广告商太少，这么一个岛，人口就那么些，怎么消化得完这么多信息。不少接不到广告的报社都接连倒闭了。大家看纸媒的时间越来越少，目光都被电视和网络吸引去了。唉，好在我的定位是高端杂志，受众的收入较为稳定，黏性也比较强，还不至于那么快消亡。但是一旦数字出版的时代到来，我们不赶紧转型的话，只怕也和前辈们一样。"

林乡听着陈珝的话，感觉像是错过了台湾好多年。但说到底，还是大环境使然，其实大陆也是一样的，他在厦门这些年，见到的产业崛起和消亡也不少。

"不然，来大陆试试看？"林乡把大陆政策稍微讲了一些，"厦门现在是特区，允许台商参照外商投资企业的各项优惠办法，台商投资企业的话，建设和投产后五年免征土地使用费。而且，在上产期间买进来的一些机器设备、办公设备，甚至是你个人在工作期间为了方便生活买的进口车，都免缴进口税、工商统一税，甚至免领进口许可证。如果出口的话，还免缴出口关税和工商统一税。"

很早之前林乡就同陈玥聊过往大陆发展的事情，陈玥一开始没放在心上，但后来见林乡在厦门的事业蒸蒸日上，她也是动摇过的，加上现在他又一个又一个地给自己分析那些针对台商的政策。最后她吃完了碗里的饭，问了一句："你说的这些，我感觉更多还是针对轻工业、机械制造业等，大陆……会有属于珠宝杂志的市场吗？"

"路都是人走出来的。"林乡站起来，拿过她面前的空碗，放到了洗水槽里，说了这么一句话。

陈玥又把目光转向林承晖，带有试探性地问："爸，您觉得呢？"

"时代变了，人们的观念应该也会随着改变的吧……"林承晖这句话说到后面，有些底气不足，当初他一气之下回到台湾，就是觉得大哥和那些街坊邻居太过小家子气。

陈玥见林承晖眼里的光渐渐暗淡下去，心下了然爸爸在想什么，决定自己再搜集一些资料，考察过后，再做决定。

林乡短暂的假期结束在林敏的一通电话里。林觉和林敏终于达成一致，决定开设线上电商，但需要林乡回来参与董事会投票。

这对兄妹吵了那么久，忽然就定下来了，其中肯定出现了什么变故，这让林乡感到一阵好奇，但最近来往两岸的人太多，船票一时订不到，他只得选择坐港澳空中航线的飞机。临行前夜，他去培训机构接下课的林静茹，遇见了张思成。

两人虽然是第一次见面，但可能同在海外生活了一阵子，聊得还算愉快。林乡希望张思成能到外面去找找机会，在教育机构不是不好，只是时间长了，会失去很多可能性。

张思成比林乡小了快二十岁，他告诉林乡，其实自己真正想做的是一个大学教师，只是现在的台湾给不了他这样的机会，他只能在教授的实验室里打打下手。前二十六年还算多姿多彩的人生，经过这两年的试炼，对于未来仿佛一眼就能望到头，他平时做补习班老师赚生活费，放长假的时候就帮自己过去的导师研究一点东西，以此安慰自己学术生涯还有希望。

他的感慨，让林乡想起了陈玥。眼下大家都太不容易了。

"张老师，中国有句古话说，海阔凭鱼跃，天高任鸟飞，你可以把范围放大一点。不是非得留在台湾才能当大学教授的。"林乡不知怎的，脑子里突然想起林佑安来。要是换个年代，佑安大概也不会令人觉得落魄。

"您的意思是？"张思成听林乡话里有话，便直截了当地问。

"你可以考虑一下大陆，比如说我所在的福建省，与台湾的风俗文化比较接近，这些年也一直在引进台湾人才。一些高校有面向台湾的招聘，只是因为信息流通不对称，台湾这边知道的人不多。你有教学经验，又是海归博士。也许，大陆会更适合你。"林乡笑道。

张思成迟疑了一阵，脸上有些豁然开朗。有时候，思维局限在一处，就会钉死在那，需要有人指点，才能发现自己的问题出在哪儿。想到陈玥之前和自己说过可以往外考虑一下，他想到却是日本美国之类的资本主义国家。这会儿林乡提到大陆，他这才发现，自己怎么一直都没考虑过大陆？

目送林家父女走后，张思成回到教师办公室，看着里面还没离开的同事，以及一间大大的，看着更像公司而不像教师办公室的屋子。那一刻，他觉得自己像个身处沙漠的行人，如果再找不到绿洲，也许就会渴死在这里。

"思成，我们先走啦，明天见。"

同事们一个一个跟他打着招呼，走出这间屋子。

"哎呀，今天那个佩佩妈妈又问我，她孩子的分数能不能上台大。我觉得她真是在异想天开，都补了这么多年了，能读个独立学院也是烧高香了。"

"家长嘛，总是望女成凤咯，至少你的佩佩还算听话。我带的小学生，一个个调皮得不行，每天都把我气得要死。我都想要不然找个男人结婚算了，做家庭主妇教自己的孩子总比干老师被气死强。"

张思成听着她们嘴里蹦出一句又一句的吐槽，忽然开始关注起自己的工作环境来。他走到自己的位置上，看到一张桌子上除了教案，便摆满了各种教学道具。为了在课上吸引学生们的注意力，提高他们的学习兴趣，他总要想尽办法。教育机构是个小单位，但竞争却是时时存在的。他为了生存而选择了这样一份工作，温饱问题现在解决了，但每逢一个人的时候，就有一种无力感。

他不是不愿意当老师，只是希望再纯粹些。教育机构的每月考核像是一条隐形的线，牢牢束缚着他。教育的事跟金钱扯上关系，总是不那么纯粹了，相比于质量，数量才是王者。他觉得自己变得越来越不像个老师，反而和外面的销售没什么区别。只不过，他的课程回签率最高，销售二字之前还得加个"金牌"。

把外卖盒子扔进垃圾桶，又把装得满满的垃圾袋提起来系了个结，做完这一切，他拿起桌上的公文包，提着垃圾袋出了门。

外面台北的夜，像是吸够了冰，不停地往外散发着寒气。

他把垃圾袋扔到附近的回收桶里，进了旁边一家便利店，点了一份关东煮和一杯美式咖啡。店员很熟练地拿了一个纸杯，从锅里盛出海带鱼丸还有火腿肠，又舀了一勺汤，递给他。他一手咖啡一手关东煮，坐在便利店橱窗的吧台边，看着外面来来往往的人。

每天，他从这条街经过，在这家便利店里买早饭，去机构给学生们上课。中午随便点个外卖就凑合了，下午还是上课，有时候忙到晚上，送完一批学生，和家长交流一阵子，又要开始晚课。下班后再来这家便利店，吃个夜宵，回家洗澡睡觉。虽然一个月可以赚很多钱，但是已经完全失去了个人生活。

这不是他想要的工作。

当年他在英国读书时，最高兴的事就是在研究所里待着，熬几个月做完课题后，回宿舍好好睡一觉，去公园里散散步。他也跟着宿舍里的人去过夜店，喝着酒看那些人跳舞，震耳欲聋的歌声，刺鼻的香水味，昏暗魔魅的灯光，有种暗无天日的感觉。那不是休假，是沉沦。

也许，林乡说得对，大陆会是一个好的选择。但是这种惯性的生活持续了这么久，哪是说改就能改的呢？

吃完关东煮，他捧着咖啡一饮而尽，拿起公文包，走出了便利店，把自己融入浓黑的夜里。

林乡抵达厦门的时候，林觉的司机已经等候多时了。林乡把行李箱扔进车后座，都没来得及回一趟在厦门的住处，就直接被载到了海沧台商投资区。

刚回来的时候，他们几个通过厦门廉价的土地和劳动力，看到了在这里生产将带来更大的利润，但是他们刚回来，没有什么渠道，只得去低价收购别人的东西，开一个小商场去卖。当时百货商场合作最多的是服装，几年下来在国内的名气虽比不得那些大牌的服装厂，但在福建来说还算有些名声。

下车后，林乡去了办公室。整栋大楼除了林乡的公司以外，还有很多其他台商的公司，有的做纽扣，有的做布料，正好可以把整个资源全部聚拢到一起。最开始把写字楼对外出租的时候，林乡就有意识地与服装原材料供应企业合作。这样可以有效地节省采购的时间成本，大家知根知底，反倒让质量更加有保障。

"你们俩是真的商量好了？"走进林觉的办公室，林乡看到坐在沙发上一起看着计划书互相提修改意见的兄妹俩。电商这一块他了解过，确实整个体系上还有很多漏洞，就拿服装销售来说，为了品牌的宣传效果和当下的审美趋向，他们是一定要请模特来试穿衣服拍照的，然而模特拍出来的照片效果和普通人穿出来的效果肯定不一样，如果单单把照片放到网上进行销售，售后的服务可能会很麻烦。

拉近现实效果和模特效果之间的距离，取得消费者的信任，这是目前他们在开发线上销售时遇到的最大问题。

小金进来放下刚煮好的咖啡，轻轻带上了办公室的门。

"先不说那个。我现在有一个好消息。今年年底开始，两岸要全面三通了。"林觉招呼林乡坐过来，向他宣布这个信息。

"全面三通的口号都喊了这么多年了，谁知道这回是不是和以前一样雷声大雨点小。"林乡拿起自己的咖啡杯，抿了一口，并不放在心上。

"目前看来，十有八九是真的。我们前几天去工商局开会，一个认识的人向我们透露，说是海协会与海基会下个月要在台北签署有关全面三通的协议。"一向保守的林敏，这次也开了口，"最迟年底，通邮通航通商的报道就会出来。这对我们来说是个好机会，过去在两岸商品交流的时候，总要经停第三方，不仅成本高，还不方便，如果能直接三通，物流的时间可以大大缩短，这个时候搞线上电商，比较有可行性。"

从林敏的话里，林乡听出了他们这次是真的打算要发展电商，他收起了开玩笑的心思，认真地思考起这件事可能会带来的利弊。

"还是先等消息正式确定下来再说吧，就算官方正式宣布了三通，放到底下执行也得过一阵子，再看看吧。"他想了半天，脑海里的人从陈珏到张思成，他觉得如果三通，对两岸互通都是有帮助的。

听到林乡的话，原本对创立电商的想法非常激进的林觉这回也不反驳了，他一只手撑着下巴，微低着头，沉吟着说："我同意。那这个计划书，等文件出来了以后再改吧。"

三人达成一致，只要政府放出消息，就开始发展线上销售板块。

对这件事，有人期待，有人观望，有人犹豫。

这一次，政府没有让他们失望。

2008年11月4日，海协会与海基会在台北签署《海峡两岸空运协议》《海峡两岸海运协议》《海峡两岸邮政协议》。

2008年12月15日，台湾海峡北线空中双向直达航路正式开通启用，民航上海区域管制中心与台北区域管制中心首次建立两岸空管部门的直接交接程序，两岸同胞期盼已久的直接、双向、全面空中通航变成现实。

林乡坐在办公室里看着新闻接连滚动播报这则消息时，林觉和林敏先后闯了进来，一个拿着计划书，一个抱着笨重的笔记本电脑。

"我有两个计划，一个是成立自己的销售网站，通过门店宣传，导入客流。利用老顾客带新顾客，在群体之间进行口碑传播。"林觉拉过一张椅子，坐在林乡的对面，开始提出自己的想法。

但是说到一半，就被林乡打断了："老顾客带新顾客，口碑传播，这一点没问题。但是我们的主场是在大陆，那些门店顾客也大多是大陆人，我们要怎么利用这次两岸三通来帮助公司成长？"

林觉没想到这个问题，被林乡问得蒙住。

"我倒是有个想法……"林敏打开笔记本电脑，开始刷刷地列出自己的观点，"我们的顾客来源，一是本地爱逛商场的白领，和投放电视广告吸引来的其他地区同阶层的女性。台湾市场方面，我们的知名度远远低于当地品牌和国际大牌。想要吸引台湾市场，我们要做两件事：第一，成立一个旅行社，借两岸三通之便，让台湾的年轻女性来大陆观光旅游，加强对大陆品牌的了解。第二，在台湾最大的搜索引擎上购买关键字广告，将我们的网店推广出去。"

"关键字广告？为什么不是电视广告，台湾电视台那么多，广告费又不贵。"林乡提出了自己的疑惑。

"不行，就是因为电视台太多，导致受众太分散，广告变现程度小。而关键字广告针对的是有需求的人群。当一个顾客对我们的产品有兴趣时，会主动去搜索，购买的成交率更高。网店的页面也要好好设计，这也是一种宣传策略。"林敏把自己这些年学到的东西，融会贯通，用简洁的语言解释给两个男人听。

林觉视角受限，一开始没想到林敏的这个切入角度，这会儿被点拨后，有些豁然开朗。他对林乡表示："我觉得完全可以在旅行团里植入我们的产品，当做一次广告宣传。比如说大巴车，导游的穿戴，还有门店的展示。我们有好几个店铺是在岛内的，完全可以结合附近的旅游景点，针对这批台湾游客，拍一些穿着我们旗下衣服的美照上传到网站上，做场景营销。"

"场景营销？"林乡看着这二人蹦出一个又一个新名词，一时间怀疑自己是不是有点跟不上时代了。虽然意思他是懂的，但是二人提出的建议，都有一些弊端，为了公司的未来，他不得不指出来："不行，你们的想法很好，但是执行起来没那么容易。旅行是一次较为感性的文艺体验，而在其中刻意地加入广告和购物引导，不仅会败坏我们的口碑，旅行社也会开不下去。我觉得不如先针对大陆网民，开一个网店试试水，借着两岸三通，办旅行社，让台湾的年轻人和老年人都能更多地来大陆体验体验。上次静茹跟我说她参加的那个夏令营，行程安排得很差，让她的体验很不好。我觉得阿敏提的成立旅行社的建议具有可操作性，但是要发展精品旅游路线，不要刻意植入广告，文化是需要慢慢渗透的，而不是直截了当地泼一盆水。"

林敏对林静茹的那趟夏令营有所耳闻，两岸三通后，来大陆的台湾游客肯定会变多，那么一个体验完美的旅行，才是留住回头客的关键。至于网店，大陆的市场还没饱和，完全可以先把目光放在大陆。

"我没意见。"她举手赞成。

见林乡和林敏都分析得这么鞭辟入里了，林觉也没什么好说的了。

林乡根据二人的处事方式，让林敏去负责成立旅行社，林觉一门心思去做网店。

至于他，则要开始召集台商协会的成员们，开个大会好好讨论一下两岸三通后该怎么给自己的企业谋求更大的发展了。

第 二 十 章

公历的新年过后，林家百货的子公司，厦门林氏旅行社正式向海沧工商局提交了登记材料。

这个项目能赚钱，是在林乡意料之中的事，他是个商人，做生意的时候除了是否违法，第一要考虑的，当然是利润。其实在带林静茹游厦门的时候，听她说夏令营的种种不是，他就已经有了自己开发旅游路线的想法。

过去，两岸的交流太少，信息的闭塞导致大家对彼此产生偏见，这是不利于相互发展的。通过有针对性地细分目标用户，配合旅游设计，可以在某种程度上削弱历史遗留问题导致的隔阂。

为了尽快把旅行社的产品整理出来，林乡在周末的时候找时间和放寒假的林静茹通了两个小时的电话，把她这个年龄的孩子对两岸文化夏令营的需求列了一个清单，拉上林敏一起研究。

"最好要有集体合作的活动，最好是男女搭配，最好不只在厦门一个地区……"林敏看着林乡列出来的清单，读着读着觉得林静茹这小姑娘鬼点子还真多。

"我目前的想法是，如果想要得到政府的支持，那这就不能仅仅是一个普通的景点观光旅行。而且从静茹那边得到的反馈来说，作为学生，除了游览当地风光以外，最好奇的就是同龄人在想什么，我觉得可以在活动中搞一个小型的交流会（Party），让他们切磋一下，增进感情。"林乡拿过纸笔，在A4纸上先写下了一个方案——"两岸青少年游学旅行计划"。

"在产品搭配上，我们可以通过厦漳泉＋龙岩的模式，从客家文化和闽南文化入手，安排两种套餐，从这四个城市里两两组合，根据地方特色再进行产品细分。"林乡一边说一边写，不一会儿一张 A4 纸就被他填得满满当当。

林敏拿过来扫了一眼，发现他从历史、古迹、民俗和教育四个方面，都列出了可以执行的方案，甚至精确到每一天。其中有不少地点，是林敏都没去过的。她忍不住问道："你看着真不像个台湾人，这些地方你都去过？"

"有些是出差的时候，晚上睡不着就出去闲逛，有些是陪静茹去玩，发现她很喜欢，才写下来的。"林乡笑道，"想要了解一座城市，就要用脚去感受它，用心去发现它。"

"这个针对两岸青少年的交流确实不错，不过要和一些学校交涉……"林敏看着上面写的两所大学的名字——厦门大学与龙岩学院。和学校的交涉，还得专门有一个人去做，在国家的整体号召下，应该不会很难做通。

林乡点点头道："嗯，这个事情不行的话我自己跑一趟，这是我们整个计划最重要的部分，还是自己亲自做比较稳妥。"

"那么，针对成年人的呢？"林敏继续问道。

这让林乡有点犯难，这些年来大陆旅游的大多是台商的家眷，鲜少有大批工薪阶层结伴同行的。想要吸引这批人，恐怕不能只靠景点和文化，更要输出一种生活态度。

"我得回去找我妹妹交流交流，她这些年做摄影师，也认识一些热爱旅游的人，关于这个方面的痛点，她比我要懂。"林乡想到韩娜，心里松了口气。

"那我先把招聘信息发出去，这个项目要真的运作起来，还得大半年呢，人员什么的都得培训。"林敏拿起自己的包，走出了林乡的办公室。

窗外面厦门的天空依然是湛蓝的，即使已经快到春节了，也不见北方那样的雾霾。林乡坐在宽大的办公椅里，想着这次回去过年该买什么礼物。

偏头想了好久也没头绪的他拿起听筒按了一个快捷键，很快，电话拨通了。

"小金，这几天帮我准备一下给家里人的新年礼物。"

林乡乘坐从厦门直接飞往台北的班机。

过去想要飞回台湾，都要经香港或澳门中转，而且如果赶上春运，简直一票难求。现在直航以后，这种情况得到了缓解，虽然班机数量依然抵不上实际需求，但对这些在外打拼多年的台商来说，已经比较满意了。

抵达桃园机场时，来接他的是韩娜。

回到林家，林乡发现今年似乎特别热闹，虽然次日才是除夕，但韩福生夫妇和吴伯驹夫妇都来了，陪着林承晖在客厅里说话。他们刚进来就听见老头老太太们的笑声。

陈玥在厨房里忙着做饭，这些对她来说早就是家常便饭了，即便是后来住进了更大的房子，请得起家政阿姨上门做饭，她还是坚持在家的时候自己动手。对她来说，做饭也是一件治愈的事情。

"我来帮你?"林乡脱了外套，撸起袖子，走到陈玥身边。

"我很快就好了，你去那边陪大家聊天吧，难得回来一趟。"陈玥盯着手里的鱼，看也不看他。

林乡得到命令走到沙发边上坐了下来，看见韩娜拿着相机对着家里的人一阵拍。起初，几位老人还有些忸怩，但后来，也主动配合起来。

"哥，你看，爸他们笑得多开心？"韩娜将相机屏幕放到他眼前。

林乡点了点头，发现里面没有一张是有陈玥的，让韩娜一会儿再拍一张全家福。韩娜点点头："哥，过了年还要去吗?"

"嗯，干吗这么问?"

"没有，就是不明白大陆有什么好，让你连老婆孩子都不要了。"韩娜这些年做摄影师，也到处走走停停，却仍然没有一个地方能待到半年以上的。可林乡在大陆一待就是十几年，叫她难以理解。

"大陆和台湾一样，都是我的家。静茹要考厦大，我也打算让陈玥把事业迁到那边去，到时候我们就可以一家团聚了。"林乡合上相机，还给韩娜，走到陈玥身边去帮着她一起做完剩下的菜。

窗外开始不断有烟花绽放，一朵一朵，在无边的黑暗里闪耀着属于他们的颜色。林承晖侧过身子去观赏，想起了他和大哥在院子里拉着母亲一起放烟花，父亲躺在房间里看着他们；想起了宋珈灵去世的那一晚，他一个人站在医院的走廊，外面的多姿多彩的世界，只有他一个人在黑夜里。他和林承曒，算是同辈里最后留下来的，他们血缘相通，但还是没能相处到一起去。林承晖常常也感到疑惑。

他弄不清是自己变了还是林承曒变了。年轻时，他们有聊不完的理想，有讨论不完的问题，但现在似乎没有什么话能拉近他们之间的距离。

大年初七，林乡准备订回程的机票。

陈珝坐在化妆台前抹了一下护手霜，又从衣柜里挑了一身女士西装，穿好后问林乡觉得怎么样。林乡点点头表示认可，继而问道："要出门？"

"嗯，去找毓芬商量一下去大陆的事。"陈珝从首饰盒里拿出一块手表，戴在手腕上，拿起包去门口穿鞋。

"真的决定啦？"林乡整理着自己的行李，向陈珝求证。

"嗯，两岸三通对我们而言也是个好机会，以后来回方便多了。现在台湾的杂志太多，但市场已经养不了它们了，我想带两个有潜力的新人去大陆。"陈珝自打做了这个决定后，便愈发坚定起来，整个人又重新恢复了活力。去大陆发展，她和自己的丈夫之间仿佛距离一下子就近了些，要是女儿读书争气，以后一家人去大陆生活也不是不可能。

林乡对此很满意，他觉得有了新目标的陈珝，精神比之前好了很多，两人的争执也少了。长期分居，有时候就算林觉林敏不说，他自己也觉得让自己的妻子老去和那些老板吃饭喝酒不合适。

"这次还打算做珠宝杂志？"他问。

陈珝对着镜子整理自己的头发说："应该吧，还得看大陆的市场怎么样。"

说完这句话，她看了看手里的表，嘴里连连叹道来不及了来不及了，拿过包就往楼下冲。林乡站在楼梯上让她慢着点。

陈翊一路跑到车库,开了车门坐进驾驶座,一个油门猛踩,车子便开出了林家大门。

林承晖站在楼下抬头问林乡:"她这风风火火地是要上哪儿啊?"

"去找蔡毓芬谈发展大陆业务的事。"林乡走下来,从餐桌上拿起一片面包,就着牛奶吃下去。

"去大陆?她决定去大陆了?"林承晖看着似乎有些惊讶,端着桌上的牛奶半晌没喝。他迟疑一阵,望着林乡上楼收拾行李的背影,他才开口道:"去大陆也好,可静茹……"

"我一个人没问题的!"林静茹不知何时从外面跑了进来,她今天起得早,穿着运动服出去晨跑了。回来就听到爷爷和爸爸的对话,心里已经有了主意。这些年母亲是怎么过来的,她都看在眼里,如今母亲对事业有了新的目标,她觉得自己作为女儿应该全力支持。

"我已经是个高中生了,我可以自己坐捷运去上学的。大不了,中午在学校食堂吃也可以。爷爷,爸爸,你们不要再把我当孩子了,我想支持妈妈的事业。"她虽然满头大汗,喘着气,但是说这话时,双眼却极为认真。

林承晖平日里很少出门,陈翊去大陆对他的生活没什么影响,他只是心疼林静茹年纪这么小父母都不在身边。但是见孙女本人都这么说了,他也不好再提反对,便拍了拍林乡的肩膀说:"这次,你可要尽到一个做丈夫的责任啊,好好照顾她。"

面对林承晖的嘱托,林乡郑重地点了点头。

在回大陆的飞机上,陈翊靠着他的肩膀睡着了。他却忘不了林承晖苍老的样子,他总觉得,父亲虽然人在台湾,可心却一直留在厦门。忽然,电光石火之间,他猛然想起另外一个可以实现的旅行方案——寻根团!

回到厦门,林觉告诉他已经在一个购物平台开设了一个店铺试水,但是订单量还不多。他想拍个新广告做个宣传推广,但是提议被林乡修改了。林乡认为电视广告受众不一定会去网店购物，而电视广告费用又太高。

二人思来想去，决定拍摄一支网络广告，除了在一些网络平台投放以外，还可以挂在门店里。成本比起电视广告会低一些，并且用户转化率高。网络广告现在也有一些广告公司在做，他们先弄半年试试看。如果合适，再一整年包下。

这事儿拍板定下后，林乡又找来了林敏。过年回家这些天，他和韩娜聊了很多，韩娜表示她这些年旅游，不爱住那种标准的酒店，比较喜欢民宿。民宿那种带有家庭氛围的屋子，可以让旅客在游玩一天回来后，更具放松感，比起千篇一律的酒店，更能吸引人，而且有一些民宿的价格比起五星级酒店要便宜得多。

林乡便想他们既然准备开发两岸旅游路线，并且针对都市白领女性，那么就要有一个慢生活的概念，最好整体风格偏向清新自然。因为这部分女性都受过高等教育，旅行可以让她们短暂地减压，放松身心，优美的环境拍出好看的照片，还能作为她们回去后在社交场合交流的工具，同时还能对他们的旅行社起到二次宣传的作用。

林敏把林乡提到的这些要点都记录下来，思索厦漳泉各地比较有代表性的地方。

"对了，我年前去厦大开了个招聘会，招了管理学院的几个实习生，准备明天开始找金牌导游给他们培训相关内容。过年那会儿陪我爸去龙岩祭扫，顺便谈下来了一个客家文化游学基地。"

"基地在哪？"林乡见林敏动作这么快，也有些惊讶。

"丁屋岭。"林敏原本想笑，但是想到宋珈灵的事，又觉得有些遗憾，拿走桌上的文件后，便走了。

林乡准备再细化一下旅行社的产品，看看除了青少年和白领，还有没有其他待发掘的用户市场。外面忽然下起了年后的第一场春雨，窗帘被大风吹得往里飘，他站起来走过去关上窗子。

偌大的办公室里，只剩下他一个人。

第 二 十 一 章

三月开学前，陈珏开车送林静茹去辅导班续签，却听到张思成一脸抱歉地表示他不能再带林静茹了。林静茹听到这个消息，憋住心里的失落，在一旁静静地站着。

陈珏和张思成交流了几句，张思成坦言："您先生跟我说，可以考虑大陆，我思前想后，觉得他说的很有道理。年轻的时候不为了梦想拼一把，赚再多的钱，老了也会觉得遗憾的。"

"能够大胆地去追求自己的梦想，这没什么错。你不必感到抱歉，想好要去哪所大学了吗？"失望归失望，她对他的做法表示理解，无论怎么说，他至少也带了林静茹一个学期，现在新学期开始了，如果不早点说的话，只怕林静茹会更难接受，如果因此影响到期末考，张思成才是真的会内疚。

"上个月给福建的一些学校发了简历，有两所学校给我发来了offer，一所在厦门，一所在龙岩，我准备都看过之后，再做决定。"张思成说着，瞥见站在陈珏身边一脸失落的林静茹，想了想，低下头对林静茹道，"静茹，你很聪明，只要努力，一定能考上厦门大学的。但老师希望你知道，读书的目的不是为了考试，而是获取一种能力，考试是为了检测我们获取了多少能力。学习是永无止境的，无论多少岁，都不要放弃学习，如果放弃学习的话，就等于放弃了继续探索生命。虽然不能再教你了，但我希望你能从容面对今后的每一次考试。"

林静茹睁着大眼睛看着张思成，认真地倾听着这位年轻的老师向她讲述的道理。她现在还不能很深刻地理解这段话，但是这段话却被她记了很多年。

因为他的离开，林静茹表示需要回去考虑一番再决定是否签约。主管感到有些为难地看着张思成，但张思成这次的离职态度非常坚定。主管试图推销其他的老师给陈珏，但陈珏想要尊重林静茹的意思。主管见这单生意十有八九要黄，心里是又急又无奈。

张思成收拾好东西，抱着装有自己个人物品的纸箱走出了机构大楼，回头看了一眼门口摆着的牌子。这个他待了一年半的地方，虽然并不眷念，但多少还是有点感情的。

他在路边走着走着，又走到了那间平常路过的便利店。店员这个点见到抱着纸箱的他，还觉得有些惊讶。他把纸箱放在玻璃窗边的桌子上，走到排列整齐的五颜六色的汽水瓶前。年前因为女朋友嫌弃他工作后胖了好多，勒令他减肥，他已经很久没有碰过碳酸饮料了。现在，因为下定了决心要去大陆，女朋友便用分手威胁他。

其实，分手有什么威慑力？拿分手威胁人的，不过是仗着对方对你的爱与不舍罢了。这些年的耐心早就已经磨光，曾经娇俏的少女也变得不可爱了。

在听到对方说出那两个字之后，他几乎是不假思索地点头同意。

绿色瓶装的雪碧躲在一群大红大紫的饮料之间，低调地显示自己的存在。张思成伸手把它从货架上拿下来，走到收银台前结账，顺便让店员给自己煮一碗鸡汁味泡面。

"不减肥啦？"早上的店员是个年轻小妹，往收银台内的电磁炉里扔进一包泡面后，和他闲聊起来。

"嗯，做个快乐的胖子比较好。"他趴在柜台边看着店员煮面的动作，又说，"再加个火腿肠和卤蛋。"

"你这，不会是失业了吧？"平日里劝他多买一根火腿肠都没用，今天点了这么多，让店员有些意外。

张思成吸溜着碗里的面，听到这话，觉得含糊的回答可不行。于是吞下嘴里的面后，他转过头来冲店员笑道："被老板炒鱿鱼才是失业，我是炒了老板，这叫辞职。"

吃完了碗里的东西，他拧开那瓶雪碧，灌了大半瓶。透过玻璃窗，他看到外面的小路上走出来一个提着黑色塑料袋的阿婆，塑料袋被她扔进了旁边的垃圾桶里。垃圾桶旁坐着一个小哥，嘴里叼着一根烟，有个路过的中年人蹲下来，从口袋里拿出香烟盒，倒出一根在手上，问小哥借个火。

过了一会儿，外面忽然下了一阵雨，不知哪儿冒出来那么多人，都躲进了便利店里。他手里的汽水瓶已经空了，却舍不得走。

他发现，过去的自己因为工作，曾经错过了这么多。

想到今早把辞职信拿给主管的时候，主管一脸惊讶地问他是不是薪水不够高。他笑着摇摇头，不顾主管提出再给他加薪百分之十的诱惑。钱对一个温饱都无法解决的人来说，确实是最重要的，但是到了一定数额以后，它就只是存款上的数字，静静地躺在银行卡里。他没有时间去花掉它，那么赚得再多又有什么用？

他要去找回自己的生活，也要找回过去的自己。

"小伙子，空瓶还要不？"

外面的雨停了，便利店又空了，那位倒垃圾的阿婆走进来看到他桌上的汽水瓶，拍了拍他的肩膀问道。

他笑着把瓶子递上去，抱起自己的纸箱，走出了便利店。

便利店，就好像他的充电器，过去的他只要在这儿待上一会儿，就像蓄满了电，能够重新拥有面对职场压力的心情。

现在，这种松一下紧一下的生活，终于要结束了。

他希望，未来能跟随自己的心走下去。

烟花三月，春暖花开。

林乡在办公室翻看第一季度的销售情况，没多久公司里就来了两位不速之客。

小金敲了敲办公室的玻璃门，带着两个大学生进来。

林乡一抬头，见到来人的时候，脸上露出了一丝惊讶。

林欣怡梳着高马尾，手里拿着一叠文件，嘿嘿一笑和林乡打了声招呼。

林欣怡和林乡自然是很熟的，只是这回她来找他不是纯粹聊天，捏捏自己怀里的文件，林欣怡心里还是有点紧张。

"叔叔，这位是我的同学，陆斯祁。"她向两人互相介绍了一番。林乡点点头，叫两人坐下说。

林欣怡抿了口茶，清清嗓子："叔叔，我们这次来是有事想找你……指导指导。"

林乡一笑，他知道这丫头没事不会来公司找自己。看这拘泥的样子，难道是有什么大事？林欣怡把手里的文件拿出来一份递给林乡，让他先看看里面的内容。

"你们……要开广告工作室？"林乡把二十多页的策划翻着看了看，里面把具体的计划介绍得非常详细。前期的市场调研、同行业现状调查、现状调查分析、发展前景、项目介绍等等，各个方面都列成了独立的单元梳理出来，有的地方甚至还配上了规划图。这份计划在他看来，虽漏洞很多，但不得不说已经是一份商业策划的雏形。还没毕业的大学生能把这份东西独立地做出来，算是比较有想法的。

"你们这个东西从什么时候开始做的？"林乡问。这份策划，让他突然意识到林欣怡的成长。之前去看她的时候，明明还是个急着拆礼物，爱开玩笑的小女孩，几个月过去之后，竟让他看到这份东西。

今年，林静茹就16岁了，他又错过了她的多少成长？

"去年九月。"林欣怡实话实说。这半年以来，市场调研和同行调查花了他们大量的精力。整个团队里目前为止一共6个人，都是在校大学生，家里都没背景。为了完成这份东西，大家三人一组，每组负责一块，不知道跑了多少地方，吃了多少闭门羹。林欣怡知道找林乡是一个捷径，说不定还能解决前期起步的资金问题，但她就是开不了口。眼看大家士气低迷，随时可能退出的样子，身为发起人的林欣怡一咬牙，一个人整理出一份资料就来找他了。至今为止，知道她和林乡之间关系的，也就只有陆斯祁一个人。

"嗯……先跟你们说句实话吧。你们这个做起来，很难。"林乡喝了口茶，望着林欣怡说道，"不过，也不是完全不可行。"这份计划里，唯一的亮点就是他们切中了网络发展的前景，网络广告在以后肯定比纸质广告的受众面更广。据他了解，现在许多广告商还是以电视广告和纸质广告为主，转型网络广告还需要一段时间。这就是机会。

不过，如果是规模稍大的，打算建立自己的产品售卖网站的公司，不到外面去叫人做广告也是未来的一种可能。比如自己的百货公司，先前林觉也跟他提过，网店建设起来以后，他们可以逐步完善，将自己各方面的新产品分块宣传。反响越来越好的话，以后反而可以省去一大笔广告费。

目前，公司里除了林觉在组织宣传部里的几个人做这件事，其他人还是把更多的目光放在主流媒体上。

"你知道你们的核心竞争力是什么吗？"林乡看到策划案里他们对自己团队的分析，仅仅停留于表面。

"就是……技术？我们团队除了斯祁是念经济的，其他人都是广播电视专业。虽然我们现在还没毕业，但是我们在学校里已经发表过一些剪辑的作品，老师们也觉得不错。做网络广告，我们是可以的。"林欣怡扭头看了一眼一直沉默着的陆斯祁，心里有些打鼓。林乡这么问她，肯定是看出了问题。

"小伙子你呢，你觉得是技术吗？"林乡笑着问陆斯祁。他很好奇一个学经济的学生为什么愿意跟着一群学广播电视的人干。

陆斯祁没想到他会问自己。他一愣，脑子里什么答案都没有，只好跟着林欣怡说一样的话。

"你们啊，还是没有看清自己的优势或者说未来需要学习的地方在哪里。所以我说，你们成立起来很难，要生存下去，更难。"林乡顿了顿，想起之前跟广告公司合作的网店品牌广告，总体效果还是差强人意。他继续道，"你们说你们的优势在技术，这我是承认的，起码我们公司里现在就缺少能扛起网络宣传的人，你林觉叔叔现在都在为这个叫苦。但你们想过没有，你们的剪辑技术再好，广告画面再精美，比起专业的广告公司，又能好到哪里去？即使他们现在还没涉及网络宣传方面，转型应该也比你们成立工作室，打出名声要容易、要快速——等他们追上你们的那一天，就是你们散伙的那一天。"

林欣怡坐在沙发上一动不动，如同被人浇了一盆凉水。林乡说的最后几句话，她甚至都没听清楚。

这些竞争问题，还是她想得太简单。他们本就是无根无底的大学生，当初有这个想法，仅仅是凭大家共同的热爱。现在看来，热爱比起资历，在这个社会上还是几乎一文不值。大家半年以来的努力，居然就这样没了？

比起两眼无神、将衣角搓得皱巴巴的林欣怡，陆斯祁倒是显得镇定很多。顺着林乡说的思路，陆斯祁思索着之前的那个问题，一瞬间，他的脑袋里蹦出一个很模糊但又很明显的答案，刚想张口，又不知道要怎么组织，有些发急。

如果把剪辑成品看做产品，那么整个产品销售策划就可以分成几个板块，网络算是一种销售渠道，销售渠道和产品加工是没问题的。那么，问题其实是在——

"从团队成员的构成来看，你们的团队也偏向单一——"

"林先生，您觉得我们需要学习的是怎样宣传对不对？"陆斯祁打断林乡的话，突然问。

"哎，还是你比较聪明，沉得住气，"林乡夸道，"你看你同学，我刚刚才说了一点，她脸都臭了，啧啧啧。欣怡，你对面坐的还是你林乡叔叔我，要是外面的老板，你不得以头抢地？"林欣怡这急性子，有时候也能看出点韩娜的影子。憋不住气、不能马上冷静下来的人，要做生意还是难了点。他从福通垮台到出去打工维持生活，再到来大陆重新创业，单说在台湾经济危机的时候，就见了多少人，一朝被打倒，就永远都爬不起来。家里这些下一辈，做不做生意，创不创业都另说，他只希望年轻人，都能扛得住失败和怀疑。

林欣怡被林乡半开玩笑地说了一句，顿时不好意思起来，扭扭捏捏地，半天也没蹦出一个字。以前林乡在家里从来没跟她讲过做生意上的事，以为他在厦门这块地方，随随便便也能混个风生水起。现在一看，只叹门门道道真是太多太多。

林乡轻轻叹了口气，拿过桌上的瓷壶，重新添茶。

一时无话。

"哟，来了稀客呀——怎么个个都蔫蔫的，跟霜打的茄子似的。"林敏一身职业装，风风火火地找了个空位一屁股坐下，放下文件，自己给自己倒了杯茶一饮而尽。

"今天真是累死我了，让我缓缓……"为了盘弄这旅行社出现的资金运转问题，她这个负责人简直像旋转陀螺，上上下下地核对、讨论、补漏、催进度全她管着了。才半天下来，整个人的脑子都是蒙的。眼下正好到林乡这层的办公处安排事情，顺便来他这歇歇脚。"这旅行社要是开起来还好，要是开不起来，我就以头抢地！"

话音一落，三个人都忍不住笑起来。

"看看，这就来了个要'以头抢地'的。"林乡打趣。

有这么一出，林欣怡面上也缓和过来，

林敏歇了口气，这才注意到林欣怡旁边坐着的男生，问："哎，欣怡，这是你同学吗？——长得挺好一小伙子。"她儿子跟着戚佑祯在国外，母子俩也好久没见了。

陆斯祁不好意思地冲林敏打了个招呼。

"姑姑你别想多了啊，咱们俩那是一个战壕里的战友！"林欣怡豪气地扭头，"是吧，陆斯祁？"

"嗯。"

"行了行了，你俩还有什么事不？"林敏翻开自己的项目策划，"没有的话，我得跟你叔叔讨论游学的事儿了"。

"游学？啥游学？"

"就是青少年文化游学旅行嘛，两岸三通，这个机会可得抓好了。这后期还得再宣传宣传。"

林敏摸出一支笔，开始和林乡讨论起游学路线来。两个年轻人轻手轻脚地推门出去。

一出公司，林欣怡就拉着陆斯祁进了附近的一家咖啡店坐下。

刚刚无意间得到的消息，一直在林欣怡脑子里打转。

掏出被林乡翻过的策划书，林欣怡用笔大大地写上"青少年文化游学计划"几个字，兴奋道："斯祁，我觉得我们的机会来了！"

陆斯祁一笑，两人倒是想到一起去了。

"叔叔公司里正好缺会做网络广告的。我们现在还没毕业，没有资历给人家看，没有资金，甚至连注册都还没注册，"林欣怡之前还想拿着自己的身份证先去注册个体户来着，后来一看要求注册账户里面必须有相应的资金，她一个连银行卡都没有的人着实犯了难。大家一商议，决定还是先不注册。"但是，这也正是我们的优势。大家边学边练，我们最需要的不是钱，是机会，我们要是真的能把旅行社的宣传做好了，有了名声，以后还差没人来投资我们吗？"

两人打算好之后，林欣怡想着来一次就把事情办出点眉目之后再回学校，于是又在咖啡店里坐了一阵，等林敏和林乡讨论完之后再找林乡一次。

俩小时后，他们又来到了百货公司，小金拿着文件准备去找林乡签字，看到他们，还一阵好奇地问他们怎么折回来了。林欣怡指了指里头，问："小金姐姐，他们还在里面聊吗？"

小金点点头："不过我正好要进去找林总签字，我给你们说一声？"

"谢谢小金姐姐！"林欣怡嘿嘿一笑。

小金冲她一笑，敲了敲玻璃门。

"进来！"

林乡正在里头和林敏确认最后的执行方案，从交通住宿到景点活动安排，二人皆重新捋了一遍。林敏想到还要回去改方案，便感觉一阵头疼。

小金把文件递给林乡签完后，顺口提到那两个孩子还在门口。林乡觉得奇怪，明明已经跟他们说得很清楚了，没想到他们还是这么执着，便让小金把他们叫进来。

林欣怡一改出门前的颓丧，进来的时候面带笑容地看着林乡说："林乡叔叔，你们不用再去找广告商来做广告了。"

"什么广告商？"林敏一脸疑惑。

"你们俩想干吗？"林乡挑眉看着这两个人。这俩小孩，脑子转挺快啊！他前脚才跟他们说了之后要怎么做，后脚就反应过来来跟他要机会了。

可遗憾的是，这事关公司所有人的利益，就算他有心栽培他们，也没有理由凭空把这么一些人弄进他们的计划里。所以，他只能拒绝。

"叔叔，我们想好了，眼下我们缺乏的不是资金，而是机会。请您给我们一次机会，让我们团队跟着大家宣传旅行社。我们可以不要任何报酬，就当外出学习。"林欣怡生怕他不同意，又加了一句，"如果叔叔您觉得突然把我们放进来会为难的话，我们可以先回去设计宣传方案，等做出成品来，和公司里宣传部的人比比。"

她真是破釜沉舟，咬着这次机会不放了。

林敏还没弄明白他们之间在打什么哑谜，林乡就摸着下巴上的胡茬开始思考起侄女的话。过了一会儿，他才道："好吧，那你们待会儿去宣传部看看我们具体想达到的宣传效果，针对一部分路线先做出一份方案过来。如果合适的话，我会推荐你们给宣传部的。"

听到这句话，林欣怡转身冲陆斯祁伸出一只手，二人击掌，欢呼雀跃地走出了办公室。

"他们在搞什么？来找你要实习岗位？"林敏听得一头雾水，转而问林乡。

"差不多吧。这些孩子想成立一个广告工作室，目前没资源没资金，就剩下热爱了。"林乡答道。自己很多年前坚持要成立福通的时候，一开始也是要资源没资源，资金虽然有一些，但大家投的成本放在那，说没压力是不可能的。眼下这群孩子还没毕业，没有预期营收压着，正好又是学本事的时候，他应该给他们一次机会。

林欣怡想走自主创业这条路，出乎林乡意料。林建国和苏明莉都是在编制内工作的人，林欣怡毕业之后去考个公务员才是她最可能走的路。现在想想，他突然又觉得林欣怡有这样的选择也是情有可原。林建国夫妻俩作为从特殊时期走过来的人，经历过最艰苦的岁月，反而渴望平静。他们对于生活和谋生稳定的追求，是曾经那个动荡年代令他们向往的安全感。林欣怡是经历了新时代的孩子，她最年轻的时候也是国家最开放的年代、可能性最多的年代，她的性子，怎么会安于走父母的那条老路？

愿她能乘风破浪吧。

得到林乡支持的林欣怡回到工作室后，和队里的其他人说了接下来的发展方向，并且把眼下要做的工作进行了规划。

隔日，林欣怡和陆斯祁走访了去年被录取到厦大漳州校区的台湾新生。准备从两岸三通、闽台文化交流入手，展示台湾大学生在大陆的生活体验。林欣怡决定先做一支单纯的文化宣传视频，以文化来带动旅行，为之后旅行社的宣传做准备。

团队里的另外两个人根据他们的采访资料，负责编写脚本和拍摄，很快就在四月底弄出了第一支短视频——讲述台湾学生对大陆食堂特色菜的看法，剪辑之后放到了视频网站上。但一天过去了，点击量却没有达到预期，她为此开始发愁。之前她还觉得这个视频一定能吸引一些大陆或台湾的学生观看留言，结果打开留言板一看，上面的留言量也少得可怜。

是不是他们的拍摄主题有问题呢？

可是作为大学生的她来说，食堂的特色菜确实是一个值得她关注的点。

反复将传上去的视频看了几遍，林欣怡还是不得其解。反观宣传部那边，已经做好了相关的电子海报，准备在百货公司的大屏幕上滚动播放。

陆斯祁安慰她说不必着急，要把眼光放得长远一点。

林欣怡重新找了一些网络上其他的优秀短视频来看，经过对比分析之后她发现了一个之前一直都被他们忽略的问题。

网络上点击量稳定并且持续观看人数较多的视频都有一个共同的特点——故事性很强，除了必要的采访拍摄之外，还会加入一些个人的元素，通过一个人的角度，去评价新事物、新观点，这样无形之中就增强了观众的代入感，吸引观众在留言板上写下自己的感触。如果只是一味地采访不同的人，角度和材料看似丰富，实则观点重复的几率还是很大的，而且太过分散。不如抓住一到两个人，记录他们在学校一天的生活，并从里面寻找出个性的东西，来进行宣传。

林欣怡将自己的想法和大家一起讨论，一致通过之后马上开始准备下一期视频的制作。这次他们找到了两个愿意配合他们的台湾大学生，跟拍了两天，其间再加上一些采访，为视频制作做好材料的准备。

在拍摄过程中，林欣怡发现按照自己的这个逻辑，可以制作的主题突然多了很多，而且根据在大陆学习时间长短的不同，以后还大致可以将他们分成不同的群体，深入地讲述他们在大陆学习期间，不同时间点的变化，这样一来，两岸文化的差异性和同源性就能体现出来了。

有了上一次的经验，林欣怡觉得这次他们更要注重拍摄脚本的撰写，从脚本出发，配合剪辑就能增强视频的叙事性，视频的画面要注重取舍。最理想的效果是同一个题材做两支视频，一支短视频用于短视频网站播放，一支稍长的投放到自己的宣传内，当作视频广告在网上播放。林欣怡还特地找了一个专业老师，听取他的意见，一点点进行修改。

经过两周的打磨，两支视频基本完成。林欣怡将成果发送到林乡的邮箱内，等待回复。

这天，刚刚下课的林欣怡接到了林乡打来的电话，他让她去公司一趟。林欣怡激动之余赶紧拉上陆斯祁，一起赶到公司。

推开门，林乡正好在点餐。

"快坐下吧，我刚刚点了餐，我们边吃边聊。"

林乡把那两支视频反复看了几遍，确实比之前的第一支进步很大，画面的过渡衔接和叙事的流畅性都好了不少，比起普通的电视广告，更注重从文化出发，鼓励两岸大学生交流。这样的宣传形式是新颖的，因为是网络投放，投放的成本比电视广播少了很多，而且时间也可以稍微长一些。

只是，要吸引消费，产生经济效益，还得需要一段时间的酝酿，相比之下，直接的广告宣传就直白很多。

"这个不必担心呀。叔叔，旅行社是不是打算建一个自己的官方网站呀？"

"嗯，林敏说最好建一个，我们正在找这方面的人。"

"那不就行啦，这支稍长的视频可以在官方网站上播出的。嗯……短的那个，如果你们同意的话……我看百货公司的墙上的那个电子屏……"林欣怡有些紧张地搓搓手，"也是可以用起来的啦……"

林乡一愣，她连用在哪里都想好了，看来是下了狠心要加入他们。

"这样也不是不可以。这样吧，我们吃完饭休息一会儿，下午我让宣传部的人过来，大家一起讨论一下能不能用。毕竟这一块是他们一直在负责打理，你们互相交流交流，以后好一起办事。"

一个下午的讨论后，短视频的方案被采纳，林欣怡一群人也获得了跟班学习的机会。

这天，忙了一天的林欣怡背着包往家里走去，半路遇到买菜回来的苏明莉。

"妈，你怎么买这么多菜啊？——爸回来了？"林欣怡接过几样蔬菜，问。

"是啊。给你爸添两个菜——你明年毕业了，有没有什么想法啊？"苏明莉想起买菜时，身旁的几个老太太一直谈论的社会招聘问题。都说考试要趁早，虽然她知道自己的女儿也不是混日子的人，但总归之后毕业了，要走向社会，再这么折腾下去，明年上半年的社会招聘就要错过机会。

"有啊，我现在不是正在和林乡叔叔一起做着嘛……"林欣怡踢了一脚路边的小石子，"我先跟你们说啊，我可不进什么单位——一辈子在一个坑里，等着老死。"大三了，在班上的同学也开始各自为以后的人生做打算。起初班上也有人问过她要不要一起考公务员，她一想到父亲林建国每次回家来的样子，就没打这方面的主意。现在社会机会那么多，她没必要走自己不喜欢的那条路。

"干吗把话说得这么难听。在单位多好啊，你看我和你爸，退休了国家还一个月一个月地给你发退休金，总不会饿着你。"苏明莉道，"再说了，在单位升职以后福利也会涨，哪里像你说的'一辈子就在一个坑里'。你啊，就是社会经验不足，遇上这些事还得听我和你爸的。"在林欣怡刚上大二的时候，她和林建国就考虑过女儿未来的出路问题。相较于像林乡那样大起大落的人生，夫妻俩一致认为还是体制内的道路更让人安心。

正说着话，林欣怡已经进了家门。苏明莉见她不愿再听自己的话，也闭了嘴。

"怎么了这是？两个人都沉着脸。"林建国问。

"问你女儿去，别问我。我这当妈的就是想提个意见，还不能说了。"苏明莉提着菜就扎进厨房里。

苏明莉话一出口，林欣怡鼻子里也喷冷气，"我怎么不让你说话了？是，我这个人从小毛病就多得很，爷爷说我，你也说我。其他事情也就算了，我能改就改，但是我想干自己喜欢的工作我有错吗？"

"行了行了，你妈说一句你顶十句，哪有这样跟大人讲话的？"林承曌拉拉孙女。

　　一旁的林建国听到这里，也大概知道了是什么事情。"你妈说的这个想法我也知道。我们也不是强迫你要听我们的话，就是帮你分析一下以后的路要怎么走才能少走弯路——我们都是为了你好。"林建国对于女儿能考进单位是很自信的。只要她愿意，完全有可能考上市里面的单位，没有必要像自己一样从基层干起，吃这么多苦。

　　"别提为不为我好这个说法。我有脑子，什么是好什么是坏我自己分得清楚。爸，别说我不尊重你们，有道理的想法我当然会参考，可是你们真没道理说进单位一定比创业好啊。不说别的，我们家和林乡叔叔家比比，你和妈有几套房？有几辆车？我能像静茹那样满身牌子货吗？"说着，林欣怡脸上露出一丝讽刺的笑。她一点也没忘记自己第一次见林静茹打开行李箱的那一刻。

　　"你！"林建国一听后面的话，脸瞬间憋得通红，"你那是没见着你叔叔落魄的时候！"

　　"我是没见着他落魄的时候。但是，爸，有一句话从小你就教育我，说人往高处走，水往低处流——你干吗非要和叔叔落魄的时候比呢？"

　　话已至此，林欣怡一脚跨进自己房间，甩上了房门。

　　暑假开始后，陈珝带着两个设计师和林静茹一起飞到厦门。

　　林静茹时隔一年再见到林欣怡，发现她和之前不一样了。这次她还是住在林家，和林欣怡一个房间。陈珝忙着找林乡给她租一间办公场所，准备这两个月内把新杂志社提上日程。

　　"静茹，我问你，你们台湾学生最想看有关大陆的什么内容？"林欣怡穿着一件真丝睡衣，躺在床上看着空白的电脑文档，想破头都想不出下一个选题应该拍什么。另外这段时间自己还有一个任务，就是拍一支游学旅游景点的短视频。她看了其他一些景点的宣传片，都是大同小异，看多了就发腻。

　　林静茹从林欣怡的书架上抽了一本小说，封面上是一个装在盘子里的婴儿，正面背景从上到下是由纯黑渐变到纯白，三个黑体字写着《三重门》。她觉得很好奇，初以为这是一本理工类的书，翻开来发现竟然是讲一个叫林雨翔的男孩子的故事。虽然简体字和繁体字有些差别，但是她却越看越入神。

"你干吗呢？"林欣怡半晌收不到回话，从床上扭头，见林静茹捧着本书看得津津有味，连叫了两声都没应答，便从床上爬起来走到她身边。

林静茹漫不经心地答道："其实也就是那些啊，要么是像超级英雄那样让人看起来超爽的，要么就是一些很走心的故事，就比如说啊，大家都告诉我们海峡两岸一家亲，但是除了爷爷他们那一辈，大家都不是很了解啊。就像我，我都不知道我的祖先在哪里……"

林欣怡点了点头，想起来个事情，直接拿起电话拨了出去。等了一会儿，那边接通了，答了一声："喂。"

"斯祁，你明天有空吗？跟我去趟丁屋岭呗，我有想法了。"林欣怡兴奋地说道。如果她这支短视频做好了，那他们就迈出了一大步。

"好。"

林静茹呆呆地看着林欣怡打完这个电话，她离得很近，话筒里的那个男声让她觉得一阵熟悉，加上林欣怡喊的那句"斯祁"。

"姐，这是，你男朋友吗？"问出这句话的时候，林静茹觉得整个心脏都被人揪着，难受极了。

"我和他是战友啦。对了，你明天要跟陈珝阿姨出去吗？"林欣怡在犹豫要不要叫上林静茹一起去，说不定她去了还能发表点不一样的意见，让自己有点灵感。虽然他们要拍的视频也不是什么要青史留名的文艺大片，只是具有宣传作用的短视频，网络上丁屋岭的照片也有很多，但亲身去体验一下，可能会发现不一样的新东西。至于家里的其他人，林欣怡也不想跟他们说自己要去丁屋岭。反正也没人支持她。

自从上次和父母吵架之后，考国家单位的事被彻底搬上了台面，不只是林建国和苏明莉，林承暻也赞成她要争取参加考试，说她搞工作室就是胡闹，迟早会跌大跟头。想到这些，林欣怡的心情就沉重起来。

她只能靠自己的实力，来说服家里的人。

"没有啊，我可以跟你一起去吗？"林静茹道。

"我们可能要走很长的路，你做好准备。"林欣怡拍拍她的肩膀。

丁屋岭也是这次旅行社开发的游学线路之一，旨在宣传客家文化。福建和台湾在文化上有很多相似的地方，那边也有客家人。想要引起台湾学生的共鸣，必然要从闽南文化和客家文化这两方面入手。光拍建筑没意思，所以她打算去找外公外婆，看看丁屋岭背后有没有什么故事能挖掘。

"嗯！"林静茹认真地点点头。她一定要去，一定要见陆斯祁一面！

林欣怡拿起手机又给陆斯祁打了个电话，和他说了一下情况。陆斯祁一听是林欣怡的表妹，也没什么意见，大家约好次日在火车站见。

得到同伴的回答后，林欣怡转述给了林静茹，但是带着她从厦门到龙岩，这件事林欣怡还不敢一个人做主。她又给林乡和陈珝打了电话，和他们说了这件事，陈珝一开始态度强硬，觉得林静茹未成年就去坐火车，不安全。林欣怡看着林静茹哀怨的表情，又有些不忍，再次和陈珝交涉。最后还是林乡接过了电话，嘱咐了她们注意安全，这才获得许可。

林静茹欢呼雀跃地去行李箱里找自己的衣服，想着明天要怎么搭配。

林欣怡看着她的动作，只当是小孩子对旅行的期待。她虽然只比林静茹大不到五岁，但却因为已经成年的关系，一直觉得十八岁以下的都是小孩子。

晚上，苏明莉端着两杯牛奶，敲了敲女儿的房门。

"哟，你们俩是要出门啊？"苏明莉看见两个装满的旅行包，"欣怡，怎么吃饭的时候没听你说呢？"

"对不起大伯母，我们忘记跟你说了……"林静茹小声道。

"没事，我就是担心你姐把你带着到处乱跑，要是遇见危险了怎么办啊？"

"我们去外婆家，又怎么'到处乱跑'了？妈，我二十几岁了，能不能给我点信任？"林欣怡坐在床上，继续收拾自己的东西。

"作为亲人我问一声又有错了？——欣怡，你以前的脾气不是这样的。"苏明莉失望道。

"是啊，我以前的脾气可不是这样，你们说什么就是什么，所以觉得我很听话。现在我想按照自己的路走，你们就要说我不听话、脾气差、要吃亏，"林欣怡背对着苏明莉，把行李都装好，"我知道你们的想法，所以也懒得说——何必给你们添堵？"

"行！你翅膀硬了！你妈我不配管你！"苏明莉转身就走。

房门一关，姐妹俩一时无话。

这次过来这边住，林静茹其实也感觉到了这个家有一丝不一样的气息。吃饭时林欣怡明显没有以前爱说话，但没想到她和家里人的冲突已经这么严重了。按照刚才的情况来看，林静茹猜测是因为工作的事。

抬头一看，一旁忙着的林欣怡眼里隐隐有泪光。

"姐……"

"没事。我们赶紧弄完就睡觉吧，明天还得赶车。"

但林静茹睡不着："姐，要不你跟伯母认个错？凡事儿不能商量着来么？"

"怎么商量啊！从小到大，她都没给过我商量的机会！"林欣怡一副没脸没皮的模样。林静茹很不适应——看来她还得习惯姐姐家的生活方式。之前见面总是母慈子孝的模样，从没想到会像今天这样。

林欣怡打小听话，但在读大学以后忽然有了自己的主张，可能也是抓到了母亲的软肋。"我跟你打个赌，"她笑嘻嘻地跟静茹说，"我们明天到外婆家的时候，我妈她也在那边了。"

"怎么可能？！"林静茹不信。

"说不定我妈正在偷偷收拾行李呢。"

"不可能。"林静茹看到姐姐笃定的样子，她忍不住笑了起来。

翌日一早，收拾好行李的姐妹俩打车来到了火车站。

陆斯祁背着背包，拿着单反相机站在人群里。

"陆斯祁——!"林欣怡下了车就看到了他，五米开外就边招手边开口大喊。这声喊令林静茹一下子想起了一年前在海边照相的那天。她总觉得，当时叫走陆斯祁的声音，就是这个。

"你好……"再次见到陆斯祁，林静茹压低了自己头上用来防晒的草帽，朝他羞涩地笑笑，打了声招呼。她终于见到他了，出现在她记忆画面中的人，现在真真实实地站在她的眼前。她离他这么近，一伸手就能牵到他的胳膊!

林静茹不自觉地低下头，望着陆斯祁脚上的鞋舔了舔嘴唇。

相较于林静茹的沉默，陆斯祁倒是显得随意很多，大大方方地打招呼道："你好，静茹，我叫陆斯祁。"

林静茹看着二人的脸，垂在腰际的手抓了抓裙子，冲陆斯祁一笑，指着售票口道："走吧，先去买票。"

因为是暑假，出行的人多，队伍排得老长。陆斯祁排到一半忽然问林欣怡："你妹妹好像没有身份证，怎么办?"

这个问题一下子把林欣怡给问蒙了，她自己粗心惯了，完全没考虑到这个问题。站在后头的林静茹听到他们的谈话，从包里默默地拿出了一本台胞证说："我可以用这个，我之前和爸爸去过泉州，买过票的。"

见买票的事得到解决，林欣怡松了口气——要是在这个地方让静茹一个人又回家去，她都无法想象之后回去又要面对多少数落。

陆斯祁看到林静茹手里的台胞证才反应过来："原来你是台湾人啊?"未等林静茹搭话，又转头问起了林欣怡，"她就是你那位林乡叔叔的女儿吗?"

"对啊，还有什么叫作台湾人啊?台湾人怎么了，不也是我妹妹吗?不也是一家人吗?"林欣怡翻了个白眼。

陆斯祁再次看向林静茹，迟疑了一阵。

林静茹想说些什么，但话一到喉咙，又咽下去了。她望着站在前面的两个人，发觉她一点插进去的空间都没有——早知见面也是如此尴尬，还不如不来。但要是不来，她又不甘心。

第 二 十 二 章

林乡最近为陈玥跑上跑下租办公室，买设备，一天下来几乎难得歇脚。旅行社那边的事都交给了林敏，林觉忙着网店，二人接连打来电话劝林乡给他们拨个副手，不然就算是机器人也要停运了。

林乡想着，这么些年了，有些老员工确实该升职加薪了，于是召开了一次公司临时会议，把小金派到旅行社去给林敏做副手，又提拔了两个金牌销售帮林觉打理网店。

项目一多，他发现人手是越来越不够了。他连忙吩咐人力部赶紧去发布招聘信息，最好是能让猎头挖几个得力干将过来。林敏打了个电话给他，意思是让林乡配一个人去主管林欣怡这支团队，其他人往别的地方用一用，如果新招一批新人，光接手培训就要花去一段时间。几番思量下，林乡决定等这次的视频出来之后，跟林欣怡谈一谈合作的事情，他可以给他们发兼职工资，只希望他们能干得长久一些，如果合适的话，他们以后发展成熟了，再与他正式合作入驻公司也是可以的。

陈玥为了把杂志搞起来，这几日也在到处奔波，天气又热，整个人都快化了。这会儿因为碰了钉子，心里又闷又气，干脆拦了一辆出租，直奔百货公司。

坐着电梯上楼前，她拿出包里的纸巾擦了擦脖子上的汗。

林乡知道陈玥要来，特意把办公室的空调调低，让秘书准备一杯冰镇柠檬水，自己则坐在办公室的沙发上等着她。

"厦门太热了。"陈玥推开门，感受到一阵冷气，才感觉舒服多了。

林乡连忙把那杯冰镇柠檬水递给她,看着她咬着吸管喝了大半杯,方才开口道:"怎么了?办理得不顺利?"

"申请刊号要寻找一个能负政治责任和新闻行政单位认可的主管单位,让他们出面申请才行。我个人是不能申请的。"陈珝随着周遭的温度慢慢下降,整个人也平静下来。

"比如说?"林乡没做过这方面的研究,对办杂志这事儿是个门外汉。

"像是新闻出版局、报社、广播电视局之类的。"陈珝根据自己这些天得到的信息,简单向林乡描述了一番。

林乡自己虽然不懂,但是却并没有因此甩手不管。他掏出手机给认识的一个工商局领导打了电话,说明了相关情况后,对方表示这方面的问题可以去找厦门市文化广电新闻出版局。挂完电话后,他让秘书去查一下广电新闻出版局的电话。很快就在电话里咨询好了办理的事项,还约好了见面的时间——这是特区的效率。

虽然一切还未有定数,但是不知怎的,陈珝看着面前这个从容不迫的林乡,见他一个电话一个电话地为自己解决问题,心里涌上一股暖意。之前在台湾的时候,身边虽然也有人在帮助她,和她一起做事,但终究不是自家人,不如自家人温暖。

她想起来走之前蔡毓芬曾跟她谈起过的一件事。年前蔡毓芬和贺先生带着吉米从西门町回来的路上,发生了一起追尾事件,她护着吉米,贺先生下车去和警察及肇事人员交涉。她那一刻觉得很害怕,见到贺先生回来的时候,就哭了。陈珝当时说,还好有贺先生在,如果是你一个人带着吉米的话,岂不是要六神无主了。但是蔡毓芬却笑着摇摇头答道,如果只有她带着吉米的话,反而会很冷静,因为当时觉得有贺先生在,所以她才哭。陈珝当时没有理解为什么贺先生在蔡毓芬才哭,现在她算是明白了。因为有可靠的人在,所以她可以选择变得柔弱。

她想起过去林乡刚刚到厦门打拼的时候,有一天晚上林承晖食物中毒上吐下泻，而外面又下起了雷雨，林静茹才五岁，不敢一个人待在家里。她先是把林承晖扶上车，再把林静茹抱到副驾驶座，自己一个人在雨夜里开车前往医院。雨点噼里啪啦地落在车窗上，雨刷器左右摇摆，车灯一闪一闪，但依然看不清前方的路。这时候天上又打了雷，吓得驾驶座上的林静茹哇哇大哭，而车后座斜靠在椅背上的林承晖因为身体难受一直哼哼唧唧。

在这样的混乱中，她不知道自己是怎么开到医院的，只知道当时脑子嗡嗡的，太阳穴也跳得生疼。她坐在驾驶位上，胸口里憋着一口气，她自己是觉得，只要有这口气在，她怎样都能带着两个人往前走。好不容易到了医院，又和医生一起架着林承晖看了急诊，一晚上，又是缴费又是洗胃、挂水、拿药，七七八八忙了一通下来，再看向窗外，已经是鱼肚白。临到清晨，伺候林承晖和林静茹都睡下，她脱掉了脚上的鞋，才发现大脚趾不知什么时候被进到鞋里的小石子硌到，都渗出了血。一瞬间，一股巨大的委屈袭上她的心头，她和家里的矛盾尚在，孩子还需要她抚养，老人也过得一天不如一天，全部都靠她一个人撑着，她不知道这样的日子何时才是个头。

这件事，她一直憋在心里没有和林乡说。因为有些委屈在时过境迁之后，实在是没有重提的必要，反正她都挺过来了。

火车从厦门到龙岩需要一些时间，三人买的是连座。林欣怡怕路上无聊，准备了一副扑克牌，上车找到位置坐下后，就拉着另外二人打起了斗地主。

火车上的乘客龙蛇混杂，带着各地口音的谈话声不断地传进林欣怡的耳朵，让她发现另一个不同的世界。列车员像是被按下了复读按键的录音机，一直推着小车重复叫卖瓜子泡面。

车厢，一个小小的空间，却汇聚了天南海北有故事的人。

牌打了 半，林欣怡觉得困了，便合上了眼睡觉。

林静茹和陆斯祁互相看了一眼，又是无话可说，便各自低头做自己的事。车窗外是连绵起伏的山景，翠绿浓密的树峰与深灰色的山峦相互衬托成一幅长卷,时而因列车钻进山麓隧道被阻截成一段又一段。

林静茹微微斜过眼睛,看着玻璃窗上印出的那张侧脸。

龙岩离厦门并不远,可交通也没那么方便。绿皮车借道龙岩去江西赣州,三个年轻人也没理会龙岩以外的事儿。

林静茹推着自己的小皮箱,背着粉色小书包跟在先下车的两个人身后。林欣怡打着哈欠和陆斯祁说话,时不时地就转过头来看她,生怕她走丢了。

"静茹,快跟上,别走丢了。"她转头喊了一声林静茹,撑开了自己的遮阳伞,朝着集散中心走去。

那把伞很大,陆斯祁非常自然地接过,举在二人的头顶。

林静茹站在身后看着陆斯祁和自己堂姐并排而立的模样,心里有些不是滋味,便停下来,从包里拿出了自己的小花伞,撑开后快步地走到他们旁边。

她似乎只有跑着才能追上他们。

三人在旅游集散中心买了去长汀的大巴票,坐在大厅里等发车。过了十几分钟,林欣怡去旁边的便利店买了鸡爪、面包还有水,回来时就发现去长汀的那辆车前已经排起了长队。

由于林欣怡中途离开,陆斯祁和林静茹排在她前面先上了车。而上车后二人很自然地坐到了一起。林欣怡路过时,扔给他们俩面包和水,一个人往后头找了个空位。

司机清点完人数便发车,车子开出了集散中心。午后的太阳已达到最烈,大家都拉上了窗帘,阻挡这股热气。林静茹打开林欣怡扔给她的那瓶水,咕咚咕咚灌了好几口。

"吃点面包吧。"陆斯祁撕开包装袋,递到林静茹面前。

"谢……谢谢。"林静茹看着自己那袋面包还在怀里,但是陆斯祁已经把他的递到她眼前,她只得接过来之后再把自己的那份给他,"你也吃。"

陆斯祁一笑,接过林静茹的面包,撕开吃了一口。他能感受到包装袋上她的温度。

林静茹吃着陆斯祁递过来的面包，感觉这面包有些干。

"其实我一直有个问题想问你……我是不是在哪里见过你一次？"陆斯祁不确定，他自知这样问话可能会有点难堪，但心里那点感觉他又忽略不了，索性问个清楚。

嚼着面包的林静茹心里一紧，刚要开口说话便被面包噎住了。

"咳咳咳……"

"先喝水，喝水。"陆斯祁马上把自己的矿泉水瓶拧开，林静茹凑过来就着他的手喝了几口。

她的脸因为憋气，透出一抹玫瑰的嫩红。

在之后的时间里，两个人都没再提起这个话题。

林欣怡坐在后面啃着鸡爪，盘算着一会儿到外公外婆家，要问些什么。去年暑假，李蕙兰摔了一跤，进了ICU抢救，林欣怡从苏明莉那里知道这个消息后，一下子就忘了要接林静茹的事，随便拿了两件衣服，就跟苏明莉去了医院。但好在抢救及时，李蕙兰在第二天夜里醒了过来。当时苏明莉害怕这样的事再次发生，干脆办了退休手续，专门留在长汀照顾她。苏明莉这次回厦门，就是因为听说女儿一门心思要创什么业，急得不行——创什么业啊？端上铁饭碗，才有舒坦的日子。

能让她丢下李蕙兰的只有女儿了。苏明莉本就是为了劝女儿考编制回的厦门，女儿偷偷跑来长汀，她不跟回来才怪了。

孩子永远是父母的软肋。

大巴车开了快三个小时，在长汀县古城镇停下。

林欣怡搜索记忆里外公外婆家的地址，发现位置太近，没必要坐车，便让二人跟着自己走。三人穿过一条马路，来到济川门前，高大的城门让林静茹抬头看了好几秒，才继续跟着林欣怡朝里走。

她撑着一把小伞，只恨自己没有带相机，沿路这些古色古香的建筑物，让她想用影像记录下来。上次林乡带她去的是上杭县的古田会议遗址，她对红色文化懵懵懂懂，所以没有留下特别深刻的印象，长汀有一股淡泊宁静的气质，令她一见钟情。

济川门后是如今发展成旅游景点的店头街，李蕙兰和苏亦辉的屋子就在店头街的尽头。新修的石板路连起整条街，两旁皆是二层小楼结构的各色店铺，有卖玉雕工艺品的，有批发豆腐干的，有上了年头的理发店，还有新开的河田鸡饭馆……林静茹左看右看，耳边充斥着客家方言，来来往往的行人偶尔会撞到她的肩膀。其中不少人是来这里采风拍照的大学生，几间奶茶店隐匿在路边，小摊油锅里炸得酥脆金黄的芋头丝正以诱人的香味召唤着食客。

林欣怡小时候就在这条街长大，对这些东西早就吃腻了，也没多看几眼，只想着快点走到目的地。可是走着走着就发现后面两人半天没跟上来，她转过头去看，只见陆斯祁和林静茹正在一家小店门口，看着挂在外面的菜单，讨论起吃的来了。

陆斯祁是东北人，因为家住得远，所以一年才回一次家。平时就爱泡在图书馆，或者在厦门做做兼职，对福建地区除厦门以外的其他小吃，不大熟悉。他还记得第一次去食堂打饭，看到荔枝肉三个字的时候，以为是道水果，点了以后才发原来是裹着糖的猪肉，味道和家里的锅包肉差不多。

"烧大块，斯祁哥哥，你知道这是什么吗？"林静茹一根手指指着上面的三个字，看向陆斯祁。

陆斯祁想了半天，一时毫无头绪，只得摊手摇头。

"那我们点一个吃吧？"林静茹兴奋地提议道。她终于能跟他吃一顿像样的饭菜了。

"老板，来一份烧大块。"陆斯祁冲着里面忙活的店主喊道。

店主是个五十多岁的老头，正在给其他客人盛牛肉丸，听到陆斯祁点餐，抬头看了他一眼，一边做着手头事一边喊道："烧大块是买回去自己做的！"

"啊？"这回答让林静茹傻了眼。她又看起菜单上别的东西，她对甜食有种异样的执着，因此看到带糖的字眼都会特别敏感。

"那，来份糖姜蛋！"她就不信这个也是回家才能做的！

拿着抹布擦桌子的老板再次抬起头，一张看不出喜怒的脸在他们二人身上转了个来回："糖姜蛋是早上吃的，下午吃会上火。"

"我就——"

陆斯祁挨了挨她的胳膊，摇摇头："没事，我们再找找吧，总会有好吃的地方。"

接连两次点单失败，林静茹脸面微微红起来，但陆斯祁都这样说了，她也不好再坚持。

林欣怡找到两个人，抬手弹了一下林静茹的脑袋："糖姜蛋是我们这边女人坐月子吃的早餐，你个贪吃鬼，连这也要吃。外婆家就在前面，在这儿磨蹭什么呢。还有你也是，陪她在这瞎胡闹，害我以为你们走丢了。"教训完妹妹，她话锋一转，连带着陆斯祁也被数落了。

陆斯祁也觉得有点不好意思："好了好了，是我错了，就在前面了是吧。静茹，我们走吧。"

林静茹看着菜单有点依依不舍，但还是被林欣怡硬生生地拖走。

李蕙兰和苏亦辉的房子和店头街里别的建筑一样，是一幢二层小楼。房子是老式的木板房，二楼的阳台种了不少绿色植物，看着很是清新。站在阳台上，可以看到对面就是古城墙，门前还有个可以休息的凉亭。因为藏得深，位置偏僻，所以店头街繁华的人声吵不到这里，有种大隐隐于市之感。

林欣怡推门进去，果然，苏明莉正坐在沙发上跟李蕙兰讲电视剧里演了啥，见到三人，忙站起来说："等你们好一会儿了，怎么这么久啊。"

"你以为我们像你呀！有退休工资的。我们穷学生，只能坐绿皮火车，'况且况且'的，到这儿要十个小时。你有钱，坐个大巴专线，至少早三个小时到。懒得理你。"林欣怡大大咧咧地走到沙发上坐下，见林静茹和陆斯祁还站在门口，又立刻站起来招呼他们进来。顺便跟李蕙兰介绍道："外婆，这是我堂妹静茹，这是我同学，陆斯祁。"

林静茹忽然很佩服姐姐的洞察力。人与人之间得相处多久才有这样的默契啊。虽然，姐姐和母亲经常剑拔弩张的，但她们真的是如胶似漆，不分彼此。倒是自己跟父母之间相敬如宾，反而多了许多隔阂。

苏明莉有点不开心："你在这儿看到我，就没一点意外么？"

林欣怡跟林静茹相视大笑，"咯咯咯咯"笑了好长时间，大家都莫名其妙的……

李蕙兰因为生了一场大病，听觉有些下降，但林欣怡声音高昂，别人听来会觉得聒噪，李蕙兰反倒是勉强能听清。她抬头看林静茹，眼神里带了点审视，脑袋转了好一会儿才反应过来："你是……台湾那边的那个孙女？"

这个表述令林静茹有点始料不及，她愣了一会儿点点头。

"你爷爷身体还好吧？"李蕙兰继续问道。

"嗯，挺好的，这些年都有在保养。"林静茹觉得李蕙兰的口音有点奇怪，想着可能是人老了的关系吧。在回答问题的时候，她的眼神忍不住从下往上偷瞟这位长辈。

李蕙兰的脸上这才露出笑容来，招呼林静茹到自己旁边坐下，时不时地问她几个关于爷爷奶奶的问题，苏明莉感觉不妥，打断道："妈，孩子们还没吃饭呢，我先带他们去厨房吃点芋子饺吧？"

这话一出口，坐在沙发上看电视的林欣怡也跟着站起来，拉着沉默的陆斯祁一块跟上去。

苏明莉掀开桌上的菜罩，拿出一盘芋子饺，发现已经凉了，便开了火放在蒸笼上回温，转头对三人问道："你们吃不吃豆腐圆，阿姨早上做了一些。"

豆腐圆这道菜，林静茹刚才在摊子外面的菜单上看到过，连忙点头说："好。"

苏明莉从电饭煲的蒸屉里拿出那盘豆腐圆，浇上熟油、酱油、蒜仁、香菇丝还有葱花，和蒸好的芋子饺一起端到了桌子上。

见小姑娘这乖巧的模样，苏明莉笑着招呼他们多吃点，自己出去给他们买长汀豆腐干。

"姐,什么是八大干啊?"林静茹见苏明莉走后,拉着林欣怡问。

"长汀豆腐干、连城地瓜干、武平猪胆干、上杭萝卜干、永定菜干、明溪肉脯干、宁化老鼠干、清流笋干。"林欣怡吃着豆腐圆,随口就报出了一串。

"老……老鼠干?"一旁的陆斯祁听得差点没握住筷子。

"对啊,田鼠做的。怎么,你害怕啊?"林欣怡心满意足地看着陆斯祁脸上的表情,故意反问一句。

林静茹也觉得这东西听起来恐怖,她无法想象一只老鼠被晒成肉干的画面:"我……我最怕老鼠了。还好,伯母出去买的是豆腐干。"

"你们俩怎么这么没用,干脆配一起得了。"林欣怡咬下一口芋子饺,里面的肉馅冒出了一股油脂,吃到嘴里一阵舒爽。

林静茹耳朵一红,装作没听见表姐的话,连忙低下头把注意力放回到面前的食物上,夹起碗里的芋子饺说:"这个饺子的皮为什么感觉亮晶晶的?"

"因为是用木薯粉做的啊,你喝过珍珠奶茶吧?珍珠奶茶里的珍珠就是用木薯粉做的,煮熟了以后是透明的。"林欣怡说完,又夹了一个芋子饺。

"不是啊,珍珠奶茶的珍珠不是黑色的吗?"林静茹作为一个奶茶爱好者,觉得记忆里吃到的珍珠不是林欣怡说的那样。

"那是因为加了黑糖吧。"陆斯祁猜道。

"加了木薯粉,为什么要叫芋子饺呢?芋子在哪里?"林静茹又问。

"芋子就是芋头啊,蒸熟了和木薯粉和在一起,当做芋子饺的皮……"林欣怡吃到第三个芋子饺,打了个饱嗝,放下筷子歇了歇。

"姐,我发现这里用芋子做的食物好多啊。我刚才在外面一路上看到的除了芋子包、芋子饺以外,还有芋头丝、芋子肉丸。"林静茹回忆着自己看到的字眼,发现好多食物用的都是同一种食材。

"因为长汀这边大部分是客家人,客家人过去都住山区,有句俗语说'无山不客客住山,番薯芋子半年粮'。芋头是客家人过去的主食,因为天天吃,为了不吃腻，只得变换花样来做。"林欣怡站起来，拿过水壶接了点水，放在灶台上烧。

"那你外婆也是客家人吗？"林静茹也吃饱了，桌上还剩下两个芋子饺，全进了陆斯祁的肚子里。

听到林静茹这句话，林欣怡迟疑了一会儿，身后的水壶因为热度不断升高，渐渐沸腾起来。她转身关了火，背对着林静茹和陆斯祁，声音变小了一些："其实，她是日本人。"

这是她的秘密，一直以来她都以为外婆和他们一样，是中国人，因为她的身份证上是一个中国名字——李蕙兰。

直到，她上高中那年，暑假在外婆家看林乡偷偷送给她的柯南剧场版DVD，放入影碟机后，她发现是日文的，于是只能靠猜意思来理解剧情。而外婆在这时候正好进来，便跟着她一起看了起来。看着看着，李蕙兰见她歪头苦思冥想的模样，发现她听不懂，于是慈祥地告诉她这几个人在说什么。

她一开始以为李蕙兰是乱说的，但后来林乡又给她另外一张闽南话配音的DVD，说是当时搞错了。她重新看了一遍，发现和李蕙兰告诉她的几乎一致。

外婆是什么时候开始学日语的？

外婆怎么会听得懂日语？

她带着疑惑去问了苏明莉。也是在那个时候，苏明莉把李蕙兰的故事告诉给了她。

要多么强大的内心，才能在遭遇这些的时候，微笑着告诉自己活下去？听完故事的林欣怡发现自己过去一直以为，被命运折腾最惨的是大爷爷林承暻，但相比之下，李蕙兰遭受的苦难，恐怕只会更多。那天，她哭着和苏明莉说，以后一定要和她一起好好孝顺外婆。

"虽然是日本人，但有一颗中国心。"林欣怡说完那句话后，转过来看着惊讶的两个人，又补充了一句，用几句话简短地概括了李蕙兰会到中国来的原因。

林静茹听了觉得心疼，陆斯祁听了眼神复杂。作为一个东北人，对日本的仇恨有多深，在他小的时候，就已经清楚地见过了。家里老一辈男人几乎都当过兵，在东三省沦陷后，扛起枪和日本人对打，最后夺回了自己的家乡。他从小跟着爷爷看抗日剧，一直以为日本人都是坏蛋，上了大学后虽然这种激进的观点有所改变，但对日本依然没有好感。如果是过去，知道林欣怡有一个日本外婆的话，他一定不会和林欣怡做朋友的。但是现在，见到了李蕙兰，听林欣怡讲了她的故事，他心里竟隐隐生出了一股同情。

"我不喜欢日本，也不喜欢侵略我们的日本人。你外婆，是被日本害惨了，她并没有错。"他沉默了好久，才终于说出了这么一句话。

林欣怡眼里的光渐渐柔和了一点，她一直知道陆斯祁不喜欢日本，因为曾问他看不看日本动漫，他说那是文化入侵，所以不看。这次能听到他说这句话，直冲他点点头。

"欣怡，出来帮忙啊！"苏明莉在外面喊道。

林欣怡连忙跑出去，陆斯祁和林静茹也跟上。

只见苏明莉抱着一筐西瓜，累得气喘吁吁地站在门口，筐上还放着三大袋长汀特产豆腐干。

"妈，你买这么多西瓜干吗？"林欣怡过来帮忙搬西瓜，顺口问道。

"天气热啊，给你们解解暑。对了，你们准备住几天啊？接下来什么计划？"苏明莉擦了把额头上的汗，拿起筐上的豆腐干又说，"这给你们仨带回去吃，可好吃了，你外公这几天一直吵着要吃。"

林欣怡听到她提起苏亦辉，这才想起来："对了，外公呢？怎么一直没见到他？"

"在村口老钟那里打麻将呢。"

"不是吧？他都快九十岁了，看麻将子都费劲吧？"林欣怡一脸吃惊的表情。

"谁说我看麻将子费劲？"苏亦辉忽然出现在门口，让林欣怡吓了一跳。

他虽然年过九十，但老当益壮，精气神比起李蕙兰好多了。见到几个人孩子帮忙搬西瓜，笑呵呵地看着林静茹说："这就是承晖的孙女？"

"外公，你别忘了，我也是。"林欣怡听到他这说法，默默补了一句。

"哦，我都忘记了。"苏亦辉道。虽然带有玩笑的成分，却也不无讽刺。当初林承晖回来，声势浩大，他还以为林承暻一家从此熬到头了呢，结果这俩兄弟也不知怎么的，又闹掰了。他原本对林承晖当年放过自己而心怀感激，但在他心里实在是觉得林承晖的做法有欠妥当。

林静茹纵使是个未成年的孩子，不免也听出了苏亦辉话里有话，"苏……外公，我爷爷也惦记着堂姐的。"她一时不知道怎么称呼对方，干脆就跟着林欣怡一起喊了。

苏亦辉看了她一眼，见林静茹似乎有些难堪，又不忍心把话说得太绝。究竟是大人之间的事儿，不能牵扯到下一代人之间的交流，便道："哦？那你爷爷有说过来看看你堂姐吗？"

林静茹被问得噎住，这些年确实也没见林承晖提起过这事儿，但他没在自己面前提起，并不代表没在林乡和陈玥面前提起啊。可是这话说出来又没说服力，林静茹半天没憋出来一句回答的话，只好低头。

林欣怡觉得苏亦辉和林承暻都越活越回去了，现在只要她的话一不顺意，便死抠到底，就像一个爱闹别扭的孩子。她对林承晖其实也没什么怨，小时候林觉林敏的孩子都在国外，林佑安的儿子又比她大很多，她是孙子辈里唯一一个养在林承暻跟前的，受尽了林承暻、苏亦辉和李蕙兰的宠爱。因此，她倒是没觉得自己少个爷爷有什么关系，反正在她眼里，林承暻就是她的爷爷。要真说对林承晖有什么感觉，那也是看林承暻翻相册黯然神伤的时候，偶尔涌现的一点不满。

苏亦辉见小姑娘说不出来了，也不再计较，只拉过李蕙兰的手，嘘寒问暖。

李蕙兰戳了戳他的手肘道："今天又输了多少？"

"今天没输，赢了两把。你看。"他笑着从破旧的上衣口袋里拿出两百块钱，塞到李蕙兰手里。

"哦！今天还可以啊！"

李蕙兰攥着钱，喊来苏明莉，让她拿去收好。

苏亦辉冲三个小的摇摇头。林欣怡立刻就明白了这钱是从哪里来的。

苏明莉早就习惯了父母之间的这种沟通方式，只觉得羡慕。过去林建国也会这样，后来他忙起来之后，心里只有工作了，两人之间的沟通也不比得年轻的时候。看来要等到林建国退休之后才能好些了。

陆斯祁看着他们讨论的都是家事，自己插不上话，只得提议道："我去外面走走，看看能不能拍点东西。"

"我和你一起去。"林静茹觉得在这屋子里待着不大自在，也快步跟上了陆斯祁。

"哎，你们俩人生地不熟的——"林欣怡见他们都出去了，自己在这儿待着也没意思，便一面说一面拿起东西跟着上前去了。

苏明莉在厨房里听到这几声，连忙拿着炒菜勺冲出来喊道："你们去哪儿啊？就要吃晚饭了！"

"芋子饺吃饱啦，迟一点再吃晚饭——"林欣怡已经走出去十几米了，转过身来冲苏明莉招了招手，又赶上去和前面的两个人并肩。

三人在店头街闲逛，这里四通八达，一条长街里有好多小巷。到了晚上，各个店铺门前就点起了红灯笼，配合古朴的街道，仿佛穿越回了古代。

走了一会儿，三人在一家工艺品店门前停下来，林欣怡和陆斯祁看着店里的摆设，互相讨论着能不能当做拍摄素材。林静茹走上前，终于忍不住问出了自己一直以来想问的问题："欣怡姐，你……有见过爷爷吗？"

林欣怡正拿着一个工艺品准备去问老板需不需要推广，听到她这句话，又停了下来，想了一下回答道："啊？照片我见过，本人嘛……我爸说我是见过的，不过那时候太小了，我都记不得了。"

"那你想见他吗？"林静茹试探性地问。

林欣怡沉默了一会儿，点点头："想。"

她和林承晖之间本来没有多少感情，只是听着林建国偶尔谈及自己少年时期的往事，还是让她心痛。她虽然知道自己有一个非常富裕的亲爷爷，但终究不生活在一起，这么多年来各过各的，前几代人的血缘早已慢慢消匿，显露出来的依然是一如既往的生活。她不知道为什么林承晖在找到他们之后又回了台湾，林承曔提到他时也是唉声叹气，偶尔抱怨他回台湾这么久也不打电话过来。

在没有了解本来的情况前，林欣怡不对林承晖做任何评价。

"其实爷爷他，这些年吃了很多苦……他也很想你。"林静茹断断续续地把宋珈灵去世、林承晖生病、林家破产等等的事告诉林欣怡，说着说着竟然有点泣不成声，最后她擦了擦眼泪，问道："我可以让你和爷爷立刻见面。"林静茹拉着林欣怡找到了附近的网吧，进了网吧后，她才发现自己没有身份证，只得求助陆斯祁。陆斯祁很快明白了她的用意，拿出自己的身份证开了一台电脑。

林静茹开了电脑登上了自己的 QQ 账号。这是去年在林家的时候，林欣怡教她注册的。她回到台湾以后问了一圈同学，发现大家都没有用 QQ，于是觉得非常沮丧。但一个偶然，她发现韩娜有用 QQ，于是她兴奋地让韩娜加她好友。高中生要忙于学业，账号注册了一年，林静茹的好友列表里，至今也只有林欣怡和韩娜两人。

她运气不错，这会儿赶上韩娜在线。因为陈翔和她都来了厦门，林乡怡家里没人照顾，就让韩娜隔三差五地去看看林承晖。这会儿也不知道韩娜是在韩家还是林家，她在窗口里打下了一行字：娜娜姑姑，你在我家吗？

韩娜很快就回了一句：不在啊，我在自己家，怎么了？

林静茹一个手指一个手指地输入：那你可以去一下我家吗？开个电脑，

登录QQ，把我爷爷喊过来，我想让他见一个人。

电脑那头的韩娜看到这串文字，觉得一头雾水，但还是按照林静茹的说法，下了线。

好在韩家和林家离得不远，她步行十分钟就到了。

林承晖还和往常一样坐在院子里看书，韩娜便拉着他上楼，说林静茹要和他视频通话。林承晖合上书，觉得有点莫名其妙，好端端的怎么忽然要跟他视频通话。

韩娜因为自己也不清楚，所以也没有解释太多，只是打开了书房的电脑，登上了QQ，给林静茹发了一个视频申请。

听到耳机里忽然传来的申请音，林静茹点下了标志着"同意"的绿色话筒。

屏幕里很快就出现了韩娜和林承晖的模样，林承晖看着屏幕那头的林静茹，正准备跟她打招呼，就见林静茹摘下了耳机，给旁边的一个女孩戴上。那女孩被林静茹推到位置上坐下，一脸茫然地看着电脑画面，一脸的不自在。

林承晖的笑容渐渐凝固了，他看着这个女孩，只觉得周遭的空气渐渐稀薄起来。她眉眼之间，有股勃勃英气，但是嘴巴却是娇小玲珑的，活脱脱是翻版的宋珈灵。

"你是……"他迟疑地开口，"欣怡？"

林欣怡被林静茹推到这个位置上，看到头发花白的林承晖，发现他其实也不过是一个普通的老头罢了，和林承曌没有什么区别。

听到耳机里传出林承晖的问话，她迟疑了一下，看了看林静茹，转回头，觉得舌头像是被打了结，过了好久才开口道："爷，爷爷，我是欣怡……"

第二十三章

听见这声"爷爷",林承晖顿时心里五味杂陈。他张了张嘴,发现自己此刻什么声音也发不出来。一年前在饭桌上听到林乡提起林欣怡,他还事无巨细地问了个遍,可如今和真人隔着屏幕见到了,却发现自己什么都问不出来了。

林欣怡见林承晖张了嘴,却没有声音,还以为是网络不好,捏起耳机上的听筒说:"喂喂……爷爷,你听得见吗?"

"听得见,听得见。"林承晖连忙应答,声音都哽咽了。

"爷爷……"林欣怡又叫了一声。虽然过去她一直把林承曔当自己的爷爷,但是却一直喊的是大爷爷,她知道自己还有一个亲爷爷,却从来没有见过他。爷爷这个称呼,像是专门留给谁似的,一直放在那,等着那个人来取。

"哎,哎……"林承晖一边应答,一边别过脸,抽出纸巾擦了擦眼角的泪,又回到屏幕前,问道:"你爸爸最近怎么样啊?听说你大学毕业了,好样的,好孩子!"

林欣怡发现自己并不如想象中那么抗拒和林承晖讲话。但又想到他狠心地和他们断绝往来,为着心里赌的那口气,决心向他问个明白:"爷爷,大爷爷和爸爸,其实心里都挂念着您……"

时隔多年,林承晖没想到自己第一次见到自己的亲孙女,会是隔着网络。这一条长长的网线,使他们阻隔多年的亲情再次连接上。听到她的话,心里也是一阵懊悔,他当初的气其实早就消了,后来一直不低头,也皆是因为觉得就这样回去,好像又拉不下脸面。

如今,为了这个脸面,他错过了他的儿子,他的亲孙女,还有,他的大哥……

"是爷爷的错……"他说着说着，终于哭了出来。韩娜在一旁给他抽了几张纸巾擦鼻涕。他吸了吸鼻子，"欣怡，你大爷爷他……他这些年身体怎么样？"

"大爷爷身体不好，牙齿掉得只剩下几颗了。他天天抱着相册在树荫底下看小时候和你和太爷爷太奶奶拍的照片……爷爷，你快回来看看大爷爷吧，大爷爷他……他太孤独了……"

这些年，林承暻虽然一直跟着林建国一家住，但是林建国却一直在龙岩工作，而苏明莉也忙着上课，平时只能给他准备一日三餐，根本没时间和他聊天谈心。虽然在家的时候他总是能从每个人的身上找出各种各样的麻烦来，但只有他一个人的时候，他无非也就是和巷子里的那几个老头下下棋，吹嘘自己的孩子们多有能耐。林欣怡经常在放学后回到家，发现林承暻把苏明莉中午给他煮的粥倒回锅里热一热。因此，无论林承暻要求自己做些什么，林欣怡总是尽可能地去迁就他，除了偶尔让她真的不能接受的事情外。

听了林欣怡的诉说，林承晖觉得悔恨的感觉愈发深重。如今林欣怡的话就像打开了皮球的出气口，把他早先受的气倒了个干净。

"娜娜，帮我订机票，我要去厦门，我要回家，越快越好。"他抬头和韩娜说，韩娜听得也很是感动，但是见老爷子行动力这么强，她还是吃了一惊。林承晖这些年绝口不提厦门林家的事，她以为老爷子是真的狠心，真的不在乎了。现在看起来，其实都只是装的而已。

就像林乡，虽然韩娜不明白为什么林乡执意要去大陆发展，身边不少人告诉自己大陆只是一个连茶叶蛋都吃不起的地方，但林乡能在那里一待就是这么多年，那里必定是有他的念想。林乡尚且如此，林承晖更不必说了。

一小时的网吧时间到了，林静茹退出了QQ，拉着情绪波动很大的林欣怡出了网吧。陆斯祁去附近的小卖部买了一包纸巾和一瓶水，用水把纸巾沾湿后递给她。

林欣怡答了声谢谢，接过纸巾擦起来。

林静茹站在一旁拍了拍她的背，希望她能好受一点。

"姐……"静茹有点担心地看着欣怡，喊了一声。

"我没事，过会儿就好了……"林欣怡哑着嗓子道。

"嗯，我们回去吧。"林静茹提议道。

"不，不行，这个时候回去，被我妈看到我这样，一定又要问东问西。"林欣怡不想把这件事告诉苏明莉，也不想让苏亦辉和李蕙兰知道。

由于她的坚持，三个人这会儿只能继续在街上闲逛。店头街不长，逛来逛去也就那么些店铺，但是附近的景点不少。林欣怡带着他们穿过马路，从汀州文庙逛到辛耕别墅，还见到了过去厦大内迁的旧址。

这会儿，林欣怡平静下来不少，指着门口那块"国立厦门大学"的牌匾说："看到没，这里也是你要考的厦门大学！"

林静茹看着面前这个小小的学校，有点不敢相信，但是上方挂着的牌匾又确实写着厦大没错。她转头向陆斯祁确认："这里也是厦大吗？"

"这是厦大旧址。"陆斯祁回答道。

"旧址？这么小？什么时候的旧址？"林静茹继续问。

林欣怡往前走了几步，在台阶上坐下来，双手撑着脸向林静茹科普道："当年日本人打进来，厦大不得不内迁到长汀，听大爷爷说，当时学生们走了整整二十多天。三百多个人，肩扛手提，带着行李和书本，渡过鹭江、九龙江，行程将近八百里。那时候，厦大是粤汉铁路线以东仅有的国立大学，离战区最近，撑起了我国高等教育东南地区的半壁江山——爷爷当时也是其中的一员。"

"那大爷爷呢？他没来？"

"没有。他辍学了。"

林静茹站在台阶下，听着林欣怡一字一句地诉说着厦大的历史，她发觉自己过去从来没有去了解过这方面的东西。她只知道厦大很好，很漂亮，却不知道这背后有这么多的故事。她看向陆斯祁，看向这个最开始令她萌生考厦大的想法的男孩。陆斯祁见到她的目光，冲她一笑。

"哎，对了，我也想问你呢，怎么突然想考我们学校呀？"林欣怡第一次从林乡嘴里知道林静茹想考厦门大学的时候还有点惊讶，她以为静茹会选择台湾那边的学校呢。

"我、我……我想和爸爸在一起。"林静茹慌慌张张地说道。林欣怡突然问这么一嘴，陆斯祁就在旁边，这让她怎么回答？林静茹低头看着脚下的台阶，突然觉得自己真的太渺小。她不知道厦大有这么多的过往，甚至没想过要真正地了解这个地方。这一切的开始只是因为陆斯祁在这里，她想离他近一点。

林欣怡瞅了她一眼，感觉这不是真话，不过她这么说也不是没有道理。林乡在厦门这么多年，真正回台湾的日子能有几天？

想到这，林欣怡有点明白为什么当初林静茹来她家的时候就说羡慕她了。在台湾那边可不比这里，就算林建国不在，其他人都经常回家，再怎样大家还能一起吃饭。台湾那边可不同，据她了解，家里除了陈珝就只有林承晖能陪着林静茹。静茹从来没说陈珝抱怨林乡在这边工作老不回家的事，可看看自己的母亲就知道，那边的家庭肯定更不好过。

"那祝愿你成功！要是有什么我帮得上的，尽管说啊。还有陆斯祁也是，大家随时联系。"

三个人又在街上逛了逛。林静茹的注意力逐渐被周围的事物所吸引。她想起上次问林承晖讲故事的事情，没有听到林承晖讲自己跟随学校迁移的经历，着实遗憾。

路灯照在他们身上，把影子拉得长长的。

林静茹低头踩着影子往前走，再看陆斯祁的时候已经平静了些。不过，过了今晚，她还是会想考厦大。

闲逛的时候走得太远，这会儿回去才发现，原来路程这么长。林欣怡走了一阵，觉得脚疼得不行。而天边忽然传来隆隆的雷声，这让她有种不好的预感。

果然，她的预感很快被证实是真的。

开始下雨了，夏季常见的雷阵雨。

三个人看着宽阔的青石板路，连忙四处找避雨的地方。夜里好多店铺都关了门，唯有不远处有一家小店还亮着灯，他们连忙冲了过去。

这是一家卖仙草的甜品店，自从台商进入福建后，台湾那边的小吃也跟着多了起来，如今连在长汀古城景区都能见到了。店的面积很小，除了料理台，只有两张桌子，各放了四张椅子，最多坐八个人。店主是个三十岁左右的温婉女人，系着围裙，站在料理台前调制着东西，见到他们三人狼狈地推门而入，转过身面带微笑地说了一声"欢迎光临"。

店里的灯是暖黄色的，让人觉得有股家的温暖。因为来都来了，不点些东西有点过意不去。于是林欣怡拿过菜单，问了林静茹和陆斯祁的意见后，要了三份经典烧仙草。

三人在靠近店门的那张桌子坐下，看着店主的动作。店主端着一份烧仙草从料理台内出来，送到店里的另一个先来的客人面前。林欣怡这才发现，原来这家小店里不只他们三人，还有一个身材魁梧的男人正背对着他们坐在另一张桌子。

林静茹盯着那个男人的背影看了半天，终于忍不住走到前面去，不顾林欣怡喊她，依然低头去看那男人的脸。等到发现对方是谁时，她惊呼着说："张思成老师！"

原本戴着耳机，吃着烧仙草的男人被她这声喊吓到了，摘下耳机抬起头，见到林静茹的时候，也是好一阵呆愣："静茹！你怎么在这里？"

"天哪，没想到真的是你！"林静茹兴奋地拉开他对面的椅子坐下，开心地问道，"老师，你现在在哪里工作？实现你的梦想了吗？"

张思成笑着说:"在龙岩学院当助教,刚刚申请了一个课题,放假了出来走走。你呢?"

"妈妈来大陆,我正好放暑假,所以也跟着过来了。今天和哥哥姐姐们来长汀玩。"林静茹开心地说。

张思成扶了一下鼻梁上的眼镜,微笑着点头道:"半年没见,长大了不少啊。"

"对了老师,你当时不是说有两所学校的 offer 吗?为什么不去厦门,而要选择龙岩?"林静茹想起这事,还是有点惊讶于张思成的选择。

"厦门看着更像台北,生活节奏太快了,我喜欢慢一点,龙岩很安逸,适合我。"张思成解释道。

二人又交流了几句,店主端着托盘里的三份烧仙草出来,非常贴心地问林静茹:"要放在这张桌子吗?"

林静茹这才发现自己聊得太起劲,冷落了堂姐和陆斯祁太久,不好意思地回到自己的位置上。看到自己面前这份放在日式瓷碗里的烧仙草,林静茹被里面丰富的配料震惊。过去她只吃过苏明莉煮的烧仙草,都是只有仙草冻的。她看到菜单上的经典烧仙草,还以为是只有仙草冻。但没想到店主往里面加入了花生、红豆、芋圆还有一小撮葡萄干,颜色搭配缤纷,看着很是诱人。底料是调制过的奶茶,丝滑的口感进入舌头,一阵甜蜜。

她连尝了好几口,果然爽口。

他们这边吃到一半,张思成就站了起来走到柜台那结账,和林静茹打了声招呼后便推开了店门,走了出去。

林欣怡在这声招呼里抬头和他打了个照面,她推了推旁边的林静茹,看着外面张思成的背影说:"你在补习班的老师?"

因为桌子挨得近,所以林静茹和张思成的对话,就算她无意去听,也都听到了。对于张思成的身份,她大致猜了出来。

"嗯,教了我一个学期的英语,后来来大陆当大学助教了。"林静茹舀起一勺仙草放进嘴里，吞下去后才回答道。

"补习班老师能当大学助教?!"她还没听说过哪个补习班的老师这般厉害的。

"他是国外留学回来的博士，本来想在台湾找个学校当老师的。但是台湾现在的就业环境不好，想进好的大学，必须要从差的大学开始教。他又不是世界名校的博士，所以进不了好的大学，而能进去的大学都不太好。"林静茹把张思成的经历转述给林欣怡。

林欣怡看着外面已经寻觅不到张思成的身影，也跟着叹了口气："你的老师，不容易啊。"

陆斯祁一直觉得插不进她们的对话，吃完东西后准备去柜台结账，结果却被店主告知刚刚那个男人已经把他们这桌的账一块结了。

忽然欠了这样一个人情，三人你看我，我看你，最后一齐看向了林静茹。

林静茹不得不摆手解释道："真的不关我的事啊。"

墙上的钟表渐渐指向了九点，这会儿外面的雨早就停了。街上的行人稀稀落落的像是口袋里掉出的豆子，趁着雨后凉快，摇着蒲扇坐在家门口休息。

林欣怡推开店门，外面一股夜风袭来，吹散了她从厦门带来的闷热。她一直觉得长汀没有厦门和龙岩热，过去每逢放假就常来这里消暑，听李蕙兰和苏亦辉给她讲故事。但是最后，她还是没有选择留在这里。一时的安逸固然好，但是失去了斗志，好像也连带着失去了探索的乐趣。她还是更喜欢在厦门，节奏虽快，但能激发人的潜能。

"走吧。"陆斯祁见林欣怡站在门口半晌没动一步，拍了拍她的肩膀道。

三个人踏上了回去的小路，身后的小店还亮着暖光，等候着下一个停下歇脚的客人。

晚上吃完饭，林欣怡准备问一问苏亦辉关于客家的故事，看看有没有什么好的题材可以挖掘。苏亦辉本是客家人，又住在这里这么多年，大致的情况他还是知道很多的，且不说那些太久远的历史，单单松毛岭战役和血战湘江的故事就讲了好一会儿。这两个战役他没有参加，但那时同行的一些客家战友参加了湘江一战，五个昼夜，死伤无数，几近覆灭。他年岁已大，战友哭着跟他讲述的那一幕仿佛还在自己的眼前。后来他才知道，参战的队伍里，客家士兵几乎全部战死沙场，留下了多少老人妇孺。

"哎，都是过去的事了。现在我们跟台湾越来越好我就很欣慰了。本是同根生，相煎何太急啊！"林家两兄弟这么多年未见，怎么一见面就这么多恩恩怨怨呢？只希望他们两人在活着的时候还能好好说说话。

林静茹坐在一旁听得非常入神，道："我妈妈其实也是客家人。台湾客家人也很多的！"

她感叹以前竟有这么惨烈的历史，曾经久经沙场的林承晖却从未跟她这么明白地讲过。

"外公，客家人为什么喜欢住在土楼里呀？"他们今天去了一些地方，看到许多土楼。现在听苏亦辉说自己也是客家人，却没住在这样的房子里。林静茹对这种住宅非常感兴趣，她在台湾还没有见过呢。陈翊算是半个客家人，也极少跟她说起这些历史。

"土楼里住的基本上都是一整个家族的人，我不是这里的客家人，所以住不上。土楼建成这样是为了抵抗外敌，土楼的窗户非常小，用来防御简直就像铁桶一样。早年欣怡她外婆住在里面就让她感觉很安全。"苏亦辉又陆陆续续讲了许多客家人历史上迁移的故事，林欣怡和陆斯祁在一旁拿着小本子记下，林静茹则双手托腮，眼睛眨也不眨地听着他讲。其中涉及许多她从未到过的地方，都让她感到非常好奇。上次林乡带她最远也只走到了泉州，偌大的一个中国，她还有这么多没去过的地方，如果有机会，她也想跟着林欣怡陆斯祁一起走一趟苏亦辉提到过的那些城市。

一直默默将地点记下来的林欣怡也产生了一个想法，客家人的迁移之路，又是一条等待开发的旅游路线，其间肯定保留了许多跟台湾客家人共同的记忆。

"我想到要拍什么了！"林欣怡道，"就拍大爷爷和爷爷之间的故事！等爷爷来厦门，我们可以拍一段他们见面的场景，这样就能从历史文化上宣传两岸游学和寻根团了！"

"没错，苏爷爷这边也可以做另外一个故事。"陆斯祁经她一说，马上也反应过来。

虽然直航已经通过了，但是因为厦门的台商太多，所以想立即订飞机票不大现实。

韩娜在查询了航班信息后，本着林承晖说的越快越好的原则，订了周三下午的飞机，还给林乡打了电话说明了情况。

弄清楚整件事的前因后果之后，林乡为林静茹的这番动作感到既惊讶又欣慰。他一直试图调和两家人的关系，但是面对林承晖，他又总是开不了这个口。从小到大林承晖就不怎么插手他们的事情，只是放手让他们去做想做的事情，就算真的失败了，也有他在后面兜底。印象最深的是第一次出国的时候，因为中西方教育的差异，让他多少有些不习惯。他打了电话回家说自己不想留在这边了，林承晖只轻轻地说了一句："不想留那就回来吧。"就这样，他真的抛下一切回去了，韩福生对他是气在心里却不敢说，可林承晖从头到尾都没有表现出像韩福生那样恨铁不成钢的模样。

可能不理解，但尊重你的每一个选择，不插手你的生活，这是林承晖对林乡的教育。也正因为如此，林乡虽然心里着急，但也不会去干涉林承晖的选择。

"对了，你买了几张票？"林乡忽然想起这事，如今他和陈珝都不在台北，韩娜万一不靠谱，只给林承晖一个人买票，让他一个九十岁老头去坐飞机，要是出了什么事，林乡两头都没法交代。

"当然是两张，我能让叔叔一个人去厦门吗？记住啊，我们明天下午四点到厦门，你要是有空就来接我们，没空的话，就派个人来接，我直接带林爸爸去林家。"韩娜忍住翻白眼的冲动,握着手机和林乡解释。

"那行,我先不跟你聊了,我这边约了人。"林乡挂了电话,和陈珝走到地下车库,找到自己那辆车后,拉开车门坐进去。

陈珝坐在副驾驶,系上安全带后问道:"爸要来厦门?"

林乡把车子开出了车库,按下了导航,回答道:"嗯,静茹那孩子让欣怡和爸来了一次视频通话,爸被说动了,打算来看看大伯,明天下午的飞机。"

"唉,爸和大伯这些年也真能忍,谁也不愿意先低头。这次静茹和欣怡能让他们和好,那对我们家来说,也是一桩大喜事。"陈珝说完,不免感叹道,"我之前还担心静茹幼稚,容易闯祸。她现在终究是长大了些……"

"不能总把她当孩子看了,过两年就成年了,时间可真快啊……"林乡转着方向盘,看着前方的路,向陈珝说了林欣怡打算开工作室的事情,不免有些感慨——林乡告诉陈珝,林承曌跟建国他们可不喜欢孩子们创业,大家读书是为了找个稳定的工作,体制内就意味着体面。在大爷爷家,可不能提林欣怡创业的茬。林乡对大伯和兄弟的主张,也是充分尊重的,就像他尊重欣怡的选择一样。

还没来得及得到杂志的出版许可,林觉和林敏就建议陈珝,与其做杂志不如花多一点精力到电视、网络广告商去宣传,像是厦门卫视最近在筹备一档针对都市女性的时尚节目,节目里会出现很多化妆品、保养品,衣服包包首饰等等。如今看电视的人比看杂志的人多,通过赞助节目的方式,将旗下的产品放上去打广告,等名声上去了,到时候再做杂志,效果可能会更好。

但难就难在,节目的赞助费要好几百万。

这对陈珝来说,还是非常困难的。可林乡,却在当下为她做好了决定——先去谈一谈,合适的话,赞助费不是大问题。

"你回头跟毓芬解释一下,这是必要投资。大陆的创业环境好,但不代表是个创业公司就能活下来。特别是你的杂志受众面又偏小,当然要做差异化营销。那个节目针对的观众和你杂志的读者,重合率很高。赞助他们一年,吸引到这批人,还怕你的杂志日后没人买?"林乡贴心地伸手给她系上安全带,顺便跟她解释这里面的曲直。

陈玥听着林乡这一套说法,也渐渐放下心来。

杂志暂时是办不成了,但是那个节目,她还得先看看是什么情况。

林建国家只有三个房间,林静茹都得和林欣怡挤一间,陈玥考虑到林承晖来厦门后肯定不会住酒店,于是连夜将林乡在厦门住的那间公寓收拾出一间客房来。做完这一切,第二天下午她闲着没事,便陪着林乡一起去接林承晖和韩娜。

车子抵达机场的时候,韩娜推着行李,林承晖拄着拐杖,刚从里面出来。

"爸!"林乡拉开车门迎了上去。

"你们俩怎么都来了,公司不忙吗?"重新踏上这块土地,林承晖觉得自己脚底发热。他先后两次离开,一次是迫不得已,另一次是跟哥哥闹掰,而接连两次回来,皆是因为割舍不断的血缘亲情。

"就算再忙,来接你,挤也要挤出时间的啊。"林乡有点打趣着对林承晖说。他拉开了后车门,让韩娜也跟着坐进去。开车的还是林乡,陈玥也跟着坐进了副驾座,系上安全带后,就听韩娜问林乡:"我们接下来先去哪?"

"先去你哥住处把行李放下,我早上去超市买了一些营养品,爸这回上门,总不能空着手去吧?"陈玥抢着回答。林承晖经她这么一说,才想起来自己这次来也是临时起意,连韩福生和吴伯驹都没打声招呼,更没有带什么东西。上回来的时候,他和林承曔之间爆发的矛盾,就是因为礼物太多,搞得自己像个善财童子,引得别人过来占便宜还不讨好。他觉得礼物这东西是把双刃剑,送少了寒碜,送多了被人以为是炫耀。

大家回到了公寓,陈玥想着林承晖在飞机上肯定没吃什么东西,于是进厨房叮叮咚咚地做了一桌菜。韩娜闻着味儿只叹道:"哥,能娶到阿玥,你上辈子烧了多少高香啊?"

林乡懒得和她扯，只陪着林承晖在沙发上坐下，问他晚上去了林家打算怎么做。

　　一别多年，林承晖心里也没底，他知道自己这气其实撒错了，再怎么样，也是那些爱嚼舌根的街坊四邻，他怎么就记恨到林承曝头上了呢？人年纪大了，反省起来，对于错误之处，总觉得如鲠在喉，看着自己时日无多，害怕再无弥补的机会。

　　"阿乡，这些年……"他嗫嚅着，犹豫着，发现一向果断的自己，这会儿都不敢问林承曝这些年到底有没有提起过他。

　　林乡明白他的意思，拍了拍他的肩膀说："爸，这些年，建国哥一家把大伯照顾得挺好的，欣怡常常陪大伯说话。只是大伯年轻时候吃了太多苦，年纪大了，或多或少都有这样那样的病，我去年十月不是还回了趟家吗？就是大伯跟我说，让我抽空回家多陪陪你的。"

　　听到林乡这么说，林承晖愈发觉得自己心中有愧。其实几个钱、几句话的伤害，算什么呢？他过去给大哥一家带来的灾难还少吗？人就是这样，为了一点破脸面，啥都干得出来。

　　"爸，菜好了，来吃饭吧。"陈翊在餐桌边摆着碗筷，向客厅里坐着的三人招呼。

　　林乡扶着林承晖过去，韩娜也跟着拉开椅子坐下来。

　　饭桌上，四个人都默默无语，只顾扒拉碗里的饭。

　　因为各怀心事，大家都没吃太多，一顿饭过后，外面已是华灯初上。碗筷被放进了自动洗碗机里，陈翊和韩娜则按照林承晖的意思挑出了两样保健品准备让他带上，二人站在小区门口看着林乡载着林承晖往林家开去。

第二十四章

车子在环岛路上行驶着，林承晖坐在后排，旁边放着一袋子的礼物。车厢内回荡着那首《常回家看看》。

"阿乡，你大伯……怎么还住在老房子？"林承晖从林欣怡那里得知这个事，心里还有些纳闷。

林乡很快明白他话里的潜台词，为解老爷子的疑惑，便三言两语，把家里的情况笼统说了一遍。

"哦，佑安自己出去住了？——也是个可怜的孩子。他是被耽误了呀。"不过好在单位对他也很照顾，在厂里给他备了一个小套房，再过一些日子，那房子就可以归他所有了。又有工资可以拿，人不年轻了，起码还有个自己的落脚地。

要说尽孝，家里面的小一辈其实已经做得很好了，只是当时的林承曔守着钟婉莹的牌位始终不同意搬家，说那个屋子有钟婉莹的气息，觉得那里才叫做家，别处只能叫房子。林觉林敏没办法，只得依着他。可是兄妹二人此时皆已成家，过去的老屋又太小，因此一家人不得不分开来住。但这些年，只要一有空，他们就会去照顾林承曔，也不能算没有尽孝。但听林觉林敏说，林承曔还是能隔三差五地找点事出来闹一闹，说他们一个个的自己过上好日子，就不搭理他这个孤寡老人了。老年人没有自己的生活，总是坏事，一门子心思全放在晚辈身上，总觉得自己受了天大的冷落——其实，只是孩子们有自己的事业，迫不得已吧？

听了几个晚辈你一言我一语，说着他们的事儿，林承晖心里叹了一口气——归根到底，人还是得自己学会找乐子啊！大家的岁数差了几十年，大家都有自己的生活，有自己的事业，怎么能玩到一起去？——他这些年也是受着孩子无心的冷落，心里也是有委屈的。但是今天忽然就释怀了——总不能为了自己的痛快，捆绑着孩子的生活，让大家不痛快吧？

"建国哥如今在龙岩也越来越好，以前他们夫妻俩住的是单位分的房子，太小。十年前建国哥另外自己买了一处，一家人过得算稳定——对了，爸，等下欣怡想把你们的见面拍下来。她现在在我公司实习，也算是她的工作内容吧，"林乡道，"孩子们也长大了，欣怡有自己的想法，我觉得挺好的。"林欣怡跟他说要拍两个老人见面的场景时，他一下子就反应过来了这小丫头在打什么主意。

"没事，让她拍吧。他们长大了，我们要放手喽……"

"就像你当初放开我一样，哈哈……"林乡打趣。

谁能想到，兄弟俩见面，竟然已经是上个世纪的事儿了？

"每个人过得好就好呀……"林承晖靠在椅背上，眼睛盯着车顶的天窗。往事犹如一卷长图，在他面前徐徐展开。

"爸，到了。"林乡的车子缓缓地停在了林家的门口。

林承晖没有马上下车，而是透过车窗看着外面的建筑。比起他当年走的时候，还是有了一些变化的，脱落的墙皮刷了新漆，原来的木门也换成了防盗门。

林承晖在林乡的搀扶下，走下了车，走到门口，手刚伸起来要敲，在半空中又停住了。他还没想好，怎么面对这扇门后的大哥。当初一气之下回了台湾，他便没想过这个问题。他没考虑到自己那样的行为，会让街坊四邻怎么看大哥。他走得干干净净，但肯定让大哥沦为邻里间的笑话。

当初他和林乡回来探亲，那些人就敢在背后这样说他们，而有了富亲戚的林承晖，一开始受到多少羡慕嫉妒，富亲戚走的时候，背地里也一定遭受了多少嘲笑。

哥哥会怨他吗？

想到这，他心里是希望哥哥能怨他的，这样他的愧疚也许能少一点。

林乡见林承晖迟迟不敲门，便知道父亲的内心此刻一定百感交集："爸，如果不想进去，我们就回去吧，现在也晚了，也许大伯已经休息了。"

说完，他伸出一只手放在林承晖的肩膀上，想要给他安慰，可摸到的却是一片包裹着骨头的衣服。他心里咯噔一下，恍惚间，他发现那个曾经高大的父亲，原来已经这么老了。

"来都来了，我总得面对的。"说完，林承晖终于轻轻拍了拍门。

屋里却没有传出任何声音。

"你看，我说大伯已经睡了吧，老人家都睡得早。"林乡怕林承晖失落，立刻解释道。

这时，他们身后停在巷子里的汽车忽然响了一声，是有东西磕到了铁皮盖，把他们二人都吸引了去。

林乡个子高，可以看到被车身挡住的地方，是一个挂着拐杖的老人，一只手放在后背，弯腰看着这辆车的后备箱。他们所在的这条路，其实很窄，如果有车子经过的话，就会堵住行人。林乡以为自己挡了别人的道，正准备把车子往前开，却在走到车门的时候，看清了那个老人的脸。

"大，大伯……"

散步回来的林承暽，正低头打量着这辆眼熟的车子，见到林乡喊自己，这才抬起头来应答。没承想，这一个抬头，让他彻底愣在了原地。

林承晖这会儿刚走到后车门，与林承暽的目光正好对上。

林承暽动了动嘴唇，觉得自己的喉咙像是被海水淹过一般，张口便觉一阵咸涩。

"阿……阿晖？"虽然面前的这个老头已经花白了头发，但他仍然认出了弟弟，颤着嘴唇喊出几声。有那么一瞬，林承暽怀疑自己的眼睛。

"哥！……"这声叫唤，让林承晖的内心自责不已，他最怕的场面，不是大哥骂他教训他或赶他走，而是像现在这样，轻轻地喊他的名字。

一个人的名字，往往只有同辈和长辈才会喊。随着年龄越来越大，辈分越来越高，身份越来越多，人会拥有越来越多的称谓。林承晖的名字，这些年被林大哥、林叔叔、爷爷这些称谓与头衔所代替，能喊他名字的人，随着时间的流逝变得越来越少。如今想来，能喊他阿晖的，在这世上，只剩下吴伯驹和林承曝了。

"进来坐吧。"林承曝摸到腰间的那串钥匙，开了防盗门，招呼他们进来。

院子里静悄悄的，花卉在夜间都敛起了姿容。他穿过院子，进到里屋一楼的客厅。林承晖跟在他身后，看着他的动作，觉得此刻的自己是如此笨拙。

林承曝开了客厅里的灯，正要去厨房拿水壶和水杯，就被林乡拦下了。

"大伯，我来我来，您坐，我爸有话想和您说。"他这么说着，便想把林承曝拉到沙发上。林承曝的眼神呆滞了一秒钟，答了一声，走到沙发上坐下。林乡又把林承晖也拉过去在林承曝的旁边坐下。

方才在门口一应一答的兄弟俩，此刻却不知道该说些什么，屋里安静得可以听到厨房林乡的烧水声。

不远处的壁柜上，一台摄像机正在工作。林欣怡躲在房间，透过窗帘缝观察外面的情况。

"大哥……"林承晖纠结了半晌，总算开了口，"上次我是被气急了，我不该那样就走，还这么多年不来看你。"

说完这句话后，他去瞧林承曝的表情，想看他会有什么反应。但过了好久，直到林乡端着泡好的茶水从厨房出来时，林承曝还是低着头。

"大伯，爸，喝点茶水吧。"林乡把玻璃杯放在茶几上，似乎是发现了两个老人之间不寻常的气氛，于是想着帮忙解围道，"大伯，我爸这次来是真诚向您道歉的。我爸的脾气，您肯定比我们还要清楚，他这次能来也是下了很大决心。这些年，我们都不敢劝他，倒是欣怡说动了他。"林乡抬头一看，壁柜上的摄像机闪烁着红色的光芒。看来林欣怡已经收到他的短信提前打开摄像机了。

"欣怡?"林承曒从林乡嘴里听到这两个字,忽然疑惑地抬起了头。

"是,是欣怡。"林承晖补充道,"这孩子长得真像她爸爸……"提到林建国,林承晖一直是遗憾的,他亏欠宋珈灵太多,连带着和林建国的关系也一直无法变得像和林乡那样亲密。

"阿晖……"林承曒开了口,声音饱含沧桑地说,"你还记得小时候父亲让我们默写,你总是写错苏轼的那句诗吗?"

林承晖听得陡然一震,隔着经年的记忆扑面而来。他抬头望见了墙上那幅复原的旧照片,看到穿着中山装的父亲和身着旗袍的母亲,以及咧嘴笑出一排白牙的哥哥。这张照片里没有自己,虽然他知道后来他们补拍了一张,但是挂在墙上的这张照片,却没有自己。

一股哀伤由淡转浓,渐渐将他包裹。

那句诗,他记得,一直都记得。小时候父亲总让他们背诗,他嫌这是老古板,不肯背,父亲就拿出手板来打他,每每这时哥哥和母亲总会护着他。父亲虽是个商人,但是却喜欢苏门三学士,家里有不少苏家父子的文集,因此林承晖背苏轼的诗总是背得最多,他能倒着背《水调歌头》,能默写《密州出猎》,但有一首诗,他总也记不住,每每背了前面就忘了后面,但是林承曒却倒背如流。

"与君世世为兄弟,又结人间未了因。"

"你又记错了……"林承曒轻笑起来,叹道,"是今世啊,一个人的身份只有一世。转世已不记得前生,也不是前生的身份了,哪里有那么多世呢?这些年,我总觉得自己快要死了,但是知道你过得不错,我就觉得我还得继续撑下去。孩子们都大了,孙辈们的年龄都超过当初你离家的岁数了。自从你又走了以后,我以为我们不会再见面了,可是我不甘心,不甘心我们只剩下各自等死这条路……阿晖,过去我恨过你,也怨过你,但我们是这个世界上唯一一个彼此身体里流淌着一样的血的人。你永远是我弟弟,我也永远是你哥哥……"

说了这么多话，他咳了两声，继续道："这些话，我本想带进棺材里的，但是老天给了我机会，你又回来了。阿晖，我们过去在一个屋檐下长大，依然选择了两种不同的路。如今分隔多年，又在两种环境里生存下来，彼此有思想上的差异，也是再正常不过的。过去你觉得我胆小怕事，不知道拒绝别人，那是因为你不知道我在这样的环境里不仅要顾着自己，还要顾着一家老小，所以我只能伏低做小，供人消遣。同样的，我也不知道你在战场上活下来，到了台湾日子过得也不错，又是吃了多少苦，身上曾受过多少伤，你的财富给了你底气，我的家人给了我弱点。我们彼此都没有错，你不用道歉……"

林承暻盯着墙上的照片，已经渐渐浑浊的眼睛里充满了眼泪。此刻，他的思路是那么清晰。

"大哥，我决定了，我要留在厦门，这里有我的根，也有我的家人。剩下的时光，我想在这里陪着你们。"林承晖握住坐在他旁边的林乡的手，眼睛却看着林承暻，把他思考清楚的决定说了出来。

林承暻的目光从墙上的照片转回到他身上，一脸诧异地问道："那你在台湾的家，还有你的朋友，你都割舍得下？"

"之前挣的那点钱，早就没了。至于朋友，他们都是有伴儿的人，我一个孤寡老头才应该担心自己会不会妨碍到人家才是。"林承晖开始自嘲起来，紧跟着整个人的状态也放松了不少。韩福生身体不好，顶多在家里的院子里活动一下；吴伯驹要来家里只能坐车，人老了，这也很累。他们三个，除了逢年过节的时候会聚在一起见见面，其他时候大多都是打打电话通通视频了。他在大陆和在台湾，也无多大差别。

林乡在一旁一直没插话，他在来的路上就已经预料到了会是这个结果。任何感情都需要时间来维系，所以亲戚也分远近亲疏，但他能看出这次林欣怡带给林承晖的改变不少。

那种流淌在血液里的亲缘，纵使隔着海峡，也能让一个人心心念念多年。斩不断的羁绊，一如台湾与大陆，同属一个中国。

"那你准备住哪里？"林承曒端起已经凉了的茶水，喝了一口，问道。

"我打算让阿乡去对面租一间公寓，住得近一些，也好方便走动。"林承晖站起来，看着这空荡荡的屋子，问道："建国和明莉平时回来吗？"

"建国周末没工作的话，就会回来，不过他也快退休了，估计接下来都住这儿。明莉的母亲生了病，她提前办了退休，现在在龙岩娘家。"林承曒见他准备要走，也跟着站起来准备送送。他突然觉得家里太小，家里来了人都住不下。

林承晖听了他的话，关切地问道："明莉母亲没事吧？对了，亦辉他……"

"亦辉这些年身体还不错，你有空，也可以去长汀看看他，毕竟你们是亲家。"林承曒跟着林承晖往外走，送到门口的时候顺嘴提了一句。

林承晖点了点头，觉得也该去看看。

月亮升到空中，夜色皎洁。

和蔡毓芬商量好之后，陈玥一直在家等消息。

厦门卫视的时尚节目组终于在四天后给陈玥打了电话，邀请她和设计师先来台里看看。陈玥觉得只是去看看，万一不合适还可以推掉，反正也没签合同，于是就没叫上林乡。结果和陈玥预测的差不多，她虽然推掉了电视台的邀请，但受到启发，打算将原来针对高端人群设计的珠宝改成亲民路线，针对中产阶级的白领和中下层妇女，以独立自爱为内核设计出全新系列的珠宝。

陈玥的决定让蔡毓芬有了些许不满，为了这件事她还特意从台湾飞到厦门。蔡毓芬认为，珠宝的定位本就是高端的，小众的，是给贵族彰显身份的。要说全世界的女人都认识的珠宝，莫过于《泰坦尼克号》里 Rose 佩戴的那条"海洋之心"了。可所有人都知道，Rose 的"海洋之心"可不是穷小子 Jack 送的，而是她那个有钱的未婚夫。所以珠宝注定是有钱人才会去看的，陈玥这么做，不亚于是自砸招牌。

陈珝却依然坚持要走亲民路线，蔡毓芬拿她没办法，不得已回了台湾，走之前，只说希望她换个品牌名字，不希望这样的低端首饰令她们在台湾努力开创出来的高端产品一夜之间变成谁人都可以拥有的东西。

陈珝明白她在想什么，也答应了她，之后的所有产品都会以"丽人"的名义去发布。

第 二 十 五 章

经过加工后，林欣怡的第一支宣传寻根团的视频被搬上了网页，点击量和播放量还算可观。

林乡公司最近网店的生意也不错，林觉告诉他说渐渐摸到门路了，在网络上接了几个大单子，直接用物流把上个季度没卖完的货发给经销商，可以减轻本地库存。暑假两个月，林敏为了"两岸青少年文化游学交流"的项目到处奔波，接待了十几个游客团，手底下的导游几乎是带完一个团立刻无缝衔接下一个；而针对白领女性的项目倒是没有预料的那么多，林敏从旅行团里得到反馈，据说很大一部分学生是因为在视频网站上看到林欣怡团队拍的视频，才想着报他们的旅行团来了解了解大陆。这个结果让林乡对林欣怡的能力又有了几分认可，给他们团队打了二十万的赞助，希望他们能继续为旅行社做宣传。

林欣怡快上大四了，苏明莉和林建国提及体制内考试的次数越来越频繁，即使她告诉家里人自己已经赚到了第一笔钱，夫妻俩还是认为不靠谱，要她尽快跟上大部队复习考试。和父母的争执让林欣怡非常无奈。这二十万的赞助费，她打算和陆斯祁直接注册一个广告公司。大三课业多，大四要实习，作为学生，林欣怡忙得脚不沾地，林乡却觉得她身上有很多年轻人没有的朝气，希望她能顶住压力坚持下去。

傍晚，火红的云霞在天边堆成一堆。在学校忙了一天的林欣怡推开院门，进了屋。

"大爷爷，爷爷。"和院子里乘凉的两位老人打了声招呼，林欣怡往自己的房间走去。

注册公司后，林欣怡就产生了一个想自己租房子住的想法，但她觉得肯定没人同意她出去住，到时候一说，又是一番吵闹。

她真的很累了。

院里的林承晖回头望了望孙女紧闭的房门，半晌才开口："欣怡最近看着很累啊？"

"可不是嘛，她自己要搞什么工作室——乡儿应该跟你提过。她爸妈想叫她好好努力考个公务员，她不干。说实话我也不同意她做什么生意——你看她那个样子，是个做生意的料吗？"林承暻摇摇头。

"大哥，你别说，一个人适不适合走这条路，还是要自己试试才知道。你看，我小时候不也没想着要做生意，最后还是在台湾做了生意嘛。你还夸我有爸爸当年的样子呢。"

林承暻一噎，一时间不知道怎么反驳弟弟的话。他这个从小被培养要做生意当老板的人，反而晚景如此落魄。不比较就罢了，一比较，林承暻心里就不由得冒出一点冷气。

"那家里的条件也容不得她去做生意。"林承暻道。他承认，社会上确实有像林承晖和林乡这样做生意成功的人，但那毕竟是少数。多数人，尤其是一般家庭条件的人，是很难把生意做起来的，他就没成功。

"大哥，你还记得鲁迅先生说的教育方法吗？孩子嘛，总有长大的一天。小时候尽全力教育他，等他长大了，就应该放他去闯荡。社会变化太快了，我们不知道的事情，可能已经是如今社会的主流，只有年轻人才有精力把握它。"林承晖没有再纠结做生意的条件问题——白手起家的人也包括他自己。

林承暳如今的生活，确实和过去的年代有很大关系。可林欣怡这一代人和他们不一样。林欣怡这一代生活在和平年代，追求稳定早已不是他们的时代主题。而很多社会机遇，事实上已经被林乡这些先创业成功的人占据了，如果想要打开局面，就必须不断地接触新东西，去发展它。这个过程是艰辛的，充满了不确定因素，但年轻就是犯错的资本。林乡也经历过挫折，但好在他年轻，所以缓过来了，找到了最适合自己的位置。

"哎，你跟我说没用，你跟建国他们夫妻俩说去。"林承暳扬扬手，结束了这个话题。

天渐渐暗下来，林乡在印厂门口接到了陈珝。自从来到厦门，结束了和林乡多年的夫妻异地生活，陈珝感觉到了前所未有的幸福。她发现原来自己也可以像蔡毓芬一样，每天上下班都能有丈夫接送，节假日和重大纪念日可以收到意想不到的惊喜。过去恋爱的感觉渐渐回温，她变得愈发温柔起来。

"对了，今年春节，我们把静茹接到厦门来和爸还有大伯一家一起过吧？"她想着再过不久，就要放寒假了，林静茹这一个学期都在台北和韩娜一起生活，肯定也想着过来这边。

"我也有这个想法，爸在厦门住下后，每天陪着大伯，他们俩白天浇花下棋，晚上看看电视剧。我看精气神都好了不少。"林乡看着前方的红绿灯，停了下来，转头看着陈珝说，"我觉得这样很好，等到静茹高考后来了厦门，我们一家人就能常常见面了。"

一家三口的生活，是陈珝多年来的期待。听到这话，她眼里有微光闪动，像是遗落了的星河碎片，嘴唇微颤，最终转头看向了车窗外的夜景。

车窗上，映着一张挂泪的脸。

春节前夕，林静茹从台北飞来了厦门，一同跟着来的还有韩福生一家。吴伯驹觉得他们彼此之间都是亲戚，他来了不大合适。因此，即使林承晖三番五次给他打电话,他也不肯挪动一步。

除夕这天,林觉和林敏早早地来了林家。林乡和陈翊要带韩福生去厦门的医院看病,所以迟了点。林欣怡睡意蒙眬地从楼上下来,就见客厅里已经坐满了人,林静茹坐在最角落的小板凳上。林静茹见到林欣怡,立刻从凳子上站起来,高兴地奔过去。

"阿觉,杰瑞和慧菁今年还是回不来?"林承暶坐在沙发正中间,见那两个孩子上去了,转回头问自家儿子。

"爸,英国的大学一年分三个学期,杰瑞这会儿正上春季学期的课,要到4月才放假。"林觉觉得有点心累,这件事,他几乎每年都要和林承暶重复一遍。其实算起来,他和林乡也差不多,儿子和妻子常年不在身边,李慧菁自打他事业稳定以后,就全身心地投入了儿子的教育里,做起了全职太太。可以说林杰瑞能考上牛津,李慧菁功不可没。

"小敏,露露呢?"林承暶又看向了林敏。

林敏正在剥橘子,听到自己被点名,停下了手里的动作,看向林承暶,答道:"爸,南半球这会儿还是夏天。老戚说,女儿在那边有点水土不服,连续一个月上吐下泻。原本应该是我过去照顾的,但老戚觉得今年是我们家第一次这么团圆,我应该留下。"

"露露没事吧?我早劝过你,她一个十几岁的女孩子,你那么早就把她送出去,不大合适。你看看,现在一个在英国,一个在新西兰,过年都不回家,我这把老骨头也不知道能撑到几时。"林承暶想起第一次来他们家做客的韩福生夫妇,又连忙问他们有什么忌口的没有。

这时,林建国风尘仆仆地进来,手里提着两箱年货。他见到屋里都坐满了,便和众人打了声招呼,先进了厨房。

"这是林大哥的亲儿子吧?"这是韩福生头回见林建国,看到那张与林承晖颇为相似的脸,问道。

林乡插了句嘴:"对,那是建国哥,和爸长得像吧。"

"建国哥今年要退休了，到岁数了。爸，二叔，以后你们可以拉上他一块儿打牌了。"林敏也打趣道。

林承曔笑眯眯地赞同。

林承晖自打搬过来后，就找了时间去丁屋岭看苏亦辉。果不其然，苏亦辉因为他当年一走了之的事，怨了他许久，愣是不让苏明莉给他开门。还好那会儿林静茹和林欣怡还在长汀，两姐妹里应外合，把苏亦辉给请了出去，让林承晖能跟他当面道歉。

二人在店头街的河田鸡馆子里吃了一顿，苏亦辉喝多了，拿筷子敲桌大骂林承晖说他怎么可以这样对林承曔。林承晖都听了进去，让苏亦辉干脆也搬到厦门来和他们一块住算了，但苏亦辉却因为李蕙兰的身体状况不适合奔波而婉拒了。

"来来来，大家吃葡萄，吃花生。这花生是我从龙岩带来的，上面说是什么退休福利。你们啊，今天都沾了我的光了。"林建国从厨房里走了出来。

"我去帮帮明莉。"林敏见林建国出来了，自己在客厅里坐着也是无聊，便站了起来。

"我跟你一起去。"陈珝本就在台湾待的时间很长，和这一大家子人不大熟悉，全程也插不进去话，于是也跟着站了起来。

"好啊，我还想尝尝你们台湾的年夜饭会做什么呢。"林敏看出陈珝的尴尬，挽过她的手臂，拉着她朝厨房走去。

客厅里这会儿除了杜欣妍，剩下的全是男人。而碰巧林乡又是这群男人里面年纪和辈分都最小的，便负责给大家伙儿剥水果、倒茶。

外面因为人多，又加上谈话声，显得特别热闹。

几个女人挤在厨房，料理台上满是待料理的鸡鸭鱼肉，泛着新鲜腥味的生猛海鲜。苏明莉拿起一只鸡放在砧板上，右手握着菜刀，噼里啪啦地就把一整只鸡剁成了一块块，把这些全部倒入另一个玻璃盆里，淋上老酒，加入盐和姜丝，放到一边腌制。

"陈珏，你们台湾那边有什么春节必吃的菜吗？"林敏进来后，从料理台上拿过鸭子，准备做两个老人都爱吃的姜母鸭。

"我就记得从小我们家吃年夜饭，桌上肯定有一条头尾完整的鱼。但是我爸跟我说，这是不能吃的，要留到大年初一吃，象征年年有余。还有就是春饭，我们要把米饭盛得尖尖的，在米饭上插上剪纸的'春'字。"陈珏问苏明莉要了一副橡胶手套，拿过一条鱼，放在水龙头下冲洗起来。

"把剪纸放在饭上，有意思。"林敏洗好了红面番鸭，取出鸭杂，将鸭子剁成了块状。

"因为闽南话里'春'与'剩'谐音，吃春饭是想图个'岁岁有余粮，年年食不尽'。"陈珏把洗好的鱼肉去骨，放在一边腌制，接着从冰箱里拿了两个鸡蛋打散。

苏明莉见了她的动作，好奇地问道："这是台湾菜吗？"

陈珏点了点头："嗯，这是鱼酥羹，静茹那孩子很喜欢吃。我看见料理台上有鱼肉和地瓜粉，就想做一下这道菜。"

"这几年台湾小吃在大陆很流行啊。"林敏开了火，准备煮汤底，想起这茬，顺口说了一句。

陈珏摘掉手套，又洗了一遍手，拿过厨房纸擦了擦手上的水渍，答道："也许是大陆的台湾人多了，所以台湾小吃的需求也跟着上来了。我吃烧仙草会吃得比较多些。"

"你也爱吃烧仙草？"林敏像是惊讶又像是惊喜地拔高了音量，"台湾和闽南真的很像，无论是语言还是饮食。"

陈珏继续道："我一开始以为自己在厦门待不到一周，没想到来了大半年，吃得倒是越来越多。厦门菜也合我的口味。"

"你们两个闽南人，让我这个客家人完全插不进去话。"苏明莉切着葱，听着她们的对话，开玩笑说。

"我母亲也是客家人，算起来，我既可以算闽南人，也可以算客家人。"

陈玥见苏明莉这么说，忙笑道。

"那你小时候吃过客家菜？"

"小时候，我妈妈给我煮过兜汤。"陈玥回忆起这道菜，似乎看见了过世多年的母亲。

三个女人就这样互相做着拿手菜，天南地北地聊着这些年遇见的人和事。这么闲聊着，一顿饭也能做得很快。忙活了四个小时，终于在林家的院子里开席了。

外面接连有人放了鞭炮，夜色渐浓。

十几个人刚好把一张大圆桌坐满，林建国挨着林承曍说："大伯，我当初买这大桌子一点也不浪费，这不就用上了吗？"

林承曍见状，笑着点头道："是是是，还是你想得周全。"

林建国冲林承曍一笑，继续道："各位，我今年退休了！"

众人沉默了一会儿，林乡带头鼓起掌来，大家被这掌声带动，也跟着拍手，嘴里笑闹着说恭喜。林欣怡从地上拿了一瓶葡萄酒，用开瓶器打开后，给自己和林建国的杯子满上，递给林建国："爸，这杯酒，我敬您。"

"敬您作为我们家目前唯一一个赚钱的人，功成身退，变成第三个领退休工资的。"林欣怡冲他眨眨眼，惹得底下的叔叔阿姨们都忍着笑。

林建国举着酒杯一饮而尽。

"还有一杯。"

林欣怡立刻又给他倒了半杯。

林建国看着手里的酒杯空了又满，看着林欣怡的眼神里多了一丝不解。

"还没吃菜呢，就让你爸一直喝。"苏明莉作势想要阻止，但是被林建国拦下了。

"你倒是跟我说说，这杯又是为了什么？"他舔了舔舌头上残留的涩味，问。

林欣怡举着酒杯，看着林建国那张六十岁的脸，看着他脸上的肌肉走向已变得松弛,头发黑白参半。她双目赤诚,看着他说:"爸,这一杯,是为这段时间以来,你和妈为我毕业工作的事操心了,我说话不好听,对不起!但希望你们能给我一个机会,让我证明自己。"

林建国沉默了一会儿:"要几年才能证明?"

"两年——暂时两年吧。"林欣怡看着一旁的林乡和陈珝,道。

"好。你记住你今天的话。"林建国一饮而尽。

"好了好了,吃菜吧。"发觉父女俩之间气氛又不对劲,苏明莉连忙出口。毕竟是过年,平常不愉快的事就不要在饭桌上说了。

林静茹拿过桌上的椰汁,给自己倒了一杯,站了起来。

全桌的人看着她,都一脸的好奇。

和林乡靠得最近的林觉起哄道:"阿乡,看来你女儿要敬你了。"

林乡心里一阵打鼓,一直以来,他觉得自己并没有做好父亲这个身份,比不上林建国对林欣怡的教育。他看着林静茹的时候有点紧张,可心里却隐隐有些期待。

"我就用饮料代替酒吧。"林静茹一双眼睛看了一圈桌上的长辈,最后把目光落在林承晖林承暻身上。

"爷爷,大爷爷,我想敬你们。过去我没有兄弟姐妹,不知道什么是骨肉至亲。后来我来到大陆,认识了欣怡姐姐,看到爷爷和大爷爷和好,我终于知道,在这个世界上,有一个兄弟姐妹能有多好。你会遇见很多人很多事,但是你知道有一个人是一定站在你这边的,因为你们骨子里流淌着同样的血。"

林承晖和林承暻二人的杯子还是空的,正欲拿酒满上,就被一旁的林建国夺了过去,换成了椰汁。"爸,您和大伯都年纪大了,酒还是别碰了,静茹喝椰汁,你们也喝椰汁吧。"说完,就把椰汁给他们倒上了。

林承晖听到林建国对自己的关心,只觉得心底涌上了一股温情。半年前,他在这儿住下,第二天来找林承暻,恰逢林建国回来。父子二人站在院子里面面相觑。林建国老了，他也老了，彼此看着对方，就像透过时间看着过去与未来。父亲喊儿子的名字，儿子应了一声，像是在答来办材料的群众，声音里不掺杂任何的感情。但是对父亲这样陌生的林建国，在半年后，在这样的聚会中，如此自然地对父亲的身体状况表现出关心。

那一声爸，是这世上最动人的声音。

"静茹，谢谢你。"林承晖举着杯子和林承曌碰了一下，两个老人一起看向林静茹。

三人把椰汁喝完后，饭桌上又喧闹了一阵子，接着便是各自动筷子的声音。

外面的烟花爆竹一个接一个亮起，为这个全世界华人团聚的日子添彩增辉。

在"给力"的口号随着2011年央视春节联欢晚会被捧到高潮后，远在台湾的林静茹陷入了疯狂复习的状态里。

年后，韩娜特意飞过来接韩福生夫妇和林静茹回台湾。临走时，林欣怡不忘叮嘱林静茹该如何学习数学与英语。林静茹皆记了下来，准备着回去加紧练习。

自从摆正了自己考厦大的心态，她发现学习其实并没有那么难。过去读小学，她总觉得时间漫长，一年一年，一年又一年，始终还是小学。但那个六年过去之后，接下来的日子就像是装上了马达，三年之后再三年，国中和高中，转瞬即逝。

她曾为此问过林欣怡，为什么小时候总嫌日子太慢，长大了又觉得一天24小时不够用。难道真是作业变多了这一个原因吗？

林欣怡忽然想起陆斯祁跟她说过的关于"心理时间"的理论，马上现学现用："你有没有听过'心理时间'这个概念？时钟上走一秒，一秒就过去了；日历撕掉一页，一天就过去了。时间是可以刻度化的。但是心理时间不行。心理时间的长短更多取决于信息的刺激。当我们年轻时，我们会经历很多新的刺激，在这个时期一切都是新鲜的，因此我们所感知的时间流逝要更慢一些。随着年纪增大，能够感受到的刺激就会越来越少，新鲜感降低了，时间的相似度就增加了。从而令我们感到时间过得更快了。"

林静茹听了，一头雾水："什么意思？"

"意思就是，如果你想让时间变得更慢，你就得去面对更多未知的可能性。孩子们每天接受很多新事物，得不断摄入，就会感觉时间过得慢，但年龄越来越大，要经历的新信息就越来越少，信息延长时间的效果就会变弱。所以，打破常规，确保生活充满新鲜事的做法，可以'延长'你的心理时间。"这句话林欣怡也是从陆斯祁那边听来的。

"比如，你去陌生的地方旅行、培养新的兴趣爱好，投身一个新的环境，挑战一个未知的工作……都算是新鲜事。"她看林静茹还是傻乎乎的样子，觉得索然无味，说，"算了，等你长大你就懂了。"

第 二 十 六 章

五月初到七月初是厦大面向台湾招生的预报名时间，韩娜很快就在网上帮林静茹提交了申请。现场确认时间定在了七月下旬，林静茹飞到了厦门，在林欣怡的带领下，来到厦门大学海外教育学院的联兴楼一楼进行现场确认。

看着熟悉的校园，今年刚刚毕业的林欣怡一时间感慨万千，她看着林静茹逐渐发育成熟的身体和越来越娇艳的脸蛋，忽然觉得自己的青春已经结束了。

走出厦大校门时，外面的另一道门，挤满了游客，他们在等着排队进去参观。林欣怡带着林静茹从另一侧学生通道走，沿路找了家小铺子，准备坐下来吃碗凉皮解解暑。

"你打算读什么专业？"点完餐，林欣怡摘掉了头上的渔夫帽，扇着脸上的热汗。

林静茹从桌上的纸盒里抽了两张纸巾，开始擦着桌上未被清理干净的油渍，答道："我想读中国语言文学，但爸爸希望我读经济学。"

"做你自己想做的事，别管林乡叔叔怎么说。我妈以前还希望我读教育专业，考个研究生留校当老师呢。我最后不也没听她的？"林欣怡答得漫不经心。人生是自己的，就应该把握在自己手里，这种把握，不只是选专业，择业也是。

之前大四的实习期结束后，林欣怡和陆斯祁看着自己的视频点击率和关注度攀升，便准备了材料去工商局注册了欣祁文化传播公司。两周后，从工商局拿到营业执照的她，满怀期待地跑回家和林建国苏明莉看自己的成果。

然而苏明莉一看营业执照，便是一肚子的火，好好的一个大学毕业生，社会还没待几天，就赶着注册了，以后万一黄了，自己还要背一身债。林建国黑着脸坐在一旁也沉默着。

"你招呼都不跟我和你爸打一下就去注册了？——你知不知道你们散伙你要赔多少钱？！"苏明莉将营业执照一把拍到桌子上，"你有想过我和你爸的感受吗？！我以前就说做事不要冲动，你看看你！"

"我跟你们说了我还能去注册？你们放心，营业执照上写的钱，我自己承担，不用你们一分一毫。"林欣怡道。

苏明莉鼻孔里出冷气："'不用我们一分一毫'？你还没赚几个钱呢，这么豪气——我不管，你必须想办法把这个东西退了，我和你爸还有你大爷爷都不同意。"即使是尝试，也是有限度的，她决不允许自己的女儿年纪轻轻就开始背债。有了这样的背景，不管以后是进单位还是找对象，人家一听是身上有债务的，对她的印象肯定不好。

"退不了。"林欣怡冷淡道。

"那就转让法人！你不是说你们那伙人如何有本事如何团结嘛，既然如此，让他们做一个法人怎么了？"

林欣怡一听，无奈又气愤："妈，你不要太过分。这个创业的念头，是我先想出来的，人也是我辛苦从学校里挖来的。他们愿意跟着我，是出于对我的信任，难道为了表忠心，要一个个剐肉放血不成?!——这是组团队共赢，不是上忠义堂！"

最后这场争辩，以林欣怡收拾东西离家出走告终。

她和陆斯祁在一年前，曾用那笔赞助费租了一间公寓作为临时办公地点。这次出来创业，又从林乡那里获得四十万的融资，将场地扩大成了两间，其中一间是个两层小阁楼，平时她就住在楼上。

林静茹这趟过来，从父母那里得知了这些事后，没有直接去林家，而是去了林欣怡的公司。如今林欣怡的公司还是个小作坊，除了她和陆斯祁两个核心，剩下四个都是刚上大四的学弟学妹。几个人窝在一间小小的公寓里，负责为林乡的旅行社拍摄宣传短片，偶尔也接一些其他企业的活动。

虽然生存环境有些恶劣，但是林静茹依然想和林欣怡一起住。她现场报名结束后就要参加考试，连考两天，在周日上午11点考完。陈翊和林乡都来接她，准备带她去好好庆祝一番，但是从考场里出来的林静茹却想去找林欣怡。刚刚坐在考场里奋笔疾书的她，已经对未来有了一个打算。

林乡见女儿态度坚定，只得照做，带着她开到了林欣怡的公司楼下。林欣怡和苏明莉母女冷战的事，在林家已经传开了。甚至在一次争执中，苏明莉让林乡撤回对林欣怡的赞助。这让林乡很是为难，因为他觉得林欣怡的事业是有发展前景的，他不希望抹杀一个孩子的热情与冲劲。林承暶兄弟俩见面的视频，效果超出了预期。

"姐，我考完了。"林静茹出了电梯，就看见了背对着她站在走廊楼梯口的林欣怡。

林欣怡正望着外面的景色出神。

"欣怡……"林乡拍了拍她的肩膀，她这才反应过来。

"考得怎么样？"林欣怡和林乡打了个招呼，便和林静茹一边说话一边走。

林静茹拉着她往屋内走，顺手招呼林乡可以回去了。

"你们两个晚上早点睡啊，别玩得太晚，有空我再来接你。记住，别妨碍你欣怡姐姐的工作。"林乡按下了电梯门，依然不忘叮嘱这姐妹俩几句，生怕她们在一起会疯得厉害。这几年，林静茹每逢寒暑假就来厦门，每次都住在林家，跟着林欣怡上蹿下跳，这让陈珝看了颇为头疼——她还是怕孩子影响了学业。

走到楼下，陈珝还坐在车里，方才因为懒得找停车位，干脆就近停下来。陈珝留在车里，看着林乡送林静茹上去又下来后的两副表情，便觉得一阵好笑。她直言道："怎么，还吃侄女的醋呢？"

林乡坐进驾驶座，郁闷地点了点头。

"行了，女生之间有自己的小秘密，你一个五十岁的人，管那么多干吗。"陈珝最近爱用年龄来打趣他。每每这时候，林乡就会照镜子看自己的白头发。

"女生之间能有什么秘密啊？"林乡握着方向盘，对陈珝的话表示不屑一顾。

"当然有啊，比如喜欢的男孩子之类的。"陈珝透过车窗看着面前这座小区，想着哪扇窗是林欣怡租的办公室。

林乡震惊地转过来看陈珝，问道："喜欢的男孩子？静茹有喜欢的人了？"

"难道你一点都看不出来吗？她喜欢欣怡的那个男同学啊。"陈珝觉得很是诧异，怕林乡不相信，还举出了证据道，"我有一回收拾静茹的相册，发现她保存了一张那个男孩子和佳甯的合照，看起来应该是第一次去厦门的时候拍的，我记得她想考厦大也是那次从厦门回来之后提的吧？"

看着林乡微撇的嘴，陈珝噗嗤一声笑了出来，安慰他道："姑娘大了，迟早会有这么一天的。我们尽力让她去做自己喜欢的事情就好了。"

"大什么大，她四十岁结婚我也养得起。"林乡一直以来觉得自己对林静茹亏欠良多，就希望接下来的日子，能找机会好好补偿，可是他突然发现，岁月难驻，即使他有再大的能力，也无法让时间倒流。林静茹是会长大的，过去的林静茹需要林乡，但是现在的林静茹已经开始向更多的人走去了。

他虽然嘴上这样固执，可是心里却隐隐有了一股不舍的情绪。

"对了，毓芬今天打来电话跟我说，'点火计划'启动了，当局决定拨款三千万新台币推动新书EP同步数字出版计划。《魅灵》将会推出电子版了，我下个月得回去参加电子版的发布会。"陈珝看着前方的路况，想起早上接到的消息，便和林乡提了一句。

林乡握着方向盘的手停了两秒，眼神变了变，语气轻快起来："这么快，我以为这个计划起码还得再等两年了。2008年那会儿，就听你们说要发起这个计划，结果一直被上面驳回。没想到啊，三年后还真给办成了。"

"是啊，我也没想到真能让毓芬给办成，据她说，是因为她先生从她这里看到了'点火计划'的文件，觉得这件事应该越早做对台湾的出版环境越好。毓芬的这位先生，早年曾在台当局任职，认识里面能说得上话的人，于是替毓芬和数字出版联盟牵线，和里面那人沟通了近一年，估计觉得此刻是时候了，才终于启动了计划。"陈珝没想到自己当初天天跟着一块儿开会商量的"点火计划"还有启动的一天，她一直以为这个计划不会被实施了。但是蔡毓芬，这个女人总能化腐朽为神奇，和过去一样在执行力上带给她惊喜。

"点火计划"的启动，预示着她们不但能省下成本，还可以多出一部分利润。这对风雨飘摇中的《魅灵》杂志，可谓是雪中送炭。蔡毓芬是真的想保住《魅灵》，也是真的热爱这份事业。

这两年，她的《丽人》在大陆站稳了脚跟，针对中低端市场的"丽人"银饰，销量也不错。一切，都在朝着好的方向发展。

留在林欣怡这边的林静茹等林乡离开后，便拉着堂姐进了那间租来当做公司的房子。

这房子是两室一厅的格局,两个卧室被打造成了林欣怡和陆斯祁的办公室,偌大的客厅放了四张办公桌作为集体办公区。简单装修的厨房料理台上,摆着水壶、咖啡机,一台容量不大的双开门冰箱伫立在厨房的入口处。

"你要喝果汁还是可乐?"进屋后,林欣怡打开了冰箱,抬头问林静茹。

"可乐吧。"夏天还是选择刺激一点的碳酸饮料比较能消暑。

冰箱冷藏柜的最底层是一排的冰镇啤酒,冷冻柜则放着几盒冰淇淋,至于门边的框框则摆着一打可乐罐子。林欣怡伸手拿了两罐可乐,扔了一罐到林静茹的怀里。

林静茹伸手一抱,可乐落入她手里,冰凉的罐壁刺激着她的手心。

厨房旁边是个小阳台,如今客厅里的几个人都在抓紧时间剪片子,林欣怡不好过去打扰,便打开了外面的阳台门。

屋里此刻正放着空调,阳台上的空调外机,哼哧哼哧地将屋内的热气运送出去。打开阳台门的那个瞬间,林欣怡就觉得一阵热气扑面而来,直打在她的脸上。

"算了,还是去我办公室吧。"被暑热击退的林欣怡选择再次关上门,拉着林静茹进了自己那间用卧室改造的办公室,关上了门。

办公室里的空调温度被调到了标准的26摄氏度,门窗紧闭,冷气环绕。

"成绩出来前,有什么打算?"林欣怡打开自己的笔记本电脑,看着屏幕上的文件,有一搭没一搭地和林静茹聊天。

林静茹捧着手里冰镇过的可乐,回答道:"嗯……还没有别的想法,想先在你这儿看看。"

"我过几天还得去一趟泉州,接了个私活,要给一家青年旅社拍广告。如果你想跟着来的话也可以,但我可能没空管你。"林欣怡变得和以前不一样了,过去还是学生的时候,只要交了学费和住宿费,做好一个学生该做的事就足够了。但是现在出来创业,她要考虑的东西可就不只这些了,除了兴趣爱好，最大问题就是公司的利润，她必须要盈利，才能把公司维持下去，才能留住外面的那几个人。

"我自己可以照顾自己。"不知怎的，林静茹觉得她方才的话，似乎还是把自己当孩子来看。

"那行吧，对了，你报了什么专业？"林欣怡拿过桌上那瓶可乐，咕咚咕咚灌了大半瓶。似乎是解了渴，放下后，她长叹一声发出了一个"嗝"。

林静茹正要回答，就听见桌上林欣怡的手机响了起来。她本打算等林欣怡接完电话再回答，可是林欣怡却只看了一眼就挂断了。

"还是中国语言文学。"林静茹认真地回答道，"我觉得大学四年如果勉强学不是自己喜欢的专业，实在太痛苦了。而且国际经贸要学高等数学，那是我最头痛的一门课。"

林欣怡这回收敛了很多，听完她的回答，只轻轻笑了两声道："如果被录取了，算起来，你还是斯祁的半个直系学妹。"

"嗯？"听到这个说法，林静茹一脸困惑，她放下手里的可乐，看向林欣怡。

桌上的手机又响了起来，林欣怡还是和过去一样挂掉，给林静茹解惑道："斯祁大学辅修中文系，他有管理学和文学的双学位，怎么样，想不到吧？"

林静茹笑了笑。她低下头，脸颊隐隐发烫。

她的大脑在飞速地旋转，想着和陆斯祁有关的一切，直到那突兀的铃声再次响起，才把她从回忆里拉回来。她抬头看林欣怡准备再次挂断，开口问道："骚扰电话吗？为什么不屏蔽？"

林欣怡摇了摇头说："我爸，肯定是让我回家的。我不想接。"

"你和伯母准备冷战多久啊？"林静茹从没见过这样激烈的冲突，她心里对林欣怡的敢于反抗，既佩服又有些害怕。她不是那种喜欢吵架的人，一是因为自己吵不过，二是吵架不一定能解决问题，反而伤害彼此的感情。

"你应该说她准备跟我闹多久。"林欣怡看向墙上那张营业执照，心里还是憋着股气。她觉得过去二十多年按照母亲的意思，上最好的小学，最好的中学，最好的大学，已经足够做到给母亲拿出去装点门面了，为什么到了择业这种伴随终身的事情上，还要按照母亲的规划去走。她决定这次无论如何也不屈服，无论如何也要让苏明莉看到自己的决心。

手机又响了起来，林欣怡瞥了一眼，还是老号码，伸手再次按下了挂断键。

这时，陆斯祁突然在外面敲着门喊："欣怡！快订票，你外婆过世了。"

林欣怡猛地一回头，一脸错愕的表情看着陆斯祁，脸色发白地问："你说什么？你刚刚说什么？"

陆斯祁知道这件事对她的打击很大，害怕她一时支撑不住，连忙抓住她的肩膀，看着她的眼睛，缓缓说道："刚刚，你父亲给我们办公室打了电话，说你一直不肯接电话，你的外婆半个小时前在医院过世了。现在你们家有点乱，我给你订票，我陪你一起过去吧。"

林欣怡觉得此刻的自己像是置身于另一个空间，外面的人说的话，她似乎都听不清楚了。周围的一切都变得不真实起来。

"欣怡，欣怡？"陆斯祁试着喊了她两声，没有回应。

正在剪片子的同事看着两个人也停下了动作，这时敲门声响起，一个人小跑着过去开了门，发现是去而复返的林乡夫妇。

林乡一进来就直奔林欣怡而去，见到她这个样子，看向陆斯祁，问："她都知道了？"

"刚刚知道，受了不小的刺激。"陆斯祁答道。

"欣怡，你这孩子……唉……"林乡在路上接到了林建国的电话，这才知道了李蕙兰已经进病房抢救三天的消息。林建国跟他说，怎么都打不通林欣怡的电话，问他那边有没有别的联系方式。林乡想起林欣怡曾给过他一张名片，上面有写他们公司的座机号码，于是便报给了林建国。而就在这一问一答之间，李蕙兰被医生宣布抢救无效，过世了。电话那头苏明莉的哭声隔着林建国，都能让林乡听得一清二楚。

那一刻，林乡对林欣怡是感到失望的，他觉得林欣怡这次做得太过分，原本打算回来教训她一番，可是真见到她这失魂落魄的模样，千言万语的责备又说不出口了。

"我的车子就在楼下，我们走吧，先去火车站，接下来几天会有得忙的。静茹，你要不要先跟妈妈回家？"林乡看向扶着林欣怡的林静茹，感觉一阵头疼，怎么就同意把她留在这儿了呢？

"不，我要陪着姐姐，我也要去。"林静茹看着林欣怡目前的状态，目光对上林乡的双眼时，答得斩钉截铁。

林乡早就知道会是这个回答，一时竟也反驳不了，只得拉上她一起。

"叔叔……"像个木偶一般定住的林欣怡，就像忽然回魂了一般，机械地转过头来看着林乡说，"我外婆，真的过世了吗？"

她这副模样，让林乡的情绪也跟着上来了，他想起自己小时候跟着杜欣妍去给杜母出殡的时候，似乎也是这样。他以为自己是天底下最伤心的人，但其实杜欣妍远比他伤心得多。同理，此刻的林欣怡也一定觉得自己是世界上最伤心的人，但电话那头苏明莉的哭声，却让他知道，失去母亲的孩子，才是最伤心的。

"走吧，去送你外婆最后一程。"

"姐，小心门槛。"林静茹此刻抱着林欣怡的胳膊慢慢走着。她觉得现在的林欣怡像没有骨头的一滩水母，需要她用上全身的力气，才可以支撑住。

确认过必备的证件都带了后，三人进了电梯，下了楼。陈玥还是等在那里，见到他们过来，主动下来开了车门。

这回，换林乡坐在副驾座，陈玥开车。等到车子上路，陈玥凭着女人的细腻心理，问道："欣怡，我们要不要回一趟家，帮你拿点换洗衣物？这一趟去可能要好多天。"

"不用，我在外婆家什么都有。"林欣怡淡淡地答。陈玥看着她落寞的神

299

情，张了张嘴，还是没说什么。

车子直接行驶到厦门站，买票，进站，排队，上车。

陈翔本来不想让林静茹去龙岩参与这样的事，她觉得刚考完试的人去参加葬礼，不大吉利。可是见林静茹一脸坚持到底的表情，而这种话她碍于林欣怡伤心又不好直说，只得目送着他们进去。

上了车后，林静茹还是挨着林欣怡坐。她挽着欣怡的胳膊，试图跟欣怡搭话，然而还是鲜少得到回应。

林欣怡坐在窗边的位置，眼神望着窗外流逝的青山翠绿，心里想的全是李蕙兰与自己相处的点点滴滴。

她的外婆，能写一手毛笔字，能背中国古诗词，还会唱日本童谣的外婆，就这样去世了。去世，多么可怕的字眼，她再也不能抱着外婆一起睡觉，不能让外婆给自己做清明粿，不能听外婆说那些志怪故事，也不能，让外婆看到自己结婚生子了⋯⋯

时间为什么不能慢一点？

火车哐哧哐哧地在轨道上行驶，终于在一个半小时后进入了龙岩站。

现在苏家那边没有人可以来接他们，林乡也懒得和车站外面的司机讨价还价，直接带着两个孩子上了车，一路开到第一医院门口。

下车后，林乡从钱包里抽出一张百元人民币给了司机，道了声谢谢，就拉着孩子们下了车。司机正准备掏钱给他找零，却见他已经进了医院。

"哎！还没找你钱呢！"司机在后头吼了一声，却只看到那三人跑得更快了。

这会儿已是下班时间，医院里的员工基本都走了，一楼的大厅也没了白天排队缴费建卡的热闹，林乡一进去就看到坐在大厅座位上的林建国和林佑安。

此刻门诊大厅的灯已经灭了，只有靠近电梯的位置还亮着一盏灯，暖色的灯光斜斜地照过来，将林建国的剪影映在了墙上。

那影子，像一只蜷缩成一团的猫，充满了寂寞与哀愁。

"建国哥，佑安哥……"林乡走到他俩旁边坐下来。

林建国抬起头看他，同时也看到了他身后双眼红肿着的林欣怡。在打不通电话的那几个小时里，他心里是有气的，气得想把这丫头拖过来揍一顿，但是当医生对他宣布李蕙兰脑死亡的时候，他整个人就像跌入了深海里，失重感令他的气在那一刻丢失得无影无踪。一股巨大的对死亡的恐惧，将他覆盖。林佑安在一旁劝他冷静，这下本来就乱了，要是他们再不冷静，孩子们也会吓坏的。

"爸……"林欣怡在车上已经哭过一阵了，此刻见到憔悴的林建国，连一句话都说不清楚。

林建国从位置上站了起来，走到她的面前，抬起了手，作势想要打她。林静茹立刻拉着林欣怡后退了一步，那巴掌没落下来。

林建国擦了擦自己的脸，又伸手去擦林欣怡脸上的泪，从哭丧的脸里硬生生挤出了一个笑容，像是在安慰她，又像是在安慰自己："走吧，我们去看看你外婆，还有你妈妈。"

他搂过林欣怡，朝着太平间走去。

林静茹本想跟上，但被林乡拉住了，林乡对她耳语了几句，这才让她想跟上去的念头作罢。

林欣怡被林建国牵着，进了医院的太平间。

苏明莉正跪在被盖了白布的李蕙兰面前哭，嘴里喃喃自语地说着些什么，丝毫没有在意进来的父女俩。

林欣怡从未见过这样的苏明莉，她一直以为母亲很好强，不会有软弱的时候，但是此刻的苏明莉，却让她想起了"悲痛欲绝"这个词。

她走过去，走到担架旁边，看着已经变成一具冰冷的尸体的外婆，只觉得呼吸一窒。

太平间里的味道很不好闻,但是此刻她的五感都变得迟钝了,她蹲下来,掀开白布,试图去握那双冰冷的手。她看着那双手上的纹路,觉得胸口有一股刺痛感涌上来,强迫她要释放什么似的。

"外婆,我来了……"

她觉得李蕙兰似乎还在这个房间里,她此刻说的话,外婆应该能听得到。

"外婆,我是欣怡啊……"

她没有把母亲的哭喊听进去,只沉浸在自己的世界里。

"外婆……"

她积攒了千言万语,最后却发现抵不住一声外婆,就足以令鼻子一酸,眼泪下落。

林建国走到苏明莉的身边,搂着她的肩,把她扶到自己的怀里。他虽然伤心难过,却绝比不上苏明莉万分之一,他不知道该怎么纾解妻子的痛苦,只得拍着她的后背,让她更好地顺气。

"妈……妈……"苏明莉叫了两声,哭昏了过去。

"明莉?明莉!"林建国摇晃了她两下,发现她全无动静,也跟着慌了起来。立刻抱着她跟着林佑安出去找医生。

太平间里,此刻只剩下林欣怡一人。

她把李蕙兰的手放回白布里,跪下磕了一个头:"外婆,我毕业了,我也开始创业了,我知道您一定会支持我的。过去我做什么,您都会支持我。外婆,我还没有喜欢的人,不知道将来结婚会是什么样子,但我一定会带他到您的墓前,让他跟您问好。我要告诉他关于您的故事,您是我心里最美最好的女人。如果我有了孩子,我希望会是个女儿,我会好好爱她,告诉她要成为像外婆这样的人……外婆,如果你下一世还能继续当外婆的话,我还愿意当你的孙女。"

说完这段话,太平间里依然一片寂静,林欣怡从地上爬起来,擦了擦眼角的泪,往外走去。走廊上空无一人,她走了两步,忽然靠着墙,慢慢滑了下来，整个人的头都埋进了胳膊里。

她又哭了起来，相比之前的抽泣，这次是嚎啕大哭。但好在这里是地下负一层，楼上顾不到她。屁股被某个坚硬的东西硌到，她挪动了一下，发现是自己口袋里掉出来的那部手机，那部错过了她和李蕙兰最后一次联系机会的手机。

她拿起这部手机，深邃的眼神看了数遍，忽然像发了狂一般，连叫带骂地把手机摔向了对面的墙上。

机身触及坚硬的墙壁，又弹起落到地上，发出一声沉闷的钝响，几个掉出来的零件滚了一圈才停下，像是成为了某种陪葬。

第 二 十 七 章

李蕙兰出殡那天，龙岩下起了小雨。

林建国本打算按照现代丧礼来操作，因为考虑到李蕙兰和苏亦辉的亲戚基本上都去世了，不适合客家复杂的丧礼流程。但是这个提议刚出，就有人出面否决，这人是当地某个组织的名誉主席，一大把年纪，从报纸的讣闻里得知这个消息后亲自登门，说要大操大办。

这让林建国觉得很是疑惑，想着李蕙兰同这位老人也素无交集。

"我是她过去教过的学生，没有李老师，也不会有现在的我，那时候啊……"老人在某个星期天来到林建国在龙岩的家里，见他们对自己的身份有了疑惑，便把过去李蕙兰给他们做饭、上课、烙饼等等的事，都说了出来。林佑安在一旁听着，似乎又重新回到了那段日子。小时候的他虽对李蕙兰没有多少记忆，但他记得母亲生前老在他面前提起李蕙兰，说李蕙兰抱过他，还给他讲过故事。他对李蕙兰的记忆更多的是稍大些上课的时候，她操着一口不大标准的普通话，在黑板上边读边写。后来他们一家搬到厦门，他慢慢将她忘记，直到她出现在当炼钢师傅的苏亦辉身旁。

林欣怡坐在沙发的角落，听得入神。她虽然从李蕙兰那听过不少故事，却从没听她提起过自己教书育人的那段经历。听这位老先生的讲述，李蕙兰似乎有很长一段时间都在担任教师，甚至解放前也是如此。

因为老先生的再三坚持，加上苏亦辉和苏明莉都不想草草了事，林建国只得叫来林乡，先去打了口棺材，又请了位入殓师来为李蕙兰化妆，盖上面布，再抬入棺材里。

入殓这一步做完，林建国和岳父、妻子还有女儿披麻戴孝，根据那位老人说的调子和节奏号哭，据说这叫"举哀"。

等到李蕙兰的灵牌做好后，需要舅家有人"点主"，也就是在灵牌上的"某某之主位"的"主"字上点个点。因为做好的灵牌是不能写"主"的，要写"王"，那个点得留着给家中男子最长者来点。但李蕙兰在中国没有亲人，如果按她跟着钟婉莹姓来算的话，家里最年长的只得去找钟氏一族的人。为此，林建国又颇费了一番周折，因为那老人说不点主，就不能算尊长同意这件丧事。

被找到的钟氏后人觉得一阵莫名其妙，在林建国的再三恳求下，觉得死者为大，只好答应了过来点主。点上那个点后，老主席要求林建国苏明莉以及林欣怡哭拜跪谢。

这一系列的仪式折腾了好几天，仪式准备完后，老人对着李蕙兰的牌位先是鞠躬行礼，而后一跪三叩。最后对着已经钉好的棺材说："李蕙兰老师，您在天上一定见到别的孩子们了，请告诉他们，二牛很快就会和他们团圆了。到时候，我们在天上继续上课……"

老人已是七十多岁的高龄，但说出这话时的表情，却像个孩子一般。

这让林建国和苏明莉看得颇为动容，从老人真诚的态度来看，他们那段乱世之中求学的经历应该并未掺假。老人希望自己的恩师走得体面，也是情理之中，更何况他们这样做子女的呢。

出殡的那天，原以为要请几个人过来抬棺，但出乎林建国意料的是，老人带了好几个四十多岁的男人，说是自己的儿子，抬棺的事交给他们就行。林建国数了数，加上自己和林乡正好是规定里要求的八个人。抽空赶来的林觉在前面撒着纸钱，林敏和林欣怡在后头鸣锣放爆竹。而苏明莉作为李蕙兰唯一的孩子，则捧着灵牌。

墓穴已经提前打扫好了，安葬的仪式完成后，众人改道回苏家祠堂。苏亦辉把李蕙兰的灵牌送到宗祠里，摆上供品祭告祖宗，再将灵牌火化。

林欣怡觉得自己这一日的腿已经走得失去了直觉，从蒲团上站起来时，感到一阵头晕目眩。早上出殡前苏明莉曾递给她一碗不加任何料的白糯米饭，她因为早起没有胃口，所以没有吃，此刻胃里水米未进，饥肠辘辘。

但是好在苏家的"食斋饭"就设在祠堂里，老人和他带来的那几个人都已经入席了。如果按照老规矩，作为李蕙兰的子女是不能入席，只能坐在地上吃的。苏明莉怕老人又会提这样的要求，心里顿时有点没底。

不过这次，老人没有再提这茬，这顿"食斋饭"吃得倒还算平静顺利。

安葬后的第二天黄昏，苏明莉和林欣怡来到李蕙兰的坟前点燃蜡烛和草绳，看着草绳和蜡烛燃起，已经许久没有和林欣怡独处的苏明莉忽然开了口："你外婆说，你想做的事，就让你去做吧。过去她是没得选择，你既然做出了选择，我们应该尊重你。只是啊……"

听到苏明莉的这句话，林欣怡猛地抬起了头，可是看到她那张古井无波的脸后，心里又涌起了一股悲伤："妈，我能问个问题吗？为什么外婆会说过去她是没得选择？"

"生在和平年代，是一种幸运。"苏明莉深深地叹了口气，因为母亲的去世和丧礼的忙碌，她觉得自己苍老了好多。过去她从未觉得自己是个老年人，但是这件事令她意识到自己已经步入了老年，并且死亡在向她招手。

林欣怡对李蕙兰的遭遇都是从苏明莉这里知道的，但是苏明莉也是有选择地说，没有将最残酷的那一段历史告诉她，怕她会留下心理阴影。

如今逝者已矣，再提那些事，也没有必要，她只挑拣着大概的意思同女儿解释："我一直坚持不让你创业，和你吵架，是我的不对。但是我不想你成为一个商人是有原因的。你林乡林觉叔叔，还有林敏姑姑，他们都在国外待过，思维西化，我管不了。但我和你爸爸，都是在国内读的大学，在国内工作，这辈子都没有出过国。我们经历的那个年代，比较复杂，你听了也许会觉得我是在骗你，所以我也不仔细讲了。你不喜欢体制内的生活，但是我希望你知道，体制内的工作，再怎么样，至少能保证任何时候都有一口饭吃，你要先活下去，才能想着怎么飞起来。"苏明莉觉得，在物质上女儿和周围的同学相差不大，甚至有不少人比起他们家的条件还要差很多。女儿有自己的优越感。

"妈，其实……"林欣怡看着地上快烧完的草绳和蜡烛，背对着李蕙兰的坟。她其实也能理解苏明莉的出发点，"我创业是想赚钱，想让你和爸以后可以过上更好的生活。你看，同样是大学生，林觉叔叔和林敏姑姑如今生活富足，他们的孩子，一个在英国，一个在新西兰，而我却要那么努力挤高考这条路。我知道这个世界是不公平的，但我想在我的能力范围内，能尽量得到公平的对待。我知道你们希望我拿固定的工资，每个月旱涝保收，但我却希望，我的人生有更多的可能性，体制内的可能性是很小的。"

这些话，在她心里藏了很多年。她还有一半的话没说——"希望能有更多的钱，万一以后父母遇到意外时，不会为了钱操心。自己是独生女，以后那么多父辈的晚年都靠自己了。"林欣怡有这种想法，是因为林建国有个好朋友老姜，前几年妻子得了白血病，要吃进口药，每个月1万多，吃了三年多，把整个家都吃垮了。经常看到姜叔叔愁苦的脸，她都觉得害怕，她真心觉得，钱是个好东西。

从小到大，因为杰瑞和露露这两个富二代堂弟堂妹，她一直活在怕穷的阴影里。逢年过节，露露都会穿着昂贵的洋装在她面前转圈圈，杰瑞带回国外最新式的机械玩具接受小巷所有孩子的顶礼膜拜。也许他们的举动都是无意的，但那时候的林欣怡却觉得自尊心很受伤，当她第一次跑去问苏明莉，自己能不能也买一条那样的洋装裙子，被苏明莉以家里没钱为由打了回去。那会儿苏明莉和林建国的工资除了要养一家人，还要给李蕙兰看病，基本上没什么剩下的。

但就因为这一句"没钱"，令林欣怡意识到了钱的重要性。所有的物质都是建立在有钱的基础上的。她可以没有华服美衣，但一想到若有一天苏明莉和林建国生了大病，需要去国外医治，可是却没有钱，她该怎么办？

"你这孩子……我可以接受你为了梦想去经商，但如果只是为了钱，你会活得很痛苦的。欣怡……"苏明莉听到女儿的这番话，沉默良久，方才意识到自己过去给她传递的观念，对她造成了这么大的影响。也正因如此，方才本准备松口同意她创业的苏明莉，开始认为林欣怡并不适合做生意。

"你……要不要先试试做几个月？妈没有别的要求，你去做几个月体制内的工作，如果真的不喜欢，觉得很痛苦，再要去创业，我也不反对了。"

"妈……"林欣怡一脸惊异的表情看着她，没想到自己说了这么多，母亲依然这么固执。虽然话语里有了些许松动的痕迹，但最后还是希望她能走体制内的路，可是坐在外婆的坟前，她又不能冲母亲生气，只得无奈道："这又不是租房子，说租几个月就几个月的。再说了，现在各项招考都结束了，我去哪儿找这工作啊？你要是能给我找到我就去。"

苏明莉见她"上钩"了，赶紧说道："我前几天还听说龙岩学院招辅导员呢，要参加笔试和面试。你从小到大，什么考试都经历过了，这对你来说不算难事。要不，先加把劲考进去实习一段时间看看？"

林欣怡一开始没料到这里面有坑，但话已经放出去了，一时半会儿也收不回来，只得硬着头皮答应下来。

天边滚来一撮乌云，夏季的雷阵雨又要来了。

母女二人从山路上下来，就看到还等在路边的林建国。三人上了租来的车子，往回程的路走。后面葬着李蕙兰的山，变得越来越远，直至成为视线里一道模糊的背景。

苏明莉在车里同林建国说了林欣怡答应当实习辅导员的事，林建国没发表什么意见，倒是提到今早林承曔和林承晖打来电话，说是希望他们把苏亦辉接到厦门去，三个人一起过晚年，彼此之间也有个照应。

他们一家的亲戚大多都在厦门，龙岩这边就他们夫妻俩一个小套房，全部人过去厦门，也方便了夫妻俩照顾两边的长辈。回到家，苏明莉便和苏亦辉说了这个提议，苏亦辉没有林承曔那么死板，觉得这样能减轻子女来回奔波的辛苦，便同意了。

经过这一遭，老人们似乎更加沉默了些。林承曔想到林佑安一个人还在外面住着，心里总是不踏实，家里三间房又住不下，一时间不知道怎么办，只好叫林建国夫妻俩去看看他。

过了两天，林建国一家人赶到老家，隔天中午就买了车票，带着苏亦辉一块儿去了厦门。

长汀的那间屋子，苏亦辉让他们挂出去售卖，这些年给李蕙兰看病花了不少钱，林建国和苏明莉结婚的时候，也没送上什么好嫁妆，这令他觉得很是愧疚。

但林建国说他第一次分配工作到长汀的时候，住的就是这里，就这么卖了总觉得可惜。倒是龙岩那套后来买的房子往后估计也住不了太长时间，可以先挂出去售卖。但苏明莉又认为林欣怡日后会有一段时间待在龙岩，那房子留着也方便。

最后折腾来折腾去，哪间也没卖成。

林欣怡听着都觉得心累，回到厦门后把林佑安的礼物交给林静茹就回公司。离开了近半个月，公司里的事几乎都是陆斯祁在处理。她到的时候，已经是晚上下班时间，客厅里已经空无一人，陆斯祁穿着短袖短裤，正站在茶水间的门口，等着水烧开。

"泉州那个片子拍得怎么样？"她一进来，关上门，就走到茶水间。

水壶的出口不断冒出热气，陆斯祁戴了一副眼镜，镜片被水蒸气蒙上了一层雾。他摘下来用纸巾擦了擦镜片，等到雾气消失后才重新戴上。见到林欣怡，他疲惫的脸像是放松了下来，微笑道："还行，我去了以后才发现那个老板是个台湾人，后来嫁到晋江，开了一家青年旅社。对了，你知道我们去取景的围头村的故事吗？"

"什么故事？"林欣怡对泉州的历史不大了解。

"亏你还是福建的。1958年的金门炮击知道不？"陆斯祁把水壶的插头拔掉，拿过自己已经倒上咖啡粉的杯子，把开水注入。

"当然知道。"林欣怡不只知道金门炮击，还知道林承晖曾经参与过金门炮击。当时听到她的两个爷爷在客厅里聊起来的时候，她就坐在一旁和林静茹嗑瓜子看电视，一只耳朵听着偶像剧里的男女主角说甜言蜜语，另一只耳朵听着他们聊历史细节。一心二用，剧情没看懂，故事也没听仔细。

"炮击金门的时候，围头村距离金门岛最近，才不到3平方公里的小村子，落下了五万多发炮弹，变成了'海峡炮战第一村'。后来1979年《告台湾同胞书》发表，村子的命运被改变了，从'炮战第一村'变成了'两岸通婚第一村'。那个在泉州开青旅的老板，去年参加了围头村首届七夕返亲节，她觉得这种活动可以促进两岸的旅游业，所以才想着请我们过去拍个系列宣传视频，发展他们的青旅产品。"陆斯祁用勺子搅着杯子里的咖啡粉，直至粉末和水融为一体，嘴里一直说个不停，向林欣怡解释自己这半个月来的见闻。

"七夕返亲节，今年也有吗？"林欣怡捕捉到他话里的信息，连忙问道。

"不是，是两年一届的，去年是首届，今年没有，明年才有。主要是让嫁到台湾去的围头村新娘可以重聚。老板说，希望明年七夕的时候，我们能再去拍一次。"陆斯祁从茶水间里出来，走到会客区的沙发上坐下。

"意思是，泉州的那单有望继续做下去？"林欣怡听得眼前一亮，但一想到自己一会儿要和陆斯祁说的事儿，神色又黯淡了下来。她走到沙发上，坐到陆斯祁的旁边，拿起茶几上的一个水杯在手里把玩，听着陆斯祁跟她规划的关于公司的未来，犹豫着该怎么说出口。

"斯祁，有件事我不得不告诉你。"

"什么？"陆斯祁正说到他准备拿下泉州青旅的全年广告宣传计划，听见林欣怡的这句，不得不停下来等她开口。

"就是……"林欣怡见自己的搭档踌躇满志的模样，为自己的临阵脱逃感到羞耻，"我妈因为我外婆去世的事，身体状况变得不大好了，我和我爸想先顺着她。我妈的意思是希望我去龙岩学院当实习辅导员，半年后如果我觉得不合适，就放我回来继续工作。"

陆斯祁看了她一眼，一时间没接话。

客厅上方那盏日光灯闪了两下，忽然熄灭。屋子里的光线一下子变得暗下来。

良久的沉默让林欣怡抓着自己的膝盖上的衣料，愈发紧张起来。陆斯祁的反应让她很苦恼，她一瞬间都不知道要怎么跟其他人说自己要离开的事了。

"会不会是保险丝烧坏了？你坐这儿等着，我去看看别的灯有没有问题。"陆斯祁道。

"斯祁！"她鼓起勇气从位置上站了起来，想要跟着他去。

"别动！太暗了……小心磕到。"

林欣怡透过窗外别处大楼的灯光，看到屋内陆斯祁的影子，看着这个从大一开始就跟着自己一块研究项目、参加比赛的搭档。静默之间，林欣怡眼眶酸胀起来。

"对不起，斯祁。"她看着陆斯祁一个个地按下开关，但屋里依然是一片黑暗。她不打算再给自己留退路，最后还是走了过去，说出了这句话。

陆斯祁的沉默，没由来地让林欣怡越发慌张。当初这个公司是她坚持要成立的，也好不容易筹集到了资金，但是，现在一切都尚未成形，她却第一个要离开了。她自知心中有愧，但也实在是无可奈何。

"林欣怡……"陆斯祁渐渐缓过来，转过头看她，但黑暗中只看得到她脸部的轮廓。他看着那轮廓，问道："你不怕你在体制里会没那么自由吗？你是这么喜欢自由自在的人。"

"我不知道，我妈说我并没有看清自己到底想要什么。"林欣怡此刻不再笃定自己不能接受这样的安排。因为苏明莉说她若是为了梦想而去创业，便愿意支持，但是她却告诉苏明莉，自己是为了钱。

林欣怡本是愧疚地说出这话，但是在陆斯祁听起来，却不是这么个意思了。他觉得很可笑，轻呵了一声："早知道是这样，我就同意系里的保送了。你去做辅导员吧，我不拦着你，但是这个公司，我一个人恐怕是做不起来，主要是苦了小夏他们几个，那么信任我们。"

想到那几个学弟学妹，林欣怡的愧疚更深了，她见陆斯祁似乎做了决定，便也说出了自己接下来的打算："明天，我会去和房东说退租。小夏他们的酬劳，我会结清，需要盖实习章的话，我可以把他们介绍到我叔叔的公司去。如果你想去也可以，我叔叔曾说过他很欣赏……"

"我不去了。"陆斯祁打断了她的话，开口便是拒绝，默默回到自己的办公室开始收拾东西。

收到一半，他抬头见林欣怡一脸内疚地站在门口，忽然无力地坐回办公椅上，把几个文件夹往桌上一扔，无奈道："我打算考研，还有五个月，考本校的话或许有戏。这才是我最开始的人生规划，我已经因为你打乱过一次自己的步调，这一次我想按照我原来的人生走。"

"好。"林欣怡原本还想再道个歉，但是知道陆斯祁此刻一定不想听到这些，便尽数咽了回去。她看着他把桌上乱七八糟的杂物都一一扔进箱子里，想到这间办公室再过不久也会被慢慢搬空，之前那段共同奋斗的时光忽然像放电影似的在她脑子里过了一遍又一遍。

为了让自己的情绪不要如此惆怅，她走了出来，打了个电话给物业，这才发现原来不是因为保险丝烧坏，只是因为停电。

她下去交了这个月的物业费，上来后发现屋子里还是暗的。她按下玄关处的开关，灯才亮了起来，陆斯祁一动不动地坐在会客厅的沙发上，像是在等她，旁边的箱子里放着他所有的东西。

"现在就走？你晚上可以住这儿的，这个月的物业费我已经交了，隔壁也是。等到下个月找到房子了再走也可以。"她走过去坐下，用很平静的语气说。

"欣怡……"陆斯祁此刻略带沙哑的嗓音开口，转过头来看着她说，"不管怎样，还是谢谢你这段时间以来的努力。让我知道除了学校之外，我们可以做的事情有很多很多。既然你心意已决，那我祝你事业有成。"

"你也是。"林欣怡不知道该说些什么。她能隐隐感觉到，走出这里之后，她怕是再也回不来了。

第 二 十 八 章

办退租的手续是林建国代为处理的，林欣怡在家闷头复习。

看着林欣怡把公司解散，开始一日日在家认真准备着笔试和面试，苏明莉觉得这是个好的开始，心情也跟着好了很多。

林乡给林承晖租的房子是个大三居，如今苏亦辉来了，正好两间卧室一人一间，剩下一间当书房。三个老人平日里就凑在一起看看新闻联播，听听戏曲节目，下下棋，散散步，林建国夫妻俩在家里负责操持家务。

林建国闲着没事干，找了一堆木板，在院子里做了一张小木桌，每当饭后，就招呼几个长辈坐下来喝喝茶。夜间院子里不但能乘凉，还能闻闻花香。

林承晖瞥见玻璃窗里在背书的林欣怡，端起茶碗抿了一口茶。

"欣怡这孩子，读书倒是很刻苦。"

"她这是想明白了，知道我们也是为她好。"林承曔道。

"孩子嘛，能知道自己想做什么也是很不容易的，无论欣怡选什么路，我们作为长辈都应该支持——你说是不是啊，建国？"林承晖问。之前他和林承曔已经探讨过这个问题。那时，林承晖觉得林欣怡应该能把自己的梦想坚持下去，没想到最后还是选择了眼前这条路。他不知道是林欣怡主动放弃还是被动选择。

"爸，我觉得比起支持，更重要的还是要及时纠正孩子不正确的想法，免得他们一条路走到黑，最后哭都来不及。爸，我不是反对欣怡跟着林乡做事，只是她终究是个女孩子，将来的生活，还是稳定一些好。"林建国顿了一会儿，补充道，"我和明莉，都希望她能考上编制。"

"哎……建国，人这一辈子那么长，这才刚刚开始，怎么知道自己选的路就是不对的呢。我们自己走的路，也不是最完美的嘛。人嘛，活着就是要做自己喜欢的事才行，太计较眼前的得失，反而不敢迈开腿，更委屈了自己。我年轻的时候也一股脑地参军，在军队里也后悔过，后悔丢下了你和你妈。但是，从另一个角度看，假如我没有去参军，就不会认识这些一直陪我到现在的朋友，也不会在台湾这么快就找到出路——人做出选择，就必定要承担它的双重性。考编制是一个选择，但对欣怡来讲，不一定是正确的。"林承晖道。在他和林乡的印象中，她一直是一个很有潜力的孩子。

"但却是风险最小的，"林建国说，"如果她去创业，成不成功不知道，但她能考上编制，我和明莉是知道的。"

"哎……"林承晖叹了口气，没再接话。

要放手这件事，对林建国和苏明莉来说还是太难。

在林承晖看来，人这辈子就是要多尝试才行。下一辈长大了，父母要给孩子的不是守护，而是努力创造条件让他们有机会尝试，有机会犯错，这样一个人才能经历住社会上的挫折，找到自己努力的方向。

越临近考试，林承曛越坐不住，天天到菜市场去买菜，让苏明莉多做些好吃的给欣怡补补身体。虽然没有明说，林承曛对林欣怡的偏爱还是不少的，那几个小的都不在身边，偶尔回来张口闭口都是自己听不懂的外语，只有林欣怡肯坐下来陪着自己聊会儿天。她现在要考教师了，这孩子从小就聪明，考上肯定是没问题的。到时候，有了这个铁饭碗，林欣怡这一辈子也不愁了。他从前也教书，只是他没有碰上过这样的好时代，要不然指不定他能做成什么样呢。

在这点上，苏亦辉和他的想法一致，女孩子嘛，生活稳定就行了，到时候找个好人家嫁了，生个孩子。林承晖却不敢苟同，但他也没有明说，一家人风风雨雨经历了这么多，他不希望又被这些事情拆散了。他私下里找过林欣怡，看着她埋头苦读的样子，又想起来她小时候蹦蹦跳跳的样子，不免叹息。他只希望林欣怡能像从前那样开心，想说什么说什么，想做什么做什么。

八月中旬，林欣怡一个人去龙岩学院参加了笔试和面试。

成绩是在八月下旬出来的，她毫无悬念地位列第一，被成功录取。苏明莉非要去饭店订餐请家族里的人一块儿庆祝。

恰巧林乡一家也收到了林静茹的厦大录取通知书，陈珝便和苏明莉合计着一块办了。姐妹俩自打葬礼一别后，已快一个月未见，这会儿在酒店碰了头，便顾不得几个长辈，只想躲到一边去说悄悄话。

林静茹月初从林乡那里得知林欣怡解散了公司，还给她打过电话，以为她是被外婆去世一事刺激得无心工作。但后来见她这么轻而易举地通过了招聘考试，又觉得这事没那么简单，里面怕是有什么隐情。

"姐，你怎么回事啊？"林静茹看着站在前台和服务员确认菜单的父母们，拉着林欣怡到大堂的沙发上坐下来，一脸担心地问道，"你一开始不是跟我说，要遵从自己的意愿来吗？这回怎么妥协了？"

"这事儿说来话长啊，静茹，有时候人无法永远按照自己的意愿来做事的。自由是相对的，但不是绝对的。"林欣怡这模棱两可的解释，让林静茹听得云里雾里，继而又想到了另一个重要的问题："陆斯祁哥哥呢？他不是跟着你一块创业，你就这么解散公司，他怎么办？"

已经许久没有听到陆斯祁三个字的林欣怡，被林静茹这句话问倒，强装镇定地回答道："他，这会儿估计在准备考研吧。"

"啊？考研？不是都快九月了？考哪里的研究生？"与陆斯祁有关的问题，林静茹总是迫切地想知道更多，完全没想过自己这样子会不会让林欣怡看出什么来。

林欣怡见她这副模样，只觉得一阵狐疑，随意解释道："不知道啊，估计回东北了吧，我们闹翻了，他再也不会回来了。"

果然这话让林静茹的伪装彻底暴露，她差点要从沙发上跳起来了，一句惊呼脱口而出："那我岂不是再也见不到他了?!"

若非林欣怡眼疾手快，只怕林静茹这声大喊要把前台那边的长辈们都招来了。她一手捂住林静茹的嘴，一手把她按住，似笑非笑地说："见不到他你就这么激动？"

被林欣怡窥破心思的林静茹立刻闭上了嘴，两颊通红。

林欣怡也不再逗她："刚才是骗你的，他说时间来不及了，准备考本校。不过不知道会考什么专业，没准会成为你的学长也说不定。不过，你是什么时候开始喜欢他的？——你也太能忍了，早知道我就……"林欣怡想起陆斯祁那时的眼神，还是住了嘴。

"你啊，就是想太多，要是真的喜欢他，那就去试试看啊，自己在这一直憋着，你不难受？还有啊，你这么拖着，也不跟他说明白，要是有人捷足先登了怎么办？"要是她林欣怡喜欢的，就算拼命也要努力争取来。

"我……我怕他不愿意……"林静茹叹了口气,眉头也皱了起来。要是不跟他说,起码她还能勉强和他说上几句话;要是跟他说了,万一他拒绝了自己,那岂不是连说话的机会也没有了?

"哎……你这个就是想太多。行了,我也不逼你,到了你觉得合适的时候就跟他说吧。"算了,她自己还麻烦一大堆,还是不要管了。

姐妹俩最后谁也没说出个所以然,各自都有所保留。作为宴席的主角,两人被大人们簇拥着坐在上首的位置,接受他们对自己的赞美与祝福。

林欣怡看着苏明莉和别人交流着自己成绩的模样,忽然觉得这样的一幕似乎上演了很多遍。从她上了重点高中开始,苏明莉就爱以这种庆祝的方式来邀请亲朋好友。

似乎,只有这样,他们家才能成为众人的焦点和中心,才能在林家这个尽出能人的家族,不显得丢脸。

在林欣怡心里,这辈子最骄傲的一天就是考上厦门大学的那天。林乡林觉林敏都来看她,给她包了红包。杰瑞和露露都对她表示了祝贺。她被巷子里的众人夸了好几天,成为林家第三代的骄傲。只是,这样扬眉吐气的日子并没有持续很久,很快,她骄傲的火焰就随着林杰瑞牛津大学录取通知书的抵达,被泼了盆冷水。

林杰瑞被录取的那个夏天,林欣怡至今难忘。

林觉为他包下了一个大饭店办酒席,邀请了公司的一些员工到场祝贺。林欣怡当时走进大饭店的时候,看着地上的红毯,差点以为自己走到了哪个会展活动的现场。她看着比自己的升学宴要隆重百倍的排场,看着穿着时髦西装俨然一副大人模样,实则才刚刚成年的林杰瑞,看着他替林觉上台演讲,看着他赢得人们的一片赞叹。

那一刻,她感觉到自己和林杰瑞之间的距离,不仅是贫穷与富有的距离。

那种说不出的距离,藏在很多东西里:藏在他的举手投足里;藏在他的眼角眉梢里;藏在林杰瑞请她和露露一起去高级西餐厅用餐时,她总是用错的餐具里……

有些东西，纵使她不承认，纵使外界认为不存在，但它始终是在那的，始终是影响着她的一举一动的。在她刷数学题的时候，林杰瑞在练怎么打高尔夫球；在她上补习班的时候，戚露在国外度假；在她考上厦门大学的时候，他们都来祝贺她，随后再给她看外国名校的通知书。

她觉得自己就像是躲在臭水沟里渴望冒出头的青苔，见得一点光就以为见到了太阳，然而，那不过是过路人的灯盏。

这么多年，她一直竭力保护自己在林杰瑞和戚露面前的心理平衡感。每当他们令她感到心理不平衡的时候，她都要躲起来进行自我的心理重建。这种心理重建对那时的她来说是痛苦的，但最痛苦的还是当她的心理重建完成后，对方又会开着"大炮"来，再次把她的自信炸成废墟。

日复一日，恶性循环。

她无法说这是他们的错，因为没人能选择自己的出生，为了名校的通知书，他们也付出了很多。她扪心自问，自己是不讨厌林杰瑞和戚露的，但也绝谈不上喜欢。

"欣怡，静茹，你们姐妹俩不互相喝一杯吗？"饭桌上的大人们见主角这么沉默，开始起哄。

林静茹笑着端起酒杯看向坐在她旁边的林欣怡，眼里满是星星，就像一年前敬林承晖和林承暻那样赤诚地说："姐，恭喜你笔试面试第一。我希望你能做自己想做的事，成为自己想要成为的那个人。不要让未来后悔，不要让余生被浪费。我干了，你随意。"

最后一句说完，大人们跟着鼓起了掌。

林欣怡看着林静茹第一次在她面前喝下了一杯啤酒，而自己则举着酒杯想着那些老套的祝酒词。

"那个，静茹……"她又重新给自己满上，看着林静茹的脸说，"首先恭喜你考上厦大，往后的任何时候，都要先学会做好自己。不是外人眼中的好，而是自己眼中的好。自己不快乐的话，做什么都是无意义的。"

林静茹微微一顿，朝她笑了笑。

说完这句话，林欣怡再去看苏明莉，发现她已经喝得微醺，靠在林建国身上没有说话。她希望做自己，但是为了苏明莉，她不得不一次次放弃。她心里叹了口气，他们什么时候才能学着把孩子当作是一个独立的个体呢？

姐妹俩敬完酒，服务生来上了最后一道甜品和水果拼盘。

几家人吃完以后，便四散着开车回去了。

九月的第一天，林欣怡拉着自己的行李来到龙岩学院报到，而林静茹则在教师节那天，跟着林乡去了漳州的厦大校区。按照规定，她需要和其他新生一起在这里接受两年的教育，等到第三年才会回到厦门本部。

林静茹和其他考进来的台湾学生一起分到了一个班。大学的一切，对过去的她来说就像是屏风上的花鸟，虽看着美但却不生动，如今那花鸟都从屏风上跳了下来，一个在她眼前盛开，一个在她耳边吟唱，令她感觉浑身的细胞都活了过来。

蝉鸣鸟叫与丰富的社团生活，让她暂时忘记了陆斯祁，只偶尔和林欣怡通话的过程中会提那么几句。林欣怡从过去的导师那里得知，陆斯祁考上了厦大中国语言文学的研究生，如今在系里颇有名气，很有读博的希望。她把这话转述给了林静茹，想着借此也许可以令林静茹更有学习的动力。谁知林静茹一听博士二字，重重地叹了口气。她能考上厦大已是费了九牛二虎之力，若是让她再去读个研究生，她怕是要去掉半条命。

她在漳州的两年时光过得很快，而林欣怡在龙岩则不一样。林欣怡来这里，一是对苏明莉的承诺，二是她需要时间重新思考自己的职业规划。过去她选择创业靠的是一腔热血，没经过更深入的市场调查，对公司的业务，也是靠自己四处奔忙和林乡的协助才拉来单子。如果按照这样的模式，她很难做大做强。如今冷静下来复盘过去，她发现了自己的急功近利。如果想要把事业做成功，这样急于变现的想法是走不长久的，她必须重新静下来思考个人能力与现实的差距。

来龙岩学院后，按照需求，她被分配到了艺术学院，跟着学习了大半年。看清了现实和自身能力的天花板后，当初创业的激情渐渐褪去，实习期结束她也没提离职，就这么留了下来。

年后又听说学校准备成立一个新学院，准备做省内首个先行先试的"闽台高校联合培养本科人才项目"。这个学院的名字吵了大半年，最后定名为"奇迈学院"。根据计划，采用的是福建高校、台湾高校联合培养应用型本科人才的模式，在教学中引入台湾高校的优势课程体系、教学管理经验和高素质的师资。

她才刚在艺术学院混熟，就被调到了奇迈学院担任新生的辅导员，而更让她感到惊讶的是，她带的这届新生的班主任，竟然是林静茹过去的老师张思成！

不过，张思成似乎对她没什么印象，以为她只是新来的辅导员。如今的他已评上了讲师，在学校里颇有声望。若要说有什么美中不足的话，唯一的遗憾便是找不到合适的对象，年过三十还是孤身一人。

由于这回是第一次当班主任，张思成在新生开学日那天来找林欣怡，询问晚上是否方便一起下宿舍。林欣怡觉得这是一个认识新生的好机会，便答应了。他们如今管着奇迈学院的好几个专业，奇迈学院刚刚成立，所以学生人数并不多，每个班只招35人。

晚上一圈宿舍遛完，张思成忽然问她要不要吃烧仙草。

这让林欣怡想起几年前的那天晚上还是张思成帮他们那桌结的账，便想借这个机会还回来，于是便跟着张思成走到校外。

夜间校外马路上的车流量渐渐减少，学校正对面便是一家甜品店，二人穿过斑马线，走进店内点了两份烧仙草和一份甘梅地瓜后，找了个位置坐下来。

"哎，林导，你看过《2012》吗？"等待的过程中，张思成看着墙上的菜单，打发无聊的时间。

"看过啊。"林欣怡一只手撑着脸，另一只手握着手机，双眼一直打量着张思成，瞧着他和几年前匆匆一瞥有了哪些变化。

"如果今年真的是世界末日，你最想做的事是什么？"张思成收回看菜单的目光，一脸好奇地看着她。他的台湾腔还是很重，但是听着却很舒服。

林欣怡发现自己还真没想过这个问题，一时间有点答不上来。正好这会儿老板端着烧仙草和甘梅地瓜过来。看着那份烧仙草，她笑着回答道："都末日了，及时行乐，先吃为敬吧。"

张思成被她活泼的表情和语气逗乐，本就是为了活跃气氛找话，便不再问了。等到二人吃完，他习惯性地想去结账，却见林欣怡先他一步递给对方一张二十元人民币。这让他觉得有些讶异，连忙说："哎呀，这怎么行，我来吧。"

"不用啦，张老师，这是还您三年前在长汀那份。"说完，她嫣然一笑，推门走了出去。

"哎，你等等，什么'三年前在长汀那份'？你以前去过长汀？"张思成抱着外套一路追过去。

光棍节过后，已经大二的林静茹考到了驾照，想着许久未见堂姐，便向林乡借了车，一路从漳州开到龙岩来找她。

抵达学院门口已是下午，周末的日子，学校里人不多。林欣怡带着张思成一起出来接林静茹。虽然张林两人在静茹面前没多少互动，但眼波流转间，还是让林静茹感觉到一股微妙。

林静茹从驾驶座上下来，换张思成开车，三人到附近的一家饭店吃了顿晚饭。饭后林静茹跟着林欣怡到她住的公寓，而张思成也回了自己的住处。

宿舍的门刚关上，林静茹就抓着林欣怡的手问："姐，你是不是和张思成老师在一起啦？"

林欣怡一拍她的手："瞎说什么，我们是同事，同事，懂吗？"

林静茹"切"的一声，显然不信。

因为晚饭吃得有些腻，喉咙里的咸味让林欣怡觉得口渴，走到饮水机旁倒了一杯水，耳畔仿佛还充斥着林静茹叽叽喳喳的问话。想到她万一说漏嘴，跟家里的其他人说了这件事，林欣怡就觉得一阵头大。

"静茹，这件事你可不能跟其他人说啊！——省得他们乱猜。"林欣怡瞪起眼睛，佯装恐吓。

林静茹一听，笑得狡黠："姐，有一个词叫'越描越黑'，还有一个成语叫'欲盖弥彰'。我本来都忘了，你还在纠结，这就是有鬼！"

"嘿！你这小丫头！看我不撕烂你的嘴！"林欣怡被她说得面上一热，伸手就要去抓林静茹。林静茹连忙一躲，没抓着还朝她做了个鬼脸。

"好啊！我多年不发威，连你也欺到我头上了？——想当年我的名号在巷子里也是响当当的！"林欣怡朝林静茹扑上来，姐妹俩围着沙发玩起了猫抓老鼠的游戏。几个回合后，林静茹跑也跑不动，笑也笑岔了气。两人蒙头一倒摔在沙发上，气喘吁吁的。

林静茹不死心地侧过身来支着头看她，问："你真的不喜欢张思成老师？——他当我老师的时候，我可喜欢他了。"

林欣怡望着天花板，半天才叹："你问我，我也不知道啊。"经今天这件事，她发觉自己叫上张思成，两人一起出现在林静茹面前确实有些不合适。尽管他们在一起共事已经有一段时间了，彼此之间的话也越聊越多，她是欣赏他的，但从没想过两个人在一起的那一天。她和他在一起工作的时候，和之前大学的时候跟陆斯祁在一起的感觉好像有点不一样，又好像没什么不同。

"怎么会不知道呢？我问你，你第一次看见他之后，有没有那种忘不掉的感觉？——就是你明明不想去想他，但他就是在你的脑子里打转？"林静茹想起自己第一次见到陆斯祁之后，好长一段时间，真可谓"茶不思饭不想"，白白浪费了白天的夏令营不说,晚上睡觉也睡不好,写日记的时候老把那张照片掏出来看,还爱写他的名字,连写名字都是一种强烈的刺激。当初林欣怡说有什么问题可以尽管找她和陆斯祁的时候,自己真的很想要一个陆斯祁的联系方式,但临到说出口的时候,又决定不要了。她害怕自己要来了,就会天天想着要打电话给他。

"唉,那也没那么夸张。我跟他天天在一起工作,低头不见抬头见的,哪像你,一看就是受尽相思苦的人,"林欣怡顿了顿,"不过,我有些时候确实觉得他挺好的,做起事来还挺靠谱。不像有些人,毛毛躁躁的,没有条理性。"她是个性子急的,学校里任务重的时候免不了急得跳脚。张思成就不一样,只要了解了情况之后,就能马上给出她解决的办法,实在不行他还能帮她一把。

"所以说,你还是很喜欢和他在一起的对不对?"

"可以这么说吧。"

"那万一他有一天不跟你在一起了,你着急他也不理你,你会难过吗?"

林欣怡听了这个问题,手握了握。"大概会吧。哎……我一开始来这里的时候,其实挺爱发火、挺爱着急的。以前你问过我为什么突然改了主意,现在想想,我改主意的时候也有些冲动,家里催得太紧是一方面,另外那时候公司确实生存比较艰难了。我们明面上是一个公司,但一路下来除了叔叔给我们的机会,外面接的活很少,导致我们长年累月都只能靠叔叔的旅行社生存,一直找不到方向。如果没有叔叔这层关系,我怕是早就失败了。"林欣怡平静地继续回忆,"当时我就觉得自己不是这块料,怎么这么几年,大家还是这样过日子?我对拍摄、对剪辑的爱是在的,但有一刻我突然觉得自己好累,不知道为什么,就发展成那样的局面了。"

"所以我憋着一股气考了现在的这个岗位,来了之后做的事情和我的专业一点关系都没有,我又觉得我曾经学的东西,在这样的环境里简直一无是处。"张思成跟她讲了他自己的经历,看着倒有几分同病相怜的感觉。待她逐渐冷静下来的时候，才反应过来这段时间里，跟张思成竟成了无话不说的人，这是之前和陆斯祁在一起她从未感受过的。

"姐……"林静茹想说几句宽慰的话，临到头却一个字也说不出来。她似乎能理解姐姐的感受。林欣怡这么要强的一个人，怎么可能一辈子就靠着别人来生活。

"哎，收起你那可怜我的样子啊，"林欣怡佯装嫌弃地瞪了她一眼，"我能耐多大自己心里还是有数的，怨不得别人。我现在在这也挺好，他给我买了一个照相机，我们也去了很多地方，拍了很多照片。我开了一个微博，上传拍得好的，看的人也挺多。"

"姐，我觉得你们真的好像在一起的样子。虽然你俩都没说明吧，但我这个局外人听你这样一说，真有点在一起很久很久的感觉。"林欣怡这个急性子，遇到张思成也算合适。

"在一起就在一起了呗——我先去洗个澡，你也别躺着了。"林欣怡从沙发上坐起来，拿了自己的衣服往浴室里去。

林静茹打开电视，一个人坐在沙发上百无聊赖地看着里面的广告，脑子里不断回想刚才林欣怡说的话。

如果，他们两个人真的在一起……

那林欣怡岂不是要嫁去台湾？！

这个问题就复杂了，她在这边本来就是家里的独生女，之前又没去过台湾。要嫁到那边去，和家里的人又少不了一场硬仗。

"姐，你万一真的和张老师结婚，要去台湾怎么办？"

林欣怡关上水龙头，裹着浴衣头戴浴巾从里面走出来，"台湾人不也是中国人吗，这有什么？"

"不是，我的意思是，你不怕伯父伯母反对吗？他们能同意你嫁得那么远吗？"林静茹提到了一直被林欣怡刻意忽略的关键点。

头发上残留的水珠透过毛巾的缝隙落在地上，在地板上积了一小块水渍，她解下毛巾擦着头发，听着林静茹的问话，却沉默着不想回答。

两个人连窗户纸都没捅破，林欣怡便懒得去想那些以后的事儿。她觉得自己这辅导员也不知会做到什么时候，每日被学生和学校里琐碎的事包裹着，犹如埋进了一片沙漠，四肢百骸都渐渐有些透不过气。她试着问过张思成的打算，明白他是要在龙岩常驻了，但她可不一样，她来这儿只是给自己放个假，好好思考接下来的职业之路该怎么走。

她不会永远属于这里，对此她可以很笃定。

因为还要上课，林静茹待了一个晚上就走了。

在她走后，林欣怡的日子还是这样过。《2012》里说的那个日期很快到来，虽然大家都不相信这一天就会是世界末日，可是超市里打出的末日促销还是激起了众人的购买欲。出于消费者的从众心理，林欣怡一早就做好了打算，二话不说叫着张思成一起挤进了超市。

看着购物车被面包、饼干、彩虹糖、可乐、薯片、方便面等东西装得满满的，她还有些不满足，准备去拿牛肉干和大辣片。眼看着要提一大袋零食回去，张思成考虑到自己的手臂承重力，连忙出手制止她的购物欲，顺手从车里拿了几样东西放回去，最后耐心地劝告道："这回都买了，下回来超市就没有惊喜了。留几样下回买吧。"

"都世界末日了，你还说什么下回？"她斜了他一眼，觉得这时候他说的话好不知趣。

"都世界末日了，这些买回去也吃不完啊。"张思成说完，看到林欣怡的表情不对，又转口道："买，都买，都世界末日了，及时行乐！"

林欣怡瞥了他一眼，忍不住笑了一声。

他们推着推车走到收银台去结账，又一块儿回了青年公寓。

外面的天早就暗了，电视里还是播着那么几个节目，她坐在书桌边，撕开一袋薯片，用张思成的电脑上网冲浪。玩了一轮网络游戏，最后以失败告终。林静茹昨晚说的那个问题，不知不觉就窜进了脑子。

转头发现张思成正坐在沙发上看着一本外文书籍。

"张老师，你在干吗呢？"她转头，一只手放在椅背上，看着他问。

张思成扶了一下眼镜，回答道："准备寒假的时候申报一个省级项目。"

听到他说这句话，林欣怡一愣。想到他们俩之所以在一起，就是因为张思成国庆节忽然找到她，询问她能否帮自己填一份表格。她觉得填个表格而已，便答应下来了。结果发现是他要申请一个校级＋省级的精品课程，需要填4张表格，而他简体字又写得不好。在帮忙的过程中，林欣怡觉得自己入了一个坑，那个表格每次填完，上面就会说哪里不对，还需要修改，于是她就得重新填写。整个国庆假期，都被她用来给张思成填表格了，不过好在最后他邀请自己去吃了新开的那家日式料理，还搭上一条项链，算是赔礼。

那会儿的气氛很好，日料店的包厢里亮着鹅黄色的灯，令她多日来的疲惫有放松的趋势。张思成穿着一身淡蓝色的衬衫配直筒裤，跪坐在榻榻米上，特意打理过的头发，让她想起了老牌的台湾男明星。

"张老师，我帮你可不是为了这一条项链啊。"她笑着望了望绒布盒里的水晶项链，嘴里说着不着调的话。

张思成低头浅笑了一下，双手放在膝盖上，继而又抬头对她一脸郑重地说："我知道，其实这是我买来送给女朋友的，不知道林导愿不愿意做我的女朋友。"

林导？

好吧，她承认这是对辅导员的惯例称呼，但因为她的姓而导致这个称呼听着极为别扭。所以每当给新生开会，她都会要求大家叫她林老师而不是林导。这会儿这个词从张思成嘴里出来，知道他是在有意调侃。

其实从那个时候张思成就一直在等自己的答案。

"张老师，我有个问题想问你。"

"你说。"张思成合上书，望着她的脸颊。

"你国庆节说的话还算数吗？"林欣怡支着头问他。看到张思成脸上闪过了一丝错愕，以为他没反应自己说的是什么，提醒道，"就是，日式料理店……"不知道为何，林欣怡突然耳根发烫，明明昨晚跟林静茹说的时候内心还挺冷静的。

"当然记得，"张思成放下书走到林欣怡面前，苦笑道，"我还以为你从来没当作一回事呢……"

"那我还不是赶在'世界末日'之前开窍了吗……"林欣怡吸吸鼻子，半开玩笑道。

她虽然渴望物质满足，却天性崇拜学识渊博的人，面对张思成的时候，她常为自己思考问题不够缜密而不得不暗暗佩服对方。填表的事情也是，她转念一想，自己其实并不是一个喜欢多管闲事的人，但也许正是因为要管的人是张思成，所以她愿意。能为一个人去做自己本不愿意或本做不到的事，实在卑微又伟大——这就是她所能理解的爱。

第二天，林欣怡脖子上多了一串项链。

张思成在生活中其实并不是一个爱麻烦别人的人，一切自己能做的事，他都宁愿自己做了。唯独除了填表格，他对填表格深恶痛绝，可是为了项目，又不得不填。今天，他从教学部拿了一堆表格回来，一路长吁短叹。

林欣怡耐不住他的暗示，还是帮他做了填表的事，一边填一边盘算自己这个寒假能不能填得完。

"张老师，我还想多活几年。"她哭丧着脸，关掉了电脑，"每次填表格，我就开始疯狂掉头发。"

张思成听了，把她拉过来，给她捏肩捶腿，说："这次寒假，我带你去台湾看看吧？你不是一直说想吃一遍台南花园夜市的四百个摊位吗？"

花园夜市？！

她前阵子追一个台湾综艺节目，看到里面的主持人让嘉宾带着一千块新台币去吃花园夜市的指定摊位，什么柠檬爱玉、春卷冰淇淋之类的，都让她馋得不得了。

这会儿张思成都开口了，她可决不能放过，连忙点头道："好！一言为定！"

在许诺方面，张思成从未食言。

寒假一到，林欣怡便打包东西回厦门，拿了自己早就办好的台湾往来通行证，和苏明莉林建国打了声招呼，和张思成飞到了台湾旅游，丝毫没透露跟张思成在一起的事。

她当辅导员已满一年，苏明莉见她没有要转业的意思，便以为她这是爱上了体制内的工作，看着心头的一件大事了了，另一件便慢慢提上了日程。

所谓成家立业，如今立业已落幕，那就剩成家了。

她开始琢磨着给林欣怡介绍对象，还让林建国看看过去同事里有没有合适的孩子。一开始，她以为女儿和陆斯祁是一对，对陆斯祁还挺有好感，觉得这个孩子长得好看学历高，又懂礼貌。但后来发现女儿对他完全没那意思，加上得知陆斯祁是东北的，觉得离家太远，还为此庆幸过二人没在一起。

她把能考虑的人都考虑了一遍，甚至包括隔壁的刘家孙子。但是这个刘家孙子实在不成器，大学毕业两年了，还在家里啃老，这名字刚一提出来，就让林建国冷着脸给划掉了。

苏明莉干笑了两声，继续联系一波周围已经退休的同事，发现适龄的小伙子不少，于是准备了一本花名册，就等着林欣怡从台湾回来，带着她去相亲。

台湾之行，让林欣怡玩了个尽兴。她不仅吃到了心心念念许久的台南花园夜市的著名小吃，还跟着张思成上了阳明山兜风。只是刚玩了三天，她就接到了林静茹的电话。

刚结束期末考的林静茹，计划好了要去之前旅行社开发的客家迁徙路看一看，不参加团队，就单两个人去，旅游攻略全部都查好了，只等冲到堂姐家拉着她走,给她一个惊喜。当她跑到林家,从苏明莉那里得知堂姐跑去了台湾,憋着一肚子的气,打包好行李回到许久不曾回的台湾。这会儿正一个人坐在林家空荡荡的客厅里,越想越别扭。

林欣怡接到她的电话,这才想起之前自己提了一嘴要去客家迁徙路的事儿。面对林静茹的质问,只得赔不是。马上跟张思成借了车,准备去找她。

第 二 十 九 章

　　台北的林家别墅,因为这几年他们都住在大陆的关系,已经闲置了好久。只有钟点工会定期过来打扫卫生,修剪草坪。

　　林静茹把整个一楼的灯都打开,抱着枕头坐在沙发上看着电视里的综艺节目。一个小时前她给堂姐林欣怡打了一通电话,顺便报上了自己家的地址。她知道林欣怡肯定是和张思成一块来的,张思成不可能不认路。她又给一家面馆打了外卖电话,点了一份牛肉面,想着面馆离家也就 1.5 公里的距离,半小时内一定能送到。

　　结果一个小时过去了,无论是人还是面,她都没见着。

　　林静茹从下了飞机后就什么都没吃过,家里的冰箱是空的,出了别墅,距离最近的便利店要走 1 公里。现在是晚上 8 点半,她实在没勇气一个人去走那条路。

　　她这趟回来,陈玥原本让韩娜去接的,但是韩娜却忽然被一个策展人绊住,抽不出空。她只得一个人打车回来,心里战战兢兢,这种情绪在看到空荡荡的林家别墅时,终于爆发。

　　本来她没那么着急给林欣怡打电话,可是别墅太大,她一个人在家哪里也不敢去。韩福生夫妇和吴伯驹夫妇又约着去基隆了,整个台北她找不到别的亲人。

门铃响起来的时候,电视里的主持人已经说完了节目收尾语。她从沙发上跳起来,觉得无论是外卖还是林欣怡,来任何一个都行。

"林静茹,你的外卖还要不要啦!"站在雕花铁门外的林欣怡举着打包盒看到从屋里走出来的堂妹,喊道。

林静茹快步走过来,开了铁门,一脸疑惑:"咦,这怎么在你手里?"

"刚刚一个外送小哥左看右看找不到地址,还问我来着,我一看他那便利贴上写着你的名字。"林欣怡跟着林静茹走了进去。张思成问了林静茹车库的位置,坐回驾驶座,把车子开进去。

进了屋内,林静茹接过她手里的面后,招呼她随便坐。

林欣怡看着偌大的客厅中间吊着好几米的水晶灯,上面的玻璃珠在微弱的光中闪烁着,即使是暗夜也无法掩饰它的贵气。林欣怡曾听说过陈珥打拼的历史,如今这偌大的房子,还是让人看着不禁感叹。

"呸,面都泡烂了。"这头,林静茹迫不及待地开打包盒的盖子,然而刚尝了一口就吐了出来。

"要不然,我们带你出去吃吧?"林欣怡见林静茹放下筷子,提议道。

林静茹用力地点点头。这样再好不过了,她一点也不想在家里。

张思成刚停完车进来,就见林欣怡和林静茹关了客厅里的电视和灯,一副整装待发的样子站在门口看着他。

"你,你们……要出去?"他才刚把车子停好。

"去找找附近有没有什么吃的,静茹已经饿了半天了。"林欣怡挽着林静茹的手臂,示意他去开车。

见她这么发话了,张思成只得再次回到车库把车子开出来。

林欣怡问林静茹有没有什么想吃的,林静茹思来想去,觉得大冬天的,首选当然是火锅。张思成听了,便开车带她们到市中心的一家石头火锅。

石头火锅也算是台湾的特色了,张思成和林静茹都吃过,倒是林欣怡这个大陆人是头一次听见。等到点完菜，看着服务员远去后，林欣怡才压低声音，扯着张思成的袖子问："为什么叫石头火锅啊？"

坐在二人对面的林静茹也不知道这背后的原因，凑过来打算听一听。

张思成解释道："石头火锅其实是源于日韩的石锅拌饭和寿喜锅。并不是指锅是石头，而是指一种火锅的特殊做法，往锅底加入葱姜蒜等材料爆炒后，再加肉煮出汤底。用的是坚硬如石头的铸铁锅，铸铁锅质地粗、细孔多，会吸收汤料，汤越煮久越鲜，所以才叫石头火锅。"

说着说着，服务生就拎着石头火锅上来了。

这家店的石头火锅采用一人一锅的方式，因此三人各点了一个汤底。等到服务生把锅放上来，开了嵌入桌子里的电磁炉后，其他食材也一一摆上了桌。

林静茹点了新出的菌菇牛奶锅，奶白色的汤汁上漂着几朵蘑菇。林欣怡按照张思成的推荐，点了传统的老饕锅，老饕锅用的是信成麻油以及新鲜洋葱、蒜末、白芝麻爆香后再倒入豚骨汤，最后再把肉放进去，这样汤底可以融入牛肉的香。

张思成和林欣怡点的一样，等汤底开的时候，他敲了个鸡蛋在碗里搅匀，把烫熟的牛肉夹到碗里裹上鸡蛋液。林欣怡跟着他有样学样，被鸡蛋液裹住的牛肉进入口中的那一刻，令她不由得边嚼边夸。

"姐，你打算什么时候回去？"林静茹喝着自己的菌菇牛奶汤底，顺便往里面下了几个丸子，边吃边和林欣怡聊起来。

"大概再过两天吧，我还没玩够呢。"林欣怡夹起锅里的最后一片牛肉送进了嘴里。

"那我们什么时候去河南？"林静茹还是不死心。自从去年暑假，她再一次从林承曌那里听到有关客家迁徙之路的故事后，就想拉着林欣怡一块儿去一次。林欣怡嘴上说着好好好，但压根没记在心里。

这会儿林欣怡眼睛盯着锅里的菜，对什么河南之行就更没兴趣了。

"你为什么这么想去河南？"张思成反过来问林静茹。

"暑假和两个爷爷聊起来，他们告诉我说客家人是汉族族群分支，是当时本地族群对迁移来的族群的称谓。"林静茹放下筷子，同张思成娓娓道来，"我对这种历史故事一向比较感兴趣，之前就听苏爷爷说了好久。传统观点说客家人的根在河南，所以我就想去看看。"

"有什么好看的，都过去那么多年了。"林欣怡把锅里的菜夹到碗里，头也不抬地回答道。她对历史有敬畏心，但谈不上执着，林静茹一说苏亦辉，她就想起以前和陆斯祁为了拍宣传片去丁屋岭的事。现在林乡的旅行社已经有了这个旅游线路，最大的受众就是从台湾过来大陆的客家人和学生。

可是林静茹还是坚持要去看看，她想去走一走这条千年前客家人走过的路，想去看看客家的先祖是出生在什么样的地方。过去，她一直生活在台湾，母亲有客家人的血脉，但她极少听母亲讲起这一段历史，如果不是来到大陆，去了丁屋岭，她根本不知道客家人的传统建筑居然是那样的。她周围也有很多同学都说自己是客家人，她不知道什么叫客家人。在她的理解中，"客家"就是做客的意思。

台湾太小了，从基隆到台北也就两个小时的车程，可是大陆不一样，从长汀到厦门坐动车都不止两个小时。大陆那么大，客家人从那么远的地方来，没有交通工具，是怎么一步步从北到南，跨过崇山峻岭的？毕竟她听林承曙说，过去从厦门走到龙岩就走了二十多天，这对于坐超过四个小时的车就会头晕的林静茹来说，简直是天方夜谭。

"那你不去便不去吧，我一个人去也可以的。"知道林欣怡的脾气说一不二，林静茹失望之余决定还是自己去。

吃完火锅，张思成结了账，便把她们送回了林家。

这趟台北行让林欣怡长胖了五斤，她发现自己带来的牛仔裤都穿不进去了，只好问林静茹借了一条宽松的休闲裤。二人在春节前回到了厦门，但一下飞机，迎接他们的不是父母的怀抱，而是林杰瑞。

林杰瑞长得很高，身上套着一件齐膝大衣，深灰的颜色越发衬得他皮肤泛白。

"你怎么过来了？"林欣怡奇怪地问道。她并不知道他会回来。

林静茹在一旁没有说话，她发现林杰瑞眼睛下有一片青色的阴影。她曾经见过很多皮肤白的人，他们中的大多数人的眼睛似乎都因为血液不够流通而泛青色。林杰瑞也不例外。他虽然高，但也看着清瘦，加上那脸上的一点青色，整个人透出一种病态。她对他确实了解不多，唯有在除夕宴上听到大人们提起的三言两语。这些年，她大概在脑子里拼凑了一个形象，但等到真正见到时，还是发现他的相貌与自己想象的有很大差距。

"伯母让我过来接你去美容院。"说话间，林杰瑞向林静茹微微点头，算是打了招呼。

算起来，林杰瑞和林欣怡是同岁的，只是月份更小，二人平日里从不以姐弟相称。因为年纪相仿，所以小时候闹起来，谁也不让谁。二人打打闹闹就这么一路斗嘴斗到高中，然而与埋头苦读立志要上厦大的林欣怡不同的是，李慧菁很早就为儿子将来能申请到国外的名校做足了准备，特意带他去上高尔夫球课，学小提琴，甚至参加各种比赛，十八岁的履历表已经涵盖了德智体美多个方面，要去国外念书已不在话下。事实上，李慧菁曾经也纠结过到底要不要把儿子送到那么远的地方，就像她自己，去了英国这么多年，到头来还是想着回牛车水。但最终她还是在丈夫的劝说下决定把孩子送到更远的地方，毕竟世界那么大，趁着年轻的时候多出去看看也是好事。大不了毕业之后回国就业，也算是回家了。

于是，高中毕业之后，林杰瑞通过"洋高考"，顺利去了国外。

这次他学成回国，本以为林欣怡会像他之前听到的消息那样，开始一个人创业，他甚至还想过，要是回国之后找不到合适的工作，干脆来投奔她也行。然而一回国，他才知道林欣怡并没有自己闯出一条路，而是在一间普普通通的学校当了两年多的辅导员。

"看来你辅导员做得不错,还有时间去台湾旅游。"他瞥了她一眼,话里有几分讥诮。

"做什么美容?"林欣怡懒得跟他拌嘴,只关注前一个问题。

"明莉伯母亲口跟我说的,她说我妈有美容院的美容卡,让我借过来带你去做个美容。看她那意思,是准备把你融资上市前,包个装?"林杰瑞道。

林欣怡从小到大最讨厌他这么说话,不阴不阳的,听着就让她不舒服:"你有什么话就好好说,什么上市不上市的,无聊!不想讲你就闭嘴!"说着自己掀开后车门,把自己和林静茹的行李都扔了进去。

林杰瑞打开车门,让姐妹俩上了车。

林杰瑞开着车很快就上了高速。他握着方向盘,透过墨镜,看了两眼后视镜里挨在一起的姐妹俩,笑道:"真没想到,你还有疼妹妹的时候,看来林乡叔叔的女儿比露露招人喜欢啊。"

忽然被点到名的林静茹,不知道该说什么。她和林杰瑞、戚露两兄妹实在不算熟。一旁的林欣怡在她手上拍了两下,冲着林杰瑞道:"静茹乖巧懂事,谁不喜欢。"

"哦?"林杰瑞故意上扬了声调道,"那你的意思是露露不乖巧懂事不讨人喜欢了?"

"这话我可没说——你读了那么多书,怎么这点逻辑都搞不懂?我喜欢一个人,不代表我不喜欢另一个人。"她总在潜意识里抗拒拿戚露和林静茹作比较。在她看来,两个人一样出生在富裕的家庭,一样有她没有过的童年,一样有她没有过的经历和视野,但是,她又觉得,林静茹和戚露还是不同的,她也说不清到底是为什么。

总之,回答这样的问题,不管怎么说,对哪边都不讨喜。偏偏林杰瑞就是找着空子让她为难。

"行了行了,别跟我在这里玩文字游戏。你心里那点想法,我又不是不知道。"开着车的林杰瑞回了一句。

"知道你还问!"

林杰瑞吃了个憋,彻底住了嘴。

三个人小时候其实在一起的时间也不短,虽然他和戚露在一起上私立学校,不和林欣怡上的公立学校在一处,但每次学校放假三个人都能见面。在他眼里,戚露小时候是比较闹腾,也许真是小孩子心性,又好胜要强,每次闯了祸,林欣怡都少不了一顿自己没照顾好她的说教。再加上他和戚露两个人与林欣怡家境的差距,林欣怡心里对戚露没多大好感也情有可原。他和林欣怡虽然说话的次数比戚露多,但他一直感觉林欣怡对他的感情也好不到哪去。

这个认知让林杰瑞一度很无奈,家境的问题,也不是他能决定的事。

说起来,戚露初中毕业就去了国外,至今也好几个年头没见面了。

林杰瑞拐了个弯,停在了一间美容院门口。

林欣怡看着外面的牌子,一面下车,一面问:"为什么要停在这里?"

"刚才不是说了吗,要包装一下……"林杰瑞说着,瞥到林欣怡越来越难看的脸色,只好换了说法,"唉……这也不是我要带你来啊。你妈说晚上给你安排了个相亲局,对方是市里一个什么局长的儿子,怕你自己弄不好,这才求上了我。"

相亲?!

她已经有了男朋友,这是相哪门子的亲?!

林欣怡压制住心里翻腾的怒气,拉着林静茹的手要往街边走。林杰瑞连忙伸手一拦,阻住了两人的去路。

"你好歹做完美容再走啊,不然我怎么跟他们交代?你这一走了之,不是拉我下水吗?"

林欣怡被气笑了:"哦,这下你害怕我拉你下水啦?早先你答应他们的时候怎么没想到我不会跟你去?你这是搬起石头砸自己的脚——自讨苦吃!怨不得我！"

"你！"眼看劝不住，林杰瑞干脆掏手机。

"你干吗？"林欣怡警觉地盯着他的动作。

林杰瑞一笑："我好声好气地带你来这里，你要走，我也没办法呀，只好跟他们说一声了——一大伙人都在等你，别以为是我帮着你逃走了。这个锅我可不背。"话落，林杰瑞便把手机凑到耳前，"喂……"

林欣怡心脏猛地一跳，冲上前来夺过他的手机按了关机交给林静茹。

林静茹拿着手机，生怕两人就这么在店门口打起来，"欣怡姐……有话好好说，有话好好说……"

"嗝！你看他是打算跟我好好说话的样子吗？从小到大就知道拌嘴！"

林杰瑞不再跟她计较："行行行，是我多管闲事了。但是你也想想啊，要是你这么跑了，到时候回家怎么交代？你总不能一直不回家吧？"

闻言，林欣怡安静下来。

"你看，你也没想好要怎么处理是不是？还不如先去美容院做美容，再好好计划一下接下来该怎么办，好歹还能拖上一段时间。"

林静茹听了也赞同道："是呀，欣怡姐，我们先想想怎么跟他们说。"

"就是，大不了先去见上一面，到时候直接跟他们说你不喜欢这个对象不就好啦？"林杰瑞继续开导。

"不行！欣怡姐有男朋友的！她去了，张思成老师怎么办？！"林静茹喊道。

林欣怡和林杰瑞两人一下子看向了她。

"哦，弄了半天你有男朋友了呀？我就说你怎么这么激动……"林杰瑞摸着下巴，连连感叹。林欣怡看着他的样子，心里又生起一股火苗。

林静茹隐隐觉得自己坏了事，只好低下头不说话。

"唉！说吧，你要怎么样才肯帮我？"林欣怡直接道。她倒不是怕和苏明莉摊牌，如果她想要和张思成继续走下去，摊牌是迟早的事，只是她不希望这么早，她还不确定张思成是否真的能和她共度一生。况且从眼下的情形来看，家里的人似乎是希望她嫁给家庭条件好的人，张思成只是一个普普通通的老师，就算她自己从没想拿他的经济条件和别人比，家里的人也必定会顾及这一点。说到底，在一切都还没有把握之前，她不打算把这件事捅出去。

"咦，你想收买我？有了对象为什么不直接告诉伯母？难道你们的关系见不得人？"林杰瑞见林欣怡提出这样的要求，对那位林静茹口中的张老师愈发好奇起来。

"不是因为见不得人，而是因为他是台湾人，我们的感情才刚刚开始，我不希望我妈这时候横插一脚。你就给一句话吧，到底肯不肯帮我？要是不愿意，那就别管这么多，我美容不做，相亲也不相。反正事情都到这一步了，他们连说都不跟我说一声，丝毫没有尊重我的意愿。既然如此，我也没什么好说的……"

见林欣怡眼底的落寞，林杰瑞也收起了调侃的态度。想来，她当初到学校里当辅导员，很可能也是硬被家里安排去的，根本不是她最初的态度。想到这里，林杰瑞决定彻底激她一把："要我保密可以，但你得答应我一个条件。"

"你说，在我能力范围内不犯法的都行。"林欣怡见林杰瑞跟她谈条件，心里松了口气。不管怎么说，这件事暂时兜住了。

"放心，绝对在你能力范围之内，而且你那位张老师说不定能帮上忙。"林杰瑞微微一笑道，"厦门的'双百计划'，你听说过吧？"

"你想干吗？"林欣怡听到这四个字，便知道林杰瑞让她去做的，绝不可能是什么容易的事。

他口中提到的这个"双百计划"是厦门市于2010年制定出台的《厦门市引进海外高层次人才暂行办法》和《关于加快建设海西人才创业港，大力引进领军型创业人才的实施意见》两个政策文件，计划用5到10年引进100名海外高层次人才和300名领军型创业人才。

"放心，不是坏事，就是想带你一起创业而已！"林杰瑞解释道，"实话说，我回来听说你在龙岩的一个学校里面当辅导员，本来还觉得你变得愿意过家里给你安排的生活了，现在一看，我认为你还有翻身掌握自己生活的希望。现在机会就在你眼前，不抓住才是真的傻。"

林欣怡正要说话，美容院里的人出来就问他们要不要进去接受服务。林杰瑞觉得三言两语也说不清楚，索性带着两人进了美容院，一边讨论对策，一边做美容拖时间。

林静茹正准备一块儿跟着林欣怡进门，陈珝的电话就打了进来，问她怎么到现在还没到家。林静茹简单解释了几句，说是和林欣怡林杰瑞在外面。陈珝确定她和家里人待在一起，也就不再多问。

进了美容院，林杰瑞拿出李慧菁那张金卡，帮林欣怡预约了项目。两个美容师把林欣怡推进了里间，好一阵折腾，脱毛的过程惹得林欣怡痛得跳脚。

全身护理结束后，又来了两个服装师给她挑选合适的衣服，做好发型。

最后化完妆，林欣怡看着镜子里的自己，丝毫不觉得有什么美的地方。紧身的裙子绷得她浑身难受。林杰瑞林静茹坐在外面一边等一边喝茶，看到林欣怡的样子，两人都满意地点点头。

林杰瑞感叹："果然人靠衣装，土气都不见了。"

林静茹被这句话逗笑了，女孩子都会有自己最美的时候，林欣怡自然也是。

林欣怡冲他翻了个白眼："行了，都弄完了，你还没说到底有什么打算呢。"她还没忘记他答应她的事。

"车上说吧，时间快到了，刚刚明莉伯母给我打了个电话。"林杰瑞看了一眼手上的表，提议道。

林欣怡只好上了车。坐进车里后，林杰瑞调高了暖气的温度，握着方向盘转了个弯，说："我拿到了硕士学位，手上有一个新材料的国际专利。只是从我爸那听说，林乡叔叔这两年把重心放在了服装销售和旅行社上，并不打算投资建筑材料方面。我准备申请注册新材料有限公司,我爸会给我一笔注册资金。厦门的'双百计划'对于新材料企业有补贴。我预计可以申报四百万的补贴,让你跟我一块创业。"

虽然林欣怡是学新闻的,但她过去也是一个理科生,对新材料也略有了解,知道这是一个巨大的市场。对于林杰瑞的能力,她也有信心,但是这个行业,她不大熟悉,实在不知道林杰瑞让她一块儿创业,自己能帮上什么忙。

"我又不懂这个,我帮不了你。"她仔细想过后,觉得这样不妥。

"我就知道你会这么回答,我当然明白你擅长的地方不是在工科方面。这半年来,我从林乡叔叔那听说了,你先前有个广告公司,其实挺有发展前景的,但是后来因为苏伯母反对而注销了。说实在的,我听到的时候还有点惊讶,觉得这不像是你的作风。但无论是什么原因,我希望你能从那个地方跳出来,林欣怡,辅导员这工作不适合你,你不该被困在那。"林杰瑞把车子停在了酒店门口,给苏明莉打了个电话,问清楚了包厢位置后,又转述给林欣怡,看着她下车时,还不忘补一句:"厦门在文化创意产业方面也有补贴政策,把广告公司再开起来吧。"

林欣怡有些震惊地看着他,没想到他会把自己开的公司也算到计划里。

"谢谢……"半晌,林欣怡说了一句。

"小事。"林杰瑞挑挑眉。

大人们总是按照自己的意愿来行事,总希望他们走规划好的路线,否则就认为他们是不懂事是幼稚是不孝顺。其实这一年,林欣怡觉得自己的确快要待得窒息了,如果不是因为还没摸清今后要从事的行业,她恐怕早就辞职了。林杰瑞今天这番话,让她开始重新审视起自己的内心,让她发现自己一路走来,已浪费了这么多时间。

不一会儿,车子就开到了酒店门口。

"姐,我觉得哥哥说的有道理,你好好想想吧,我们先回去了。"林静茹坐在车里同她道别。

看着车子在自己眼前越开越远，林欣怡转身进了酒店。

苏明莉订的包间在四楼的河北厅，林欣怡走出电梯，就看到一面大镜子。镜子里的自己通过专人打理，再经过酒店的灯光一照，看起来确实比原来规整很多。

推开河北厅的门，局长一家已经到了，苏明莉和林建国在一旁笑谈着。局长的儿子坐在两家人的中间，旁边特意留了一个位置，一看就是为她而备的。

见到她进来，苏明莉立马站起身热情地冲外人介绍道："刘局长，这就是我跟你说的，我女儿，欣怡。"

刘局长夫妇笑眯眯地打量着她，林欣怡堆起笑，和所有人打了招呼。

局长夫妇和林建国夫妇开始招呼服务员上菜。林欣怡不着痕迹地看了一眼旁边坐着一直不说话的小刘。

小刘冲她笑笑，眼里满是客套。

"刘局长，您儿子真厉害，名牌大学的硕士，不愧是家学渊源啊！"苏明莉道。林欣怡坐在一旁看着这样的母亲，心里忽然一阵悲哀。

在她印象里，苏明莉不是这样的。如果是为了她的婚事而要这样放下身段，那么她是从什么时候开始让母亲觉得自己以后可能找不着好人家的呢？她不否认这也是苏明莉关心她的表现，但她真的觉得没这个必要。

直到饭局散去，两家人在门口分开，林欣怡始终都没开口说一句话。

送走刘局长一家的苏明莉，就跟完成了什么任务似的，仿佛泄了气的皮球，挥了挥方才在席间使用了太多次而有些发酸的手臂，转头对父女俩道："走吧，回家。"这话刚说完，见林欣怡手里就拿着一部手机，连钱包都没有，"你行李箱呢？不是说刚从台湾回来吗？杰瑞送回家了？"

"嗯，我让他先送回去了，不然你这么赶，我哪儿来得及。妈，下回安排这种事，能不能先提前跟我打声招呼？"林欣怡想起今天的一切，忍不住开始抱怨起来。

"我要是提前跟你打了招呼,你能乖乖过来?铁定要跟我说什么哪里有事,谁又找你之类的借口。"苏明莉一眼戳破她的心思,又道,"你不要以为你现在二十五,正值大好年华,等你过了三十岁,可就没得挑了。"

"谁说的,您当年嫁给我爸的时候,可不止我这岁数了吧?"林欣怡直接以苏明莉自己的例子来当挡箭牌。

"我们那年代特殊。而且你看,就是因为我过了年纪了,所以才只能找你爸这样的。"苏明莉看了一眼站在旁边一声不吭的林建国,也懒得理他,继续问女儿的意思,"你今天交流下来,觉得小刘怎么样?"

"不怎么样。人家对我就没想法。"林欣怡笃定道。

"胡说,才见第一回,你哪儿能看出来啊。我看刘局长夫妇对你就挺满意的,小刘这孩子,模样周正,学历高,家世好,你要是嫁过去,肯定享福,多好啊!"

苏明莉是个被时代抛弃过的人,最怕的就是失去铁饭碗,没了好工作,护不住自家孩子。因此给林欣怡找对象的时候,她着意找高干子弟。那些有钱人,她统统都看不上。

"妈,你不会真要我和小刘谈恋爱吧?"

"什么真的假的,人都过来了还能糊弄你?欣怡呀,妈知道你一个人过挺好的,目前也不愁吃穿,可是你总得找个人跟你一起过日子是不是?你一个人这么耗下去,能经得住耗几年?你想,到你老了,连个孩子也没有,生病想喝杯水都得自己倒……我不愿意你过那样的生活。我是你妈,总不会害你。"

"但是我也不想——"

"好啦好啦,不要再说了,让我歇一歇行吗?"苏明莉摆摆手,不打算再说。

一旁沉默了好久的林建国听了半晌母女俩的对话,最后终于忍不住制止道:"好了,女儿不愿意就不愿意嘛,我今天看那个小刘也确实没有想追求我们闺女的意思。你这么逼她有劲儿吗？我的女儿干吗非得去倒贴人家？"

苏明莉被沉默了一晚上的林建国教训了一番，这会儿动了动嘴唇，却说不出什么话来了。

第 三 十 章

因为林建国的话，加上刘局长那边没什么动静，苏明莉再傻也知道是什么意思，便没在林欣怡面前再提小刘的名字。

农历的新年过后，林杰瑞从新加坡的外婆家回来，赶在林欣怡回龙岩之前，到林家堵她。来的时候，林承暻正和林承晖、苏亦辉坐在院子里喝茶晒太阳，见到林杰瑞风尘仆仆地进来，还和他打了声招呼。

林杰瑞平时在林欣怡面前虽然张扬，可是面对长辈，还是很有礼数的，得知林欣怡出去帮几个老爷子买鸭肉粥了，便搬了张板凳坐在院子里等。

"杰瑞今年才 24 岁吧？怎么就硕士毕业了？"苏亦辉想起过年那会儿李慧菁当着大家伙的面宣布林杰瑞学成归来，他还满怀疑惑。

"苏爷爷，英国和国内学制不一样。"林杰瑞觉得要是跟苏亦辉说起英国那边的本硕学制，恐怕要说好一阵子，干脆用"不一样"三个字带过算了。

"听你爸说，你打算留在厦门创业？"林承暻端着茶杯闻了闻，随后一饮而尽。算起来，林杰瑞是他唯一看着长大的孙子，林佑安的孩子一直没和他们家来往，林承暻心中有愧，也没脸去认亲。当初他执意要留在这里，也是觉得和林建国苏明莉住惯了，而李慧菁是新加坡人，他怕住到林觉家里，彼此之间的生活习惯不一样，会产生摩擦。

"嗯，厦门这几年在搞人才引进计划，对相关产业有补贴。"林杰瑞划着手机，回答道。

冬天的院子，没有夏天的花团锦簇，只有一些绿植给黯淡的院子添点色。好在南方天气较暖，不会有北方冬天那般萧条肃杀之感。但无论南北，在林杰瑞看来都比英国要好，雾都的天气让他忍了好几年，就盼着早点回国来晒晒厦门冬日的阳光。

"我回来啦……"林欣怡提着三份鸭肉粥从外面推门进来，一眼就瞧见了坐在三个长辈旁边的林杰瑞。今天才大年初六，按理说他应该在新加坡才对，怎么现在就回来了？

林杰瑞见到林欣怡，立刻站了起来，正准备喊她的名字，忽然想到还有长辈在场，于是立即改口道："姐，我有事找你，我们进去说吧。"

林欣怡不知道他葫芦里卖的什么药，不过看他似乎真的有事，便应了一声。

"你们小辈也几年没见了，进去好好聊聊吧，我和你爷爷再晒会儿太阳，就不进去打扰了。"苏亦辉站起来，从林欣怡手里接过粥，放在林建国亲手做的那张小桌上。

林建国和苏明莉今天没在家。屋里空荡荡的，餐桌上没盖菜罩，几盘中午的剩菜正被苍蝇围着。林欣怡看不过去，把剩菜都给倒了，把餐盘扔到洗碗机里。做完这一切回头，就见林杰瑞已经大大咧咧地坐下了，他的黑色夹克衫正挂在玄关处的衣架上。

林欣怡懒得泡茶，直接从冰箱里拿了两瓶奶咖走到客厅里扔给他。

林杰瑞自顾自地开了电视，因为还在放假，电视里没什么特别的节目，好几个台都在重播央视的春节晚会。主持人的声音热情洋溢。

她拧开奶咖盖子，问道："找我干吗？"

林杰瑞看了一眼电视里的小品，慢悠悠地说："我的新材料公司办起来了，年前交了双百计划的申请，区里给了拨款补贴，加上我和我学长的专利技术，我个人还可以获得一百万的扶持资金。"

"我那影视广告公司，就是个小作坊，之前就林乡叔叔一个大客户，没办法机械化生产,一年的净利润撑死了也就二十万,开起来有什么用。"林欣怡这两年看了大环境,觉得网络广告还是没迎来好时机,于是也就不大想创业的那些事儿了。虽然半个月前听了林杰瑞的鼓励,原来的那些不甘心又回来了些,但是上网看了看这两年失败的例子,她的心又跟着凉了下来。

她渐渐发觉苏明莉当初迁回的策略有多厉害,让她先去试试体制内的工作,试着试着,她就留下来了。虽然每天处理的都是鸡毛蒜皮的琐事,但确实工作压力比较小,还能有三个月的假期。加上高校里相对安逸的环境,人不变懒都难。

"林欣怡,你这两年的工作不仅把你变老了,连格局和眼界都变小了。你知道现在国内外都在说4G吗?你知道4G时代一旦到来,意味着什么吗?"林杰瑞一副恨铁不成钢的样子,"4G意味着更快的下载速度和更高质量的视频图像传输,如果有一天人们能用手机看视频,你的短视频广告,将会是一个巨大的市场。电视和电脑不方便携带,但是手机却可以,未来的手机就是缩小版的电视和电脑,更是一块巨大的广告市场,接下来就看谁能先入场抢夺用户谁就是赢家。你是学新闻的,应该比我更懂才是。"

他说的4G林欣怡当然知道,但她早就放弃做这一块了。林杰瑞是个能折腾的人,也有折腾的资本,到时候哪怕是把区里给的几百万补贴都花完了,林觉也有办法给他兜底。但是她不一样,她若是做这件事,就得想好退路。所以她毕业后拍的两支短视频都不如在大学期间精雕细琢时来得好。那个时候她顶着巨大的压力,只想着怎么让公司活下去,拍摄的时候想的是商家,而不是用户,因此造成了一个误区。

"你好好搞你的新材料公司吧,我要是真想创业了,自己会主动出来的,现在还不是时候。"她把喝光了的饮料瓶扔进了垃圾桶,上了楼。

林杰瑞坐在楼下,看着她上楼的背影,本来要说点什么,但最终还是咽了回去。

2011年，林乡和林觉林敏商量加入网络电商平台的"双十一"活动，成功地令旗下各个服装品牌的网络销售总额首次超过实体店。如今电商势头正好，他们的网店业务订单量与日俱增，仓库的管理人员招了一批又一批，但还是赶不上市场需求。

然而《丽人》在大陆这几年来还是不温不火，陈珝找不到突破口有些着急。如今电子杂志已经是大趋势，《丽人》要是想活过来，她得往这方面努力。

"那不是杰瑞吗？他怎么也来了？"酒会进行到一半，陈珝瞥了两眼其他地方，发现林杰瑞正在离他们十米远的桌子上与一个青年谈笑风生。

"杰瑞的新材料公司刚成立，说是想来认识点人，跟他同桌的那个人好像也是今年人才引进计划的一员，让我想想……"林乡觉得大脑一下子短路了，想了好一阵才想起来，"哦，对了，是台湾的夏峰博士，也是研究新材料的，手上有国际专利，我前几天在林觉家里见过他。听林觉说，这回杰瑞想办新材料公司，也是因为有夏峰这个合伙人才能那么快拿到审批。"

"杰瑞够厉害的，这么牛的人，都能让他认识。不知道静茹在厦大学习怎么样，哎……这孩子……"陈珝其实对孩子的要求并不高，只要人好好的，性情纯良也就算了。至于成绩的事，以前她也给静茹找过老师补课，但补来补去也没多大作用，好不容易遇到一个孩子感兴趣的老师又只教了一个学期便走了。现在大学是考上了，但去漳州就是几个月，她又舍不得。

"别这么说，我们静茹自有她的过人之处。就算她真的平庸无为，我也无所求。我并不需要她给我做出什么大成绩，开开心心地过完一辈子就好。你觉得杰瑞和露露厉害，那是没看到林觉林敏训练他们的时候有多狠，露露当年开始练钢琴的时候才四岁，这孩子一开始挺有兴趣的，后来受不了了想出去玩，被林敏关在琴房里不准出来，饿了一顿。她爸在国外，本来小时候就要被林敏送到她爸那边去的，但是这孩子闹得太厉害，一哭就是一天，根本不愿意一个人跟她爸在那么陌生的地方住。林敏见她哭破了喉咙，才留她到初中毕业。

"至于杰瑞，那他的日子就更不好过了。从小学开始，除了读书还得上小提琴课和英文课，参加奥数班，慧菁望子成龙，就盼着他出人头地，相比之下，欣怡稍微好一点。建国哥和明莉嫂子除了学习方面抓得紧，其他的都随她去。"

听了这么一段，陈珝也叹了口气。她自己也是国外留学回来的，本想着把林静茹也送出去，但也没要求她非得读名校。因为和林乡两地分居，她觉得挺对不起孩子的，虽然常常对她的成绩长吁短叹，可是从来也没真的严格要求过。她对孩子的教育，虽然是封闭了些，不大愿意她和其他同龄人一样出去到处晃，但只要在家，她也不想拘束着女儿，除此之外，学习上只要不是太差也就算了。要是真逼着孩子像其他人一样苦读，她也不愿意。

"林乡叔叔，陈珝婶婶。"正说着，林杰瑞就和夏峰端着酒杯过来了。

林杰瑞今天穿着深灰色西装，举着一杯白葡萄酒，拍了拍林乡的肩膀道："给你们正式介绍一下，这是我的合伙人，夏峰，夏博士。夏峰，这是我的叔叔婶婶。"

夏峰看着大约三十岁上下的年纪，戴着一副金丝边眼镜，笑得很是儒雅。他举着酒杯看向林乡和陈珝，微微点了点头以示礼貌："林总，陈主编，你们好。"

"年少有为，后生可畏啊。"林乡同他碰了杯，夸了八个字。

"过奖过奖，日后还要两位多多关照，都是台湾人。"夏峰的镜片折射出现场的灯光，让人看不清他眼部的神态。他整个人的气场显得很清高，与这个商业的场合对比起来，倒是有点格格不入，仿佛一滴墨水混入了一片汪洋。

林乡却笑着纠正他道："帮忙是一定的，都是中国人。"

夏峰愣了两秒，继而点头笑道："对，都是中国人。"

阳春三月过后，林杰瑞和夏峰的新材料公司搬到了湖里区的办公场地，招揽了一批理工科毕业的研究生,开始投入高分子材料的生产。

因为他们属于高层次创新创业人才,湖里区按照配套服务,将给他们提供 100~500 平方米的创业场所,5 年内免交租金。同时,还将为他们提供银行基准贷款利率 50% 的科技贷款贴息扶持,让他们省下一大笔钱。

公司初创,事情很多,林杰瑞暂时也没了劝林欣怡辞职的精力了。

2013 年的大学新学期开始了,周而复始的生活再次将林欣怡拉回现实。张思成休假结束,从台湾回来,让她再次投入两个人的工作与生活中,也没怎么再去想林杰瑞和她说的那些话。

林静茹在漳州过完大二下学期,便不得不告别这座城市。两个月的暑假过后,她不仅要搬到厦门校区,她的身份还会从大二升级成大三的学生。大三课业繁重,学校里不断安排职业规划讲座,为此,她开始烦恼起自己以后该做什么。不过,让她发愁的事情,不只是未来,还有近在眼前的人。

她在听讲座的时候很多次都看见了陆斯祁坐在她前面,虽然他们之间只隔着几排位置,但两个人都没打招呼。

她觉得陆斯祁应该是没有看见她的,所以也不会先和她说话。

她想说点什么,不过貌似也没什么话可说。

时间还在继续向前。

不久后,林承晖在林家过了他 92 岁的生日。考虑到孩子们都在各自忙着事业,加上不是整岁的生日,林承晖便让林乡不用大操大办,和家里人吃顿饭就行了。

席上的话题也没什么好聊的,苏明莉说着说着,话头又绕到女儿的婚事上。林欣怡光低头扒着饭,当作没听见。

"各位要是有什么合适的青年记得介绍介绍啊。"苏明莉冲在座的林觉林敏林乡说。

林敏自己就是晚婚一族,对于介绍对象的事,她一直觉得随缘便好,但碍于情面,也只好先答应下来,至于做不做,又是另外一回事。林乡从林静茹那已经得知林欣怡和张思成两人的关系，作为和林静茹的约定，他必须要遵守秘密，因此也没接茬。倒是一向沉默寡言的林觉，这会儿发话了："哎，杰瑞啊，你那个合伙人夏博士怎么样？"

被父亲点到名的林杰瑞一阵莫名其妙，等回过味来才发现他的意思是想把夏峰介绍给林欣怡。一想到儒雅绅士的夏峰和林欣怡站在一起的画面，林杰瑞怎么看怎么觉得不对劲，立马否决道："不行，人家是台湾人。"

说完这话，他想起那个林欣怡不知还有没有联系的男朋友，似乎也是台湾人。

"什么夏博士？台湾的，他在厦门有房吗？"苏明莉被勾起了兴趣。

"那个人是杰瑞的大学校友，博士，台南人。"李慧菁喝了一口酒，接过了话茬。她虽然和林欣怡接触不多，但还是挺喜欢这孩子的。这下要找对象了，自然也当出一份力。再者夏峰性情也确实不错，他们说过几句话，她也看好这个年轻人。

林杰瑞见母亲也参与进来，只怕苏明莉真会要求他给夏峰和林欣怡牵线。他还不确定林欣怡还是不是和那个老师在一起，他原来答应她的事也应该作数。

"夏博士有女朋友了，还是给堂姐找别人吧。"林杰瑞夹了一块鱼，替林欣怡挡了一道。

"我觉得找对象，还是得看欣怡自己，毕竟以后是两个人过日子。"最年长的林佑安忽然开了口。

"博士好是好，以后有孩子了懂教育……就是家在台湾那边有点远。"苏明莉分析着条件，每说一条，林欣怡眼皮就跳上一跳。

果然，还没等苏明莉说完，林杰瑞便不紧不慢地端着玻璃杯抿了一口凉白开，道："姐，你都听见了吧？"

林欣怡一愣。林杰瑞问这么一嘴，简直就是逼着她干脆把事情当着全家人说出来，若是日后分手了，岂不是也闹得全部人都知道了？但是，如果不说，这样找对象的事还会继续下去，说不定哪天苏明莉就真的给她找了个合适的人让她嫁出去，那时候，就更麻烦了。想到这，林欣怡也不知道自己该不该把这件事说出来。

"什么听见了？你有男朋友了？"苏明莉听了林杰瑞的话，一阵云里雾里。

"咳，堂姐都有对象了，还好没介绍夏博士。"

"怎么回事？你倒是说话啊？"苏明莉看着快要把头埋进碗里的林欣怡，语气里透着一股焦急。

林欣怡见躲不过去了，只得把头抬起来，看着众人，道："他是我们学校的老师，海归博士，台湾人，去年我们一块带一个班级，就这么好上的。"

"竟然还是去年的事了？那你过年相亲那会儿怎么不跟我说？"苏明莉想到那场相亲局花了那么多钱，结果局长和局长儿子都对他们家不屑一顾，就一阵来气。

"你要我找个本地的，他不是本地的我跟你说什么说。"林欣怡被苏明莉这一通埋怨，颇为委屈，不服气地反驳道。

"哎，就你捂得住，你说，要不是今天……"

全桌的人都看着她们母女俩，一时半会儿也没什么好说的。

"欣怡有对象啦？什么时候带回来给爷爷看看啊？"林承晖见气氛不对，忙不迭开口道，"孩子大了，能自己做主了，好事、好事……"

林承晖的语气渐渐放缓了，似乎透过林欣怡年轻的脸庞，又看到了以前的日子。

他看到林承曣脸色不太好看，紧接着看到林建国和苏明莉的表情——他们还是太操心了。"我都92岁喽，人这辈子可太短了。"他接着对林承曣说，"哥啊！你看我们家，以前也是大富大贵，碰上战争，没几年光景连家都没啦！后来发生那么多事，分分合合的，转眼我们都成了老古董。可是你看看巷口那老树，这么多年都没怎么变过。这树也会死啊！但是月亮可几千年没变过。我们活得可都不容易，不如让孩子们都痛痛快快地活就好了啊。"

苏明莉着急，反驳说："可是一辈子吃苦的是她自己！"

林承晖慢悠悠地回了一句："谁一辈子不是吃苦！学会苦中作乐才了不起哟！"

一时之间，场面有点僵。

"哎呀，好好的日子大家这是怎么啦，快点上蛋糕吧，过生日才是最重要的呀！"林杰瑞扭头，让服务员把准备好的蛋糕拿上来。

服务员拎过来一盒大蛋糕，放在餐桌中间，还帮他们点上了蜡烛，关了灯。

烛光衬得每个人的脸都是温暖的金色，林静茹在这时忽然说："爷爷，我想把你们的故事写下来。"

烛灭，灯亮。

林承晖有些诧异地看着林静茹，疑惑道："写下来？"

"对，写下来，关于你和奶奶的故事，大爷爷和大奶奶的故事，关于我们这个家族的故事，我想写下来。"林静茹看着在座的每一个人，说着心中所想，"我是凭兴趣选的这个专业，并不知道未来能做什么，但现在似乎派上了用场。我想用文字记录下我们每个人的故事，好让林家的后人们能记住我们。"

她说得诚恳，林乡和陈珝都对她投去了赞许的目光。林承曔则笑着点头："静茹丫头，那你可得多来看看我，还有好多事，是你不知道的呢。"

"嗯！"林静茹郑重地点头。

林承晖笑着说："你啥时候对欣怡能跟对静茹一样，那就好喽！"

林承曔愣了一下，然后掩饰了过去。可是，林承晖这句话，却让他一夜不得安睡。他第一次反省到，自己其实是个有点讨人厌的老头儿。对静茹只有宽容和宠爱，但是换在欣怡这儿，可就剩要求和挑剔——欣怡应该不会太开心吧？

生日宴结束后，欣怡以为这件事已经翻篇了，便回到龙岩继续上班。

然而第二天才下班，林建国和苏明莉就过来找她和张思成，这从天而降的架势，打了她一个措手不及。

林建国和苏明莉夫妇俩知道她的脾气，所以在生日宴上也不再提这件事。嘴上虽然不说，夫妻俩却把这个人记在了心里。索性趁林欣怡回学校，自己跟过来看看情况。

对于张思成，他们多少从林静茹那里知道了一点，但百闻不如一见，听得越多，就越想看看到底是什么样的一个人。

面对林欣怡的父母，张思成倒是镇定自若。他没有见过林欣怡的父母，但平日里也从林欣怡的口中或多或少地了解到一些情况。他认为只要不放弃，就一定能与林欣怡在一起。

当晚下课后，他和林欣怡带着林建国和苏明莉到附近的餐厅吃了顿饭。言谈举止都颇有分寸，哄得苏明莉笑靥如花，看她的眼神仿佛已认定了对方就是自己的女婿。而一旁沉默了很久的林建国听着听着，突然问他有没有买房的打算。

这把张思成给问倒了。他当老师一年工资也就十来万，但龙岩的房价已经涨到了8000元每平方，更别说好几万元每平方的厦门了。要他现在买房，可能只能拿出龙岩一套公寓的首付款。

林欣怡对父亲的这个问题有些不满，这顿饭吃到后来渐渐变了味。

送父母回龙岩的住处时，她还特意指出来说："我们家在龙岩本就有房子，干吗还要人家买啊？"

"哎呀，你一个姑娘家考虑事情就是不周到。你没听他说他家里还有个弟弟吗？如果他是个独生子，你爸我肯定无所谓，反正他们家将来都是他的。可是他还有个弟弟啊，你现在不争取自己的利益，以后只有被瓜分的份儿。"林建国看着自己的女儿，总觉得她还是那个扎着羊角辫被他牵着小手去市集买菜的小女孩，怎么就到了要结婚的年纪了。

"那不重要。"林欣怡知道林建国是为自己好,但还是嘟囔了一句。

"你爸说的对,这也是我刚才想说的。他虽然是个博士,在厦门连套房子都没有,还是个台湾人,这怎么行?"苏明莉也跟着严肃起来,完全不像方才饭桌上对张思成表现得那般满意。

"妈,你怎么也这么说啊!刚才在饭桌上,你不是觉得很满意吗?"林欣怡愈发感觉和爸妈快聊不下去了,"我现在还不着急结婚,我只是谈个恋爱而已,本来没打算让你们知道的……哎呀,反正结婚这事儿还早着呢,我自己还没弄明白呢。"

"对,结婚这件事要好好考虑。最好还是听我和你妈的,找个本地的,台湾那么远……"林建国摆摆手,让林欣怡先回去。

林欣怡和父母闹了个不欢而散,而迁到厦门校区的林静茹却开始了每周末往林家跑,记录关于三位爷爷年轻时的经历。接着又花了一个学期的时间,整理出了一份大纲,改了无数遍开头,准备开始写这个故事。

为了有一个安静的环境,她每日抱着笔记本电脑寻找离人远一点的自习室。只是才坐到自己中意的位置后不久,她就发现自己选的这个位置还是不好。

因为她看得到陆斯祁。

陆斯祁研二的时候申请了转博,现在正准备硕士论文,每天都会出现在这里。

自从转到厦门校区后,林静茹就曾想过也许有一天会碰见陆斯祁。从漳州回到本校的时候,她无数次地想过他们会在学校的什么地方相见,他会以怎样的方式和自己说第一句话。但如今真的遇见了,回应招呼的林静茹却反而平静下来——原来这么久不见,打招呼也没有她想象中的那么困难。

又抬头望了望他的背影,林静茹决定进入自己的正题。她说不清现在对陆斯祁是个什么样的感受,只知道自己再次见到他,再也不会像以前一样慌慌张张，心神不宁。那时的她就像魔怔了一样，拼命读书拼命学习，就为了能再接近他一点，再把他看清楚一点，对于她，他就像一个永远无法触及的梦，又痛苦又沉迷。现在的她，更像是处于脱敏期的人，对他的存在不是没反应，而是不再抱有更多不切实际的幻想。

也许，等时间再长一点，她就能彻底把他忘记了。像一层一层的灰蒙上去那样，逐渐淡忘——那张被她藏在日记本里的照片，不就已经许久没再翻看过了吗？

二人在自习室里待了一个上午，陆斯祁坐在她前排，始终都在修改自己的硕士论文。等到上午最后一堂课的铃声响了半小时，自习室里的人都走得差不多了，他才站起来准备去食堂吃饭，走到门口的时候，发现林静茹坐在里面，又折回来跟她打招呼。

"你不去吃饭？"

"哦，学长你先去吃吧。我赶着写东西。"林静茹正好有些头绪开始落笔，要是吃个饭回来，说不定又忘记了。

两人第一次打招呼之前，陆斯祁就知道林静茹算是跟自己一个系的。但她一见面突然叫他学长，一时间还有点不适应。见林静茹两眼不离电脑屏，自己又走出去合上了门。

整个自习室内，只剩下了林静茹一个人打字的声音。

又过了半个多小时，林静茹终于感觉肚子饿了，伸手到提包里一阵摸索，摸出个夹心面包。

正要撕开包装，自习室的门就被推开了。她一惊，手里的面包差点掉地上。

"你中午就吃这个？"陆斯祁一开门见她这个样子，眼里露出了几分不认同。

"偶尔，只是偶尔……"林静茹心虚地解释道。

陆斯祁不由分说，让她收拾好去食堂吃饭。林静茹轻叹一声，把面包塞回包里，跟着他出了门。

正是午休时间，路上没什么人，天气炎热，路边树上的知了叫得歇斯底里。林静茹擦擦汗，撑开了自己的遮阳伞。因为一只手提着电脑包，一只手撑着伞，走着走着越发慢下来。似乎是注意到了这一点，陆斯祁停了下来，接过她的电脑包和伞，与她并肩走着。

两人无话。

林静茹偏过头看了他一眼，不知道要找什么话来说。

以前她有很多话想跟他说，苦于见不到他本人。现在见到他本人了，可又发觉自己没什么可说的了。于他而言，照顾自己也是出于他和林欣怡之间的情谊吧？整个过程，都只有她一个人沉浸其中，或挣扎或迷恋，或痛苦或欢愉。在漳州的时候，宿舍里也有几个正在恋爱的，刚开始时如胶似漆，恨不得黏在对方身上，后来争吵就多了，为着学习的事、为着逛街的事、为着吃饭的事、为着朋友的事……总有吵不完的架，打不完的电话，哭不完的委屈，逛不完的地方，轰轰烈烈，然后戛然而止。

谈恋爱也是一件很费神的事，跟她不说一样。

校门外面陆陆续续进来一批游客，为了避开他们，陆斯祁转了个弯，带着对本部校园不熟悉的林静茹抄了一条安静的小道。他举着伞正好遮住两个人的身影，把太阳挡在了外面，见林静茹一路无话，他主动开口道："你在写小说吗？——我刚刚看到你的大纲。"

林静茹没想到他会问这个："嗯，在爷爷那里听到了很多故事。自己写着看看，当不得真。"她第一次写这样的小说，还是不要给他看了。

刚刚挑起的话头，被她一句话掐死。

陆斯祁也不知道要说什么，只能又转到林欣怡上面："你堂姐还好吗？"

"还算好吧，去龙岩工作之后和我以前的辅导老师在一起了。"她有点记不清在长汀那次，陆斯祁有没有见过张思成。

"哦，那倒是很巧了。"陆斯祁感叹一句。

两人一路东拉西扯地说着话，到达食堂门口时，林静茹暗暗叹了一口气。陆斯祁看着电脑，她拿着餐盘到窗口打饭。一眼看过去，没有一个菜合口。

林静茹随便打了两个菜，头也不抬地吃起来。

第 三 十 一 章

除了上课，林静茹把全部的课余时间都投到了写小说上。写大纲的时候没发现，一动笔才察觉自己没弄清楚的东西实在是太多了。不光是客家人的故事，还有大陆几十年来的变迁，从饱经战火到走向和平，从颠沛流离到稳定发展，爷爷们口中的故事，看似简单平常，实则处处都体现了时代发展的潮流。林静茹对中国大陆的历史几乎是两眼一抹黑，因此写不了多久，就十分吃力。

望着当初修改了多少遍的大纲，林静茹心底一阵无力。

失落之余，她决定去图书馆借一些讲历史的书来看看，先恶补，再动笔。

然而选书也是一个难题。厦大图书馆书多自然是好的，但太多就让人无从下手了。当她站到满是中国史的书架面前时，突然不知道要选哪一本。这些书似乎都和她需要的有关联，可她总不能把这一排架子上的全部看完再来写吧？

林静茹擦擦额前的汗，凭着自己的感觉，一本一本地翻起来。

图书馆里坐着许多其他专业的学生，当她抱着一堆大部头在座位上坐下的时候，前排的几个女生不由得多看了她两眼。正感到尴尬，一个人影晃到她面前，林静茹抬头一看，是差不多一个月未见的陆斯祁。

他似乎精神不大好，眼睛下有两片青色的阴影。

跟林静茹打了个招呼，陆斯祁瞟了一眼她面前的一堆历史书，有些不认同地摇摇头，低声道："这些书你看不来。太难了。"

听他这么一说，林静茹也很无奈，她翻目录的时候就知道自己看不懂了。

"有写字的纸吗？"

"哦，有。"林静茹连忙从提包里拿出本子和笔，递到陆斯祁面前。他接过，提笔写下几本书的名字。

"我标了看书的顺序，你照着这个顺序去看，就能看得懂了。你现在挑的这一堆，即使是历史专业的学生，也不一定能全部看下来。"陆斯祁一笑，带着林静茹重新去挑了几本。

两人抱着书走出图书馆的大门，闲聊之间林静茹才知道这一个月里陆斯祁几乎都在忙着修改论文的事。本来前段时间在自习室遇到她的时候已经要完成了，后面电脑不知道怎么回事出了故障，他之前存储好的参考资料文档全没了，害得他这一个月几乎都在重新找，把以前的那些东西全部又翻出来看一遍。

"你是不知道，当你的论文里面只有一句话出自一本八九百页的资料，再回去找的时候有多绝望，"陆斯祁脸色阴沉，忍不住抱怨，"有时候翻完一遍，你却因为其间的一个疏忽，没发现那句话，那就得再来一遍。生不如死。"眼看交论文材料的时间就要到了，他不熬夜都没办法。今天来图书馆，就是为了还借阅资料的。

林静茹抱着书，笑得肚子抽疼。在她印象里，陆斯祁仿佛永远是一个有条不紊的人，哪有这样崩溃又慌乱的时候。

走到宿舍楼下，陆斯祁把手里的几本书放到林静茹怀里，两人就此作别。

接下来的时间里，林静茹一边看书一边琢磨，补充大纲里的材料，陆斯祁也经常帮着她梳理，顺带答疑解惑。放暑假的前一天，两人交换了联系方式，当林静茹盯着手机里新增的电话号码时，有些出神。

"怎么了？"陆斯祁在她眼前晃了晃手。

"哦，没什么，突然想起来点事。"林静茹一笑。

"说起来,我才发现我们两个认识这么久,到现在才有联系方式。"陆斯祁好像在回忆什么,"那时我和欣怡还在一起创业的时候,她跟我说让我照顾照顾你,你数学很差。我以为那时你就有我的电话的,一直奇怪你一声不响。"

见他似乎在等自己解释,林静茹像被人掐住了脖子,顿时面红耳赤:"我、我那个时候忘记跟堂姐要你的电话了。"

陆斯祁点点头。

第二天上午,林静茹把电脑和衣服一股脑全部塞进行李箱,挽着箱子艰难地下楼。一放假,楼道上不免杂乱,各个女生无论怎样都能清出一两包垃圾,一两包旧衣裳,堆在宿舍门口就等着有人下楼顺带堆到下面的垃圾箱里。

等她下到一楼,被火辣的太阳一照,又出了一身汗。正要拖着箱子往外走,一转弯却看到了陆斯祁。他站在树荫下,一见到她就走过来,替她拉着箱子。

"学长,你没放假吗?"林静茹摸出水瓶,拧开盖子猛灌一气,舒服得眯起了眼睛。

陆斯祁见她狼狈的样子,不由得笑起来。她额前的头发已经汗湿,柔顺地贴在皮肤上,闪着细汗的嫩红的脸,在太阳下发出微微的光,"我晚几天回去——你是回台湾?"

"不回。我们一家都在这,我打车回去。"林静茹打开遮阳伞,本来想自己一个人遮,望到陆斯祁背上隐隐透出的水渍,又抬高手,挨近他。

陆斯祁脚下的步子又放慢了些。

快到校门口,林静茹口袋里的电话响起来。

"喂,姐,怎么了?"

"我听你爸说你今早就放假了来接——哎!前面前面!"林欣怡看到她,从车里下来猛招手。

待走近,林欣怡让张思成把行李搬去车上,打量着面前的两人,道:"静茹你现在倒是如愿了啊！——就放个假都难舍难分，要一路送你出来，啧啧啧。"她和陆斯祁之间因为散伙的事有些恩怨，但这么多年过去了，林欣怡已经不想再计较了。

"姐！你瞎说什么！我、我们就是正好遇到！"林静茹闹了个红脸，恨不得赶紧堵住她的嘴巴！

林欣怡一看她是这个反应，两眼一瞪："我瞎说？还'正好遇到'？林静茹，我还以为你出息了，你自己把暗恋人家几年的事说出来了。"

陆斯祁不自然地清了清嗓子，耳根也隐约泛红。

林静茹再也没脸待下去，一骨碌自己先上了车。

"切，小丫头……"林欣怡转头对着陆斯祁，"我跟你说啊，你要是真喜欢她呢，你就好好地跟她说明白，别让她一直等着；你要是不喜欢她，那也早点说清楚，早点断了她的念想。五六年的时间，你耗得起，她可耗不起。"林欣怡说完，打开车门进了副驾，挥挥手让陆斯祁回去。

因为这事，林静茹跟林欣怡生了一下午闷气。张思成昨晚在宾馆里住了一夜，把姐妹俩送到林家之后就自己先走了，他准备独自去鼓浪屿过几天，这儿已经算是旅游胜地，他都没有用心玩过。

晚上，姐妹俩又睡到了一张床上。

"林静茹，你行了啊，跟我生一天气呢。"林欣怡受不了这种冷战。她觉得有什么话就得说出来，不说出来别人永远不知道。

林静茹转过身，轻叹："姐，你怎么嘴这么快呢？我都没准备好要告诉他。"这下好了，她觉得自己以后都没脸再见陆斯祁了。

"我嘴快你又不是第一天知道。你说你还没准备好，那我问你，要什么时候你才觉得准备好了？"她虽然大学的时候也没想过这样的事，可真的遇到合适的了，想清楚了，那就得下快手。一等再等，纯粹折磨自己。

林静茹也不知道什么时候才算"准备好了"，她想过要放弃过往。她为了追随他，一路使了多少劲：她高中的时候他上大学；她好不容易进了大学，他却成了研究生；等到她大学毕业的时候，他已经是博士。她一直盯着他苦苦奔跑，他却从未回过头看她一眼。她太累了。"那我还可能就不准备了……"林静茹嘟哝道。

"你看你看，这就是问题所在。你一直藏着掖着，不告诉人家，陆斯祁怎么知道你内心所想？人家怎么给你回应？反过来，你自己也等得不耐烦。这本来挺好的事，你考进厦大了，也回到本校能见着他了，就差'说'这一步了。正巧，他也是个耐得住的——你俩干脆比赛去吧——'谁是憨王'大赛！"

林静茹噗嗤一笑："你才是憨王！"这层恩怨算是揭过去了。

暑假的时间，林静茹有一半都在林家。一边读书一边写小说，林乡和陈翊时常会过来这边看她。在林欣怡的怂恿下，林静茹继续和陆斯祁保持联系，其间表明了自己的心意。

返校后，林静茹和陆斯祁开始交往。

接下来的时间，林静茹在陆斯祁的帮助下继续写小说，之前的存稿在网络上连载，也引起了一些反响。大学四年，剩下的两年加速度般地流逝，当她的小说结尾，马上跟着来的是毕业论文和实习，定提纲、查资料、落笔、修改……匆匆忙忙，一晃到了毕业季。

浩浩荡荡的毕业典礼，台底下乌泱泱一片人，大家交头接耳，透着一股新鲜而难掩的兴奋。林静茹听着校长在台上对他们致以最后的希望，恍惚间又回忆起四年前。

四年前，他们怀揣着无限的希望和激奋走进校园，在吵吵嚷嚷中开始新的生活。在这里，他们变得更开阔、更智慧、更勇敢。如今四年期满，他们就要前往更大的世界，展开自己的翅膀，腾飞翱翔。

典礼结束后，陆斯祁带着林静茹去吃了一顿饭，当庆祝她毕业。事实上他不是没想过林静茹跟自己一样，再上一层楼，考硕士研究生。但后来林静茹话里暗示她不想走这条路，他便没有再提。

回到家，林静茹把毕业证和学位证收到箱子里，叹了口气。

这下，她是真的结束上学生涯了。

院子里的花开得不错，远远就闻见淡淡的花香，花瓣上的露水在阳光的照耀下反射出淡淡的光。见着天气不错，林欣怡点开手机里的相机软件，喊来林静茹一块儿拍视频。

林静茹放下书，走到窗户旁边跟她一块看着摄像头。只见手机里她们俩皮肤美白了好几个度，眼睛放大了一倍，下巴明显尖了不少。整体看起来是变好看了，但总觉得哪里怪怪的。

"这是什么啊？跟普通的相机好像不大一样。"

"i 颜，i 颜公司去年 4 月推出来的，能把视频拍出 MV 的效果。"林欣怡对着摄像头做了个鬼脸，拍了一组搞笑的照片，按了上传，不多时就收获了不少点赞和评论。她是 i 颜的第一批用户，自打去年 i 颜推出后，她就拍了不少视频剪辑后上传，日复一日的，积累了不少粉丝，现在已经是 i 颜草根榜的一员红人。

林静茹平日里都跟陆斯祁泡图书馆，写稿子，读文献，手机对她来说就是个通信工具。对于这些新式软件，她平时基本没机会了解，只偶尔听别人说起过。倒是陆斯祁，闲下来就让她多上网，了解了解新鲜事。她总是答应会去看，过后又忘一边去了。

"姐，张老师房子找得怎么样了？"林静茹坐回椅子上，随意翻着一本杂志。想起来年初还听林欣怡和她抱怨过张思成买房子的事。

三年前，林建国和苏明莉要求林欣怡和张思成保持距离，并且再物色其他的本地结婚对象。为了恋爱的事，林欣怡也跟家里闹了不止一次。到后来，苏明莉甚至直接找到张思成，让他要么在龙岩买房，要么离开林欣怡。

林欣怡知道这件事的那一刻，觉得自己脸都丢光了。母女俩冷战了大半年，林建国怎么劝，两边都不买账。

林欣怡其实并不着急房子的事情，两个人在一起只要心里有对方就够了，房和车子这些都是身外之物，将来再慢慢挣也是可以的。但张思成却把苏明莉的话当了真，觉得要是买套房就能让林欣怡的父母接受自己，让他们结婚，贷款也不是不可以。但因为他是台湾户籍，在大陆买房也不知道能不能申请房贷，这么些年，存下来的积蓄也不够付全款。一直拖到了第二年年初，这事也没个定论。苏明莉和林建国一见他就冷脸，张思成私下压力也很大。从决定要买房开始，他每天都在念叨着这件事。时间一长，林欣怡只觉得烦，当初她和他在一起是因为觉得他足够成熟可以照顾自己，但现在看来，他和一般人也没什么区别，也会因为不能解决的事情急得团团转，陷进去还绕不出来。

林欣怡不忍心看他这样，便劝他不买房也不会有什么太大的问题。但张思成铁了心要买房娶她，又一直没有办法。林欣怡劝不动，索性就不理他了。

"没找着，就算找着了，他也付不了全款。"想起这些事来，林欣怡觉得辅导员这份工作越发地烦人。每天醒来就不用想也知道今天要面对的是什么，越是繁琐，越是枯燥。就像是温水煮青蛙，慢慢地，你也不知道哪一天就"死"在这上面了。之前，林欣怡觉得就算是工作上失意，好歹也还有爱情。但现在，爱情也谈得像走进了死胡同，这叫她越来越找不到方向了。

"我今天查了一下，龙岩的房价也还好啦，再想想，肯定还有其他办法的。"林静茹放下书，安慰道，"但你想啊，我这才叫惨呢。要是哪天我爸说要斯祁在厦门买房才能娶我的话，让我怎么办？看他这架势，估计将来也是当个老师，靠着高校教师的那点工资，想要在厦门买房，首付还不知道能不能付得起。"

"你有什么好担心的，等林乡叔叔退休了，公司就是你去管，还怕买不起房？如果你真的喜欢陆斯祁，林乡叔叔就不会为难你俩。"林欣怡说着，又想到自己的事情，忍不住叹气起来，又看见林静茹一脸的担忧，说："行了，别想了，船到桥头自然直。想点开心的吧，已经毕业了，你接下来打算做什么？

报社那边的工作你不想去，小说也写完了，林乡叔叔对你有什么安排吗？"林静茹的小说在网络上连载有些影响，厦门一家报社听说她的经历，便同意让她去单位里实习。

"还不知道，我爸让我下周一去公司报到，可能准备慢慢教我贸易方面的知识吧。"林静茹本以为自己找到了人生方向，但是这些年除了写了一部以爷爷们的故事为蓝本的《乱世风云》外，其他的小说总被陆斯祁说少了些韵味。问他究竟是什么韵味，又说不清楚。见他不满意，林静茹也不打算继续写下去了。毕业的时候，其实她有很多选择，两家报社都有一个编辑岗位，但她左思右想，还是觉得这种细致规整的工作不适合她，便拒绝了。

"林欣怡！"楼下忽然传来林杰瑞的声音。

林欣怡拉开被子往里一钻，丝毫没有想要搭理他的意思。

林静茹看见她的样子，打趣着说："也不知道你对杰瑞哥怎么这么大意见。"

"说来话长，你帮我把他打发走吧，说我不舒服什么都行。"林欣怡把脸埋进枕头里，声音透着一股疲惫。

林静茹看了看躺在床上的林欣怡，又看了看门口，犹豫了一会儿，还是去开了门："杰瑞哥，欣怡姐她……"

也不等林静茹把话说完，林杰瑞就抢过来话："静茹，你也在这啊？之前你的毕业典礼我没空去，等着给你补上，毕业快乐啊！"说完，他径直走进屋里，看见躺在床上的林欣怡，往凳上一坐，一副死耗到底的样子。

林欣怡从床上坐起来，瞥了一眼林杰瑞，问："说吧，找我干吗？"

"这回不是我找你，是我一个朋友找你。"林杰瑞笑了笑，掏出手机，登录微信，点开一个人的头像说："i颜公司的蔡总，说找你有事。"

"找我？找我干吗？我又不认识他。"林欣怡的目光从手机上转移后，一脸疑惑地看向林杰瑞。想半天也没想明白，又想起来上次相亲的事情，面露狐疑："不会是我妈让你给我找的相亲对象吧？"

"我是这么爱管闲事的人吗?"林杰瑞抬起手朝她的额头拍了一下,又接着说:"你最近是不是在玩i颜,还积累了一批粉丝?蔡总他们公司有意跟你合作做内容,你想去吗?i颜去年完成了C轮融资,怎么说都比你当初的小公司强。你看你当辅导员多没技术含量,和你学的专业不搭边,四年的知识都没用上,多可惜啊。"

他的话一字一句地进入林欣怡的耳朵里,激起了林欣怡心里的涟漪。辅导员这个工作,稳定程度还是可以的,但她总觉得自己提不起劲来。且不说乐趣,有时候就连生活都得省着点那才勉强过得下去。上一次,张思成和她一块儿逛超市,她想买榴莲,张思成嫌贵,又说买房才是头等大事得省着点,最后也没买。她知道,张思成说的也没有错,但她心里就是觉得委屈。有时候,她不明白在这样的环境下努力工作到底是为了什么,实现自己的价值?可她连买个榴莲都得再三考虑。

现在的她,越活越窝囊了。

刚毕业那会儿的血性都去哪儿了?林欣怡重新审视起自己的内心,想到这些年被安逸的生活逐渐磨光的追求,想到因为没有独立住房而在家里失去话语权,想到日后也许会因为钱的问题,而与爱人生出无数的嫌隙……这些,都是普通人的生活,但她努力了这么久,不就是为了摆脱普通人这个标签吗?

如果她继续当这个辅导员,未来的生活,一眼就可以望到头。像大学这种事业单位,一个萝卜一个坑,轮到她升职还不知道要熬死多少人。她没有张思成那么爱讲台。要放弃创业的时候,她也挣扎过,总以为再坚持一下一切都会好了,可到最后她还是放弃了。现在,她又有了机会,有了新的选择,怎么能不心动?

"蔡总约的什么时候?"

"今晚六点,他会来我公司办公室。"林杰瑞看了眼挂钟,现在已经下午四点了,立即催促,"去换身衣服,我先带你去公司。"

林欣怡从衣柜里找了半天,选定了一件前年跟风买的职业装。林静茹站在一旁，看到她脸上重新燃起的渴望，也忍不住为她感到高兴："姐，你还是这样比较好看。"

林欣怡答应赴约后，林杰瑞就去楼下等，不小心在沙发上睡着了。出去买菜的林建国和苏明莉回家，看到林杰瑞睡在沙发上，怕他着凉，忙上去把他叫醒。

林杰瑞眨了眨眼睛，回头看见打扮好的林欣怡，刚想夸她，就被林建国抢了话："打扮成这样，这是去哪儿啊？"

"叔叔，我带堂姐去见个朋友。"林杰瑞怕林欣怡说漏嘴，立马跳出来解释。

苏明莉一听是林杰瑞的朋友，想到林欣怡的年龄和没定下的婚事，又往相亲那方面想去，忙问："什么朋友？"

"一个很有才华的年轻人。"林杰瑞走到门口穿鞋子，故意答得不清不楚。这些年，他听多了苏明莉的话，一看她的表情就明白她心里想的什么，索性把话说得模糊一点，让她误会去。

苏明莉见他这么说，脸上的笑容绽开来："杰瑞啊，你身边青年才俊多，多带着欣怡一点才好。"她也不多问了，拉着林建国准备去做饭。

林静茹也从楼上下来了，见到林建国和苏明莉二人打了声招呼，便往门口走去。

"你怎么也出来了？"林欣怡刚换上高跟鞋走到院子里，就见林静茹奔了出来。

"还说呢，我差点都忘了，你走了，我一个人在这儿跟伯伯伯母吃饭多尴尬啊。我回学校找斯祁去，晚上跟他一块去吃中山路的月亮饼。"林静茹紧了紧身上的防晒衣，走在了她的前头，抢先一步出了林家的院子。

林静茹和陆斯祁谈恋爱这事儿，林家是知道的。她一开始就没打算瞒，他们两个是奔着结婚去的，感情稳定后，就和林乡摊牌了。之前陈翊就给林乡做过心理建设，林乡见林静茹肯主动告诉他，倒是多了一分开心。他们只希望孩子做了选择能够开心，孩子开心了，他们也就开心了。

"上车吧。"林杰瑞拉开车门，坐了进去，完全没有给林欣怡开车门的意思。

林欣怡也不介意，坐进去把车门一甩。

"火暴脾气。"林杰瑞咂嘴。

"知道你还惹我！"

林杰瑞的新材料公司开了三年多，还处于初创阶段，高科技企业前期投入大，这一点对于在相关企业待过的林乡林觉来说，都有经验。作为林杰瑞公司最大的股东，他们二人也不着急，只嘱咐林杰瑞放宽心好好干。

车子停在了地下车库，车门刚打开就让人觉得一阵闷热。林欣怡拿上自己的包，跟着林杰瑞上了电梯。

已经到了下班时间，公司里就两三个加班的技术人员，看着有些冷清。林杰瑞进来的时候，他们都从位置上站起来点头问好，林杰瑞冲他们招了招手，打开了位于最里头的自己那间办公室。

"喝什么？"他打开迷你吧台的柜子，拿出汽水和橙汁向林欣怡晃了晃。

"随便。"林欣怡瞥了一眼，随口答道，话音刚落，怀里就落了一瓶橙汁。

林杰瑞的办公室不算小，林欣怡一进来就看到了一张会客用的长沙发，一张一米五长的实木办公桌，桌旁是一个立式的衣柜，桌上除了电脑、笔筒、文件夹等必备的办公用品，还有两盆绿色植物。白色的百叶窗被拉起来，露出外面六月底晴朗的天空。

"沙发不错。"林欣怡拧开橙汁的瓶盖，喝了一口，摸了摸沙发的皮。

林杰瑞没料到她在见到自己公司后的评价只有这个，一时间有些哭笑不得："喂，你的重点在哪？"

"你不是做轻工业的吗？怎么会认识 i 颜的蔡总？"林欣怡并不打算回答他的问题。

"我们都是厦门青年企业家协会的会员啊。"林杰瑞坐到她旁边，跟她解答道，"他们公司去年4月推出了i颜，年底就被应用宝评为了'最具娱乐APP'。现在是用户激增的时候，但还摸不清市场，就想找找懂这方面的人才。今年青商聚会的时候，他在会上打听你，至于为什么打听你，我也不大清楚。反正我和他说了我能联系到你。"

林杰瑞的话，叫林欣怡对那位蔡总愈发好奇。

离着六点差五分的时候，林杰瑞接到了一个电话，便下楼去了。林欣怡坐在办公室里等了一会儿，就看见林杰瑞领着一个男人进来。

"蔡总，这是我堂姐林欣怡。"他朝林欣怡伸了伸手，给旁边的男人介绍。

林欣怡看着面前的这个人，一张瘦得棱角分明的脸，穿着黑白格子衬衫搭配工装牛仔裤，腰佩一根棕色皮带，活脱脱一个码农的形象。可是那张浓眉大眼的脸，叫她感到一阵莫名的熟悉，总觉得是在哪里见过的。

"你好，我是i颜的蔡少弘。"蔡少弘没什么老板脾气，也可能是因为比较年轻，笑起来很有亲和力，令林欣怡的紧张感减轻了不少。

三人坐下来后，林杰瑞借口出去打电话，让他们先聊着。

林欣怡本身就是i颜用户，对i颜公司也略有了解，和蔡少弘的沟通进行得很顺利。听蔡少弘的说法是，目前他的公司已经通过产品积累了一批忠实用户，但是他不知道该怎么把这些用户变成公司的利润。而从用户的角度出发，林欣怡作为i颜草根榜的大红人，蔡少弘希望她能给予公司一些建议，让i颜能做到既不损害用户利益，又能促进公司营收。

林欣怡略微询问了一番，得知目前i颜公司的主要营收来自研发的手机与弹窗广告。时代发展太快了，她想起自己大学那会儿用的还是按键手机，这才过去几年，智能机便一统山河，4G时代全面到来，网购人群日益增加，实体生意遭受前所未有的冲击。

"蔡总，如果抛开所有的困境，动用我们的想象力，最理想的状态下，您觉得i颜公司的天花板在哪？也就是它的最终形态会是什么？"她在思考了一会儿后，抛给了蔡少弘这样一个问题。

这个问题看似可笑，但是真的深究起来，又很有必要。因为这意味着一个产品能不能拿到下一轮融资，以及融资后的未来盈利方式。

蔡少弘的表情意味深长起来，看着林欣怡的目光多了几丝审视，却一直没有开口，似乎在等着她的回答。

"最初，i颜相机汇聚了一群追求美的人，但这个传播过程是人和相片，我们无法透过相机认识其他使用i颜的人。但i颜解决了这一点，您让它建立起了一个社区模式，在最理想的状态下，这个世界上爱美的人都汇聚到了i颜社区，大家通过i颜拍摄自己的生活与全世界分享。过去，我们社交需要面对面，后来互联网的出现打破了时间和空间的界限，使得很多人可以认识过去无法认识到的人。而i颜最大的优点，就是定位明确，用户集中，并且用户画像清晰。因为爱美，大家会分享如何变美，i颜就会变成一个平台。如果针对这群爱美的用户做垂直电商，吸引相关商家入驻，那么等到平台搭好，我们坐收地租就行了，就好比建立了一个网上爱美用具超市一样，往货架上摆东西，用户的视频就是这些东西最好的广告。"

蔡少弘听得入神，仿佛被她的构想打动了。他看了一眼她的眼睛，里面闪烁着动人的光。林欣怡虽然说得起劲，但其实心里有些忐忑，她是本着学了这么多年的新闻传播知识和创业的那一点经验来讲的。她明白，面对蔡少弘这样的高手，自己的逻辑肯定漏洞百出，但是能把自己的想法清晰地表达出来，她也觉得自己很了不起。

"你过去是不是组建过一个广告公司？"蔡少弘见她停下来后，盯着她看了一会儿。

"啊？"林欣怡被问得蒙住，点了点头承认道，"是的。"

"以前我听说厦门大学有一个学生团队在搞网络宣传，当时看了你们拍老兵恳亲的宣传片，切入的角度比较新颖。当时我就注意到了你们，但后来听说你们解散了。"

再提当年的事，林欣怡一阵沉默。

蔡少弘表示，只要她愿意，i颜随时为她敞开。

见到蔡少弘出来，在外头办公的林杰瑞立刻站了起来，想要送他出门，却见蔡少弘摆了摆手，凑近了对他说道："你姐姐，可惜了。"

听到这句话从蔡少弘嘴里说出来，林杰瑞笑了笑："谢谢您。"

送走了蔡少弘，林杰瑞打开办公室的门，就听见林欣怡在大声嚷嚷，像是在吵架。

"你说什么？你打算借钱买房？你知道现在外头的商业贷款利率有多高吗？……张思成，你到底在想什么呢你？青年公寓不是住得好好的吗？干吗非得买房？……什么？你妈妈要过来？什么时候？……后天?!……对不起，我去不了……我打算辞职了……"说到这句话的时候，她方才暴怒的语气渐渐缓下去，像是用尽全身力气一般说出了最后一句话，"……我觉得现在这种状态不是我想要的生活，我看我们还是暂时分开吧……"

林杰瑞站在门口，一直等着她把电话挂断，才走进去。

外头的天已经全黑了，他看到林欣怡抱着双臂站在窗户口吹风，便把百叶窗放了下来。他看着她的背影，想要说些什么，却还是什么也没说出口。

八月，林静茹入职林氏百货担任助理，林欣怡也递交了辞呈，从龙岩回来后就给蔡少弘打了电话，表示愿意加入i颜。

她辞职的消息是在和i颜签约后，苏明莉才知道的，气得苏明莉卧床两天。为了求得母亲的原谅与理解，林欣怡把自己和张思成分手的事儿也说了出来，好说歹说了两天两夜，苏明莉才心软了，让她赶紧收拾收拾，准备去上班。

蔡少弘很守信用，照约定给了林欣怡一个做内容的职位，让她有权力创建一个内容团队。

如今各个产业交叉，大家的视线再也不是平行地盯着自己面前的一亩三分地。娱乐应用软件需要把产品做到极致，保证用户打开本公司产品的时间胜过其他产品，这样才能在市场上占有份额，才有和广告商谈价格的资本。

林欣怡上岗后立刻行动起来，要求技术部将 i 颜的时长由 10 秒扩充为 30 秒，这样比较好制定创意。

这个团队跟着她做了一年，从账号定位、树立人设、拍摄内容、营销推广几个不同的角度思考细分，成功炮制了十个具有百万粉丝的 i 颜红人号。这几个号如今都出自 i 颜的嫡系，不再是草根爆红的偶然，也不像明星自带话题，而是实打实地通过专业知识突破底层思维，设立起的一整套"内容吸粉方案"。

而在她入职一年半后，i 颜公司的广告营收增长了 26 个百分点，其中 15％来自 i 颜业务。这叫林欣怡成了大功臣，冬季的庆功酒会上举着酒杯满场转，和蔡少弘畅想未来。

"我一开始觉得你很幼稚，你说的那个极限状态下的 i 颜，我一直觉得是不可能做到的。如今其他几大互联网公司已经把大盘子瓜分殆尽，我们只能吃一些边角。但是这半年来，我觉得你说的有可能会成真，把 i 颜社区变成一个连接世界上所有爱美人士的社交平台，这很接近互联网的本质了。"蔡少弘看着台上的抽奖活动，捏着香槟与林欣怡碰了一下。

林欣怡今晚穿了一身淡金色的礼服。过去这样的裙子，她只在陈翔的杂志上看到过，如今也可以买得起了。一年半前，她还在解决学生之间的琐事，听张思成抱怨高昂的房价，被父母催促结婚。一年半后，她已经成了一名合格的团队管理人，站在这个具有巨大潜力的互联网公司的舞台上，向底下的员工分享自己这一年多来的运营经验。

第三十二章

　　酒会一直到晚上十点才结束，林欣怡打车回了家——她自己的家。

　　早在大学快毕业时，林欣怡就想自己出来住。这个想法直到最近才得以实现。林杰瑞的人脉广，办事效率也高，不到一周就给她找了一套一室一厅的单身公寓。她自己看着也满意，没多久就从林家搬出来了。

　　林欣怡回到家，没有开灯，她喜欢自己被黑夜淹没的样子，让她足够冷静，静下心来追寻远处的光。

　　她看了下手机，还有十几天，就到 2017 年了。

　　她脱掉高跟鞋，揉了揉脚后跟，径直回房间躺下了。没多久，刚在床头柜上充电的手机响了起来，她翻过身去拿起手机，上面显示的是林静茹。

　　"这么晚找我干吗？"

　　"没啊，就是突然想找你聊聊天。姐，你现在在哪呢？"

　　"都这么晚了，不在家能在哪？"

　　"这样啊，姐我还有点事，先不跟你说了啊。"

　　还没等林欣怡反应过来，林静茹就把电话挂了。林欣怡看着手机屏幕感到一阵莫名其妙，索性起来收拾洗漱去了。就在她刚拿好换洗衣服的时候，她听到一阵敲门声。

　　她无奈地叹了口气，拖着疲惫的身子不情愿地走去开门："谁啊？"

　　"祝你生日快乐，祝你生日快乐，祝你生日快乐，祝你生日快乐……"

　　林静茹捧着一个大蛋糕，后面站着林杰瑞和戚露，生日歌唱完后，林杰瑞给林欣怡套上了寿星的帽子。

　　林欣怡看着眼前的三个人，有点不知所措。已经有大半年时间了，忙到每天回来洗完澡就睡觉，第二天醒来又继续在岗位上奋斗，连周末都不知道，更别说是生日了，且不说她早就已经不热衷于过生日了。想到这里，又看着捧着蛋糕的林静茹，她鼻头忍不住有些发酸。

"愣着干什么呢？赶紧让我们进去啊，不然一会儿邻居要说我们扰民了。"林杰瑞见她半天没反应，一把将她推开，自顾自地走了进去。

看见他进来，林欣怡才想起来这回事，往里面退了一步，让林静茹和戚露进来。

"姐，快吹蜡烛，蜡烛要灭了。"林静茹刚进房门，一脸兴奋地将蛋糕捧到了她眼前。

林欣怡有些不好意思，但见林静茹一脸期待的样子，只得双手合十许了个愿，吹了蜡烛。

"恭喜林欣怡今年 28 岁啦！"林杰瑞带头鼓掌。

林欣怡吸吸鼻子，问："你们，打的什么主意？想起来给我过生日。"

"我们就不能给你过生日了？都是自家人，哪有那么多主意？"戚露一边说，一边帮林静茹把蛋糕放在茶几上，拿出纸盘开始给大家切蛋糕。前年她从大学修完工商管理后，在欧洲待了一年才回来，回来后便加入了林氏百货。一开始，她帮着母亲管理旅行社的业务，国庆节过后，林敏将旅行社的事全部交给了女儿。

"行了吧，你们现在，一个个的都这么忙，怎么可能过来找我就只是为了给我过生日？"林欣怡从戚露手里拿过一份蛋糕，用小叉子开始吃起来。

戚露把奶油都刮到了一边，只吃上面的水果："还是被你看出来了。"

林静茹坐在木椅上冲林欣怡眨眨眼，一脸无辜地表示："我是真的来给你过生日的。"

林杰瑞不喜欢吃甜腻的东西，自顾自地玩着那个给寿星戴的帽子，见林欣怡的目光朝他飘过来，答道："我是被她们俩拉来做司机的。"

"说吧，到底什么事？"林欣怡转头看坐在自己旁边的戚露。一年前这丫头从欧洲回来，头一个找的便是自己，叫她觉得好一阵惊讶，毕竟她俩从小不对盘。但这次回来，戚露似乎变了不少，稳重了不少。

"我打算明年办一个'海峡两岸重走客家迁徙路'的夏令营活动。"戚露把吃剩的蛋糕放回茶几上，开始和林欣怡介绍起自己的项目计划，"一开始这个路线本来是你们已经开发出一部分的，但是这几年被我妈弄得有点杂，渐渐脱离了初衷。游学基地的活动已经很久没有更新了，我们的旅行产品也一直停留在表面的用户体验上。我妈不是学管理出身的，在这方面也是全凭经验。这样的模式很容易被其他旅行社复制，我们没有不可取代的地方，很容易失去自己的优势。所以我想，将这条线再重新打理，打通线上线下，和互联网做关联。"

林欣怡起身去冰箱里拿了一瓶牛奶，放进锅里热了热，回到沙发上，看着她，问："旅行社怎么打通线上线下？"

"这个就需要你的帮忙了。"戚露拢起自己的长发，客厅的灯光落到她的眼睛里，照得她的一双杏仁眼熠熠发光，"现在用i颜的人越来越多，我打算让i颜全程记录我们的这场活动，将这个活动发在网络上，让更多的人看到。我希望把这场夏令营做成一次营销。"

林欣怡听着她的提议，见她胸有成竹的模样，愣了一会儿，然后笑开了："我就是一个做内容的，合作拍板什么的你去问我们老板。"

"我先给你透露一下。过几天我就去找，非要让他同意我们两姐妹'双剑合璧'！"戚露胸有成竹地说道。

元旦过后，戚露带着项目计划书来到i颜公司，和林欣怡签订了为期一个月的广告合作，广告时间则是定在暑假。

签完合同，林欣怡犹豫了一会儿，还是主动问了戚露要不要一块儿吃个饭。戚露愣了一下，笑着答应了。

二人去了以前去过的那家西餐厅，林欣怡主动提及从前分不清餐具被戚露和林杰瑞嘲笑的事情。戚露看着如今已分清楚整套西餐用具的林欣怡，开始检讨起当年的自己。

往事如风。

最后一份蔬菜沙拉上来后，两人只吃了一点就打算离开。刚准备出门，林静茹打了个电话过来。

林欣怡一接，电话那头林静茹声音激动："姐！斯祁刚刚跟我求婚了！你在哪里，我过来找你！"

林欣怡报了个地址，不到十分钟，林静茹就推开了餐厅门直奔两人。

"恭喜你啊，还知道有进展了第一个通知我。"林欣怡起身抱抱她。

"嘿嘿，这下我就等着吃喜酒啦。"戚露也在一旁搭腔。

三个人边聊边走，林静茹把全过程都跟两个姐姐说了一遍。陆斯祁是在校园里跟她求的婚，当时还有很多陆斯祁的同学在一旁。

正说得起劲，林静茹的电话响起来："喂，您好。"

电话那头的人跟她说了几句话，林静茹疯狂地点头，乐得合不拢嘴，挂了电话就告诉她们："欣怡姐，露露姐，好消息！有人要帮我把小说出版了！"

林欣怡一脸疑惑地看着她问："出版？是之前的那家报社吗？"

"对！这两年因为新媒体的发展，报纸的广告业务骤减，宣布停止实体印刷业务，全面发展数字出版了。这回是有个出版社总编在旧报纸里看到了我的小说，通过报社提供的信息找到了我，他觉得我的小说有市场，想帮我出版宣传。"林静茹把电话里那人说的话都传达了一遍，"他还说怕电话里说不清楚，明天会从福州赶到厦门来和我谈。"

"那你小心点，别被骗了，最好是叫陆斯祁跟着你。"林欣怡倚在车窗上，对林静茹叮嘱道，怕她兴奋过了头。

和两个姐姐告别后，林静茹打电话给林乡和陈玥，问他们这个月有没有空，帮他们和陆斯祁的父母约个时间见面。她现在已经答应了陆斯祁的求婚，双方家长也是时候该见面了。陆斯祁还有一年便博士毕业，看情况大有留校任教的意思，林静茹如今全家人都在厦门，倒是不怕异地的问题。陆斯祁曾跟她说过自己家里还有个姐姐在东北，婚后父母应该也是在老家。

林乡和陈珝通过这些年的观察，对陆斯祁的情况也比较满意，基本是默认了他们的婚事。

一顿饭下来，两家人选定了良辰吉日，一切按照现代婚礼的模式，越简单越好。

春节过后先是办了订婚宴，五月二十日那天两人便去领了结婚证。拿到红色小本本的林静茹看着站在她身边的陆斯祁，笑得一脸灿烂，从今天起，他们就是合法夫妻了。

领完结婚证回到林家，这对新婚夫妇和双方父母，以及其他亲朋好友一块儿吃了顿饭。席间，林杰瑞没少嘲笑林欣怡，林欣怡白了他一眼，不跟他计较。

林承晖见到陆父陆母，和他们聊了几句，多半是故国往事，说到"九一八"，说到《松花江上》。知道这是个正经人家，林承晖也没有什么意见。林承曔这几年腿脚不大利索了，吃了几口饭便离席去休息。

作为小辈里面最年轻的林静茹，竟然第一个成婚，林欣怡林杰瑞戚露都被各自的父母念叨，要求年底要找个对象回来。

陈珝知道林欣怡和张思成的事儿，拉着林静茹小声地问要不要请张思成过来。

林静茹瞧着坐在客厅和林杰瑞打闹的林欣怡，转回头郑重地表示："请，当然要请。"

婚礼定在了七月初，恰好是戚露的夏令营项目发起之前。林静茹早就想走一遍客家迁徙之路，但是学生时代没人陪，父母一直不同意自己去，工作之后又没时间。这回办了婚礼，林乡给她放了蜜月假，她决定加入戚露的旅程，把这场旅行当成是度蜜月。

林乡买了一间公寓当作他们的婚房，因此陆斯祁和陆父陆母以及东北来的兄弟姐妹，都在这间公寓里等着去接新娘。

陆父陆母这回带来了多年攒下的存款，叫女儿上网查了这间公寓的价格后，非要和林乡五五分不可。林乡见对方执着，心里多了几分安慰，对陆家也更为满意，觉得女儿没有嫁错人。

林欣怡和戚露都当了伴娘，陈珝亲自给林静茹梳头化妆，把自己设计的珠宝给林静茹戴上。林杰瑞和夏峰守着门口，非得让陆斯祁背一遍《诗经》才能进来。

接亲让家里气氛热闹了不少，韩福生和林承晖坐在客厅里泡着茶，看着孙辈们堵住门口不让进，忍不住笑了起来。为了参加婚礼，吴伯驹早早就去医院定做了假牙，刚来第一天忍不住吃了一块陈珝做的炒年糕，结果假牙被年糕黏下来了。看着后辈们闹腾，自己也跟着乐，露出没有牙的嘴，看着叫人忍不住也跟着乐。

杜欣妍没有跟着大家一起笑，拉着蓝梦华说着自己的不舍，不停地感叹着时间太快。她总觉得林静茹还是那个被她抱在怀里走街串巷的小婴儿，一晃眼，就到了出嫁的年纪了。

蓝梦华没有孩子，可林静茹也是自己看着长大的，加上杜欣妍的感叹，忍不住红了眼眶。她看着眼前的孩子们，不知怎的就想起了自己的那场婚礼。她同吴伯驹说，不需要大操大办，吴伯驹却认为婚礼是一种仪式，一种承诺，不办的话，日后不管后不后悔，也一定会遗憾的。现在想来，他的话也不是没有道理。

"好了好了，别背了，给红包就放人。"林杰瑞本来只是想逗逗陆斯祁，没想到陆斯祁真的背下来了。

开了门，陆家的伴郎团冲了进来，发完红包后，欢欢喜喜地把穿着嫁衣的林静茹接上了婚车。

热闹过后，屋里只剩下几位老人。

"走啦?"韩福生合上茶碗的盖子。

"走啦。"林承晖看了一眼躺在沙发上睡着的林承曝,答道。

"那咱也走吧。"韩福生站起来,拍了拍自己身上的衣服,抖落了刚才落在身上的花生壳。

"一块走吧。"林承晖试图叫醒林承曝,"大哥,走啦,静茹今天要结婚啦,咱们要喝喜酒去啊。"

林承曝抬起混沌的双眼,望着林承晖,许久才看清他的模样。他最近时常这样,什么也看不清了,还时常梦到死去的钟婉莹和孩子,她们在向他招手……他知道,或许他就快要死去了。

他已经听不清楚林承晖说什么了,只觉得耳畔嗡嗡响,吵得让他有些头疼。他看着林承晖,模模糊糊听到他说什么"喜酒"。

"走啦,喝喜酒去。"吴伯驹也从位置上站起来,一只手挂着拐杖,一只手扶着后背,原本高大的身躯佝偻着。蓝梦华站起来,走到他身边,挽住他的手臂。这些年来,他们早就习惯了挽着对方的手一起走。

林乡林觉的车子都在楼下等着,韩娜和陈玥送完林静茹后,便上来扶着几位老人,将他们送进车里,带到了酒店现场。

这场婚礼,是按照林静茹的意思布置的,以温馨为主。现场被婚庆公司摆上了许多花,大屏幕上则放着二人相识相遇的点点滴滴。

林乡夫妇同韩福生林承晖一起和陆父陆母坐在离舞台最近的那张桌子上,其他亲戚则坐别的桌。林欣怡陪着林静茹等在新娘休息室,替她整理着拖地的婚纱。戚露拿出彩妆盒,帮林静茹补了妆。韩娜带着相机站在林静茹身旁,为她记录下这具有重大意义的一天。

"姐,我还请了张老师。"林静茹借着戚露给自己补眼影的机会,将藏在心里的话说了出来。林欣怡理裙子的手一顿,低下头去接着给她整理头纱。

"姐,我觉得你们俩还是有感情基础的,你看你这快两年了也没找新对象,说明张老师在你心里还是有一定地位的。我问过他了,他在你之后也没找新的对象，你们俩明明都还爱着对方，干吗非得分开啊？"林静茹越说越激动，戚露只得伸手按住她的肩膀，继续给她画眼线。

林欣怡走到一旁沙发上坐下，一脸平静，让人看不出情绪来。林静茹看了她一眼，总觉得她在生自己的气。

"张老师是谁啊？"戚露帮林静茹化完妆，又看见林欣怡这个样子，忍不住八卦起来。在国外这些年，她一直没有时间关心家里这些人，也错过了不少事情。

林静茹看了一眼林欣怡，又转回来看戚露，正准备解释，就被林欣怡打断："前男友。"

戚露还以为有什么猛料，一听都是过去式了，便觉得没意思，撇撇嘴道："旧的不去新的不来，静茹你就别掺和你姐的感情了，她这人要真想找，分分钟就能找到。"

林欣怡还以为戚露会和林杰瑞一样说自己没人要。戚露又道："而且看她这副抗拒的模样，估计你那老师也不怎么样。甩都甩了，还回头干吗？就跟镜子掉地上碎了一样，你就算把它重新粘起来，那照着也难受啊，还不如重新买一块。是不是啊？"

戚露的思维很西化，她这些年固定伴侣没有，约会对象却不少。在她看来，那些都是用来打发寂寞的，算不得数。

"静茹，该出来了。"陈玥打开门，看着屋里气氛有些怪，也不知道发生了什么，干脆拉着林静茹的手，往门外走去了。

林欣怡和戚露站在那里一动不动，陈玥见状，又回过头去将她们推出了门。

林乡站在门口，挽过林静茹的手，走到舞台边，把她交到了陆斯祁的手里，郑重道："我就这么一个宝贝女儿，你一定要好好对她。"

陆斯祁认真地点头许诺，拉着林静茹走到舞台的中央。

坐在底下亲友席里的林欣怡，虽然嘴上不说，但心里还是很在意。她转头找了一圈又一圈，却始终也没看见张思成的身影，心里涌上一股沮丧。慢慢地，又觉得有些害怕，这两年，她一直闭口不提张思成，没想到，自己心里真的还惦记着他。

"扔捧花了！"戚露抬头，大叫一声，提起裙子准备上前去抢。

林欣怡从自己的思绪中回过神来，发现捧花落到了她的脸上，让她有些猝不及防。台上的林静茹看到她茫然的表情，嘴角轻轻上扬。

"你没事吧？"

一个温柔的声音在她的头顶响起，林欣怡微微一怔，抬起头看见一张陌生又熟悉的脸。

毫无预兆，张思成就这样出现在了她的面前。

现在想来，他们分手的时候连面都没见。打完那通电话后，彼此躺在对方的通讯录里成了一个标本。是她要求张思成不要来找她的，她怕自己无法下定决心。无论是生活还是工作，她都陷在泥潭里出不来。好不容易看到一点点希望，她不能放弃。对那时候的她来说，张思成就是单调枯燥的选择，她不愿意一辈子都待在那个地方，她要跳出来。但现在，她跳出来了，才意识到自己伤害到了张思成。

"好……好久不见。"说出这句话的时候，她只感觉到压抑在心里好久的情愫又开始生长。

这场婚礼，在林静茹的期待中结束，戚露也见到了张思成。林欣怡和张思成也恢复了联系，得知他已经在龙岩买了房。这也是得益于对台同胞的政策利好——台胞可以贷款买房。而且，看起来张思成对现在的状况挺满意，学校的福利待遇比以前好了不少。事实上，房子对林欣怡来说，并不是最重要的事，她最害怕的还是在感情里失去她的追求。

她这两年年纪大了，见她没有动作，林建国和苏明莉一直干着急，但又怕闹成上次那样，一直也不好明说。现在看到张思成，知道两个人还有机会，心里也跟着一阵激动。

苏亦辉见着女儿这样,还以为发生了什么。问了清楚,也忍不住生气,拍着桌子教训二人多管闲事。

七月底,"海峡两岸客家人重走客家迁徙路"计划重新启动,林静茹和陆斯祁两人是宣传片的主角,除了他们俩,还有几个拍摄人员随行。

路线第一站是陕西。根据之前的了解,首批客家人可能就是源于陕西,目前在陕南还有客家人开垦的漩涡镇凤堰古梯田。

林静茹在没有来古梯田之前,以为这里和普通的村落应该没有什么不同,然而当她真正地站到山腰上,再放眼望去,眼前的景色还是让她半晌移不开眼。大陆的梯田景象她只从网络图片上看到过,而真正的梯田却比图像更美,像画一般,一坎一坎地连在一起,如同打翻的颜料,从山顶流下,逐层晕开。梯田间零星布着几间白墙瓦房,蜿蜒的小路犹如血管,将这些小屋全部连在了一起。

太阳下,绿油油的梯田里被撒上一层金粉,一头水牛在田埂边上,摇了摇尾巴。

"别看这个地方小,它也是一个完整的集合。"陆斯祁指指周围的这些房屋,"这里在清朝的时候,有一个家族从湖南过来,在这里盘下这块地,生根发芽,作为一个家族村落,它一直保留着家族信仰,里面还有他们家族的宗庙。"

一路走,一行人到了吴家民居。整个民居还保留着清朝中晚期的风格。吴氏在后来又有一个家族迁到了此地,开始兴办水田、经商办学、修堡寨、建花屋,在当地的名望盛极一时。从清朝到现在百余年,逐渐沉寂的吴氏家族又重新被发现,整个保存尚完好的集合得以展现在世人面前。

"斯祁,我听了客家话才知道,原来《诗经》里面很多字的读法,和客家话是一样的。有的句子普通话念起来不押韵,但如果用客家话来念,就会很押韵。"林静茹以前上文学课的时候并没有注意到这个问题,现在来到此地,才发现其中颇有渊源。只遗憾陈玥虽也有客家血脉，却不会说多少客家话。

　　林静茹发现整个漩涡镇其实除了吴氏，还有其他姓氏于清朝时期在此落脚，大家村村相通，至今仍相互往来。这里的客家人和福建的客家人不同，他们在保留了传统家族习俗的同时，又和当地的风俗结合在一起，这种陌生的熟悉感，也是林静茹体会最深的地方。林静茹在台湾极少见到规模如此大的家族集合，不由得在镇上多逗留了几日。摄影团队们也趁着这几日修剪、打包素材，传给远在千里之外的林欣怡。

　　离开陕西，他们去了河南洛阳。这行人当中最期待的就是林静茹，还在上学的时候，她就想要去河南洛阳看看祖辈生活的地方。一路上她都没怎么睡觉，一边翻着手机一边跟陆斯祁讲话。

　　这一趟行程的确没有让林静茹失望。来到洛阳，她才弄明白了为什么有的客家人称自己是"河洛郎"。河洛本不是一个具体的地名简称，而是一个大概的范围，洛阳是客家始祖最初主要的迁出地，加上洛阳在历史上是许多朝代的都城，使得这一方土地成了客家人魂牵梦绕的故乡。"洛阳读书音"也是客家人上千年都在使用的腔调，有记载说这样的腔调是从魏晋开始流传的，到唐宋时期都一直流行。

　　今日的洛阳也是一个极度发达的城市了，在陆斯祁的观念里，这座牡丹花城在历史上向来不缺人文轶事。和充满了西洋文化痕迹的厦门不同，各种各样的遗址在这个地方盘踞几百上千年，为这座现代城市始终保留了一抹浑厚的中华之韵。他无法想象那些历朝历代的战乱在这块地方上是如何演绎的，客家人从这里又是怀着怎样的心情客走他乡。他只知道，在外族入侵、民族危亡的时候，中国人对故乡的执念便异常强大，足以支撑着每个人去为之流血牺牲。

　　借着河南离河北近，戚露还安排他们第三天去了有"天下第一陵"之称的黄帝陵。借着这个机会，林静茹才真正见到了中国古代的皇陵。

　　林欣怡之前就为两人注册了 i 颜的账号，在她的帮助下，两人在 i 颜上发表短视频和感受。这几天,"祖地寻源"活动通过 i 颜的推送,在 i 颜社区有了很大的讨论度,吸引来了不少世界各地的客家人。林欣怡一直以为林静茹只是出于纯粹的好奇,所以才同意参加这个活动,顺便能看一看大陆的风光。可到了后来,她发现林静茹在她面前滔滔不绝地说起客家的历史时,那种兴奋感和自豪感,在新一代的台湾人身上仍然可见。

据历史,江西是客家先人进入福建的门户,但是南下江西前,戚露选择了坐火车,还在黄河流域停了一天。

她一开始接触旅行社的开发时,就想过把客家文化作为一个突出的点,好好进行宣传,突出文化的感染力,让台湾同胞能在重游故地中体会到两岸同胞是血浓于水的一家人。在海外留学的时候,林敏对她很严格,她原本是个依赖性很强的人,但林敏却一直要求她独立,不管什么时候、身边有没有人都能够照顾好自己。甚至于,她病得最重的那次,父亲也只来照顾她一周就走了。

为此,她结识了不少同样在外留学的中国人,和他们成了朋友。异国他乡,让她意识到什么是民族,什么是国家。过去在国内,大家都是按地域划分,出了国以后,什么福建人浙江人统统变成了中国人。

留学期间,她越和别人接触,越发现在国外待过的人更容易产生民族自豪感,但国家在文化软实力方面的输出,确实做得还不够,这多多少少也让他们觉得有些可惜。

滚滚黄河水拍到石壁上,雄壮的浪潮声打进人们的心里。

林静茹站在岩石边上,看着黄河水一言不发,陆斯祁撑着伞站在她的旁边。

"静茹,"陆斯祁叫了一声,问,"想什么呢,这么入神?"

"斯祁,他们说中国人都是喝黄河水长大的。我长这么大,连黄河却都还是第一次看见。"林静茹转过头看向他,"其实就算不来这些地方,我以前也对大陆有一种感觉",林静茹试图找个合适的词来形容,"就是……我之前来大陆，看到街上的字词，有的写法和念法都是和台湾一样的。我们之间，就算口音不同，也完全可以交流。我甚至能在厦门看到对面的台湾，可是爷爷和大爷爷之间，却几十年都见不了一次面——离家少年时，归来已古稀。"

接送的巴士停在不远处，林静茹和陆斯祁朝着大巴走去。刚走没几步，她回过头看了一眼汹涌的河水。她是寂寞的，几千年来，她就这样奔腾，看着朝代的更迭，又被文人墨客写进诗里；她又是幸福的，成为炎黄子孙的母亲河，滋养着无数人的生长，带给他们尊严与骄傲。

"走吧，以后还会再来的。"陆斯祁感受到她的不舍，拍了拍她的肩膀，揽着她往车子走去。

林静茹上了车，找了个靠窗的位置坐下，转过头去看着窗外的景色一言不发。陆斯祁说以后还会再来的，她知道她还会再来的，但那时候她还有没有现在这样的心情，她自己也不敢保证。

约莫半个小时后，车子在酒店停了下来。这几天的安排都比较满，大家都有些吃不消，刚上车就都睡着了。下了车，林静茹就见林欣怡和戚露两人拖着行李箱正在办理入住。她们俩前些天有些事没安排好，所以没跟着团队。

林欣怡把东西送到客房，马不停蹄地就开始工作，跟着大家一起弄素材，一弄就到了晚上。跟前台确认完菜单的戚露和林静茹夫妇过来叫她吃饭，她转身和摄像师打了声招呼，跟着戚露他们走了。

"我们去里面包厢吧，这留给他们。"戚露指了指在尽头一间小包厢。

林欣怡跟着他们到包厢坐下，没多久就有服务员端菜进来，五六道，有鱼有肉有菜有汤，皆是当地特产。天气太热，戚露还叫了一壶冰绿茶，服务员很是周到，拿进来后就给大家倒上了。

"感觉怎么样？"戚露的目光在林欣怡身上停留了数秒，又看向林静茹和陆斯祁。

林静茹显然有些疲惫，她没有运动的习惯，这几日到处转，脚底都磨出了水泡。可是那些景点，又叫她忘记了疲惫，在她心底留下了深刻的印记。陆斯祁作为北方人，这几个北方的著名景点，他在高考结束后就去过了，除了面对黄河时有过一阵心潮澎湃外，倒是没有太大的触动。

"你安排得很好。"林静茹喝了一口茶水，答道。

"效果好就行，不枉我投了这么多钱。"戚露也喝了一口水。

一旁的林欣怡对此也没有感到意外，以 i 颜开出的广告价格，除非戚露举办十几次这样的活动，才有可能回本。这样的旅行社，如果没有附加价值，市场价也不可能定得太高。可戚露额外花了这么多的广告费去做这样吃力不讨好的事情，林欣怡其实有些不理解。

"但是，我觉得值得。"戚露放下水杯，盯着桌子上的菜，说，"我外婆是客家人。姐，你和外公住在一起那么久，一定听他提过吧？"

林欣怡知道她说的是钟婉莹，不由得愣了一下，点了点头。

"外婆去世得早，我从来没见过她，但是小时候我常听我妈说外婆的事。她告诉我，外婆是一个勤劳的客家女人，不仅会做好吃的客家菜，还会唱客家的山歌，会染布，会收拾屋子，这些都是我妈不会做的。你们知道吗？有一年清明节，我妈跟我描述了一次小时候外婆给他们做的鬼糕，把我馋得口水直流，但是我跑遍了厦门的大街小巷，都没有找到这个东西。回来接管工作以后，我跟着旅行团去了一次龙岩，那会儿恰好是冬至，我在一家小店终于吃到了鬼糕，味道和我小时候想的一模一样。那个老板是个年近七十的老奶奶，我看着她，就觉得像看到了外婆一样……"戚露说着说着，声音变得又柔又软。

"后来我就常常往客家人聚集的地方跑，想要从这些人身上寻找外婆的特质。客家女人好像都是一个模子刻出来的，勤劳、刻苦、坚韧。客家几次大迁徙的历史叫我想到了外公和曾外祖母躲避战乱从厦门逃难到长汀认识了外婆的故事。其实中国人的历史又何尝不是一部逃难史？所以，我想做一场这样的活动，把人与命运抗争的精神传达出去。我不想只是一小部分人知道，我想让全世界的人知道，我们曾经走过这样一条艰难的路，不仅走过了，还走了很多次。

"我在国外的时候，才真正体会到了什么是家族的力量。中国人在外国做生意的很多，但真正做大做强的寥寥无几，而做大做强的几乎都有一个特点——家族联盟。比如温州人——不是说他们其中一个人有多厉害，他们是胜在抱团作战，二三十个人，随便拖出来都是沾亲带故，互相信任，互相扶持，靠着这种联系和约束，他们几乎每个人的人脉都可以特别广，消息特别灵通。让人羡慕。"

"对了，之前你不是说有人要帮你出版小说吗？怎么样了？"林欣怡听戚露说了半天，心里也有些触动。

"嗯，大概八月底的时候，出版社那边还在校对最后一稿。"林静茹夹了一块红烧排骨。

"外公的身体越来越不好了，这本书出版对他来说也是个安慰。"戚露想起林承暻的健康状况，只觉得一阵唏嘘。

林欣怡听了这话，低着头沉默，半晌，抬头问："静茹，你有没有想过，把这部小说拍成影视？"

林静茹拿着筷子的手一顿，停下来看着她说："影视？"

"对，文字也许能保存一阵子，但毕竟没有影像直观啊。我们把大爷爷他们的故事拍成电影怎么样？陆斯祁，你帮着点静茹，把小说改成剧本应该不是难事吧？"林欣怡看向一直在给林静茹夹菜的陆斯祁，想着自己的提议，忍不住激动了起来。

陆斯祁笑了笑，看向林静茹，说："如果静茹同意的话，我可以试试。"

"这个想法好！拍成故事，客家的元素也可以加进去，我们旅行社还能植入一点广告！"戚露表示支持林欣怡的提议。

林静茹却显得有些为难："这个，我是没什么问题啦，但咱们得问问爷爷们的意见吧，这毕竟是属于他们的故事。"

"好，我回去就问。"林欣怡拍着胸脯，一副胸有成竹的模样。

第 三 十 三 章

重走客家迁徙路的活动，从江西辗转回福建后，主要的活动场所都在龙岩。戚露带他们去了一趟上杭的李氏大宗祠。

林静茹在宗祠内走着，所到之处皆青砖砌墙。宗祠内的房间非常多，根据当地人说，单住房就有 104 间。整个建筑是传统的"回"字形，前方后圆，是客家方楼和圆楼的混合体。宗祠自清朝道光到现在，依然保持着规整的模样，其中有的地方还能看见新旧交接的痕迹，尤其是墙上的砖瓦，仔细观察就能看到旧砖中新砖的嵌入——宗祠本是无生命的，但它以这样的方式，告诉世人一个家族中的薪火传承。

她到了族谱馆，翻开里面的族谱，看到一个个家族的脉络：他们从中原来，在这里扎根，又从这里走向世界各地，然后又回到这里。每一个看起来简单的名字，都像是一种契约，与血缘和地缘签署下的契约，是每一个漂泊灵魂的归宿。

她也看到族谱上有些人写着"张××（迁出）"，后面是一片巨大的空白——她猛然醒悟：如果林承晖没有回来，那他就是留在族谱中的一个名字，林建国跟他没有关系，故土的一切都跟他没有关系。

林静茹去过圆楼，这样方圆结合的还是第一次见。李氏宗祠虽没有圆楼那样上下好几层，但内部的设计同样让人惊叹。祠堂中厅两边墙上恢宏的"忠孝廉节"四字，是客家精神的体现。

她有些明白为什么林承曒不愿意从老房子搬出来了。林家真正的老宅已经在战火中毁于一旦,现在住的小院,虽抵不得林家老宅的规模与精美,但几十年来,它也庇护着林家一代又一代的儿女。他们翻修院子,和李氏门宗的后人们翻修宗祠一样,是为了守住大家的根——孩子们都已经自立门户,有各自的家庭,各自的住所,但只要林承暻还在,老屋还在,那就是大家共同的家园。

上杭行算是他们旅程的尾声。戚露原本打算上杭行结束后便带他们坐车回厦门,林欣怡却说想去自己工作过的地方看看。林静茹和陆斯祁也一同前往。

离开学院两年多,林欣怡故地重游,发现学校对面的那间甜品店竟然还开着,她拉着林静茹和陆斯祁就往里面走。

店里开着空调,暑气都被隔绝在外。林欣怡呼了一口气,才开始观察周围的环境。

相比几年前,这家小店的规模大了一点,不仅盘下了隔壁那间屋子,还把室内装修成了工业风。墨绿色的布艺沙发,实木的桌子,墙上挂着火烈鸟的挂画,墙壁则统一刷成了深灰色。天花板上是一溜儿的小灯泡,照明效果像十几年前就被淘汰掉的钨丝灯。

现在是暑假时间,学校里的学生大多回家去了。店里人不多,中年女老板这会儿正坐在前台看新出的都市剧。听到有人走进来的声音,抬头瞥了一眼,便认出了曾经的熟客林欣怡,连忙按下了平板电脑上的暂停键,惊呼道:"林老师!你今天怎么在这儿,感觉好久没见到你了。"

"我两年前辞职了,今天来这也是因为工作。"林欣怡笑笑,又给老板介绍自己身边的两人,"这是我妹妹妹夫,老样子,给我们上三份经典烧仙草,一份甘梅地瓜,一份芝士紫薯球。"

"好,你们先找位置坐吧,一会儿我给你们送过去。"老板冲林静茹和陆斯祁微微点了个头,伸手指着里面的空位。

"姐,那个老板好像跟你很熟。"林静茹坐下来后,小声地冲林欣怡说。

"我是老顾客嘛,一回生二回熟,这儿的顾客基本都是学校里的学生。"林欣怡也没打算隐瞒,一副坦荡的神情说,"我之前和思成经常来这里,被学生认出来过,老板也就知道啦。"

林静茹自打婚礼过后,就没再听她提起张思成,这会儿忽然听到,还以为是他们要和好了,大着胆子问道:"姐……你和张老师……"

"先这样吧,我还在事业上升期,谈恋爱可以,结婚还得缓缓。"林欣怡说的都是心里话,婚礼上遇见张思成的时候,她还会有些心动。可是隔日回到办公室,看着底下一群摩拳擦掌准备跟她投入短视频时代的团队成员,她便觉得不能只想着自己,和张思成也没了下文。

她这话刚落地,门口就传来了老板的另一声惊呼:"哎呀,张老师您也来啦,我还在想林老师在这儿怎么不带您呢?"

林欣怡转头看过去刚好就看见了张思成的背影,脸上泛起一阵淡淡的红。她咳了两声,抽出一张纸巾给自己擦了擦额角的汗,转过头去假装没看见。

张思成听了店主的话,有些疑惑,目光在店内转了一圈,发现坐在角落里的林家姐妹和陆斯祁。一时之间也不知道该作何反应,干脆扭过头去和老板点单,可紧张和激动却让他结巴起来。

老板一开始并不知道他们二人如今的关系,但这会儿看见张思成的表现,见惯了人情世故的她已经明白了七七八八了。为了缓解尴尬,替张思成点完单后,她又问了一句:"张老师,要给您打包吗?"

张思成正准备回答,林静茹便站起来冲他招手:"张老师,过来一起坐啊!"

听到林静茹的邀请,张思成犹豫了一下还是朝他们走了过去,问:"你们怎么在这儿?"

见张思成没有要坐下来的意思,林静茹又开口:"张老师,你先坐,我们坐着聊。"说罢,她伸出手肘戳了一下陆斯祁,陆斯祁反应过来,也跟着附和:"是啊,张老师,外面天热,好不容易见面了,我们坐下聊一会儿。"

张思成看着林欣怡旁边的空位，犹豫了一下，又见林欣怡没有拒绝的意思，才坐了下来。事实上，自从在林静茹和陆斯祁的婚礼上见过面后，两个人的关系就没有刚分手那会儿那么尴尬了。但也说不上有什么实质上的进展，谁也没主动戳破那层窗户纸。

进这间甜品店之前，她也预想过会碰见张思成，也想好了到底该怎么面对他。但没想到，现在见了，却什么话也说不上来了。

张思成坐下来后，用余光瞥了一眼林欣怡，问："你们怎么会在这？"

"我们的客家旅行团顺道来这儿。张老师你呢？现在是暑假时间吧，怎么不回台湾呢？"林静茹见林欣怡没有要解释的意思，便主动和张思成聊了起来。

"申请了一个国家级项目，这个暑假要填各种材料，抽不开身回去。"张思成摊了摊手摇摇头，这是他的招牌动作，憨憨的像只企鹅。

旁边一直僵硬着身体维持一个姿势的林欣怡，忽然偏头看了他一眼，想到这个梗，忽然忍不住笑出声来。张思成这么些年都没变过。张思成看着她，也乐呵呵地笑了。张思成觉得，欣怡更好看了，她在学校的时候，从来没有像现在这样神采奕奕。这种精气神是只有热爱才能带给她的。故地重逢，张思成觉得特别开心，因为他看到了更好的林欣怡，他总是希望身边的每个人都活出自己的模样，那就是最好的生活。他对学生也是这样说的。

或许刚才张思成说的话在旁人听来没什么特别，可这却是林欣怡和张思成的回忆。林欣怡正准备说点什么，店主便端着大托盘送上了四份烧仙草和两份小吃。

陆斯祁原本也有留校任教的意思，便和张思成交流起了高校教师这项职业的优劣。张思成虽然被填报材料折腾得不行，但是对于教育和搞学术却是发自内心的喜欢，和陆斯祁聊得很投机。

一旁的林静茹原本想借着这个机会解决一下林欣怡和张思成两人之间的矛盾，可现在被陆斯祁一搞一点儿也插不进去话，只好和林欣怡默默吃完了盘里的两份小吃。

等到外头的太阳下山后，林欣怡和林静茹夫妇准备去学校门口找戚露等人汇合，临走时陆斯祁抢先一步付了账，算是补上了多年前欠张思成的那个人情。

夏天的夜晚总是来得很晚，可是离别总是猝不及防。林静茹夫妇走在前面，林欣怡低着头刷着手机回复同事们的问题。张思成走在她身后，看着她的背影穿过斑马线，一步步消失在他的目光里。

红绿灯转换了数次，他依然留在原地没有离开。

回到厦门后，戚露的尾款很快便打了过来。这趟客家行不仅让旅行社借着i颜赚了一波关注度，还让龙岩的一些企业看到了机会，希望和戚露的旅行社合作，借此机会好好发展龙岩的旅游业。戚露兴奋地把这个消息转述给林欣怡，并调派了旅行社的几位骨干成员到龙岩选址租场地，开了分社。

林欣怡一边替戚露高兴，一边和家里人沟通将小说拍成影视的事情。林承晖和林承曈觉得自己这把老骨头了，把这些故事搬上银幕也没什么好害臊的，倒是没什么意见。得到了他们的同意，林欣怡立马打电话让陆斯祁和林静茹着手改剧本。

谁知这剧本一改就是大半年，从年中改到年底。

改剧本期间，林欣怡也没闲着，拉着林杰瑞和戚露商量找投资的事。片子涉及战争戏和年代戏，拍摄成本估计不低。三人的公司如今的盈利远远不够这个数，林氏百货虽然拿得出，但人家毕竟不是搞影视的，不懂里面的宣发流程。他们怕让家里人赔钱，倒是也没和林乡林觉提这个要求。

新年过后，国务院台办国家发展改革委发布了《关于促进两岸经济文化交流合作的若干措施》。这项文件刚出，林杰瑞就拉上了戚露和林静茹一块儿研究。

"杰瑞哥，这下你们可以放心了。上面说帮助和支持符合条件的台资企业依法享受高新技术企业减按 15％税率征收企业所得税，研发费用加计扣除，设在大陆的研发中心采购大陆设备全额退还增值税等税收优惠政策！"林静茹捧着打印出来的文件，一条条地仔细看过去。这样的政策，能给他们节省不少开支。

"我当初拉上夏峰，可不是为了这个啊，人家夏峰是真的有本事。而且严格来讲，我们也不算台资企业，钱大部分是我爸投的，夏峰算是技术入股。"林杰瑞道。

林静茹笑了笑，低头继续看文件。

"今年是改革开放四十周年，像这样的政策今年肯定还有不少。"戚露逐字逐句地看着手里的文件，想到这个特殊的年份，对于接下来的事业发展又多了一份期待。

"来吃炸鸡啦！"穿着围裙的林欣怡端着一盘炸鸡从厨房出来，过了年她就三十了，看着状态还不错。除夕夜全家人在饭店订了一桌，席上大家都在讨论剧本的问题，头一遭没有催她结婚，这叫她觉得松了口气。

年后休假待在家里，怕苏明莉和林建国回想起她的个人问题又要老调重弹，林欣怡干脆花钱给他们报了个老年旅行团。这会儿也不知道他们是在哪里吃饭，自己一个人在家虽然无聊了一点，但难得的清静更让她感到开心。林杰瑞打电话问她要不要出来一块儿研究 31 条惠台政策，她懒得动，便叫了三人都来自己家。

说是一块儿研究，林欣怡自己却不怎么参与。一来她就职的公司不是台资，二来自己也不是台湾人，觉得关注这个没什么用，便钻进了厨房开始做菜。

林杰瑞闻到油炸的香味，看了一下午文件的肚子也饿了，接过林欣怡递过来的筷子，夹了个鸡翅放嘴里。

"我也要我也要。"林静茹坐过来拿起一只鸡腿就往嘴里塞，结果没嚼两下，就抱着垃圾桶干呕。

"不是吧，我的炸鸡有这么难吃吗？"林欣怡被林静茹的反应弄得呆住，看看林杰瑞的吃相好像也不至于咽不下去。

戚露见林静茹捧着垃圾桶干呕，突然意识过来，问："你这反应，不会是怀孕了吧？"

听了这话，林杰瑞一激动鸡肉卡在喉咙里下不去，拿起桌子上的水灌了好几口。他咳了几声，目光不自觉地盯着林静茹的肚子。

林欣怡也放下手中的鸡翅，朝她看去，愣了愣，问："你这……"这一切发展得太快了，让她有些反应不过来，最后什么也没问出来。

林静茹吐完，接过林杰瑞递给她的水杯，漱干净了口，又缓了一会儿，等到气儿顺了才说："我，我也不确定是不是，前几天用试纸测出来是两条杠的，但是算了一下才两个月，所以我就想先等等，等确定了再和大家说。"

"陆斯祁也不知道？"林欣怡把盛着炸鸡的盘子往桌上一放，挤开了戚露，一屁股坐在了林静茹旁边，扯着她的胳膊追问。

林静茹见林欣怡一副兴师问罪的模样，生怕她怪罪陆斯祁，连忙解释："他最近在忙着写博士论文，我怕这事儿会让他分心，就没告诉他。"

"你是不是傻，陆斯祁是博士，又不是高考生，你还怕这事儿会让他分心？他高兴还来不及呢，都快三十了才当爹……"林欣怡说到这儿，不知怎的忽然停顿了一下，空气陡然间变得有些微妙，大家都看着她，等着她的后半句。

"怀胎十月，等到陆斯祁工作后，你也差不多要生了，孩子谁来照顾？你妈那么忙，大陆台湾两头跑，肯定没时间，所以到时候还得联系你的公公婆婆，所以你们夫妇还是应该提前商量商量。"

"嗯，我回去就和斯祁说。"林静茹见林欣怡对她了叮嘱这么一大段，确实觉得自己有欠考虑。她从小就没有兄弟姐妹，回到家只有长辈，想找个同龄人商量事都找不到。自从十五岁那年她从台湾过来，见到了林欣怡，就在她身上感受到了什么是兄弟姐妹的感情。虽然她们没有血缘关系，但是长久的陪伴，已经让她们的感情超越了血缘。如今，她已经有了着落，林欣怡却还是独身一人，这件事上，她的担心其实不比林建国和苏明莉少，见着时机不错，她委婉地提了一句："姐，等事业稳定了，你要不要重新考虑一下张老师？"

戚露原本不准备开口的，但是听到林静茹提及张思成，这叫她想起了年前的一件事，便顺口说了出来："他确实挺不错的，在龙岩开旅行社的时候还是他帮我们找的地方。姐，他比你大这么多，也没急着去找别人，就是在等你啊。"

林欣怡看着他们，一时之间不知道该说些什么。她心里当然明白大家是为了自己好，也知道张思成为什么到现在还单身，但她不想去想，对她来说，现在还不合适，她还要一点时间……

"别说这个了，让你找的投资商怎么样了？"她撇过头，吸了吸鼻子。

戚露没有看到林欣怡的小动作，只当她真的无动于衷，忍不住瘪了瘪嘴："没进展。"

"你呢？"林欣怡冲林杰瑞抬了抬下巴。

"我自己的企业今年刚刚实现盈利，我还得拉投资呢。再说了，我认识的投资人基本都不爱影视这行业，我看悬。"林杰瑞被林欣怡盯着有些发怵，忙转头去看向桌子上的炸鸡。

林欣怡叹了口气，有些得意地说："行吧，宣布个事儿啊，林乡叔叔表示他可以援助我们。"

"啊？"三人一阵惊呼，面面相觑。

"不是说好了不让家里人出钱的吗？"林杰瑞头一个提了反对票。

"这不是没办法吗，谁让我们拉不到投资呢。"林欣怡见三双眼睛都盯着自己，心里也有些发虚，全然没有了刚才的得意，"行行行，我下周上班的时候去问问我老板，愿不愿意投资这么一部电影。"

她一开始是有想过去找蔡少弘要投资的，i颜如今的收入非常可观，蔡少弘曾和她说可能年内上市，预计上市还能升值不少。但是这件事说到底是自己家里自发的，赚不了多少钱，让她多少都有些拉不下脸。蔡少弘是她的朋友，但更是一个商人，商人是不会做让自己无利可图的事情的，不会碍于人情就轻易地投钱。当初和林杰瑞他们说好不让家里人投资也是因为这样，他们没办法保证这是一笔赚钱的生意。要是她真的求着蔡少弘给自己投资，说不定会让他们之间的关系变得没那么纯粹。

但是话已经说出去了，看着林杰瑞和戚露的脸，她心里明白自己已经没得选了。

假期结束，刚回i颜，林杰瑞和戚露便给她打了两通电话，生怕她忘了这事。就连平时不参与拉投资的林静茹，早上出门前也不忘提醒她这件事。

林静茹在林欣怡家一直住到林乡和陈珏回来才走。今年过年和往常也没什么不同，要说不一样，那就是林静茹不在了。她刚和陆斯祁结婚不久，按照习俗得跟着陆斯祁回一趟东北，原来林乡和陈珏也打算要去，就当是旅游了。但听到要待到年初五才回来，就打了退堂鼓。

韩福生的身体一直不太好，七月初参加完林静茹的婚礼后，回台湾就病倒了。林承晖心里挂念他们，觉得自己在这边有人照顾，刚好看到陈珏送走林静茹后一天到晚都是一副心神不定的样子，便让林乡夫妇二人抽空回去看看，好好照顾，尽尽孝心。

活到他们这个年纪，没人知道哪一个时刻会是尽头。

林静茹从东北回来的第二天，林乡和陈珏也从台湾回来了，他们的脸色并不太好看，刚见面还没来得及问候，就给了林静茹一个噩耗："静茹，你韩爷爷他……他快不行了……"

韩福生作为林乡的亲生父亲，虽然让林乡从小就跟着林承晖住，但对林乡的父爱却从未减少过。这些年，韩福生反反复复地生病住院，每一次林乡都提心吊胆，到最后也都化险为夷了。本来以为这次也会和从前一样，可医院却下了病危通知书。

连日来的陪护叫林乡白了一半的头发，平日里保养得当的他虽然年过五十却看不大出来，可如今已经显示出了老态。

"什，什么?!"林静茹有些不敢相信自己的耳朵，往后退了一步，抓住了陆斯祁的手，摇着头说，"不可能、不会的，这不可能。韩爷爷、韩爷爷他参加婚礼的时候还好好的!"

"静茹，这是真的，你韩爷爷他年纪大了，旅途劳顿，加上水土不服，人老了生病就怕并发症……唉……"一旁挽着林乡的陈珏也是一脸疲惫，说了几句便觉得心里被什么东西堵住了，难受得很。

"爸，妈，静茹她……"陆斯祁正欲开口，也不知是要说些什么。林静茹偏过头去看到他担心的脸，知道他是想要说自己怀孕的事情，不方便同他们一起回台湾去。林静茹轻轻掐了他的手臂一下，摇了摇头，又看向林乡和陈珏，说："我要回台湾，我要见韩爷爷!"

林乡和陈珏这次回来，也是打算处理完年前积压的事务后，带林静茹一块儿回去。可林静茹除了要跟他们回去外，头一个考虑到的却是林承晖。

订票的时候，她犹豫着要不要打电话告诉林承晖这件事。说，又担心他接受不了;不说，日后他知道一定会怪罪自己。

为了这件事，她已经愁眉苦脸了好几天。陆斯祁一开始就看出来她的不对劲，起初只以为她是在为韩福生担心，但时间久了，他才意识到不仅仅是这样。

好不容易等到闲下来了，他给林静茹煮了一锅鸡汤，看着她喝完，才问："静茹，你这几天怎么了?你要多笑笑，以后宝宝才会是个开心的小孩。"

林静茹被他逗笑了，很快脸又耷拉了下来："斯祁，我不知道该怎么办。韩爷爷现在身体不好，按照妈妈说的，也就是这段时间的事情了。我想告诉爷爷，如果爷爷以后知道他没有送韩爷爷一程，我怕他会伤心。可是现在告诉他，他还是会伤心，你说我到底该怎么办?"

"告诉他吧，你爷爷当了几十年的军人，这些年送走的战友，肯定比咱们见过的还多，他有权知道。但这事不能由咱们来说，不然爷爷会怪爸妈瞒着他。我们一会儿试着问问爸妈的意思吧。"陆斯祁考虑得周全，安抚了林静茹，叫她渐渐冷静下来。

下午，林乡和陈翙处理完手头的事情回到家里，陆斯祁已经做好了饭。林静茹也早就买好了票，加上林承晖的一共五张。只是还在犹豫到底要怎么将自己的想法说出来。

陆斯祁见大家都不说话，拍了拍林静茹的手背，把她的担忧告诉了林乡和陈翙。话音刚落，得到的却是一阵沉默，林静茹怕的就是这样的场面，没人同意，也没人反对。要是林乡反对，她还能和他讲道理争取他的谅解。

可现在，不算大的屋子里，却只有死水一般的沉寂。

林乡吐了口气，说："你爷爷现在年纪大了，身体也不如从前。这长途跋涉的，我也担心他会出什么事情来，这件事情，还是再说吧。"

"再说再说，什么时候再说？我们能等，韩爷爷能等吗？韩爷爷现在状况怎么样，爸你比我更清楚不是吗？爷爷是他这辈子最尊敬的人，你怎么能不告诉他？"林静茹说到激动处，忍不住想要掉眼泪。

陈翙看到女儿这样，心疼地打了下林乡："行了，我们提出来问题是要解决的，不是让你们吵架的。这件事情，我觉得静茹说得对，要是不告诉爸，他要是真错过了，剩下的日子都在遗憾中度过，你看着也不忍心是不是？所以，我觉得，早晚都是要说的，还是把选择权交给爸爸吧。"

本来心里就积压着一堆事情，加上今天女儿和妻子给的压力，林乡吃了几口饭便吃不下去了，站起身到阳台去抽了根烟。林静茹帮陈翙收拾碗筷，陆斯祁则走到阳台那边劝慰林乡。

香烟在黑夜中燃起的火星，很快又淹没在万家灯火中。一种无力感向林乡袭来，他终于明白了，为什么有人喜欢说那样一句话：有时候，有选择才是真的没选择。

陆斯祁看着他，也不知道自己能说些什么，只好看着阳台外的夜色沉默。等到手里的烟抽完，林乡回到屋内开始打电话。屋子变得静下来，只剩下厨房洗碗流淌出的水声。

"好。"林乡挂了电话，披上外套，走到玄关处准备出门，"阿玥，我去一趟爸家，他让我给他订机票，明天和我们一块儿回台北。"

陈翊从厨房里走出来，手上还套着洗碗用的橡胶手套。大概是没想到林乡动作这么快，她摘了手套，走过去帮他整理了一下外套，叮嘱了一句路上小心，便看着他出了门。

"爸，票我下午就买好啦！"

林静茹在后面跟了出来，冲着林乡眨了眨眼。

第二天下午，林乡带着全家人飞回了台北，下了飞机后直奔韩家。

今天早上韩娜给他打了电话，说是医生已经没有办法了，在医院也是无济于事，不如趁着这最后一点时间回家去和家人好好话别。林承晖得知这一切，脸上并没有什么太大的表情，只有拄着拐杖的手微微有些颤抖。他知道迟早会有这么一天，也早就做好了心理准备，但等到真的到来的时候，他发现，先前准备的一切都没有多大意义。

在台湾，韩福生算是他为数不多的亲人。在台湾的那些年里，陪伴在他身边的无条件信任他的也就只有吴伯驹和韩福生。对他而言，其他老兵只能叫战友，只有吴伯驹和韩福生，是兄弟，是家人。

甚至不知道在什么时候，吴伯驹和韩福生在他心里的地位，已经等同于林承瞭了。

出租车在马路上缓慢前进，迟迟未到韩家，林承晖心里一阵紧张，这些年，他错过的事情太多了，不想再错过一回了。他看着前面长排的车，着急地问："阿乡，怎么还没到啊？"

看着窗外的车，林乡心里也如热锅上的蚂蚁，只怪昨天忘记提醒林静茹买票不要遇着上下班高峰期。有急事的时候，待在车上一动不动无疑是最痛苦的惩罚，还不能怪罪到司机师傅身上，只得耐心地安抚林承晖说："爸，就快到了，您再等等。"

陈玥和林静茹夫妇坐了另一辆车，跟在他们后头。林静茹从上飞机开始脑袋里就一直想着韩娜的那通电话，心里面净冒出一些可怕的念头来。

陆斯祁和陈玥坐在她的两边，一人握住她的一只手。直到手心都被抓出了汗，车子才慢悠悠地在韩家门口停下来。

下了车，林乡扶着林承晖进了韩家，林静茹大步甩开了陆斯祁和陈玥，快步跟了上去。

韩娜和杜欣妍把韩福生从医院接回来，为免上下楼的麻烦，把韩福生安置在了一楼的卧室里。吴伯驹先前就知道韩福生的状况，和蓝梦华商量后，索性搬过来在韩家住下了。

"福生，是我。我回来了。"林承晖拄着拐杖，颤颤巍巍地走到床边坐下。床上的韩福生脸上一阵苍白，没有半点血色，嘴里发出阵阵痛苦的呻吟。

听到林承晖声音的韩福生吃力地睁开双眼，瞧见林承晖的模样，竟忍不住笑了起来："林大哥，你来啦。"

林承晖看着他点了点头没有说话，韩福生也看着他，半响，开口道："林大哥，你看你头发都白了。"

林承晖坐在床头看着他，忍了一路的情绪终于爆发出来，眼泪也跟着流下来，他点着头答道："是啊，我都这么老了还活着呢，你明明比我小这么多，怎么就要走在我前面了呢？"

"林大哥，过去在花莲，你和吴大哥一直照顾我，让我有饭吃，有梦做，还娶了老婆有了孩子。后来，你把我从那里带出来跟着你一块做生意，老了还能住大房子，吃大螃蟹……"韩福生此刻眼神闪烁着明亮的光，看着精神倒好了些。说着这些过去的事，一桩桩一件件都记得牢牢的。他总觉得，这几十年，像是一场梦，他还是那个十八岁的新兵蛋子，跟着林承晖在基地拉练。一转眼，几十年过去了，两岸三通都这么多年了，他也到该走的时候了。

"福生，我一直以为我会走在前面，没想到被你抢了先……"吴伯驹支撑着身体坐在椅子上，看着身体陷进被子里的韩福生。吴伯驹也是见蓝梦华不在房间里，才敢说这句话。这些年，他的身体也不大好，虽然一直有在疗养，但也没什么太大的起色。有时候他也在想，自己估计也就这两年了。对于死，他倒是坦然，这么多年，他也活够了。要说心里有什么放不下的，也就只有蓝梦华了，他认识她太晚了，能陪伴她的时间太少了。

算起来，他比蓝梦华大了十岁。十岁，如果是十岁和二十岁，差距确实难以让人接受，但现在，八十岁和九十岁，看起来差距也没这么大了。他现在也明白了，在变老这件事上，谁也没有例外。

可是，无论什么时候，他看向蓝梦华，眼里浮现的都是当年神采飞扬的歌厅一枝花。在他心里，她永远那么年轻、灿烂。

"吴大哥，您福大，会长命百岁的。"韩福生用力喘着粗气，忍不住咳了起来，林承晖见状，伸过手去给他拍背顺气。好不容易缓过来，韩福生巡视了一圈，除了林承晖和吴伯驹外，竟一个人也没有见着，便看向林承晖问："林大哥，静茹呢，静茹有没有回来？"

"在外头呢，大家都在外头呢，我去给你叫……"林承晖站起身走到门口，"都进来吧，福生想和你们说说话。"

外头的人都涌进了卧室，围在床前。韩娜和杜欣妍的眼睛肿成了核桃，林乡回来时候叮嘱自己要忍住，但还是红了眼眶。陆斯祁揽着林静茹靠近韩福生，林静茹拉着韩福生的手，眼泪一滴接一滴地落下，憋在心里的话，一句都说不完整："爷爷，我是静茹啊，爷爷……"

韩福生看见林静茹，眼角的泪忍不住流下来，他强撑着抬起手想要摸摸小孙女的脸，却怎么也够不着。林静茹见状，伸出手去，握住他的手放在自己的脸上。韩福生叹了口气："没想到时间过得这么快，当初静茹出生的时候，还是那么小的一团，如今都嫁人了……"

回忆起这些事，他的脸上扬起了笑容，眼里也有了一丝神采。他向陆斯祁伸出手，让他坐到边上来，浑浊的眼眸在林静茹和陆斯祁身上徘徊了一会儿："我们静茹，找了个好人家，以后可要好好过日子，做人家媳妇儿可不能太调皮了……"

林静茹听得又哭又笑，抬手抹了把眼泪，用力地点头，哽咽着说："爷爷，你一定要活下去，你还要看着你的小曾孙出生……"

"傻孩子，那还要等多久啊，爷爷等不了……"韩福生的声音变得更轻了。

"爷爷，静茹怀孕了，已经两个多月了，您再等等，您的小曾孙就要来了。"陆斯祁紧紧地握着韩福生的手，想要给他一点力量。

在座的人和韩福生一样，又惊又喜。但这样的喜悦只持续了片刻，韩福生的眼神很快又黯淡下去。他瞧着林静茹平坦的肚子，什么也看不出来。

他等不到了。

"我的小曾孙，我可能等不到你出生了。你以后要好好保护你妈妈，照顾好自己，开开心心地长大……"他的声音越来越轻柔了，眼里闪过一丝眷恋。他转向站在后排的韩娜，轻轻叫了一声。

"爸！"林乡和韩娜都扑了过来，在韩福生的床尾哭成一片。

陆斯祁把林静茹扶起来，让林乡和韩娜能坐到前面来。

"阿乡，娜娜，你们别哭……爸要走了，你们要好好照顾妈妈，还有林爸爸。"韩福生一边嘱咐，一边看向林承晖，句句都不忘把他带上，叫林承晖心里的悲伤愈发深重。韩福生转过头来，看着韩娜，忍不住眼角又落下两行泪来："娜娜，爸最放心不下的就是你了……以前都是爸爸自以为是，以为是对你好，没想到到头来还是伤害了你……等我回过头来，已经晚了。"

韩娜握着韩福生的手，摇了摇头，抽泣着说："爸，你看，我现在不是过得好好的吗？"

韩福生点了点头："是，爸希望你以后也要好好的。"说罢，他看向林乡，

"阿乡,以后你要一个人照顾这一大家子了。"

林乡点了点头,不敢开口说话。

韩福生欣慰地笑了笑:"还有,欣妍啊。"他在一群人里看到站在角落靠着陈珝的肩膀抹泪的杜欣妍,唤了一声,眼里尽是深情。

杜欣妍走到韩福生的床边,见林乡和韩娜两个孩子已经哭成了泪人,自己因为哭得太久,已经发不出声音来了。

"欣妍呐,这些年,辛苦你了。"韩福生握住她的手,看着与自己相伴多年的结发妻子,心里生出悔意来,"我走后,你就要一个人了,答应我一定要好好照顾自己。谢谢你,给我一个温暖的家。"

"别说了,别说了……"杜欣妍低下头,不忍心去看他。

"林大哥!林大哥!"韩福生忽然转回头,看着天花板,摇起手臂唤林承晖。林承晖从椅子上起来,走到韩福生床边坐下,就听见韩福生的声音:"娘,我看见娘了!林大哥,我要回家,我要回家去,把我带回去。"韩福生睁大了双眼,嘴里喊着叫着,身体抽搐了几下,又平静下来,再也没有动静。

满屋子的人都低下了头,林静茹窝在陆斯祁的怀里哭晕了过去。林乡和韩娜再度扑到床前,喊着韩福生。杜欣妍被挤到床尾,眼神空洞无物,喉咙喑哑,像是一块没有生命的木头,被蓝梦华搀着才不至于倒下。

"阿晖,福生说的……"吴伯驹抬手擦了擦眼角的泪,吸了吸鼻子,把手搭到林承晖的肩膀上。

"我听到了,他想回家。"

林承晖站起来,擦干了脸上的泪,对着床上的韩福生敬了个军礼,郑重地承诺:"福生,哥哥们一定带你回家!"

第三十四章

一直到韩福生的葬礼结束后，杜欣妍都没有回过神来。她开始变得不大爱和人说话，捧着韩福生的照片一坐就是一整天。她的目光聚焦在照片上，又散开来，眼里只剩下一个个看不清的轮廓。

林承晖坐在她的对面，静静地看着她，话到嘴边又咽了下去。吴伯驹拍了拍他的肩膀，感受到暖意的林承晖才终于决定开口："欣妍，人死不能复生，你要好好照顾自己，福生还活着一定也不希望看见你这样。"

杜欣妍听见韩福生的名字，抬头看了他一眼，很快又沉下去，半开的眼皮底下，是一双空洞无神的眼。

"福生临终前说想要回家去，我想……"林承晖沉默了半晌，才开口道，"带他回去。"

站在一旁的林乡和韩娜没什么意见，杜欣妍依旧坐在沙发一动不动，脸上一点波澜也没有，谁也看不清她究竟在想些什么。

见杜欣妍不开口，林承晖也不好擅自做主，便叫林乡和韩娜劝劝她。林乡和韩娜知道她在介意什么，两个人在一起一辈子，突然间生离死别已经叫她受不了了，更何况是死了以后还不能陪在身边。

林乡在一旁也不知道说些什么，韩娜却不介意这样的情绪，只天天陪着她。开解了多日后，杜欣妍终于松口，让韩福生的骨灰回到大陆老家，台北则留一个衣冠冢。

这一系列事情忙完，回到大陆已经是三月底，长时间的奔波劳累，林承晖也跟着病倒了。韩福生回家的事情是无论如何都不能耽搁的，林承晖撑着身子起来，颤颤巍巍地写下了一个地址，交给了林乡和韩娜，让兄妹二人去湖南郴州的永兴县，打听一下韩氏宗祠，若是能叫韩福生认祖归宗，那是最好不过。

林氏百货如今全都交给小辈们打理，林乡手上也没什么事情，加上这是父亲生前最后的心愿，他接过地址立马就和韩娜带着骨灰盒飞到了湖南。

韩氏宗祠看样子是刚刚翻新过，就连牌匾上的字都溢出来一点淡淡的金粉。林乡突然想起了几十年前的江西之旅。

可时间已经过去太久了，没有人会刻意铭记一个人，又或者说，那个要刻意铭记韩福生的人，已经不在了。

看着眼前这些围在自己身边的陌生人，林乡突然感到一阵胸闷。他深吸了一口气，试图让自己冷静下来，从包里拿出了韩福生在台湾时的一些证件，想要借此证明他们的身份，但宗祠里的人你看看我，我看看你，谁也没办法做下这个决定，只好请来了当地的村主任。

林乡和村主任寒暄了一会儿，又一次说明了自己的来意。了解情况后的村主任表示理解他们的孝心，但是入宗祠这事儿他做不了主。看着林乡皱成一块的眉头，又建议他们在当地买一块墓地，给韩福生下葬。

韩福生的本意就是想要回到家乡，虽然不能进宗祠很遗憾，但现在看来，这已经是最好的解决方式了。林乡没有犹豫，出了钱买了墓地，又请了人来打扫，把一切处理妥当后才返回厦门向林承晖报备。

林承曌也知道了韩福生去世的消息，心里一直感激这位把儿子过继给自家兄弟的好同志，虽然只见过几次面，却叫他印象深刻。如今他先自己而去，不能说心中无所触动，到了这个岁数，多活一天都让他觉得是一种奢侈。

"阿晖，你看这太阳多好啊。"林承曌躺在摇椅上，闭着眼，感受着午后的阳光。

林承晖戴着老花镜，看着最新一期的报纸。也不知是不是年纪大了的原因，即使林欣怡天天嚷着新媒体，可他还是偏爱这油墨印的纸张味道。几十年前他还因为买电视还是买电脑的事情和大哥吵架，没想到有一天他还是选择了最原始的方式，现在想来，只觉得从前的自己有些可笑。

从台北回来后，林承晖在医院住了几天便待不下去了。林乡那会儿还在湖南忙韩福生的事儿，林建国给他去了电话得到许可后，才把林承晖从医院里接回家照顾。

"这么好的太阳，不知道还能见几次。"林承暻见林承晖没说话，紧跟着又叹了一句。

林承晖合上报纸，拍了拍林承暻的肩膀说："大哥，别说这种丧气话，几个小辈还没嫁娶，我们至少得撑到他们结了婚。"

林承暻微微张开了嘴，正想要说些什么，只听见门外林欣怡的声音响了起来——

"爷爷们，我回来啦！"

林欣怡拎着包从外面奔进来，见到院子里的两位爷爷，停下了脚步，疑惑着问道："哎，我外公呢？"

"哦，他说昨晚没睡好，这会儿正补觉呢。"林承晖看见林欣怡这副活力满满的模样，方才的沉重心情也跟着放松了不少。他正准备招呼林欣怡坐下聊天，屋里的苏明莉就端着点心走了出来："哎，你这丫头前两天不是说去上海出差吗，怎么这时候回来？也不跟家里打声招呼。"

林欣怡转头冲苏明莉咧嘴笑道："当然是任务圆满完成，有好消息才提前回来告诉你们的啊！"

苏明莉听得眼前一亮，忍不住在林欣怡的身上打量了一番，搓了搓手，凑上去问："什么好消息？你交男朋友了？"

"什么呀！妈，是不是在你眼里，我只要有个对象都算是好消息啊？"林欣怡被苏明莉这种什么都能往婚恋上扯的态度给弄得有点不高兴。

"我可没这么说……"苏明莉小声嘀咕着为自己辩解。

林欣怡不想接这个话题，假装没听见她说的话，看着林承晖激动地说："咱们的电影拉到赞助啦。"

"不是说你林乡叔叔给你们帮助了吗？怎么又要去拉赞助？"林承晖想起年初那会儿听林乡提起过，以为这事儿已经定下了，他对影视行业不大懂，不知道里面的预算，只觉得要拍东西肯定要很多钱——电视上都是这么讲的。

"哎呀爷爷，叔叔给得还不够。里面的战争场面才是最需要钱的地方啊！"林欣怡冲着林承晖解释道，"年头刚开始工作那会儿，我找我们老板商量了好一阵子，他觉得太冒险了并没有答应。"

林欣怡想要卖个关子，故意顿了顿又道："可我是谁啊，怎么可能就这样轻易放弃，对吧？我就又找了我们老板好几次，在我的软磨硬泡下，他听完了我的整套计划，决定做一次风险投资，但这不是一笔小生意，所以我们把项目拿到广电部门立项之后，又去找了别的公司。好在老板人脉广，给我介绍了好几家专门投资影视的公司，跑了几趟上海，今天终于把这事儿敲定了。现在加上林氏百货和 i 颜公司，一共有五家公司决定投资，现在算一算，这就够了。"

"这是多少钱？"苏明莉问。

"七千万。"

苏明莉惊得尽摇头，暗自叹道："我这辈子连七十万都没见过——你千万别瞎弄，要是黄了，你妈我就是倾家荡产都赔不上啊！"

"不会不会。"

"那现在这片子可以开始拍了？"林承晖看着林欣怡，脸上也忍不住露出笑意来。

"还没呢，只是立项通过了而已，这会儿还在物色合适的导演和制作团队。我不是专业学这个的，这种事儿还得专业的人来做才行。按照目前的进度来看，最快也得等到静茹的孩子生下来后，我们才开机。"

"对了，静茹这几日的情况怎么样？"自从韩福生的葬礼结束后，陈翊就将杂志社主编事务交给了同事，在家陪着林静茹养胎了。估计是太过紧张的原因，直到现在，陈翊都不让林静茹出门走动。再加上林承晖前段时间住院，两个人就一直都没有见到面。

林欣怡听到林承晖的问题，忍不住笑了起来："爷爷，你就放心吧，就婶婶这个性子，还能照顾不好静茹了？我去上海之前，还特意去看了静茹，她现在比以前胖了一大圈。她还跟我说，斯祁怕婶婶一个人忙不过来，原本打算让他父母也过来的，婶婶害怕他们的生活习惯和我们这边不一样，双方会起矛盾就没同意。幸好斯祁的父母没来，光是婶婶一个人都让静茹受不了了，要是斯祁父母真的来了，三个家长一天二十四小时不间断地盯着她，还不知道怎么办呢。"

"你这孩子，懂什么？你要是怀孕了，我也这样二十四小时看着你。"苏明莉拿起桌上的茶壶，给林承晖和林承曝各倒了一杯。

"妈，你怎么又来了！"林欣怡哭丧着一张脸，"妈，就算现在我没怀孕，和静茹其实也差不了多少，不说一天二十四小时，那起码也得有二十小时被你盯着，不是相亲就是生孩子。我的世界就不能有点别的了吗？"

林欣怡瞥了一眼，看见苏明莉涨红了脸，意识到自己说的话可能有些过分了，蹲到林承晖身边去，笑嘻嘻地问："我还是个孩子呢，是不是啊，爷爷？"

林承晖无奈地笑了笑，对苏明莉道："是啊，明莉，你也不用这么着急嘛，偶尔也要让孩子喘口气。"

"是啊，孩子大了，有自己的路要走嘛，明莉你也别太在意这件事情。我看啊，欣怡怎么样都好。"一旁看着的林承曝也忍不住劝了起来。

见到林承曝和林承晖都表了态，苏明莉也不好再说什么。林欣怡见她态度有所缓和，便站起来走到她身边，扶着她坐下，几个人围在一起聊了些家长里短。

阳光洒在他们的身上，透出懒洋洋的光来，叫人觉得温暖。

一下拉了几千万的赞助费，林杰瑞和戚露都对林欣怡心服口服。等到端午休假，几个人趁着陈珝回台湾，陆斯祁没课，买了水果去林静茹的小家串门。

来之前就已经打过了招呼，陆斯祁一直敞开大门等着。电梯门刚打开，林杰瑞就闻到一股香味，以为是陈珝还没走，快步冲上去，却发现系着围裙的陆斯祁端着一盘锅包肉往桌上放。

"来啦？"陆斯祁看见他们也没有很惊讶，解下围裙挂到旁边的钩子上，招呼着他们先坐着。

林欣怡和戚露没有什么太大的反应，倒是林杰瑞早就被餐桌上一盘盘比他们平时吃的都多出一倍的饭菜吸引了去。等到他从比自己的脸还大的盘子里回过神来，看着陆斯祁的身板，总觉得有些难以置信："以前我只是听说东北那边的饭菜量都很大，我还不相信，但今天看到你这桌子菜，我真的信了。"

听到动静的林静茹挺着六个多月的肚子从屋里走出来，到餐桌边坐下，笑道："今天还是斯祁第一次下厨呢，我过去都不知道他还会做菜，你们都尝尝看，不好吃的话，咱就叫外卖。"

"瞧瞧，这么快就给你找好了台阶，不愧是你老婆。"一伙人围着桌子坐下，大家一边吃一边聊。林静茹吃饭比较快，但刚吃了一碗菜饭下去，就觉得腰有些紧，一手扶着筷子一手去拉裤腰上的松紧带。戚露坐在她旁边，看她想吃又不敢吃的样，憋着笑调侃："是不是裤子又紧了？"

林静茹脸上一热，这段时间她确实胖了不少，每天去照镜子的时候都觉得自己的脸又大了一圈。问陆斯祁她是不是变胖变难看了，陆斯祁反而说现在胖着比以前好看，净说瞎话。

林欣怡拍了戚露一下："想哪去了，肯定是这条裤子质量有问题，洗一次小一点，缩水啊。"

林杰瑞和陆斯祁已经笑开了。

"唉，笑归笑，裤子小了还是得买。咱们再买大两个码，就算缩一个码，那也划得来是不是？——过日子就得精打细算。"林欣怡一本正经道。连林静茹也忍不住打了她一下。

"哎呀，你们俩还是放过静茹吧。快说说投资怎么回事。"林杰瑞把话题扯过来。

林欣怡见他们这会儿才想起这件事，抿了口杯子里的橙汁，拢了拢头发，开始跟他们说起自己这几个月来做的事情。她在年后约见了蔡少弘，把这个影视项目跟他提了提。蔡少弘一开始果然不看好，他一直做的是传统互联网软件，后来智能手机普及后，他又转战移动互联网。电影圈这几年发展得虽然不错，但也大多是靠大导演大制作，就算有黑马，也是上百部里面出那么一两部。而且这个投资额动辄几千万，还得和影院分账，回报率太低，风险太大，他没什么兴趣。

没有什么事情是刚开始就可以成功的，林欣怡自己也清楚这一点，便也没有气馁。她找来了各类政策查看，发现如果在厦门取景可以拿到补贴，同时将剧本的时代背景和现在的投拍优势进行了一番分析，做了一个可行性方案，再次拿给蔡少弘。

大概是被她的诚意和可行性方案打动了，蔡少弘在考虑了一周后，表示可以给她引荐几个影视投资人，让她自己去联系。这回见路没有被堵死，她很兴奋，一口便应下来。拿到蔡少弘给的联系方式后，她去深入了解了一番几家公司的旗下作品，把专门投资偶像剧的企业筛掉后，找了另外三家专门做正剧和年代剧的老牌公司，在工作之余，请假飞到他们公司去咨询合作意向。

最后又互相博弈了近两个月，这事儿才算是敲定了。有了别家公司承担风险，蔡少弘也没有了那么多顾虑，表示可以投资一部分。加上外边拉来的和林乡的，林欣怡一共筹到了七千万。有了这七千万，这个项目应该是可以启动了。

"七千万会不会不够啊？我前几天还看到某个明星的片酬要八千万。"林杰瑞听完，想起了不久前的新闻，有点担忧。

"我和这几家公司说好了，我们要做就做精品，不赚粉丝经济，所以估计会请一些二三线的演员，而不是一线的明星。把成本都用在制作上。"林欣怡试图夹起拔丝地瓜，却都已经冻在一起夹不起来了。

陆斯祁见状，问："要不要帮你加热一下？"

林欣怡见这么麻烦，连吃的心思都没了，摇了摇头表示不用，筷子一转向地三鲜伸去。

"那接下来，是要找制作团队吗？"戚露问。

"嗯，联系了两家公司，准备五一假期结束后去见见，希望尽早把这件事定下来，能赶上静茹生孩子的时候开机最好。"林欣怡咀嚼着嘴里的土豆，把自己的计划说了出来。

"如果你太忙的话，我可以帮你去谈。今年旅行社的事不多，我可以请得出来假。"戚露一边说，一边看向林杰瑞，让他也表个态。

林杰瑞只跟着点头："我的产品今年进入市场，正处在关键期，估计不会有太多时间，但你需要什么帮助，跟我说一声，我能帮上的一定帮。这个毕竟是我们爷爷的故事，我不会关键时刻掉链子的。"

"这可是你们说的啊，到时候我喊你们可不许找一些自己工作忙之类的借口，否则休怪我翻脸不认人。"林欣怡指着林杰瑞和戚露，一副气势汹汹的样子。

"剧本方面还有什么需要改的吗？"林静茹见哥哥姐姐都表了态，不说点什么感觉有些过意不去。可是现阶段无论哪个方面，她都帮不上忙，只好问了剧本的事。

"你就安心养胎吧，剧本的事，我们找妹夫就行了，实在不行，不是还有专业的编剧团队嘛。等到咱们的外甥或外甥女出世了，片子估计也开拍了，到时候宣传还得你和欣怡姐的公司来做呢。"林杰瑞生怕她真的要做点什么，到时候别说是陈翊了，估计陆斯祁都得找他们算账。

"行吧,这事儿就这么说定了,快九点了,你们不是说一会儿有事?"林欣怡看了一眼手表,又看向林杰瑞和戚露。

林杰瑞和戚露匆匆忙忙地收拾完,和陆斯祁和林静茹告了别,跟着林欣怡进了电梯。

电梯里这会儿没人,戚露对着反光的电梯墙整理着自己的发型,林杰瑞则冲林欣怡说:"静茹看起来过得很幸福。"

"嗯。"林欣怡点了点头,也不接话。

"姐。"林杰瑞转头去看她的侧脸。他在国外待了那么久,本来对国内的催婚就反感,可见到林欣怡至今还是孤身一人,他心里总觉得有些不忍。虽然他只比她小半年,谈的女朋友却不少,家里人倒也没操心过他的婚事。可林欣怡不一样,家里人总希望女孩子能有个好的归宿。

他对林欣怡到底要不要结婚的事情并没有什么太大的意见,只希望她开心就好了,当然如果能有人陪伴她更好了。自打辞职分手以后,林欣怡就一心扑在事业上,纵然在林静茹的婚礼上遇到了张思成,可至今也没听到过任何他们要复合的消息。他是明白她的,在职场这么久,遇到的优秀的人也不少,也没见过有任何声响出来,他就知道,她的心里还有张思成这个人。不明白倒还好,明白了这些,倒让他也开始着急了。

"干吗?"林欣怡依旧玩着手机,电梯门开了以后,抬了一会儿头,便走了出去。

"没事。"林杰瑞想了想,还是把话憋回了肚子里,他可不希望林欣怡把自己和长辈看到一块儿去。

投资款到位后,林欣怡又开始忙碌起来,先是约见了好几个制作团队,比对了价格和质量后,定下了一个专门拍年代剧的李导演。为了获得家人的认可,她约这位导演来了一趟林家,和林承晖林承暻聊了聊天。

一番深入了解后,李导演愈发对他们这个家族感兴趣,还对剧本提出了自己的一些理解。林承晖和林承曔见他抓住了故事的精髓，和欣怡商量了一下选定他来做这部剧的导演。

定下了导演之后，林欣怡就把权限放给了导演，另外找了个制片帮自己盯着预算。这一通折腾下来，大半年又过去了，国庆前夕，林静茹在厦门医院顺利地诞下了一个男婴。

这个消息传来，林家上下都开始准备给这个第四代外孙的礼物。

林乡和陈珝做了外公外婆，笑得合不拢嘴。陆父陆母也从东北赶了过来，给林静茹和孙子都包了大红包，表达自己没有在孕期照顾林静茹的愧疚。林静茹大方地收下了红包，连连安慰他们，叫他们别太放在心上，这样的懂事却让陆父陆母愈发地心疼起这个儿媳。

陆斯祁今年成功留校任教，又喜得麟儿，喜上加喜，陆父陆母和林乡陈珝一商议，干脆定在国庆摆一桌宴席，由他们来请这边林家的亲朋好友。

宴席上，林承曔因为腿脚不便，没有出席，林承晖却和陆父陆母聊得火热。两家人说着说着就说到孩子的姓名去了。给小辈起名一直是长辈头疼的事，名字可是要伴随人一生的，万一起不好，就可能会闹笑话来。对此，林杰瑞一直深有体会："名字可是要跟着人一辈子的，你们一定要取好听点，不然跟我似的，一直被别人误会成那只老鼠。"

林杰瑞带有怨念地看向林觉，这些年来，在国外还好，叫Jerry的人也不少，但一回国，就会被人问父母是不是很喜欢看《猫和老鼠》，才给他取这个名字的。刚开始他还觉得自己名字有点意思，但时间一长，被问的次数多了，只叫他觉得生厌。

林欣怡一直没把林杰瑞往《猫和老鼠》上想，可是听他这么一说，才反应过来还真是这么回事，不由笑得前仰后合。

林静茹还在坐月子，不便来参加这宴席，陆斯祁担心她一个人在家，硬要留下来陪着她，也缺席了。这场酒席的两个主人公都不在，席面上找不到可以调侃的对象，靠着几个长辈，场子怎么也热不起来。

酒席散了以后，林欣怡开车送林建国和苏明莉回家。苏明莉坐在后座一直说起林静茹的儿子，从头夸到脚，还不停地看向林欣怡。林欣怡通过后视镜不小心对上了苏明莉的眼神，本来就听得心烦，再加上前面堵车，让她有些难以管住自己的情绪："行了！我难道非得结婚才能算个女人吗？"

苏明莉坐在后座上被她的反应惊得愣住，脾气也跟着上来了："对！女人就是得结婚的，你看静茹，如今孩子有了，老公事业又稳定，人家小日子过得多美啊。你陈珂婶婶又才五十多岁，正是能帮着带孩子的时候。我已经老了，你要是等到我七十岁再结婚生子，我没办法帮你带！"

"我有说我一定要结婚生子吗？结婚生子是为了什么？还不就是能有人照顾我吗？可我又不是不能照顾好自己，遇不到合适的人自己过一辈子怎么了？"林欣怡用力地拍了一下方向盘，直勾勾地盯着前方也不回头看她。

"老林，你听听，你女儿这说的是什么话？丫头，你会这样想是因为你觉得你还年轻，还能再等，可是等你到四十了，你就不一定这么想了！你老了以后怎么办？我和你爸都走了，你怎么办？"苏明莉把这些年憋在心里的话一口气说了出来。

"当初可是你们说让我再好好想想的！现在又来催我做什么？"林欣怡搬出了当年的旧事，让苏明莉有些心虚，眼神闪烁了一会儿，嘴角跟着颤抖了几下，流下两行泪来。

"哎呀，好好的，你哭什么啊。"林建国看向苏明莉，伸出手去拍了拍她的手背，又朝林欣怡看去，"欣怡啊，你也别怪你妈。你妈也是为了你好，她虽然嘴上不说，但这些年来，看着你一直都是一个人，我和你妈，心里有愧。要不是我们，可能你现在已经结婚，有了自己的孩子了。爸这辈子没有什么别的愿望了，只希望你可以健康快乐。"

林欣怡看了一眼后视镜里的林建国，心里一阵感动，却又不知道说些什么好。苏明莉见她没什么反应，便趁热打铁："张博士人挺好的，你真的可以再考虑一下。"

林欣怡好不容易松下来的心又提了上去，刚好前面的路疏解了，便没接这话，握着方向盘，踩下油门，一路开回了家。

林建国把苏明莉从车子里扶出来，又拍了拍林欣怡的车门，一脸歉疚地说："当初，是爸不好，你不喜欢体制内的生活，还非和你妈一块儿逼你去做体制内的工作。后来你谈了恋爱，我们又干涉过多，令你们分了手。其实这些年，爸心里也挺后悔的，又拉不下脸说自己错了。欣怡啊，爸真的老了，六十九岁了，你还年轻，才三十岁，还有很长的人生路要走。爸妈怕的不是外人的眼光，而是万一哪天我们不在了，谁来保护你照顾你啊？"

稀松平常的几句话，却叫林欣怡湿了眼眶，只好把脑袋别过去，不让他看清自己的脸。林建国还想说些什么，却听见林欣怡的声音："行了。爸，你快扶妈进屋吧，我先走了。"

林建国看着她沉默了半晌，叹了口气，转过身去扶着苏明莉回屋了。林欣怡看着他们迈着笨重的脚步进了屋，第一次清楚地意识到他们老了，从前觉得年龄只是一个数字，并没有多大影响，可现在看来，年龄这个数字让她失去的东西太多了。心里一直藏着的梦想，病重还在想着自己的外婆，甚至于今天她差一点就要失去一直关心她的父母。这些年来，她和以前她热爱的一切不知道什么时候离得越来越远了。

过去，她一直以为林建国和苏明莉劝她结婚是好面子，是怕自己不结婚给他们惹来非议，只觉得他们自私。但今天林建国的一番心里话，叫她重新审视起了自己，才明白这些年来，自己一直在和家里人赌气。

不想进体制却进了体制，日复一日地做着同样的事情，耗费了两年的青春。醒悟过来后又先斩后奏地辞职，在i颜拼命地努力。她的所有的做法，无非就是想要得到父母的认可，让他们知道，就算是只靠她自己也可以过得很好。可苏明莉却始终没有认同过她的选择，甚至于在选择伴侣这件事情上也要插上一脚。种种事情压在她身上，让她产生了逆反心理，索性放弃了原本可以解决的矛盾，利落地选择分手，即使如今父母已经后悔，甚至表现出支持的意思，她也固执地不肯回过头去。

她在赌气，她想要听到父母对她的认可，更希望听到父母的道歉。

可如今真的得到了这样的道歉，她却开心不起来了。自己的赌气，并不是成年人的励志，而是小孩子的幼稚。在父母面前，她永远不会输，但也永远赢不了。

亲情就是这样，叫他们永远无法站在输赢这样非黑即白的对立面。

国庆结束，制片人给林欣怡打来了电话，表示很快就要开机了，问她对于开机仪式有没有什么要求。

林欣怡想了想，并没有提什么特别的要求，只说到时候自己会派团队过去拍摄一些短视频的宣传物料，其他的就由制片人去操办了。制片人见她对自己这般信任，也不好辜负了她，工作上也愈发认真。

挂完电话，她又打给另外三人，让他们在开机仪式那天空出时间，把全家人都叫上，一块儿去片场。林静茹还在坐月子，陆斯祁本想拒绝，可是碍于林静茹的强烈要求，只得答应。

为了调和大家的时间，开机仪式定在了周末。林承曔虽然腿脚不便，脑子却还算清醒，林欣怡给他买了一台轮椅，让林杰瑞把他推到了开机现场。

主创人员都是清一色的实力派，见到林承曔林承晖兄弟俩，都上来热情地打着招呼。林承晖看着那位已经换上了民国校服的扮演自己的青年演员，恍惚间像看见了过去的自己，一时间湿了眼眶。

李导知道两位老先生也会过来，早早地把几个演员集结到一起，告诉他们那是故事的原型。几位演员上来恭敬地和两位老人聊天，表现得都很谦虚得体。

"欣怡姐，外头有个人说转交给你的。"一个i颜的员工捧着一束红玫瑰走进来，将花递到林欣怡手里。林欣怡接过花，只见上方插着一张卡片，翻开来是歪歪扭扭的简体字：开机大吉。

她放下花，拉着员工问道："他长什么模样？看清楚了吗？"

"高高壮壮，戴着一副眼镜，说话挺客气。"员工想了想，只概括出了这两个特点。

林欣怡把花往他怀里一扔，着急忙慌地跑了出去。从厦大老校区的片场追到了大门口，才看见了那道在路边慢悠悠走着的身影。她蹲下来喘着气，又站起来大喊："张思成——"

张思成听到这声喊，转了过来，看见她，笑着朝她飞奔过去。

这条百年老道，承载了太多故事，有兢兢业业做学术的学者的骄傲，有父母与孩子离别的依依不舍。现在，又多了一对彼此相爱的人，在紧紧地拥抱着对方。

林欣怡从他的怀抱中出来，抬手擦了擦眼角的泪水，问："你怎么来了？"

张思成笑了一下："来这里做学术交流，看到外头的横幅，知道是你们的片子，便过来了。"

"那红玫瑰是怎么回事？"林欣怡继续追问。

"外面花店打折，买一送百。"张思成开玩笑道，看见林欣怡的脸才觉察到自己玩笑开失败了，只好如实回答，"好吧，其实是我从静茹那里知道你们今天开机，所以我和系里要求派我来厦门开会，红玫瑰是提前订好的。"

听了这话，林欣怡笑着握住他的手，领着他往回走："一会儿没什么安排吧，一块儿来参加我们的开机仪式吧，今天我们全家人都到了。"

"会议都在下午，但是……"张思成停住了脚步，眉头皱在一起，也不知道在想些什么。林欣怡见他不说话，问："怎么了？"

张思成有些犹豫，还是问出了口："我在想，我是以什么身份去参加你们的开机仪式。"

林欣怡歪头想了一下，笑道："以我未来丈夫的身份，可以吗？！"

一阵风吹来，老校区的凤凰花落下片片花瓣，空气中弥漫着些许暧昧的气氛。

"走吧。"

她牵着他的手,向前走去。手掌心传来的温热,叫她终于突破了自己的心结,心里暗下决定,以后无论前面的路是风是雨,她都会牵着这双手,一直走下去。

回到片场,员工上来跟她说制片到处在找她,她有些不好意思地走过去向制片道歉。制片见到她,总算松了口气,也不便说些什么,只解释了一番,开机仪式准备就绪,主创人员已经上完香,放完鞭炮,就等着她回来剪彩了,却怎么都找不到她的人。

林欣怡听出制片话里的抱怨,讪讪地笑了笑,寒暄了两句便去找张思成了。苏明莉和林建国以及其他林家人转了一圈又一圈,找到她的时候,她正和张思成牵着手聊天说笑。

张思成看见走过来的林建国和苏明莉,牵着林欣怡的手又加重了几分力道。等他们走到跟前,张思成礼貌地向他们点头问好:"叔叔阿姨好。"

林建国和苏明莉看着眼前的两个人有些不明所以,半天说不出来别的话,只道了句:"好,好,你们好。"

还没等他们反应过来,就听见员工的喊声:"欣怡姐,制片喊你剪彩啦。"

"来啦!"林欣怡冲三人看了一眼,便跑了过去。

林杰瑞和戚露早就等得不耐烦了,林静茹和陆斯祁站在一旁抱着儿子没说话。林乡和陈珝照顾着林承晖,林觉林敏则拉着林承曘的轮椅。一大家子人都在等着林欣怡。

"不好意思,不好意思,刚刚出去追个人。"林欣怡从制片手里接过剪刀,冲几位长辈道歉。

"追谁啊?是不是又是那个张老师?"林杰瑞其实早就看到了张思成,但就是想揶揄林欣怡几句,便故意掐着嗓子说话。

"嘿,还真叫你说对了,林杰瑞,等我结婚了,没人给你挡枪了,咱们家下一个被催婚的就是你了。"林欣怡也不甘示弱，反击了回去。

剪刀穿过红绸，伴随着咔嚓一声，整个片场的摄影机都开始运作起来。

"给我们全家人拍个照吧。"林欣怡把剪刀还给工作人员，叫住了一个拍花絮的i颜员工。员工指挥大家都找好位置站成两排，围着坐在最前方的林承晖和林承曔兄弟俩，其他人站在旁边呈一个半月形。

"姐，你这是三代同堂吧？"员工抱着相机，喊了"一二三"之后按下了快门。

"不对哦，是四代啦。来，我们小陆台和镜头打个招呼吧！"林静茹和陆斯祁抱着儿子冲相机招了招手。

"什么，露台？你们怎么不叫客厅呢？"林杰瑞听到这么不靠谱的名字，顿时想起了自己被英文名支配的恐惧。

陆斯祁却一本正经地解释："大陆的陆，台湾的台，我们希望在孩子身上，可以不再有大陆或者台湾的标签。"

"说得好！"林承晖从椅子上站起来鼓掌，"这个名字好，陆台，陆台，我们家的第四代孩子啊……"

他的声音里饱含了浓浓的眷恋，是对往昔岁月的追溯，也是对未来的期许。再过两年，他也要一百岁了，他曾以为一百岁是很久以后的事，但是这件事就这么来了，不带任何预兆的，就这么来了。

这个属于他们的故事，将变成影像被永远记录下来。

总有一天他们会离去，但影像却可以流传很久。等到陆台长大了，孩子们便可以把这段影像拿出来给他看，告诉他有关曾爷爷们的故事……

2019年1月2日，《告台湾同胞书》发表40周年纪念会在北京人民大会堂举行。在庄严的国歌声后，国家主席习近平发表了讲话："同志们，同胞们，朋友们：今天，我们在这里隆重集会，纪念全国人民代表大会常务委员会《告台湾同胞书》发表40周年……回顾历史，是为了启迪今天、昭示明天。祖国必须统一，也必然统一……"

他的声音像是一副强心剂通过电视和网络传到了全国人民耳朵里，注入每个期盼和平统一的中国人心中。

林承晖坐在林家的客厅里，抱着不到六个月大的小陆台，忍不住擦起了眼角的泪。林承曎已经看不见了，但却似乎能感受到林承晖在哭，他伸出干瘦的手搭在林承晖身上，嘴里发出"唔唔"声。

隔着海峡，吴伯驹躺在床上，蓝梦华打开了手机直播，贴近他的耳边。

"'和平统一、一国两制'是实现国家统一的最佳方式，……制度不同，不是统一的障碍，更不是分裂的借口。"

"梦华，现在时代好了……"吴伯驹闭着眼睛，缓缓地说道。

蓝梦华挨在床边，心脏猛地一颤："伯驹，你——"

"一生太长了，我离开大陆的几十年，经历了太多……"吴伯驹喘了两口气，"唉！梦华，你回头告诉阿晖，我、我要休息会儿了……以后，带我回大陆去。回我的家去……"

从2008年的鼠年到2019年的猪年，十二年了，又一场轮回。

猪年的大年初一，海峡两岸春节焰火晚会精彩上演，厦门和金门同放烟花，点燃了两岸浓浓的亲情。

春节过后，林欣怡和张思成结束了七年的爱情长跑，在厦门领了结婚证。《明月照我心》剧组经过五个月的拍摄，也宣告杀青。

在这一片祥和的气氛中，林承曎躺在客厅的摇椅上，听着外头的烟花燃放声，默默地合上了眼。

他迷迷糊糊中听见礼花炸裂的声响，想动一动腿，但手脚似乎失去了气力，生命正一丝丝地从他干涸的躯体里抽离。他突然意识到，父亲，似乎也是在这样一个晚上去世的。

那时他去床头见过父亲最后一面。现在想来，林家的命运，似乎就是从那一晚开始，滑向了他无法掌控的方向。

一百年，动荡与离别，创伤与转机，等待与痛苦，他努力过，挣扎过。他曾经想过海峡那边是个什么样的世界，竟让他与亲生兄弟在彼此的世界里缺失了近70年。

如果当初林继泽没有去世。

如果林承晖没有从军。

如果他收到了船票。

那么现在，是不是会有所不同？

天空中那一轮明月，皎皎之辉洒满天地之间，林承曒觉得和自己小时候看到的一模一样，又觉得和小时候看到的大不一样。穿梭在稀稀落落的云朵之间，从从容容，自自在在。

九十年以前，他在天津的街头见过，那时候他手里攥着冰糖葫芦，想着要送给躺在床上的弟弟。

八十年以前，他在闽西的村庄里见过，那时候钟婉莹坐在他身边，听母亲讲自己家族的故事，讲承晖像烈马驹一样不顾一切，责备里都是甜蜜。

六十年以前，他在厦门的窗棂里见过，那时候一切看起来那么有希望，但是林承晖却不知去向，那是林家不敢触碰的哀伤。

三十年以前，他在从台湾回来的承晖的眼里见过，那时候就像时间停止了，逝去的父母也在黑白照片上笑开了怀。

二十年以前，他在厦门的码头上见过，一脉海峡像是天上没有尽头的银河，把林承晖挡在世界之外。

十年以前，他在兄弟的拥抱里见过，这么多年，恩恩怨怨如同池塘浮萍聚散，风过之后了无痕迹。

这明月，冷冷清清，皎洁无双，无意之中饱含了人世间无数的悲欢离合，喜怒哀乐。

那是人间的春江月明。

那是人间的月华流照。